KB059510

그 남자의 집으로 들어갔다

그 남자의 집으로 들어갔다

지성의 이야기

정아은 장편소설

차례

1부

1/

계속해서 소리가 난다. 벌 소리 같기도 하고 고양이 울음 같기도 하다. 방에 벌레가 들어왔나? 창문을 닫아야겠다고 생각하며 몸을 돌리는데 같은 소리가 다시 들려온다.

"으으응, 목말라."

순간 지성의 눈이 번쩍 뜨였다. 소리는 바로 옆, 그의 허벅지에 한쪽 다리를 올려놓은 생명체에게서 나고 있었다. 눈의 이물감 때문에 인상을 쓰며 그는 침대 헤드를 더듬었다. 안경집, 프린트물, 만년필이 차례로 손에 잡혔지만 찾는 물건은 좀처럼 나타나지 않았다.

"물!"

낯선 목소리가 큰 소리로 말했을 때에야 지성은 자신이 콘택트렌즈를 끼고 잤다는 사실을 깨달았다. 온 방 안이 술 냄새로 가득하다는 사실과 뒤덮은 눈곱 때문에 눈이 잘 떠지지 않는다는 사실도.

"물 달라니까!"

짜증 섞인 목소리에 그는 몸을 일으켰다. 손으로 침대를 짚고 몸에 힘을 주는데 날카로운 통증이 머리를 강타했다.

"으으."

지성은 두 손으로 머리를 감싸 쥐었다. 옆에 누웠던 생명체가 기다렸다는 듯 그가 빠져나간 자리를 차지했다. 커다랗고 낯선 몸뚱이, 투실투실한 어깻죽지를 보며 그는 눈살을 찌푸렸다. 이 여자, 누구지?

머리가 흔들리지 않도록 천천히 일어선 뒤 지성은 침대를 빠져나왔다. 방바닥에 발을 디뎠다가 아악, 소리를 내며 멈춰 섰다. 그새 더 날카로워진 두통이 가차 없이 머리를 가격했다. 양손으로 머리를 누르며 한 발 한 발 나아가는데, 브래지어와 팬티, 반짝이는 살구색 원피스, 둘둘 말린 스타킹이 눈에 들어왔다. 그는 자신의 차림새를 확인했다. 하늘색 남방에 청바지. 어제 방송국에 갔던 차림 그대로였다. 그는 울렁이는 속을 가라앉히기 위해 몸을 반쯤 접은 상태로 방문을 열었다. 내가, 잤을까, 이 여자랑? 그는 부르르 떨며 고개를 저었다. 아닐 것이다. 만일 그랬다면 지금 이렇게 옷을 갖춰 입고 있을 리가 없다.

"물!"

다시 들려오는 여자의 목소리. 이번엔 목이 불편한 듯 으음, 하는 신음이 뒤따랐다. 지성은 한쪽 눈을 찡그리며 여자를 돌아본 뒤 기어가다시피 부엌으로 갔다. 끼고 잔 렌즈 때문에 왼쪽 눈이 시큰하게 저려왔다. 저 여자가 왜 여기 있지? 기억을 그러모았지만 돌아오는 건 제 입에서 나오는 악취와 공기 중을 부유하는 술 냄새뿐이었다.

컵에 물을 담아 방으로 돌아왔을 때 여자는 잠들어 있었다. 그새 침대 중앙에 자리 잡고 이불을 가슴까지 끌어올린 채 두 손을 가지런히 모은 여자를 보면서 지성은 쓴웃음을 지었다. 온 세상 평화가 여기 모였군.

그는 목청을 가다듬은 뒤 조심스럽게 말했다.

"물 가져왔어요."

여자는 미동도 하지 않은 채 숨소리만 냈다. 몇 살쯤 됐을까. 지성은 빠르게 여자를 훑어보았다. 20대라고 보기엔 나이가 들어 보인다. 노랗게 물들인 머리를 빼고 본다면 30대 중반? 후반? 모르겠다. 크게 궁금하지도 않다.

"물요!"

목소리를 높였지만 여자에게는 변화가 없었다. 여자의 하얗고 둥근 얼굴, 두부를 뭉쳐놓은 듯한 어깨살과 노란색 머리를 한동안 내려다보다가 그는 한 번 더 시도했다.

"물 갖고 왔다니까요!"

짜증 섞인 음성을 듣자 여자가 얼굴을 일그러뜨리며 벽 쪽으로 돌아누웠다.

"아우, 시끄러워."

비음이 섞인 하이톤의 목소리. 지성은 고개를 갸우뚱했다. 이전에 들어본 적이 없을 뿐만 아니라, 전날 밤에도, 전전날밤에도 들어본 적이 없는 목소리였다.

"일어나요."

지성은 물컵을 침대 헤드에 놓은 뒤 여자의 몸을 흔들었다. 맨살에 손을 대기가 꺼려져서 이불로 덮인 등 쪽을 짚었다. 가까이 가자 여자에게서 아기분 같은 냄새가 풍겨왔다. 여자가 끄응 소리를 내더니 몸을 돌렸다.

"뭐야?"

여자가 눈을 비비며 일어나 앉는 바람에 지성은 흠칫 물러섰다. 여자는 실오라기 하나 걸치지 않은 상태였다. 커튼이 쳐져 있지 않은 방, 창문 틈새로 들어오는 한여름 아침빛에 여자의 어깨가, 가슴골이, 하얀 가슴이 그대로 드러나 그를 향했다.

"머리맡에 물 있어요."

턱짓으로 침대 헤드를 가리킨 뒤 얼른 고개를 돌렸다. 환한 데서 여자의 몸을 본 것은, 그것도 생판 모르는 여자의 몸을 본 것은 상상 속에서도 일어나지 않았던 일이다.

"지성은 마셨어?"

여자가 물을 벌컥벌컥 들이켠 뒤 그에게 물었다.

"네?"

갑작스러운 말에 지성의 시선이 다시 여자에게 돌아왔다. 이 여자가 지금 내 이름을 부른 건가?

"나 옷 좀."

"네?"

반사적으로 여자를 마주 보았다가 지성은 재빨리 시선을 돌렸다. 여자는 눈을 동그랗게 뜨고 구김살 없는 표정으로 그를 쳐다보고 있었다. 이 집에서 몇십 년 동안 살아온 듯 자연스럽고 무결한 눈빛.

"거기 있잖아."

여자가 손으로 지성의 발치를 가리켰다. 지성은 잠깐 뜸을 들였다가 제 발치에 놓인 여자의 옷, 브래지어라 불리는 여성용 속옷을 천천히 들어올렸다. 여자가 지성의 검지에 조심스럽게 꿰어진 속옷을 확 채간 뒤 몸에 그것을 붙이며 말했다.

"물 좀 더 줘."

비음이 섞인, 어떻게 들으면 애교스럽게도 들릴 법한 음성이었다.

"어, 그래."

지성은 그 말이 떨어지길 천년 동안 기다려왔던 양 반색을 하며 방을 나갔다. 새 컵에 다시 물을 채워 돌아왔을 때, 여자는 살구색 원피스 차림으로 침대에 앉아 있었다. 빤히 쳐다보는 여자의 눈길을 피하며 그가 물컵을 내밀었다. 여자는 순식간에 물을 마신 뒤 빈 컵을 돌려주며 말했다.

"배고파."

어조에 명랑함 혹은 쾌활함이라 할 만한 기운이 섞여 있는 데 놀라며, 그는 여자와 손이 닿지 않도록 조심조심 컵을 받아들었다.

"난 아침 안 먹으면 안 되는데."

여자가 엉거주춤 서 있는 그를 올려다보았다. 손가락 두 개를 입에 댄 채 그를 보는 눈길에 웃음이 담겼던가. 모르겠다. 확실한 건 여자가 그 얘기를 매우 진지하면서도 당연하게 천명했다는 사실이었다. 지성은 멍하니 여자를 바라보았다. 지금 이 여자, 나한테 아침을 차려달라는 건가?

"아침으로…… 먹을 만한 게……"

그는 뒷머리를 긁적였다. 너는 누구냐? 나와 어떻게 만났느냐? 어디에 사느냐? 묻고 싶은 말이 치솟았지만 꿀꺽 삼켰다. 간밤에 대한 기억이 없다는 사실을 이 낯선 생물에게 알리고 싶지 않았다. 이 순간만 넘기면 다시는 보지 않아도 될 여자에게 내가 혹시 당신하고 잤느냐고 묻는 어리석은 짓은 하고 싶지 않았다.

"있는지 찾아볼게."

지성은 이렇게 말하고 부엌으로 달음질쳤다.

냉장고를 뒤진 다음 그는 계란찜을 하기로 결정했다. 계란찜은 아내와 별거에 들어간 뒤 지성이 해 먹는 거의 유일한 음식이었다. 그는 안방으로 돌아가 5분 뒤에 아침을 주겠다고 말한 뒤 화장실로 들어가 렌즈를 뺐다. 밤새 눈에 딱 달라붙은 렌즈가 좀처럼 떨어지려 하지 않아 식염수를 넣어야 했고, 커다란 식염수 통을 통째로 들어 올리다 바닥에 엎지르는 바람에 한바탕 난리를 피운 다음에야 겨우 렌즈에서 벗어날 수 있었다.

잠시 뒤, 지성은 여자와 식탁에 마주 앉았다. 데운 햇반 두 개와 계란찜을 담은 종지 두 개를 올린 단출한 식탁이었다.

"눈이 빨개."

입이 찢어지도록 하품을 한 여자가 지성을 뚫어지게 쳐다보며 말했다.

"렌즈를 끼고 자서 그래."

지성이 여자의 시선을 외면한 채 제 밥그릇을 앞으로 당겼다.

"지성 안경 끼니까 더 잘생겼다."

지성의 입이 벌어지고 시선이 여자를 향했다. 마주 앉고 보니 여자가 더 어려 보였다. 생판 처음 보는 남자 집에서 하품을 늘어지게 하는 거나, 뜬금없이 잘생겼단 말을 건네는 거나, 철딱서니가 없어서 더 어려 보이는 걸까.

"먹어."

지성이 시선을 내리깔고 숟가락을 들자 여자가 으음, 맛있겠다, 하면서 기세 좋게 숟가락을 집었다.

"와, 맛있다."

계란찜을 떠먹은 여자가 눈을 크게 떴다. 여자는 눈이 크고 코가 동그랬다. 좋게 말하면 부드러워 보이고, 박하게 말하면 둔해 보이는 인상이었다.

"지성 요리 잘하는구나?"

그는 햇반 용기를 가지런히 채운 밥알들 사이로 숟가락을 밀어 넣다 말고 여자를 쳐다보았다. 노란색 단발머리를 한 여자, 술병과 배달음식 용기가 쌓인 지저분한 식탁 한구석에 앉아 생전 처음 보는 남자가 만든 초간편 요리를 칭찬하는 여자를. 여자와 자신 사이에 놓인 두 개의 햇반 용기에서 하얀 연기가 모락모락 피어오르며 구수한 냄새를 만들어냈다.

"계란 네 개를 풀어 휘휘 저어. 거기에 소금 좀 넣고 물 첨가해서 전자레인지에 몇 분만 돌리면 돼. 제대로 요리하는 사람한텐 황당하게 보일지 모르지만, 품을 안 들이고 양질의 단백질을 섭취하는 덴 이 방법이 최고지. 쉽게 말해서 고효율 간편 요리, 뭐 그런 거랄까."

지성은 계란에 들어 있는 단백질의 분량과, 단백질이 인체에 흡수되는 과정, 흡수된 단백질이 인간의 몸에서 어떤 역할을 하는지에

대해 길게 늘어놓았다. 제게 그런 생물학적 지식이 있다는 사실에 놀
라게 되는, 뜻밖의 언어들이었다. 마음 한편으로 그런 얘기를 늘어놓
는 자신이 우스꽝스럽다는 생각이 들었지만, 낯선 사람과 마주 앉은
어색한 순간에 동원할 수 있는 화제로는 음식 조리법만 한 것이 없
었다.

"그래?"

여자는 입안에 든 음식물을 우물우물 씹으며 그를 빤히 보았다.

"채리야."

제 앞에 놓인 계란찜을 비운 뒤 지성이 말했다.

"응?"

여자가 숟가락 가득 밥을 퍼 담으며 응수했다. 여자가 눈을 동그
랗게 뜨고 응? 이라고 응수하는 모습을 보고 그는 깨달았다. 여자의
이름이 채리라는 사실. 자신이 여자의 이름을 알고 있다는 사실을.

"넌 어디 사니?"

'나랑 어떻게 만났니?'라고 물으려 했지만 입을 열자 다른 말이
나왔다. 차마 말할 수 없었다. 내가 너랑 어떻게 알게 됐는지 모르겠
다고. 자신이 원래 묻고 싶었던 것과 완전히 다른 질문을 내놓았다
는 걸 인식하자 그는 더더욱 궁금해졌다. 내가, 이 여자와 잤는가?

2/

여자의 얼굴이 굳어지면서 눈빛에 경계심이 담겼다.

"왜?"

직선으로 그를 향하던 눈길이 양옆으로 흔들리고, 음성이 현격히 낮아졌다. 말하고 싶지 않은 화제라는 걸 명백히 드러내는 제스처였다. 지성은 시선을 내리깔았다. 여자의 두툼한 허벅지살이 눈에 들어왔다. 여자는 한쪽 다리를 접어 의자에 올린 상태로 치마 가운데를 손으로 누르고 있었는데, 식탁 바깥으로 접힌 다리의 허벅지와 종아리가 서로를 짓누르는 모습이 돌출되어 매우 희화적인 광경을 만들어냈다.

"아니, 뭐, 그냥."

지성은 얼버무린 뒤 다시 숟가락을 들었다. 그래, 그런 걸 알아서 뭐 하겠니. 어차피 조금 있으면 안 볼 사이인데.

목 언저리가 가려워 벅벅 긁다가 그가 벌떡 일어나 거실 에어컨을 틀고 돌아왔다. 거실과 식탁이 가로로 길게 연결되어 있어 거실 에어컨을 틀면 식탁까지 금세 시원해졌다. 자리에 앉아 의자를 당기는데 여자의 밝은 목소리가 날아왔다.

"와, 시원하다."

지성은 의자를 당겨 앉으며 여자를 쳐다보았다. 여자의 온 얼굴이 기쁨으로 빛나고 있었다. 이 여자, 에어컨을 처음 보나.

"에어컨 트니까 되게 빨리 시원해진다, 그치?"

여자가 한 손을 올렸다 내렸다 하며 헤헤, 웃었다. 젓가락을 들어올리던 지성의 시선이 다시 여자의 얼굴을 향했다. 여자는 눈을 감고 아, 시원해, 하는 소리를 서너 번 되풀이하다가, 다시 밥을 먹기 시작했다. 음, 맛있다, 음, 음. 요란하게 계란찜이 담긴 접시를 비운 뒤 숟가락으로 그릇을 긁으며 닥닥 소리를 냈다.

"이거 더 없어?"

지성은 이물감이 심한 한쪽 눈을 찡그리며 여자를 보았다. 여자가 입가를 손가락으로 긁으며 다시 말했다

"계란찜 맛있다."

지성의 시선이 여자의 입 언저리에 얹혔다. 자세히 보니 여자는 뚜렷한 입술선을 가지고 있었다. 특히 인중과 입술이 분리되는 부분의 선이 또렷해서, 둥글고 둔해 보이는 인상을 보완하는 효과를 냈다. 아래쪽 입술 밑에는 작고 진한 점이 맺혀 있어 역시 입술선이 또렷해 보이는 효과를 냈다. 누군가 여자의 얼굴을 보기 흉할 정도는 아니라 평가한다면, 순전히 그 입술선 때문일 것이었다.

"더 줘."

여자가 빈 계란찜 종지를 내밀었다. 그는 빈 종지와 여자를 번갈아 보다가 불쑥 말했다.

"넌 몇 살이니?"

이렇게 말한 뒤 지성은 살짝 놀랐다. 너, 라는 말이 놀라웠고, 여자에게, 그것도 젊은 여자에게 아무렇지도 않게 나이를 물어보고 있다는 사실이 놀라웠다. 그는 본디 여자에게 함부로 말을 놓거나 불쑥 나이를 묻는 스타일이 아니었다.

"서른다섯 살. 계란찜 더 줘."

여자가 귀찮다는 듯 빠르게 나이를 말한 뒤 계란찜 얘기로 돌아
갔다.

"미안한데, 그게 다야."

지성이 밥공기에 남은 밥을 숟가락에 긁어모으며 말했다. 서른다
섯이라. 그래. 그 정도는 들어 보인다. 노랑머리와 하얀 피부 때문에
얼핏 더 젊게도 보이지만, 자세히 보면 나이를 먹은 기색이 있다. 눈
가에도 주름이 있고, 입가에 맺히는 보조개가 조금 흐물거린다. 가
만, 서른다섯보다 더 먹었을 수도 있겠는데? 가늠해보다가 그는 생
각하기를 포기했다. 쉰 살을 넘어가면서부터 그에겐 그보다 나이 어
린 사람들이 모두 비슷해 보였다. 다 젊고, 다 신선해 보였다. 뭐든지
할 수 있는 나이의 사람들로.

"다시 해주면 되잖아."

지성은 아랫입술을 내밀고 후, 숨을 내보내며 허공을 올려다보
았다.

"미안한데 계란이 더 없어. 난 이제 나가야 되고."

지성이 여자를 '너'라 하고 나이를 불쑥 물을 수 있는 건 여자가
상식 밖으로 나오기 때문이다. 대체 나를 언제 봤다고 계란찜을 해달
라는 건가.

"이거 다 먹으면 갈 거지?"

지성은 눈길을 마주치지 않은 채 제가 먹은 그릇들을 포갰다. 그
런 말을 하는 게 내키지 않았지만, 나가기 전에 교통정리를 해놓지
않으면 안 될 것 같았다.

여자는 대답 없이 입을 우물거리며 눈을 깜빡였다. 3초쯤 흘렀을

까. 여자가 다리를 떨기 시작했고, 그 움직임이 식탁을 통해 고스란히 그에게 건너왔다. 그는 방정맞은 흔들림에서 벗어나기 위해 앉은 의자를 뒤로 빼 식탁과 틈새를 두었다. 나가겠다는 거야, 안 나가겠다는 거야. 지성은 큼 소리를 내 막힌 코를 시원하게 만든 뒤 여자를 쳐다보았다. 여자는 전투적으로 발을 떨다가 한순간 다시 숟가락질을 시작했다. 그는 코로 몇 번 큼큼 소리를 내다가 의자를 뒤로 빼며 자리에서 일어섰다.

"난 나가야 돼. 천천히 먹고 가라."

그릇을 개수대로 나른 뒤, 지성은 방으로 들어가 문을 닫았다. 오전 10시. 지금 바로 나가도 11시까지 상암동에 닿기 힘들 것이다. 아내의 화장대에 앉아 드라이를 하고 서랍에서 차 키를 꺼내 들다가, 다시 차 키를 내려놓았다. 전신에 술 냄새가 감돌았다. 엊그제 문학세상 편집주간이 간밤에 술을 마시고 운전을 하다 음주단속에 걸렸다고 말했던 게 스쳐갔다. 애초부터 위험한 짓은 하지 않는 게 상책이지. 그는 핸드폰 애플리케이션으로 택시를 불렀다. 준비를 마치고 현관을 나서려다, 신발을 벗고 부엌으로 되돌아갔다.

"나갈 때 그냥 현관문 밀어서 닫기만 해. 자동으로 잠기니까."

그는 식탁에서 1미터쯤 떨어진 곳에 서서, 여자의 등 뒤에 대고 말한 뒤 반응을 기다렸다.

숟가락질을 하던 여자가 그의 말에 동작을 멈췄다. 뒤돌아보지도, 말을 하지도 않은 상태로 시간이 흘렀다. 그는 여자가 빨리 반응하길 염원하며 시간을 확인했다. 10시 16분. 핸드폰이 까똑까똑 소리를 내며 배정받은 기사가 도착했음을 알려왔다. 그는 이로 입술 안쪽 살을 뜯다가, 지갑에서 만 원짜리 세 장을 꺼냈다. 식탁으로 다가가 1초 정도 뜸을 들인 뒤 조그맣게 말했다.

"차비로 써."

조심해서 가라는 말도 할까 생각하다가, 말없이 돌아섰다. 현관문을 열자 기다렸다는 듯 후끈한 공기가 달려들었다. 오후에 비가 온다는 예보를 들었던 기억이 떠올랐지만, 그는 다시 집으로 들어가기보다 우산 없이 길을 나서는 편을 택했다.

3/

기사는 운전이 거칠었다. 지성은 택시 천장에 달린 손잡이를 붙잡고 토하지 않으려 기를 썼다. 천천히 가달라고 두어 번 말했는데도 기사는 속도를 늦추지 않았다. 오히려 그런 말을 들으면 더 세게 달리는 것 같았다.

핸드폰 번호를 물을 걸 그랬나.

한 손으로 손잡이를, 한 손으로 배를 붙잡고 웅크린 채 지성은 아침을 함께 먹은 여자를 생각했다. 연결되지 않은 간밤의 기억들에 여자를 맞추어 넣으려 갖은 애를 썼다. 시절과문학사의 편집장이 건너편에, 옆자리에 민주가 앉아 있었다. 민주가 술을 따라주려는 걸 뿌리치고 직접 제 잔에 술을 따랐다. 여기까지는 선명하다. 문제는 그 다음부터다. 아무리 반복해도 그 후의 기억이 흐릿했다. 자리에서 일어서다 그 자리에 주저앉던 장면, 민주가 어깨를 치며 괜찮으냐고 묻던 장면이 물속에 잠긴 듯 출렁이며 떠올랐지만, 장면들이 연결되어 의미 있는 흐름을 만들어내지는 못했다. 그리고 출렁이는 기억의 어느 부근에도 그 여자, 아침에 그의 옆에 나체로 누워 있던 그 여자의 모습은 섞여 있지 않았다. 하아. 그는 크게 숨을 내쉬며 허리를 폈다. 도대체 이 여자를 내가 어디서 만났단 말인가.

끼이익 소리를 내며 차가 급정거하는 바람에 펴졌던 그의 몸이 앞으로 쏟아지며 보조석에 머리를 부딪혔다.

"쌍놈의 새끼, 저걸 확 그냥……"

기사의 거친 말투를 들으며 지성은 신음을 삼켰다. 10시 40분. 기사는 사이 간격이 넓지 않은 차들 사이를 무리하게 칼치기하며 끼어들려다 연이어 실패했고, 그때마다 욕지거리를 쏟아냈다. 나지막하게 시작된 기사의 음성은 승객인 지성의 무반응에 힘입어 점점 음량을 높여갔다.

"야, 이 개새끼야!"

차머리를 불쑥 들이밀다 부딪칠 뻔한 옆 차에 차창을 내리고 욕설을 퍼붓는 기사의 목소리를 듣는데, 문득 여자의 이름이 떠올랐다. 나채리. "채리라고? '아'이야, '어'이야?"라고 묻는 자신의 모습. 성은? 물었을 때 여자가 빙그레 웃던 모습. 성? 성은 나야. 뭐? 나라고. 나채리. 택시가 갑자기 속도를 높이는 바람에 몸을 가누려 애쓰던 그의 입에서 악, 하는 신음이 새나왔다. 동그란 흰 떡 같은 얼굴. 그 얼굴이 만들어내던 곡선. 보조개. 환한 웃음. 나채리? 이름이 나채리라는 거야? 라고 묻던 순간의 자신의 음성이, 그때 지었던 웃음이 너무나 선명하게 떠올라 그는 깜짝 놀랐다. 기억이 어찌 이렇게 갑자기 돌아온단 말인가. 그러나 기억은 딱 거기까지였다. 그 앞도 뒤도 전혀 연결되지 않은, 음성과 여자의 얼굴 표정만 반짝거리는, 지극히 단편적인 기억이었다. 지성은 좌석에 기대 눈을 감았다. 여자의 이름을 안 뒤 내가 내 이름을 말해준 걸까? 내가 그 여자에게 순간적으로 호감을 품었을까? 여자가 우리 집에 가겠다고 했을까? 그렇게 해서 그 여자와 관계가 맺어졌을까? 그는 이를 움직여 왼쪽 볼의 안쪽 살을 뜯어냈다. 그럴 리가. 그럴 리가 없다. 모종의 관계가 있었다면 이렇게 깔끔하게 그 순간의 기억이 사라져 있을 리가 없다. 타인과 몸을 맞대는 순간이, 가장 치명적으로 만나는 순간이, 어떻게 그렇게 깔끔하게 증발해버릴 수 있겠는가?

지성은 안경을 쓴 뒤 차창을 내렸다. 더운 바람과 차들이 내는 굉음이 모지락스럽게 귓전을 파고들었다.

"에어컨 틀었어."

운전석에서 퉁명스러운 반말이 날아왔다. 지성은 얼른 차창을 올렸다.

그는 몸을 펴고 좌석에 기대앉으며 길게 한숨을 쉬었다.

"어제 많이 마셨나봐?"

백미러로 기사의 회백색 눈썹과 한쪽 눈이 올라왔다 내려갔다.

"냄새 많이 납니까?"

"나는 정도가 아니지. 그 정도면 운전자도 음주로 걸려, 재수 없으면."

갑자기 끼어든 앞차를 향해 난폭하게 클랙슨을 울리며 기사가 시위하듯 말했다. 의기양양하게 소리치는 기사의 음성을 들으며 지성은 조용히 한숨을 쉬었다.

지성은 술을 즐기지 않는 편이었다. 문학평론가라는 직업 때문에 허구한 날 시인, 소설가들과 어울려 술을 마셨지만, 그런 자리에 참석할수록 점점 더 술이 싫어졌다. 만취해 흐트러진 모습, 다른 사람들에게 피해를 끼치고도 미안해할 줄 모르는 모습을 추하다는 말 외에 무엇으로 형용한단 말인가. 그저 방종, 무책임, 겉멋만 질펀하게 널려 있을 뿐이다. 그런데 그렇게 생각했던 자신이, 요즘 들어 술을 들이붓고 있다.

민주와 그렇게 된 다음 날 맞았던 아침을 떠올리며 지성은 차창에 머리를 기댔다. 그가 인생 최초로 '필름이 끊긴' 뒤 맞은 아침이었다. 그날, 그는 자신에 대한 모멸감에 허우적거리며 다짐했다. 다시는 이런 일이 생기지 않도록 하겠다고. 그로부터 한 달이 채 지나지 않았는데, 이번에는 생판 모르는 여자와 한 침대에서 잠에서 깨어났다. 이게 말이 되는 일인가. 6차선 도로를 난폭하게 칼치기하는 택시 안에 앉아 흔들리며 그는 하염없이 자신을 다그쳤다. 김지성. 왜 이러는가. 대체 무엇이 모자라서, 무엇이 아쉬워서 자꾸 술병을 끌어당기는가.

녹음실 공기가 이상하다고 느낀 건 사전 회의를 시작한 지 얼마 지나지 않아서였다. 처음엔 술 냄새 때문일 거라 생각했다. 그래서 와서 말 걸기를 꺼리는 것이리라고. 민망해할 그를 생각해 일부러들 피해주는 거라고. 인턴인 조윤아가 커피를 가져다주며 자신과 눈 마주치기를 피한다는 사실을 인식한 뒤에야 지성은 깨달았다. 뭔가가 있다는 것을.

"왜들 그래요?"

본 녹음에 들어가기 직전, 시그널 음악이 흘러나오는 틈을 타 지성은 공동 진행자인 크리스탈에게 물었다. 인디밴드 싱어이자 두 권의 책을 낸 작가인 크리스탈은 직설적인 사람이었다.

"아무래도 조심하는 거겠죠. 어제 토론, 이쪽 진영에서 편안하게 받아들일 스탠스는 아니었잖아요. 물론 교수님은 충분히 다 감안하고 발언하셨겠지만."

크리스탈은 스크립트에 시선을 둔 채 빠르게 말했다. 지성은 크리스탈의 숙인 머리통과 어깨에 불규칙적으로 늘어진 파란색 머리칼을 쳐다보았다. 일개 시간강사인 자신을 꼭 '교수'라고 칭하는 셀럽을. 생각해보면 이 여자도 그랬다. 녹음실에 들어선 내내, 그와 시선을 마주치지 않았다.

녹음이 진행되는 동안 지성은 평소처럼 크리스탈을 쳐다보며 말했지만 크리스탈의 시선은 스크립트에 못 박혀 꿈쩍도 하지 않았다. 가끔 쳐다보더라도 얼른 시선을 돌려 그와 마주하고 싶지 않다는 의지를 확연히 드러냈다. 지성은 준비해간 원고를 국어책 읽듯 읽고, 날아오는 크리스탈의 말에 짧은 답변으로 응수했다. 중반 이후 한 시간가량은 무슨 말을 했는지 거의 기억이 나지 않았다. 자신이 엉뚱한 길에 들어섰다는 것, 그 길에는 당혹스러운 일들이 도사리고 있으리라는 것, 그런 예감에서 오는 불안감으로 자신이 엄청나게 떨고 있다는 것, 말을 하다가 전체 맥락을 놓쳐 번번이 처음부터 다시 말하고 있다는 것, 그럼에도 불구하고 누구도, 크리스탈은 물론이고 피디와 작가도, 못마땅한 기색 한 번 보이지 않고 끝까지 그런 지성을 참고 견뎌내고 있다는 것이 녹음 때 그가 인식했던 전부였다. 그 부자연스러움, 그 비밀스러운 담합의 공기에 녹음이 끝나고 작별인사를 나눌 때까지 지성은 압도당해 있었다.

지성의 정신이 돌아온 것은 다음 녹음 팀의 피디가 들어와 아직 안 끝났냐고 물었을 때였다. 크리스탈과 피디, 작가와 인턴은 모두 빠져나가고 지성 혼자 남아 녹음실을 지키고 있었다. 담배 냄새에 전 50대 남자 피디에게 꾸벅 고개를 숙여 보인 뒤, 지성은 서둘러 녹음실을 빠져나왔다. 그 길로 방송국 건물을 나와 무작정 걸었다. 오후 1시. 거칠 것 없다는 듯 만방에 제 힘을 과시하는 한여름 태양 아래, 점심시간을 맞은 직장인들이 분주히 거리를 오가고 있었다. 평소 녹음 팀과 자주 가던 쌀국수 집 앞에서 잠깐 멈췄다가, 그는 다시 걸음을 옮겼다. 녹음을 끝낸 뒤 찾아온 지인들과 함께 갔던 돈가스 집도 그냥 지나쳤다. 등과 이마에 축축하게 땀이 배어나오는 걸 느꼈지만 그는 방송국들이 들어선 휘황한 거리의 어느 가게에도 들어갈 수 없었다.

5/

지성은 셔츠가 땀으로 흥건히 젖을 때까지 걸었다. 7월의 중반. 태양은 가차 없고 공기는 축축했다. 저녁부터 시작된다는 장마를 예고하듯 온 세상이 습기에 진득하게 절어 있었다. 그는 어기적어기적 발걸음을 옮겼다. 끊임없이 나타나던 고층 건물들이 어느 순간 시야에서 사라지더니 마을버스 정류장이 나오고, 낡은 아파트촌이 나왔다. 건너편에 늘어선 빛바랜 베이지색 아파트 건물들을 무심히 바라보다가, 그는 횡단보도를 건너 아파트 단지로 들어섰다.

오래된 아파트 건물들은 모두 남쪽을 향해 서 있었고, 조경은 투박했다. 드문드문 심긴 덩치 큰 버드나무들이 15층짜리 낡은 건물들에 그림자를 드리웠다. 굉음을 내며 지나가는 배달 오토바이와 층층이 들어찬 에어컨 실외기에서 나는 소음이 아니었다면 아무도 살지 않는다 해도 믿을 만한 곳이었다. 무심코 이마를 훔친 뒤 손에 물처럼 배어나오는 땀을 인식하며 지성은 안도감을 느꼈다. 평소였다면 어떻게든 피하려 했을 한여름 햇살이, 그 아래에서 걸으며 성실하게 땀을 흘리고 있다는 사실이, 이상한 안정감을 가져다주었다. 이대로 계속 걸을 수도 있겠다고 생각하다가, 5층짜리 건물 앞에 멈춰 섰다. 군데군데 금이 가고 부서져나간 건물은 잡다한 가게들로 가득 차 있었다. 세탁과 김밥과 칼국수와 냉면과 핸드폰과 헤어라 쓰인 간판들을 주욱 훑다가 건물 안으로 들어섰다. '신메뉴 알탕'이라 쓰인 형광색 광고지를 부착한 가게 문을 열자 전자음으로 '엘리제를 위하여'가 흘러나왔다. 실내 탁자가 열댓 개 정도 되어 보이는 넓은 음식점이었지만 손님은 한 명도 없었고, 지성이 들어왔음을 알아채는 이도 없었다. 문을 열고 다시 나가려 하는 순간, 어서 오세요, 하는 저음의 음성이 들리면서 희끗한 머리의 남자가 모습을 드러냈다.

주문한 알탕이 나오길 기다리면서 지성은 뒷주머니에서 핸드폰을 꺼냈다. 암호패턴을 입력하고 포털 화면을 띄우자 기다렸다는 듯 자신의 이름이 눈을 침투해 들어왔다. 그는 검색어 1위에 올라 있는 제 이름, 김지성을 클릭했다. 그러자 비슷한 제목의 기사가 순식간에 도열했다.

김지성, 이휘성 지적에 "내가 들었으니까요"
김지성 발언 "내가 확신하니까요" 누리꾼들 유행어로 떠올라
시사토론 김지성 발언 "내가 들었으니까요", 패러디 봇물

지성은 빠르게 스크롤을 내리다가 동영상 코너에서 멈췄다. 맨 왼쪽에, 흥미롭다는 듯 웃고 있는 이휘성과 한쪽 손을 든 채 입을 벌린 자신의 모습을 스틸컷으로 잡은 동영상이 있었다. 그는 영상의 플레이버튼 위에 손을 올린 뒤 잠깐 동안 망설였다. 안 보는 게 낫지 않을까. 그러나 그의 손이 어느새 플레이버튼을 누르고 있었다.

영상이 시작되기 전, 검은 화면에 동그라미들이 점점이 퍼져나가는 표시를 보고 있는데 갑자기 눈앞이 캄캄해지면서 숨이 막혀왔다. 지성은 등을 세우고 심호흡을 했다. 자신이 출연했던 프로그램 영상 밑에 달린 댓글을 확인할 때마다 겪었던 증상이지만, 오늘은 유난히 강도가 셌다. 그는 주먹을 꼭 쥐었다.

영상은 한쪽 손을 허공에서 빙빙 돌리며 목에 핏대를 세우는 지성의 모습으로 시작했다. 벌건 눈으로 덤벼들 듯 열변을 토하는 모습으로.

"꼭 직접 확인해보지도 않은 사람들이 그렇게 말하죠. 그 기자분은 직접 현장엘 갔어요. 가만히 앉아서 펜대를 놀린 게 아니라 당사자 이야기를 듣고, 장소에 직접 가봤단 말입니다."

화면 속 지성이 흥분해 말하는 동안 건너편에 앉은 이휘성의 눈이 광채를 발하기 시작했다. 지성은 고개를 들이밀고 화면에 뜬 자신의 토론 상대를 관찰했다. 요즘 학계의 아이돌로 불리는 40대 초반의 사회학자, 이휘성의 앉은 품새는 안정적이었다. 입가엔 부드러운 미소가 걸려 있었고, 종종 옆자리에 앉은 최경주와 눈을 맞추었다. '진짜 재미있지 않습니까?'라고 말하는 듯한 눈빛. 지성은 쾅 소리가 나게 핸드폰을 내려놓았다. 동영상이 혼자 돌아가도록 내버려둔 채 마른세수를 했다. 이휘성과 최경주의 눈빛, 미소, 시선 교환. 그것이 무엇을 의미하는지, 그는 너무나 잘 알고 있었다. 그것은 승리의 세리머니였다. 상대방이 토론 현장에서 이성을 잃고 어리석은 모습을 보일 때면, 논리를 잃고 폭주할 때면, 흐뭇해하면서 자신이 짓곤 했던, 자신과 한 팀을 이룬 누군가와 함께 나누었던 세리머니였다.

김지성 왜 저렇게 화났어, 싸우러 나왔나

50년 동안 이불킥할 장면 시전 ㅋㅋㅋㅋ 김지성도 이제 맛이 갔네

지성아 좀 참지 그랬니, 조금 있으면 후회돼서 미쳐버릴 텐데

밑에 달린 댓글들을 훑어보다가 지성은 영상을 꺼버렸다.

숟가락으로 알탕에 든 알을 건져올리는데, 속에서 욕지기가 치솟아올랐다. 빌어먹을. 처음부터 그 프로그램에 출연하는 게 아니었다. 사회를 맡았던 정재영이 하도 간곡하게 부탁하기에 어쩔 수 없이 나갔다. 그게 실수였다.

지성은 건져올린 알덩어리를 입에 넣고 우물우물 씹었다. 그렇지만 버티지 못했을 것이다. 결국 출연하게 되었을 것이다. 지성 외에 누가 그 자리에 나갔겠는가? 지성은 대한민국에서 몇 안 되는 '진영 논리에 휩쓸리지 않는' 지식인이었고, 프로그램을 기획한 이들도 그 사실을 알고 있었다.

식당 문이 열리면서 교복을 입은 남학생 네 명이 들어왔다. 교복을 입지 않았다면 성인으로 보였을, 어깨가 떡 벌어진 장신의 남학생들이었다.

"여기 물 좀 더 주세요."

지성은 주방 바로 앞 테이블에 앉아 핸드폰을 들여다보는 반백의 남자에게 손을 흔들어 보였다.

"씨발, 그럴 거면 처음부터 말을 하든가!"

건너편 자리에 앉아 왁자지껄 떠들어대던 남학생 무리 중 하나가 큰 소리로 외쳤다.

물을 받아들며 지성이 고개를 끄덕해 보였지만 반백의 남자는 쳐다보지 않고 자리로 돌아갔다.

건너편 테이블에서 "씨발, 니가 하자고 한 거잖아, 이 씹탱아", "씨발 그럼 지금이라도 가든가, 이 좆밥아!" 하는 말들과 깔깔거리는 웃음소리가 왁자하게 들려왔다.

지성은 벌컥벌컥 물을 마신 뒤 컵을 내려놓았다. 그 자리는 갈 수밖에 없었고, 그는 그 발언들을 할 수밖에 없었다. 설령 어젯밤 토론에 참가하지 않았다 해도 언젠가는 어제와 같은 발언을 하게 되었으리라. 그리고 엄청난 비난 세례를 받았으리라. 진보운동 하던 놈이 나이 들어 꼰대가 되었다는 경멸의 칼침, 배신자라는 칼침을.

"아, 씨발 좀 놔봐."

밥을 먹던 학생 중 하나가 제게 매달려 키득거리는 친구를 밀치며 외쳤고, 밀쳐진 친구가 넘어지는 시늉을 하다가 그대로 바닥에 엎어져버렸다.

"이 새끼, 진짜."

엎어졌던 남학생이 험악한 표정으로 일어서며 고함을 지르더니, 이내 저를 밀친 친구의 옆에 앉아 어깨를 물어뜯는 시늉을 했다. 한동안 둘은 이 새끼 저 새끼 씨발, 좆만 한 게, 같은 욕설을 랩처럼 주고받더니 한순간 크하하, 변성기 특유의 꺾인 음성으로 웃음을 토해내며 자지러졌다.

몸만 성인이지 하는 짓은 일곱 살 어린애들 같은 남학생들을 건너다보며 쓴웃음을 짓다가, 지성은 숟가락을 놓고 자리에서 일어섰다.

"계산요."

큰 소리로 외쳤지만 핸드폰에 고개를 박은 반백의 남자는 미동도 하지 않았다.

"계산할게요."

더 크게 외치자 남자가 비칠비칠 일어섰다. 남자가 자리로 다가오는 것을 바라보며 지성은 바지 뒷주머니에서 지갑을 꺼냈다.

"안녕히 가세요."

생에 대한 의욕이라곤 1도 없어 보이는 반백의 남자의 목소리를 들으며 가게 문을 열고 나오다가, 지성은 고개를 돌렸다. 집채만 한 덩치의 남학생들이 낄낄거리며 지저분한 밥상 위에서 부단히 상체를 움직여대는 모습이 커다랗게 눈에 잡혀왔다.

선 채로 가만히 그 모습을 보다가, 지성은 뒤돌아 가게를 빠져나왔다. 소란스러운 남학생들의 모습에서 자신이 무엇을 떠올렸는지는 자명했다. 그랬다. 어제 이휘성과 최경주와 각을 세우며 자신이 비판했던 대상은 '이원형'이라는 이름의 이 나라 교육부 장관이었고, 그 교육부 장관은 자신과 중고등학교를 같이 다닌, 심지어 대학도 같은 곳으로 다닌 '동창'이었다. 그들이 친구라는 건 전 국민이 다 아는 사실이었고, 어젯밤 11시, 생방송 티브이 토론을 통해 자신은 동창인 이원형을 범죄자라고 천명했다. 대통령이 가장 신임한다는 내각 장관에게 극강의 언어로 비난을 가했다. 그렇게 해서 그는 '국민 배신자'로 등극했다. 그러니까 지성이 눈앞의 남학생들을 보면서 떠올린 것은 자신과 현 정권 교육부 장관의 과거 모습, 정확히 말하면 국민들이 그러할 것이라 상상하는 환상 속 죽마고우의 모습이었다.

6/

신발을 벗고 집 안으로 들어서다 지성은 헉, 소리를 냈다. 소파에 아내가 누워 있었다. 아니, 아내의 옷을 입은 누군가가 누워 있었다. 새근새근 숨소리를 내며 자고 있는 소파 위 생명체를 잠깐 동안 쳐다보다가 그는 발로 소파를 툭 찼다.

"야!"

커다랗게 외치자 잠들었던 생명체가 어깨를 움찔거리며 잠에서 깨어났다. 고개를 움직이는가 싶더니, 다시 몸을 웅크리고 잠들었다. 지성은 거실 등을 켜고 소파 앞에 주저앉았다. 눈앞의 광경은 괴기스럽기 짝이 없었다. 품이 넓고 주름이 여러 겹 잡힌 쑥색 셔츠는 아내가 네팔 여행에서 사 온 것이고, 펑퍼짐한 연보라색 면바지는 아내의 상담실 동료가 인도를 다녀오는 길에 사다준 것이었다. 같이 살던 시절, 흐릿한 색상이 조화를 이루어 상하의 세트라 해도 믿을 만한 이 풍덩한 차림새로 아내는 커다란 검은색 소파에 드러눕곤 했다. 아내가 짐을 챙기러 돌아온다면 제일 먼저 이 옷가지들을 챙길 것이었다. 그만큼 좋아하고 즐겨 입는 옷이었다.

연애 때의 아내는 달랐다. 몸에 타이트하게 붙는 옷을 입었다. 훗날의 가치관으로는 '인위적이기 그지없다'고 폄하하게 될 스타일의 옷을 맵시 있게 차려입었다. 아내의 스타일이 바뀐 건 결혼 후 시민단체 활동에 참가하면서부터였다. 이런저런 단체에서 만난 활동가들과 어울리는 시간이 많아지면서 관심사가 바뀌더니, 어느 날부턴가 옷 입는 스타일이 변했다. 그는 아내의 새로운 관심사들만큼이나 옷 입는 스타일이 마음에 들지 않았다. 그런 옷을 입을 무렵부터 그와 데면데면해졌기 때문이다. 그런데 그 옷을 지금, 이 통통한 여자가 입고 있다.

"야, 일어나."

지성은 태평하게 숨소리를 내는 여자의 어깨를 흔들었다.

"일어나라니까."

손가락 두 개로 다시 한번 어깨를 흔들자 여자가 인상을 쓰며 눈을 떴다.

"으음…… 왔어?"

여자가 몸을 돌리더니 두 팔로 지성을 확 끌어당겼다.

"뭐야."

엉겁결에 여자의 품에 안긴 지성이 몸을 빼내며 소리 질렀다. 이 여자가 지금 뭐 하자는 거야.

"너 왜 안 갔어?"

지성이 흐트러진 옷차림을 바로잡으며 눈살을 찌푸렸다. 이 여자를 다시 보게 될 줄 몰랐다. 아침에 얘기가 다 끝나지 않았던가? 지성은 고개를 돌려 주방을 보았다. 말끔히 치워진 식탁이 눈에 들어왔다. 맥주캔과 와인병, 일회용 배달용기로 뒤덮여 있던 식탁이 깨끗하게 치워져 있고, 설거지거리가 위태롭게 쌓여 있던 싱크대 개수대도 완전히 비어 있었다. 시선이 가스레인지 위에 놓인 두 개의 흰색 냄비에 머물렀을 때에야 그는 집에 들어설 때부터 후각을 침투해온 냄새의 정체를 알았다. 매콤한 찌개와 볶음 냄새. 기름을 두르고 뭔가를 익힐 때 나는 냄새, 누군가 작정하고 두어 시간을 들여야 만들어낼 수 있는 냄새, 아내가 집을 나간 후 1년 동안 맡아보지 못했던 냄새였다.

"내가 밥 해놨어."

여자가 비음 섞인 소리로 말하며 고개를 양쪽으로 흔들더니 다시 지성을 당겨 안았다. 하얗고 부드러운 여자의 피부가 몸에 감겨오며 달달한 향내를 풍겼다. 여자에게서는 꽃향 같기도 하고 아기분 같기도 한 향내가 풍겼다.

지성은 여자를 밀치며 자리에서 일어섰다.

"너 뭐야?"

맞닿은 타인의 살이 주었던 충격에 휩싸인 채 그는 과장되게 화를 냈다. 잘 알지 못하는 타인이 멋대로 집 소파에 누워 있다는 사실이, 멋대로 손을 내밀어 자신을 안았다는 사실이, 그로 인해 자신이 얼마나 외로운지를 실감했다는 사실이, 그를 화나게 했다. 여자에게 안긴 순간 자신이 느꼈던 감정, 그러니까 타인과 살을 맞대는 행위에 엄청난 기쁨을 느꼈다는 사실이 그를 겁나게 했다.

"나? 나…… 채리."

여자가 자리에서 일어서 그를 쳐다보며 씨익 웃었다. 여자를 보면서, 지성은 자신이 똑바로 선 여자의 모습을 처음 본다는 사실을 깨달았다. 여자는 생각만큼 거구가 아니었다. 보기보다 몸집이 작으며, 살집이 있긴 해도 보기 민망할 정도로 뚱뚱하지는 않았다.

"누가 너 이름 물어봤어? 여기서 뭐 하냐고 묻는 거잖아. 너는 어떻게 된 애가 생전 처음 보는 남자 집에……"

"갈 데가 없어. 며칠만 재워줘."

여자가 노랗게 물들인 단발머리를 귀 뒤로 넘기며 말했다. 새침한 표정을 지으며 그의 눈치를 살피는 폼이 그래도 제가 하는 말이 부끄럽다는 생각은 하는 것 같았다.

"너, 내가 누군지 알아?"

이 여자는 누굴까? 내가 누구인지 알고 접근한 걸까?

여자가 바지 밑단을 끌어올리며 지성의 눈치를 살폈다. 아내는 키가 큰 편이었다. 170센티미터에 가까운 사람이 입던 옷을 입자, 끌리는 바지 밑단으로 여자의 작은 키가 여실히 드러났다.

"김지성이잖아."

여자가 새삼 그런 걸 묻느냐는 듯 어깨를 으쓱해 보이더니 고개를 젖히고 깔깔깔 웃었다. 여자의 목소리는 울림이 좋은 편이었는데, 웃을 때는 말할 때보다 한층 풍성하고 윤기 있는 소리로 변했다. 지성은 허, 소리를 내며 고개를 옆으로 돌렸다가 다시 여자를 보았다.

"이름 말고, 내가 하는 일 말이야."

여자는 턱을 만지면서 지성을 빤히 쳐다보더니, 바지의 허벅지 부분을 양손으로 붙잡아 올리고 주방으로 걸어갔다.

"내가 된장찌개랑 오징어볶음 해놨어."

낭랑하게, 날아갈 것 같은 하이톤으로 말하는 여자. 태곳적부터 이 집의 살림을 도맡아 해왔다는 듯 천연덕스럽게 말하는 여자의 뒷모습을 보다가, 지성은 성큼성큼 주방으로 갔다. 가스레인지에 불을 올리는 여자의 팔목을 붙잡고 눈을 똑바로 쳐다보았다.

"가라."

흔들리는 눈으로 그를 보던 여자가 붙잡히지 않은 손을 입으로

질겅질겅 씹었다. 아까부터 건들거리던 상체를 더욱 심하게 건들거리는 폼이, 잠시라도 가만히 있지 못하는 어린애 같았다.

"어디 가서 며칠 지낼 만한 돈을 줄게. 여기서 이러지 마라."

여자를 붙잡지 않은 쪽 손으로 바지 주머니에서 지갑을 꺼냈다. 어쩌면 누군가가 꾸민 음모일지도 모른다. 그를 추락시키려고 일부러 이 여자를 보냈을지도 모른다. 물론 과한 생각이라는 건 안다. 대체 누가 그런 짓을 한단 말인가? 그래도 어쨌든, 전 국민이 보는 공중파 방송에 걸핏하면 얼굴을 내밀고 발언하는 기혼남성이, 별거 중이라 해도 어쨌든 법적으로 기혼인 남자가 잘 알지도 못하는 여자를 집에 데리고 있다는 게 가당키나 한 짓인가.

여자가 지성에게 붙잡힌 손을 빼내며 돌아섰다. 차렷 자세를 한 뒤 두 손을 모으고 고개를 숙였다.

"일주일만, 딱 일주일만 있게 해주세요."

다소곳하게 어깨를 수그린 여자의 입에서 공손한 존댓말이 튀어나왔다. 지성은 웃음이 나오려는 걸 꾹 참았다. 이 황당한 상황을 어떻게 해야 한다? 마주 선 둘 사이에 어색한 침묵이 흘렀다. 지성이 목청을 가다듬으며 지갑에서 현금을 꺼내려는 순간, 고개 숙인 여자의 발밑으로 눈물이 뚝뚝 떨어져내리는 것이 보였다. 허, 지성은 입으로 바람을 불어 앞머리를 흐트러뜨렸다

"와, 미치겠다. 야, 너 왜 이래! 내가 너한테 뭘 했다고. 그만 울어!"

지성이 얼굴을 쓸어내리며 뒤돌아섰다, 한숨과 함께 다시 돌아선 뒤, 식탁 위에서 티슈를 뽑아 왔다.

"네가 누군지 알고 너를 여기에 재워? 너 같으면 그러겠냐? 내가

미쳤어?"

지성의 날카로운 음성을 듣자 여자의 어깨가 들썩이기 시작했다. 그 모습을 보자 그는 여자를 때리기라도 한 것처럼 죄책감을 느꼈다. 그는 휴지를 여자의 얼굴 가까이로 들이밀며 상체를 숙여 여자의 얼굴을 들여다보았다.

"괜찮아? 눈물 닦고 앉아봐. 얘기 좀 하자."

여자가 지성의 손길을 확 뿌리치고 바닥에 주저앉았다. 그리고 울기 시작했다. 우어엉, 우어엉, 둥글게 몸을 만 여자의 몸에 걸쳐진 아내의 쑥색 웃옷의 어깨장식이 들썩거리는 걸 내려다보며 그는 길게 한숨을 내쉬었다. 누가 나를 데리고 이런 농담을 하는가. 누가 이런 어처구니없는 장면을 연출했는가.

7/

우는 여자를 달래 같이 저녁을 먹었다.

쪼그려 앉아 울다가 급기야 주방 바닥에 엎어져서 우는 여자를 달래 밥을 먹자고 설득하는 과정은 피곤하고 짜증스러웠다. 무엇보다, 그 소리. 오장육부를 토해내는 듯한 서러운 울음소리를 듣고 있기가 고통스러웠다. 먹지 않겠다는 걸, 저리 가라고 언성을 높이며 울어대는 걸 설득해 식탁에 앉혔을 때, 여자는 거짓말처럼 울음을 그쳤다. 찌개를 데우고 오징어볶음을 다시 볶아서 지성이 차려낸 식탁에 앉아 여자는 맛있다는 말을 스무 번쯤 반복하며 밥그릇을 비웠다.

"내가 만들었지만 진짜 맛있다, 그치?"

여자는 말도 안 되는 말을 한 뒤 그치, 라는 말로 상대에게 동의를 구하는 바보 같은 버릇이 있었다. 밥을 한 번 더 퍼 담아 게걸스럽게 먹는 여자를 보며 지성은 혀를 찼다.

"너 한 열흘쯤 굶은 애 같다?"

"열흘까지는 아니고. 히힛."

먹는 게 마냥 좋은 듯 여자는 웃음을 감추지 못했다. 그래도 그렇게 막 나가는 인생을 살지는 않았던 듯, 먹는 폼이 제법 얌전했다. 허겁지겁 먹기는 했지만 뭔가를 흘리거나 먹는 소리를 요란하게 내지는 않았다.

밥을 몇 숟갈 뜨다 말고 지성은 핸드폰으로 영상을 시청했다. 찌개는 너무 짜고 볶음은 너무 매웠다. 직접 해도 그보다는 잘하겠다 싶었지만, 말하면 골치 아파질 것 같아 아무 말도 하지 않았다.

"뭘 보는 거야, 지성?"

열정적으로 음식을 입에 퍼 담던 여자가 배가 불렀는지 지성 쪽으로 고개를 죽 뺐다.

"와, 지성 티브이에 나오는 사람이야? 우와우와, 저 남자 지성 맞지?"

어느새 식탁을 빙 돌아와 그의 옆에 선 여자가 어깨에 매달리며 호들갑을 떨었다. 여자에게서 나는 특유의 분 냄새와 입안의 음식 냄새가 코를 뚫고 들어왔다.

"야! 떨어져."

그가 옆으로 확 옮겨가는 바람에 지이익, 의자 끄는 소리가 났다.

"뭐 하는 사람인데 이런 데 나와, 지성? 연예인이야?"

여자가 놀란 듯 입을 양옆으로 길게 늘어뜨리며 힘을 주는 동작을 몇 번 한 뒤 뒤로 물러섰다. 그러면서도 고개를 죽 뺀 채 화면에서 시선을 떼지 않았다. 여자는 지서엉, 연예인이야아아, 하며 어미를 길게 끄는 버릇이 있었고, 그런 억양이 안 그래도 곤두서 있던 그의 신경을 뾰족하게 만들었다.

"야!"

지성이 고개를 돌리며 소리를 질렀다.

"너 왜 자꾸 내 이름 불러? 지성, 지성, 내가 너 친구야?"

대체 내가 왜 이런 이상한 여자랑 이런 다툼을 벌이고 있어야 하는가. 이 여자는 왜 나한테 들러붙어서 떨어지지 않는가.

"그럼…… 뭐라고 불러?"

여자가 눈을 깜빡이더니 슬금슬금 제 의자로 돌아갔다.

"아우, 그래, 그냥 지성이라고 해라. 뭐 백날 같이 살 것도 아니고. 너, 내일 아침엔 집에 갈 거지? 오늘은 너무 늦었으니까 그냥 여기서 자라. 그래도 내일은 절대! 절대 여기 있으면 안 된다!"

낙조가 끝난 하늘은 그새 진청색으로 물들었고, 열린 부엌 창으로 빗방울이 날아들기 시작했다. 풀벌레 소리가 잦아들면서 어둠 가운데 휘청거리는 나뭇가지들이 보였다. 갈 데 없는 여자를 내보내기에 썩 좋은 상황은 아니었다.

"와, 정말?"

빈 밥공기에 눌어붙은 밥알들을 닥닥 긁어모으던 여자가 반색을 했다.

"지성은 역시 착해."

다시 그의 이름을 들먹이는 여자. 순간 왈칵 짜증이 났지만 그는 화면에서 눈을 떼지 않았다. 여자와 되도록 말을 하지 말자고 다짐하며 놓친 영상을 다시 보려고 앞으로 돌렸다.

"그런 걸 고정관념이라고 하는 겁니다. 상황이 바뀌었는데도 원래 갖고 있었던 생각에서 벗어나지 못하는 현상. 문제는 뭐냐면 지금 질문한 방청객과 같은 생각을 하는 사람들이 한둘이 아니라는 사실입니다."

방청객 질문에 답하는 그의 모습이 다시 잡혔다. 그는 한쪽 손으로 이마를 괴고 핸드폰을 끌어당겼다. 이의를 제기하는 방청객에게 날 선 비판을 날리는 장면. 전날 밤 토론 중 딱 한 장면만 골라 지울 수 있다면 그는 그 장면을 지웠을 것이다. 그를 싫어하는 사람들이 늘 지적하는 그의 '싸가지 없음', '대중을 내려다보는 시선'이 극명하게 드러났고, 제가 보기에도 그 모습은 신경질적이고 오만했다.

"지성 화났어?"

다 비운 오징어볶음 그릇을 들고 접시를 핥던 여자가 다시 말을 걸었다. 고개를 숙이고 혀를 내민 채 그를 올려다보느라 깊게 주름 잡힌 여자의 이마 밑으로 부릅뜬 눈 속 동공이 확장되어 빛났다. 순간 그의 뇌리에 10대 시절 보았던 일본 공포영화 속 유령의 모습이 떠올랐고, 그는 꽥 소리를 질렀다.

"야, 너 지금 뭐 하는 거야!"

"아깝잖아. 양념 맛있는데. 이 양념이 그렇게 쉽게 맛이 나오지가 않거든."

여자는 '거든'이란 말을 '그든'에 가깝게 발음하며 길게 끝을 늘였다. 여자는 모든 말의 끝을 길게 늘이는 버릇이 있었다.

"작작 좀 해라. 아우, 더러워."

"근데 지성 화난 거야아?"

"뭐가?"

"저 안에서 말이야. 화난 거 같은데? 누구한테 화내는 거야아?"

지성은 여자를 흘끔 본 뒤 화면으로 시선을 옮겼다. 폐부 깊은 곳에서부터 후, 하는 한숨이 솟아올랐다. 이 여자한테도 명확하게 보이는 것이다. 자신이 화났다는 사실이. 그렇다. 그는 토론 내내 화가 나 있었다. 이원형이 사적 이익을 추구한 것이 명백히 드러났다. 그런데도 그것을 범죄가 아니라고 주장하는 대중에게 화가 났고, 그것을 범죄라 말하는 검사들에게 문제가 있다고 궤변을 늘어놓는 운동권 인사들에게 화가 났다. 그들은 흔히 '진보'라 불렸고, 한때 지성이 동지라 믿고 신념과 인생을 나누던 사람들이었다. 30년 넘게 신뢰와 희로애락을 나누어온 이들이었다.

"화내는 거 아니야. 의견이 다른 사람에게 내 의견을 피력하는 거지."

여자가 '피력'이라는 말을 알아들을까.

"지성은 뭐 하는 사람인데?"

다시 날아오는 질문. 그는 안경 밑으로 손을 넣어 감은 눈을 위아래로 문질렀다.

"난 문학평론가야."

지성은 담담하게 말했다. 귀찮았지만, 대답하지 않으면 더 귀찮아질 것 같았다.

"문학평론가?"

"문학평론가인데,"

그는 목청을 가다듬은 뒤 빠르게 말을 이었다.

"요즘엔 문학보다 문화평론, 시사평론을 더 많이 해. 가끔 저런 토론 프로에도 나가고. 저 프로에서는 나를 시사평론가로 섭외한 거야."

여자는 넋 나간 표정으로 그를 바라보았다. 느릿느릿 눈을 깜빡이는 게, 조물주의 실수로 눈 깜빡임 기능을 장착하게 된 돌연변이 물고기 같아 보였다.

문득 그는 궁금해졌다. 나는 뭐 하는 사람인가? 문학평론을 한 지 영겁의 시간이 지났다. 철학해제나 정치평론을 대량으로 생산해내는 나를, 아직도 문학평론가라 칭할 수 있을까? 요즘 토론 프로나 강연에서는 그를 문화평론가라 칭하고, 혹자는 교수라 칭하기도 한다. 하지만 그는 확신이 서지 않는다. 문화평론가라는 말은 너무 두루뭉술하고, 여기저기 강의를 다니긴 하지만 아직 보따리 시간강사에 불과하다. 그렇다면 그는 도대체 무엇이란 말인가?

"지성은 좋겠네?"

여자가 남은 찌개 국물을 거푸 떠먹으며 말했다.

"뭐가?"

화면에서 눈을 떼지 않은 채 지성이 답했다.

"테레비에 나오니까."

"뭐?"

지성은 코웃음을 치며 여자를 보았다.

'테레비'라고 말하는 여자의 억양이, 부러움을 가득 담은 말투가 너무 천진해서, 순간적으로 무장 해제되는 느낌이 들었다.

"넌 몇 살이니?"

"나?"

찌개 그릇 속에 든 두부를 건져올리던 여자가 눈을 깜빡이더니 답했다.

"서른다섯 살. 어제도 말했는데. 지성은 기억력이 나쁜가봐아아?"

"그래? 보기보다 많네?"

지성은 영상을 정지시키고 자리에서 일어섰다. 피곤이 몰려오면서 아직 샤워를 하지 않았다는 사실이 무겁게 밀려왔다. 쉰 고개를 넘어가면서 확실히 이전보다 금방 지치고 피곤해진다. 일주일에 세 번은 피트니스 센터에 가서 땀이 흠뻑 나도록 운동을 하는데도 그렇다. 마흔 고개를 넘었을 때와는 비교도 할 수 없는 변화다.

"다 먹었지? 여기 다 치우고, 가서 씻어라. 욕실은 저기."

지성이 턱으로 뒤편 화장실을 가리키자 여자의 시선이 그쪽을 향했다.

"저기서 씻고, 소파에서 자. 소파 불편하면 내가 여벌 요 꺼내줄게."

"소파에서 잘 수 있어."

여자가 고개를 끄덕이며 비장하게 말했다. 입을 앙다물고 눈을 크게 뜬 게 무슨 올림픽에라도 출전하는 사람같이 보였다.

"그래? 그럼 소파에서 자고. 내가 이불이랑 베개 좀 있다 꺼내줄 테니까 그거 덮고 자라. 난 이제 간다."

지성은 하품을 하며 안방으로 향했다. 피곤이 몰려와 금방이라도 쓰러질 것 같았다. 안방 붙박이장에서 이불과 베개를 꺼내 소파에 올려놓고 다시 안방으로 들어가려다가, 그는 몸을 돌려 여자에게 말했다.

"나 내일 강연 있어서 일찍 나가야 되거든? 넌 일어나서 알아서 하고 나가라."

여자는 말없이 냄비에 남은 찌개를 자기 국그릇으로 옮겨 담았다. 국자로 사기 냄비를 긁는 소리가 쩔그럭쩔그럭 울렸다.

"내 말 들었어?"

"어? 어."

여자의 시선이 짧게 그를 향한 뒤 다시 제 국그릇으로 옮겨갔다.

"야!"

지성이 다시 여자를 불렀다.

"응?"

"그 옷 벗어놓고 가라."

텅 빈 듯한 얼굴로 그를 응시하던 여자의 고개가 천천히 위아래로 움직이는 것을 확인한 뒤 그는 안방 문을 닫고 침대에 드러누웠다. 씻고 자야 한다는 생각이 들었지만 뭔가에 눌린 듯 몸이 일으켜지지 않았다.

그는 숨을 헐떡이며 걸었다. 여기가 어디지? 305호 강의실은 어디 있는 거야. 뛰는 가슴을 누르며 계단을 올랐다. 계단 끝에 놓인 문을 차례로 열었지만 나오는 건 다른 강의실뿐이었다. 그가 당도해야 할 305호 강의실은 어디에도 보이지 않았고, 가는 곳마다 교복을 입은 학생들이 이상하다는 듯 그를 응시했다. 얘들아, 305호실이 어디니? 묻기 위해 입을 벌렸지만 말이 나오지 않았다. 이상하게, 아까부터 말이 나오지 않았다. 얘들아. 얘들아. 그는 소리를 내려고 안간힘을 썼다. 입을 벌리고 몸에 힘을 주어 목소리를 쥐어짰다.

"얘들아!"

순간 눈이 뜨이면서 어둑한 방 안이 시야에 들어왔다. 덥고 축축한 공기, 규칙적으로 들려오는 숨소리. 꿈이었구나! 그는 눈을 뜬 채 한동안 천장을 응시하다가, 머리를 받쳤던 손을 빼내 옆에 누운 생명체에게 뻗었다. 반대쪽으로 웅크렸던 생명체가 몸을 돌려 그의 품속으로 들어왔다. 그는 제 품에 들어온 풍덩한 살덩어리를 두 팔로 끌어안았다. 머리칼을 쓰다듬고 얼굴을 비볐다. 부드러운 살결과 체온이, 달큰한 살냄새가 해일처럼 밀려왔다. 품속에 안긴 생명체도 손을 뻗어 그의 머리칼을 쓰다듬었다. 커다란 방 안이 그와 옆에 누운 이가 내는 숨소리로 가득 찼다. 이마를 맞대고 아기처럼 코를 비벼대던 여자의 입술이 갑자기 그에게 다가왔고, 타인의 입술이 제 입에 포개진다고 인식하는 순간 그의 내부에서 엄청난 욕망이 솟구쳤다. 그는 맹렬한 기세로 제게 다가온 생명체의 몸을 탐했다. 새벽. 커튼과 커튼이 맞닿은 틈새로 여명이 불그스름하게 방 안을 비추던 여름날에 일어난 일이었다.

9/

사람은 무엇으로 다른 이를 평가하는가. 타인을 평가하는 행위는 사람에게 무엇을 가져다주는가. 50명도 채 안 돼 보이는 청중의 면면을 살피며 지성은 생각했다.

"중요한 건 당위가 아니라 현실입니다."

'코로나 시대의 민주주의'라는 새로운 타이틀을 달았지만, 실상 지성이 늘 해오던 강연에서 크게 바뀐 게 없는 내용이었다. 130명 내지 150명으로 잡았던 예상수치를 훨씬 밑도는 청중이 모였어도 그는 당황하지 않았다. 수십 번씩 강연했던 내용이기에 눈을 감고도 거침없이 말할 수 있었고, 오늘 강연에 청중이 아무도 오지 않으리란 예상도 했던 터였다. 오히려 50명이라는 청중이 많게 느껴졌다.

"자신이 '그렇게 되어야만 한다'고 정해놓은 이상이 아니라 '실제로 일어나고 있는 현실' 위에서 사고하고 행동해야죠."

문제는 눈앞에 앉아 있는 청중의 머릿속이었다. 이들은 지금 무슨 생각을 하고 있을까? 그저께 밤 토론을 보면서 나를 '배신자'라 생각했을까? 배신자이긴 하지만 호기심 때문에 왔을까? 그 망신을 당한 뒤에 어떻게 대처하는지 지켜볼 요량으로?

"우리 사회의 문제가 이겁니다. 현실이 아니라 이상을 기반으로 플랜을 짜요. 자기한테만 진실인 걸 남들한테도 진실일 거라 착각한다는 겁니다."

지성이 현실과 이상의 괴리를 그림으로 그리기 위해 보드로 몸을 돌리는 찰나, 앞자리에 앉아 있던 여성이 가방을 챙기는 모습이 눈에 들어왔다.

"보세요. 이게 현실입니다."

보드마카로 동그라미를 그리고 그 안에 '반말'이라고 써 넣은 뒤 청중을 향해 돌아섰을 때, 가방을 챙긴 여자가 자리에서 일어나 나가는 게 보였다. 그의 시선이 여자를 뒤쫓았다. 맨 앞줄에 앉아 있었으니 나가는 모습이 남은 이들에게 너무나 선명하게, 너무나 오랫동안 보일 것이었다.

"현실에서 사람들한테 중요한 게 뭡니까. 먹고사는 문젭니까, 존댓말 반말 문젭니까?"

여자가 청중석 끝 쪽에 있는 출구를 향해 걸어가는데, 갑자기 중간쯤에 앉았던 남성이 벌떡 일어서서 자리를 빠져나갔다. 15석이 나란히 놓인 줄의 한가운데 앉았던 터라 죄송합니다, 죄송합니다, 를 연발하며 지나가야 했다.

"먹고사는 문제죠?"

지성이 내려놓았던 보드마카를 들어올리며 말했다. 여자가 문을 열고 나가는 소리가 난 뒤, 앉았던 열을 빠져나온 남자가 문을 향해 걸어가는 게 보였다. 거북이처럼 느린 걸음이었다.

"그런데 호칭 민주화 주장하는 사람들은 어때요?"

딸깍, 하고 남자가 문 여는 소리가 들려왔다. 지성의 머릿속이 하얗게 변했다.

"그 사람들 어떤가요?"

지성은 조금 전에 했던 말을 반복하며 정신을 가다듬었다.

"어떤가요?"

보드마카 끝으로 보드를 치며 다음에 할 말을 떠올렸지만 아무 생각도 나지 않았다. 머릿속에선 남은 청중 모두가 일어서서 퇴장하는 장면이, 그를 향해 배신자라고 야유하는 장면이 빠르게 재생됐다.

"비현실적으로 사고합니다. 호칭 문제가 제일 중요할 거라 생각하죠."

말을 잇지 못하고 멍하니 서 있는 지성을 향해 어떤 청중이 이렇게 말해주었다. 그는 눈을 감았다 뜨며 조용히 숨을 내쉬었다. 영원처럼 느껴졌던 시간 끝에 구세주처럼 날아온 말이었다. 방금 들려온 목소리, 굵고 힘찬 여성의 목소리에 고마움을 느끼며, 그의 뇌가 다시 작동하기 시작했다.

"그렇습니다. 그 사람들, 존댓말 하라고 관에서 정해주면 존댓말을 하고, 호칭을 '님'이라 통일하면 모든 관계가 평등해질 거라 착각하죠. 형편없는 월급은 그대로 두고 말입니다."

지성은 그동안 다른 강의에서 해왔던 말들을 떠올리며 무난하게 강연을 진행해나갔다. 다행히 강연장을 빠져나가는 사람은 더 이상 나오지 않았지만, 그는 당장이라도 보드마카를 내려놓고 엉뚱한 얘기를 하고 싶은 충동에 휩싸였다. 당신들 여기 온 목적이 뭐야? 당신들도 이원형 추종자인가? 이원형이 교육부장관 자리를 유지해야만 입시제도 개혁이 가능할 거라 생각하나? 나를 구경하려고 이 자리에 온 건가? 그렇다면 당장 나가달라고, 그 자리에 앉아서 주절거리는 나를 구경하지 말라고, 단호하게 말해주고 싶었다.

그러나 지성은 충동과 싸워 이기는 데 성공했고, 무사히 강연을 마친 뒤 박수를 받았다. 그 박수가 진심에서 우러나온 것인지, 연민에서 우러나온 것인지, 혹은 흥미로운 쇼를 감상한 데 대한 쾌감에서 우러나온 것인지 알 수 없었지만.

강연이 끝난 뒤 문학세상 본사에 가는 길, 지성은 대리기사를 불러 운전을 맡겼다. 마포에서 파주면 그리 먼 길이 아니었지만 운전을 할 만한 상태가 아니었다. 10분을 넘기지 않고 등장한 대리기사에게 차 키를 건넨 뒤 뒷좌석에 앉아 잠을 청했다. 새벽에 깬 뒤 잠을 자지 못한 몸이 나른하게 노곤함을 호소해왔다. 어디 가서 사우나를 했으면 좋겠다, 생각하면서 눈을 붙이는데, 아까부터 자신을 정령처럼 휘감고 돌던 존재가 슬그머니 형체를 드러냈다. 부드럽고 따뜻했던 살, 타는 듯한 촉감을 선사했던 혀, 몸에 감겨오던 부드러운 팔. 그것은 새벽에 안았던 여자, 나채리의 체온이었다. 전화번호라도 물어볼 걸 그랬나, 생각하다가 그는 까무룩 잠에 빠져들었다.

10/

회의실은 후덥지근했다. 에어컨 고장 때문에 선풍기 여러 대를 동시에 틀어놓아 사방에서 들들들들 소리가 났다. 책상에 놓인 서류들이 선풍기 바람에 펄럭였고, 음료 용기에 맺힌 물방울들이 사각 테이블 여기저기에 물웅덩이를 만들어냈다.

"저는 이것이 모두 남성연대가 만들어낸 분위기와 암묵적인 합의에서 비롯됐다고 생각합니다."

지성의 맞은편에 앉은 소설가 임유경이 단호한 음성으로 말했다. 시선은 지성의 옆에 앉은 평론가 김문후를 향했고, 펜을 들지 않은 한쪽 손은 긴 머리를 연신 뒤로 쓸어 넘겼다. 선풍기 바람이 돌아올 때마다 긴 머리칼이 사방으로 흩날리는 바람에 임유경의 팔은 쉴 틈 없이 움직여야 했다.

"남성연대라면 너무 범위가 넓지 않나요."

평론가 김문후가 뿔테안경을 치켜올리며 응수했다. 지성은 재빨리 끼어들어 분위기를 가라앉혔다.

"남성연대라는 말은 페미니스트들 사이에서는 흔히 사용되는 말로 알고 있습니다. 하지만 이 자리에서는 논의의 진전을 위해 대상을 구체적으로 한정해주시는 게 좋을 것 같습니다, 임유경 작가님."

말하는 동안 지성은 임유경의 따가운 시선을 의식했다. 임유경은 지성이 입을 열던 순간부터 펜을 입에 물고 빤히 쳐다보았다.

"여기 계신 분들 중에 남성연대라는 말 모르시는 분 있나요?"

임유경의 입에서 공격적인 말이 발사됐고, 지성은 조용히 숨을 내쉬었다. 자신을 향해 따가운 시선을 보내고 있는 임유경은 그의 큰 누나의 딸, 그러니까 그의 조카였다. 올해 막 서른이 된 유경은 정성대학 문창과 재학 시절에 등단한 뒤 각종 문학상을 휩쓴 촉망받는 소설가다. 한국에서 단편소설을 제일 잘 쓰는 작가, 문학평론가들로부터 차세대 주자 1위로 꼽힌 문단의 유망주로, 작년 가을엔 문학세상의 편집위원으로 발탁되기까지 했다. 1990년대에 출범한 이후 편집위원 라인에 줄곧 서울대 석박사 출신의 남자 평론가들을 전면 배치했던 문학세상으로서는 파격적인 제안이었고, 그 후로 젊은 여성 문인을 편집위원에 라인업하는 일은 다른 문학 출판사에도 들불처럼 퍼져나갔다. 그중 한 출판사는 편집위원 전원을 여성 문인으로 채우기도 했다. 지성은 평론으로 등단했을 때부터 자신을 페미니스트라 칭하며 여성운동을 지지했다. 메갈리아 논쟁이 불붙었을 때는 자신을 메갈리안이라 칭하기도 했다. 하지만 최근 몇 년 동안 여성운동에 나타난 새로운 흐름을 맞닥뜨리면서, 자신을 계속해서 페미니스트라 칭해도 될지 고민하는 중이었다. 남성을 한 묶음으로 싸잡아 적대시하거나, 생물학적 여성이라는 이유로 여성에게 무조건 면죄부를 주어야 한다고 주장하는 극단주의자들이 여성운동을 대표하는 것처럼 되어가는 현실 때문이다. 특히 자신이 몸담은 문학판에서 페미니즘과 여성 독자를 향한 마케팅 사이에 경계선이 사라져버렸다는 생각이 들면서부터는 더더욱 회의를 느꼈다. 자신이 앞장서 옹호했던 메갈리아는 몇 년 새 일베에 버금가는 혐오세력으로 전락해버렸고, 유경을 비롯한 젊은 페미니스트들은 지성 같은 남성 페미니스트들에게 문단 성폭력에 대해 선명한 입장 표명을 하지 않는다며 비난의 화살을 쏘아댔다. 그러나 이제 와서 '나는 페미니스트가 아니다'고 선언할 수도 없다. '남성 페미니스트'는 이미 그를 대표하는 브랜드 이미지가 되어 있었으므로.

"이미 담론장에서 보편적으로 자리 잡은 용어인데 굳이 새롭게 정의할 필요가 있을까요? 현실적이고 생산적인 토론이 필요합니다. 이대로 가도 무방하다고 생각합니다."

또 한 명의 남성 페미니스트로 알려진 이시우 시인이 차분한 목소리로 발언권을 행사했다. 이시우는 몽환적이고 낭만적인 작품을 쓰는 시인이다. 상당한 수준의 시를 쓰지만, 이시우에게 유명세를 가져다준 것은 그의 시가 아니라 페미니스트를 자처하며 문학판의 성폭력 사태에 목소리를 높인 그의 행보이다. 이시우는 2년 전 대대적인 문단 성추문 사건이 터졌을 때, 맨 앞에 서서 추문의 가해자로 지목된 이들을 성토했다. 실명을 거론한 것은 물론이고, 아직 가해 정황이 뚜렷이 밝혀지지 않은 경우에도 절필 선언부터 할 것을 요구했다. 부름을 받은 모든 자리에 달려가서 그 주제와 상관이 있건 없건, 가해자로 지목된 이들의 사례를 끄집어내 마르고 닳도록 입에 올렸다. 이시우를 볼 때마다 지성은 복잡한 감정에 휩싸였다. 세상이 흑과 백으로 뚜렷이 나뉘어 있고, 흑인지 백인지 택하지 않는 이들을 비겁하다 여기고, 그들을 비난함으로써 자신의 올바름을 입증하려 드는 이시우는 지성의 이삼십대 모습 그 자체였다.

지성은 이시우의 곱슬거리는 앞머리와 잘 다림질된 연보라색 셔츠와 곧고 탄탄한 20대의 몸에 시선을 준 뒤 진행을 이어갔다.

"남성연대라는 말을 정의내리는 것이 이 자리의 목적은 아니라는 데는 저도 동의합니다. 다만 저는 김문후 평론가님의 발언을, 한정된 시간 안에 유의미한 논의를 만들어내야 하는 상황을 감안해 편의상 대상을 구체적으로 좁혀달라는 의미로 해석했습니다."

지난달, 계간지《시와 평론》의 간판 격이던 현정우 시인의 성폭력 사건이 터졌다. 시와평론사의 마케팅부 직원이 시인에게 성폭행을 당했다고 SNS에 올린 것이다. 2년 전 있었던 안지형 소설가의 성추문 사건 이후 터진 문단의 대형 스캔들이었고, 관련된 문학 출판사들이 발칵 뒤집혔다. 경험이 쌓인 출판사들은 현정우의 이름이 거론된 지 일주일 만에 시집을 거두어들이고 출간 중단을 선언했다. 현 시인의 시집을 낸 적이 없는 출판사들도 앞다투어 문단 성추문에 대한 토론회를 열고 성폭력 방지책을 내놓았다. 지성이 편집위원으로 있는《시절과 문학》도 이틀 전 좌담회를 열었고, 오늘은《문학세상》이 자리를 마련해 이 문제에 관해 상반된 입장을 갖고 있는 문인들을 초청했다. 페미니스트 작가로 분류되는 소설가 임유경과 남성 페미니스트임을 선언한 시인 이시우가 한쪽 극단에 있다면 김문후 평론가와 임동재 평론가는 '보편적 인권'을 지향하는 다른 쪽 극단으로 분류할 수 있었다. 그러나 후자의 두 명을 딱히 '안티 페미니스트'라고 명명할 수는 없었다. 이들은 그저 '보편 인권' 논리를 들먹이며 극단적으로 흐르지 말 것을 당부하는 정도인데, 워낙 사안의 휘발성이 크다보니 자연스럽게 임유경과 이시우의 반대 측인 양 자리매김되었다.

오늘 토론에서는 임유경과 이시우의 발언에 김문후와 임동재가 밀리는 모양새였다. 임동재가 워낙 어느 편에 갖다 붙여도 그럴싸하게 들릴 이야기를 두루뭉술하게 늘어놓는 스타일인데다가 김문후는 어느 때 치고 빠져야 할지 감을 잡지 못해 공격성만 지나치게 표출하고 정작 할 말은 제대로 하지 못하는 형국이었다.

"연대라는 게 본래 부정적인 개념은 아니었지요. 최초에 우리 사회 지식인층에 연대의 개념이 유의미하게 등장한 것은……"

임동재 평론가의 나지막한 음성이 천천히 흘러나오는 것을 보며 지성은 가슴을 쓸어내렸다. 저렇게 시작해 길게 시간을 끈 뒤 아무 의미 없는 결론을 내리리라. 임동재가 해도 그만 안 해도 그만인 모호한 말의 대향연을 오랫동안 펼쳐주길 기대하며 지성은 건너편 벽에 걸린 시계를 올려다보았다. 오후 4시 10분. 한쪽 진영에서 일방적으로 퍼붓고 다른 쪽 진영에서는 찔끔 반격하다가 물러서기를 몇 번하는 동안 두 시간이 훌쩍 가버렸다. 지성은 노트북 자판 위에서 쉴 새 없이 손을 놀리는 중인 문학세상의 담당 편집자를 쳐다보았다. 녹음기를 켜놓고도 노트북을 부리나케 두드리고 있는 30대 여성 편집자를.

"살면서 제게 유의미한 도움을 준 이들은 모두 여성이었습니다."

임동재의 긴 발언이 끝나고 이시우의 반론이 끝나자 유경이 발언을 시작했다. 지성은 한쪽 손으로 턱을 괸 채, 고개를 주억거리며 비장하게 발언하는 조카를 쳐다보았다. 선풍기 바람 때문에 허리를 뒤덮는 머리칼이 얼굴 쪽으로 넘어오는 걸 뒤로 넘기며 고개를 젖히는 품새가 큰누나의 어린 시절을 연상케 했다.

"그동안 만났던 어떤 남성도 제게 진정으로 도움을 준 적이 없었습니다."

단호하게 말하며 임유경이 고개를 끄덕였다. 유경이 네가 그렇게 말하면 안 되지! 지성은 벌떡 일어서서 소리치고 싶었다. 지성의 매형, 그러니까 유경의 아버지가 하나밖에 없는 딸자식에게 얼마나 지극정성이었는지는 유경 주변의 모든 사람이 아는 사실이었다. 누나와 매형은 사이가 좋지 않았고, 매형은 자신이 보유한 모든 재화와 능력과 사랑을 외동딸인 유경에게 퍼부었다. 어릴 때부터 백일장을 휩쓸며 글쓰기에 특출난 재능을 보였던 유경은 아버지의 전폭적 지지를 받으며 문학계의 엘리트 코스를 밟아나갔다. 이름난 독일어 번역가인 아버지가 유경의 글을 세심하게 읽어주고 조언해주었음은 만천하가 다 아는 일이었다. 그런데 만났던 어떤 남성도 제게 진정으로 도움 준 적이 없다니, 어떤 의도로 그런 말을 했는지는 알았지만, 지성은 그렇게 단언하는 유경이 너무 치기 어려 보였다.

"개인의 경험을 모든 여성의 사례로 보편화하는 것은 오류라고 생각합니다."

김문후가 일침을 놓자 유경이 격하게 반론을 펼쳤고, 이에 이시우가 합세해 가열찬 분위기를 만들어냈다. 분위기가 지나치게 살벌해진다 싶을 무렵, 임동재가 세상에 참 평화를 가져다주는 목소리로 차분히 공기를 가르는 시간이 도래했다. 세상 모든 이들에게는 존재 의미가 있구나. 지성은 임동재를 향해 부드럽게 미소 지으며 시간을 확인했다. 이 패턴이 반복되는 걸 두어 번 지켜본 뒤 토론을 정리하면 시간이 딱 맞을 것 같았다. 그는 자신이 했던 발언을 돌아보았다. 남성연대라는 용어를 정리하는 부분이 살짝 마음에 걸렸지만, 그 부분만 빼면 그다지 걸릴 게 없었다. 남성연대라는 말도 뭐, 크게 문제

가 될 것 같지는 않았다. 자신이야 어쨌든 김문후가 한 말을 존중해
주는 차원에서 살짝 첨언한 것이 아니었던가. 문제가 된다면 김지성
이 아닌 김문후의 문제가 되리라. 이틀 전 토론 여파로 자신이 너무
방어적이 된 게 아닌가 생각하면서, 그는 의기 탱천해 발언을 시작한
이시후에게 계속해도 좋다는 신호를 보냈다.

11/

뒤풀이는 문학세상 건물 맞은편에 있는 중국집에서 했다. 붉은 휘장,
한지로 정교하게 마감한 등, 겹겹이 기와를 얹은 지붕까지, 제법 이
국 분위기를 낸 식당이었다. 지성은 중식을 즐기지 않지만 시원하고
쾌적한 곳에 입성한 것이 좋았다. 문을 열자마자 천장에 장착된 에
어컨에서 시베리아 바람이 불어왔고, 예약된 자리로 가는 도중 안면
이 있는 정치인과 마주쳐 눈인사를 나누었다. '격'이 있는 장소로 옮
겨온 데 대한 안도감이랄까. 끈적끈적한 공기, 선풍기 바람에 산만하
게 펄럭거리던 인쇄물들, 사방으로 날리던 참가자들의 머리칼. 어쩌
면 토론 시간이 생산적인 결과물을 만들어내지 못하고 감정적인 부
딪침으로 끝난 것은 에어컨이 없는 여름 한낮의 습도 때문일지도 몰
랐다.
　"지난번 토론 잘 봤습니다."
　룸에 들어선 이시우가 미리 도착해 앉아 있는 지성의 옆자리에

앉으며 이렇게 속삭였다.

"아, 네……"

지성은 바짝 긴장했다. 티브이 토론의 여파로 잡혀 있던 강연 세 건이 취소됐고, 지성의 이름은 토론 뒤 이틀이 지난 지금까지도 검색어 순위권에 올라 있다. 토론 풍경을 스케치한 기사에는 김지성의 인정욕구와 열등감을 성토하는 댓글들이 만 개 단위로 달렸다. 현 정권의 실세인 이원형의 도덕성을 정면으로 거론한 데 대한 후과였다. 지성은 압도적인 지지를 받고 있는 대통령을 배신한 사람이었다. 오늘 이 좌담회 자리가 불편하고 힘들었던 것은 아직 문단에서는 지성의 티브이 토론에 대한 반응이 나오지 않았기 때문이다. 시인과 소설가들은, 문학평론가와 출판편집자들은 지성의 발언을 어떻게 생각하고 있을까? 그런데 지금, 시인 이시우가 토론 이야기를 꺼내고 있다. 옆에 바짝 붙어 앉으면서. 마스크를 벗어 주머니에 넣는 이시우의 옆모습을 보며 지성은 가벼운 현기증을 느꼈다.

"속이 후련하더군요."

앞에 놓인 게살수프에 숟가락을 찔러 넣던 지성의 고개가 이시우 쪽으로 돌아갔다. 얼굴이 붉어지고 심장이 고동치기 시작했다. 그새 일행 모두가 자리를 잡고 제 앞에 놓인 수프를 먹고 있었다.

"네?"

"사이다였습니다. 제가 하고 싶었던 말을 그대로 해주시더군요."

게살수프를 제 쪽으로 끌어당기며 환히 웃는 이시우를 보며 지성은 차분히 숨을 골랐다. 방금 귓전을 파고들어온 말이, 20대 시인이 표명한 지지 의사가, 가슴에 얹힌 커다란 덩어리를 쑤욱 내려가게

했다.

"감사합니다."

지성은 짧게 답한 뒤 수프를 입에 넣었다. 맛있다! 그는 게살수프의 구수한 향과 따뜻한 질감을 만끽했다. 혀가 녹아들 것처럼 부드러운 맛이었다. 이시우에게서 건네받은 그 한마디로 지성은 비로소 알았다. 자신이 얼마나 긴장해 있었는지, 얼마나 두려워했는지, 또한 얼마나 공감에 굶주렸는지. 그것은 지성이 '지식인'이라 불리는 사람에게서 육성으로 들은 최초의 지지발언이었다.

"이 정권 사람들, 해도 해도 너무한 것 같습니다."

이시우는 차례로 놓이는 음식들을 먹어치우며 이틀 전의 티브이 토론을 반추했다.

"오만이죠. 86세대들의. 민주화 투쟁을 했던 과거 경력이 자신들이 하는 모든 일을 정당화해준다고 생각하는 겁니다."

그렇지. 네가 20대 청년이었지. 지성은 새삼 옆에 앉은 이의 젊음을 실감했다. 지성의 발언을 옹호하며 86세대에 대한 비판에 열을 올리는 이 청년은 지성이 60년대생이라는 것, 그러니까 86세대로 분류될 수 있는 인사라는 걸 조금도 인식하지 못했다.

"아, 네……"

지성은 소극적으로 동조하며 테이블의 분위기를 살폈다. 지성의 왼쪽 옆자리엔 유경이, 건너편엔 문학세상 편집자 이현정이, 그 옆엔 김문후와 임동재가 자리 잡고 있었다.

"한 번 사회운동 했던 사람은 그 후로 어떤 짓을 해도 다 면제가 된다는 법이 어디 있기라도 하나보죠? 이 정권 사람들 하는 짓 보면 진짜⋯⋯ "

"재판 결과가 나왔나요?"

점점 목소리를 높여가는 이시우의 말을 날카로운 여자 목소리가 막아섰다. 유경이었다.

"이미 정황증거가 나오고 있지 않습니까? 아들 병역면제의 근거를 만들어줬던 의사도 행방이 묘연하고요."

기세 좋게 반격에 나서는 이시우.

"행방이 묘연한 게 아니고 섣불리 나서지 않는 거죠. 검찰이 마녀사냥하듯 몰아대는데 누가 맘 편히 저요, 하고 나서겠습니까? 세상에 털어서 먼지 안 나오는 사람 없는데."

이번엔 김문후. 이렇게 말한 뒤 동의를 구하듯 좌중을 둘러보던 김문후의 시선이 지성과 마주쳤다. 지성은 얼른 고개를 돌렸다.

"아직 모든 게 의혹 단계인데, 굳이 결론부터 내고 이렇게 부딪칠 필요는 없을 것 같습니다. 사실 이게 다 20 대 80의 싸움이에요. 우리가 보기엔 여당과 제1야당이 좌파 우파로 보이지만 실은 그들 모두 상위 20퍼센트인 겁니다. 현 정부와 여당을 좌파로 보는 사람들은 1퍼센트 프레임에 갇혀 있는 거죠."

이번엔 임동재. 최근 사회학계에서 유행하는 이론을 거론하며 점잖게 토론에 끼어든다. 지성은 종업원이 접시에 놓아준 유린기 한 점을 집어서 소리 나지 않게 입에 넣었다. 그러니까 이번 라운드에선 임유경과 김문후가 한 팀, 이시우와 임동재가 한 팀이 되었다. 지성은 조금 전까지만 해도 한 팀이던 임유경과 이시우가 순식간에 적군이 되어 각을 세우는 데 흥미를 느꼈다. 자신의 이름이 직접 거론

되지만 않는다면 이 논쟁이 조금 더 지속되어도 나쁘지 않을 것 같았다.

"이원형 장관 아들의 허리 디스크가 가짜라고 말한 의사가 의사 면허가 없는 사기꾼이었단 사실에 대해선 어떻게 생각하세요, 김지성 선생님?"

유경이 고개를 주욱 빼고 좌중을 둘러보며 말했다. 지성이 관전하는 시간은 유경의 이 한마디로 무참히 깨졌다.

"유경아, 그 사람은 자신을 의사라고 한 적이 없어. 누리꾼들이 그 사람을 의사라고 넘겨짚었던 거지."

언성을 높여 말한 뒤 지성은 아차 싶었다. 그동안 공적인 자리에서 유경과 자신이 삼촌 조카임을 밝힌 적이 없었고, 문단 사람들과 함께 자리할 때면 유경에게 깍듯이 존댓말을 썼다. 유경도 마찬가지였다.

"두 분이 친하신가봐요?"

이때다 하고 김문후가 끼어들었다.

"반말하시는 친밀한 사이?"

이시우도 끼어들며 눈을 반짝였다.

"제가 말실수를 했네요. 사과드립니다, 임유경 작가님."

지성은 깍듯하게 말한 뒤 유경의 눈치를 살폈다. 유경의 눈이 금방이라도 튀어나올 것처럼 이글거렸다.

"조심해주세요, 선생님."

지성은 유경의 눈을 피해 고개를 돌렸다. 금세 화를 내고 격하게 타오르는 아이, 유경. 이 아이의 성정은 제 엄마를 그대로 빼쏘았다.

지성은 네, 라고 혼잣말처럼 말한 뒤 기계적으로 고개를 끄덕였다. 조심할 필요가 있지. 아무렴. 유경 같은 이는 조심해야 한다. 언제 불화살을 쏘아댈지 모르므로.

그는 유경이 쓰는 소설을 좋아하지 않았다. 그가 토론 프로그램에 나가서 명쾌한 논리와 직설적인 화법으로 대중 사이에 인지도를 얻기 시작할 무렵부터 누나가 넌지시 유경의 소설을 지면에서 공식적으로 평가해줄 것을 종용했지만, 그는 어떤 글에서도 유경의 소설을 언급하지 않았다. 유경의 소설은 뭐랄까, 흥미로운 지점이 있긴 하지만 좋은 소설이라고 하기 힘들었다. 현학적이고 세련됐는데, 막상 내용을 들여다보면 알맹이가 부실했다. 평론가들 중 일부는 그런 유경의 소설을 높이 평가했지만 그가 보기에 유경의 소설은 아직도 한참 더 나아가야 했다.

"김지성 평론가님, 이원형 장관하고 죽마고우 아니세요?"

한동안 식기 소리만 나던 좌중에 김문후의 음성이 울려 퍼졌다. 지성은 인상을 쓰지 않으려 노력하며 입에 든 음식을 천천히 씹었다.

"같은 학교를 다녔지요."

지성은 김문후에게 눈길을 주지 않고 기계적으로 답했다.

"오랜 친구가 바르지 않은 길로 가고 있는 걸 그대로 보고 있을 수 없는 게 또 식자층의 도리 아니겠습니까."

임동재가 끼어들며 너털웃음을 터뜨렸다. 김문후, 비열한 자식. 지성은 입술을 깨물며 김문후를 쳐다보았다. 김문후는 특유의 사람 좋은 웃음을 지으며 젓가락으로 제 앞에 놓인 자차이를 집어올렸다. 이런 자식한텐 정면으로 맞받아쳐야 하는가, 유야무야 물을 타고 넘어가야 하는가. 대놓고 비난하는 이들보다 은근히 돌려서 독침을 날리는 이런 인간들이 더 역겹다. 끌고 나가서 한 대 후려쳐주고 싶다.

"제가 좀 늦었죠? 고생들 다 하신 다음에 왔습니다."

갑자기 지성 일행이 있는 룸의 문이 열리면서 갈색 베레모를 쓴 중년 사내가 들어왔다. 문학세상 대표 최재학이었다. 그리고 그 뒤를 붉은 원피스 차림의 여성이, 호리호리한 몸에 긴 생머리를 늘어뜨린 민주가 따르고 있었다. 일행과 함께 일어서 최재학을 맞다가 민주를 발견한 지성은 얼른 시선을 내리깔았다. 아아, 오늘 일정 지저분하게 꼬인다. 왜 이 타이밍에 이민주가 등장한단 말인가.

"어서 오십시오, 대표님. 이쪽으로."

임동재가 테이블 밖으로 빠져나오며 제가 앉았던 자리를 내주자 대표가 그쪽으로 몸을 틀었다.

"저는 저쪽, 미남들 많은 데로 갈게요."

민주가 손으로 지성이 앉은 쪽을 가리키자 임동재 쪽으로 움직이던 대표도 몸을 돌렸다.

"어? 그래? 그럼 나도 민주 씨 따라가야겠네."

민주와 최재학이 다가오는 것을 보며 지성은 맞댄 입술에 힘을 주었다. 이 자리는 민주가 올 자리가 아니었다. 토론자 네 명과 사회를 본 지성, 편집을 담당한 이현정, 이렇게 여섯 명만 모여 저녁을 먹기로 예정되어 있었다. 지난달 있었던 현정우 시인 파문 이후, 문단에는 예전처럼 여럿이 모여 밤새 부어라 마셔라 하는 자리가 없어졌다. 뒤풀이가 필요할 경우엔 평이 좋은 식당에 가서 별미를 즐기는 것으로 술자리를 대체했다. 게다가 전염병의 여파까지 겹쳐, 거한 술

자리는 거의 씨가 말랐다고 볼 수 있었다. 시국을 감안하면 여섯 명도 대단히 많이 모인 것이었다. 지성은 오늘 저녁 자리에 문학세상 대표가 올지도 모른다는 소리를 듣긴 했지만, 민주가 동석할 줄은 몰랐다.

최재학은 보수진영과 진보진영 양쪽에 줄을 대고 있는 출판계의 거물이다. 신화일보에서 주최하는 세계적인 인사와의 좌담에 문학세상이 밀어주는 문인을 좌담 상대로 내보내거나, 신화일보 신춘문예 심사위원으로 자사 출신의 문인을 심는 등, 보수의 아이콘과도 같은 신문사와 두터운 협력관계를 맺었지만, 현 정권과 긴밀한 관계에 있는 시민단체 여러 곳에서 활동하면서 (진보진영이라 여겨지는) 현 여당 실세들과의 끈도 놓지 않고 있다. 그런 최재학이 지성의 티브이 토론 발언에 대해 어떤 평가를 내리고 있는지, 지성은 알지 못했다.

"어디까지 진도 나갔습니까? 우리도 빨리 코스 밟아야겠네?"

식탐이 강하기로 유명한 최재학이 테이블 한쪽에 놓인 버튼을 누르자 문 앞에서 대기하던 직원이 기다렸다는 듯 문을 열고 들어왔다. 코스 2인분을 더 내와달라는 요청에 가능하십니다, 하고 정중히 고개를 숙여 보이는 젊은 남자 직원의 뒤통수에 민주의 묵직한 저음이 날아가 꽂혔다.

"저희 술도 주세요."

민주는 매우 낮고 허스키한 음성을 갖고 있었다. 하얗고 갸름한 얼굴이나 부드러운 이목구비와 대조되는 중성적인 음성은 민주의 여성스러운 외모에 독특한 윤기를 입혔다. 유명 시인인 민주에게, 허스키한 저음의 목소리는 전통적인 여성미를 갖고 있으면서도 지식인으로서의 무게감이 있는 복합적인 페르소나를 형성하는 데 크게 일조했을 것이었다.

"여기 연태고량주 좋던데. 그거 두 병? 아니다, 세 병 주세요."

순간 사람들의 눈길이 민주에게 날아가 꽂혔다.

"왜? 오늘 술 먹으면 죄인 되는 분위긴가?"

민주가 커다란 동작으로 머리를 쓸어 넘기며 지성을 쳐다보았다. 민주의 긴 머리칼이 매끄러운 곡선을 그리며 분분히 낙하했고, 지성은 움찔하며 시선을 피했다.

"그게 아니라, 선생님, 요즘 분위기상 아무래도 술은 좀⋯⋯"

유경이 자신과 스무 살 이상 나이 차이가 나는 민주 앞에 젓가락을 놓아주며 달래듯 말했다.

"요즘 분위기가 어떤데? 아, 현정우 그 멍청이 처맞고 있는 거? 현정우는 현정우고, 우리는 우리지, 우리가 왜 그 바보 때문에 술을 못 먹어야 돼? 여기 연태고량주가 얼마나 맛있는데. 먹기 싫은 사람은 먹지 마. 나 혼자 세 병 다 마실 테니까."

민주 특유의 강단 있는 말투가 울려 퍼지자 좌중에 웃음이 돌았고, 이시우가 반색하며 안 그래도 고량주가 당겼는데 민주 누님 덕에 마실 수 있게 됐다고, 이 시국에 술 마시자고 할 배포는 이 소심한 글쟁이들 소굴에 민주 누님밖에 없을 거라고 너스레를 떨었다.

"잘 헤어졌어야지. 현정우 걔가 참 인간관계를 못해."

민주가 핸드폰으로 메시지를 확인하며 말하자 민주 앞에 놓인 찻잔에 자스민차를 따라주던 유경의 얼굴이 딱딱하게 굳어졌다.

"걔 남자들하고도 잘 못 지내지?"

채워진 찻잔을 들어올리는 민주의 시선이 찻주전자를 내려놓는 유경의 얼굴에 머물다 갔다.

"그게 단순히 인간관계 문제인가요."

유경이 고량주병을 내려놓는 직원의 손길을 피해 몸을 옆으로 젖히며 말했다. 시선은 식탁 모서리를 향한 채였다. 지성은 숨을 죽였다. 민주와 유경의 불같은 성격을 알기에, 지금이 얼마나 위험한 순간인지 직감할 수 있었다.

"그거 세 병 다 이쪽으로 주세요."

민주가 두 팔을 죽 내밀며 다른 쪽 테이블로 고량주 한 병을 놓으려는 직원을 만류했다. 과장된 몸짓으로 보아, 유경의 말을 듣고도 일부러 모르는 척하는 것 같았다.

유경은 민주가 주위에 고량주를 따라주는 것을 물끄러미 지켜보다가 희미하게 코웃음을 친 뒤 의자에 기대앉았다. 조카가 팔짱을 낀 채 제 어깨 밑의 바닥을 응시하는 걸 지켜보던 지성은 좌중을 둘러보다 임동재와 눈이 마주쳤다. 임동재가 눈을 깊게 감았다 뜨며 고개를 끄덕였다.

"누님, 제가 따라드리겠습니다."

술 받기를 만류한 유경을 제외한 전원에게 술을 따라준 뒤 민주가 제 잔을 채우려는 걸 이시우가 다급하게 만류했다. 그와 동시에 잠깐 동안 멈춘 듯했던 시간이 다시 흐르기 시작했고, 지성은 묵묵히 앉아 앞에 놓이는 음식을 비우며 다시 화기애애해진 사람들의 모습을, 뾰로통하게 앉아 못마땅한 얼굴로 민주를 쳐다보는 유경을 관찰했다.

한때 민주와 유경은 한 팀이었다. 소설가 안지형이 저를 상대로 미투를 한 여성들을 무고죄로 고소했을 때, 민주는 그중 변호사를 동원할 여력이 되지 않는 여대생(사건 당시에는 고등학생이었던)을 돕기 위해 모금운동을 벌였다. 여성들에 대한 상습적인 스토킹과 희롱으로 악명이 자자했던 안지형은 교묘히 법망을 빠져나가 연달아 재판에서 승소했고, 변호사를 선임하지 못한 여고생은 그런 안지형에게 속수무책으로 패소할 위험에 처해 있었다. 유경은 민주가 모금운동을 개시했을 때 가장 먼저, 가장 열렬히 호응한 문인이었다. 유명 시인과 문단의 떠오르는 샛별인 소설가가 전면에 서서 모금운동을 벌이자 많은 이들이 힘을 보탰고, 여대생은 결국 변호사를 선임해 재판에서 승소할 수 있었다.

그로부터 얼마 뒤 민주가 신명철 교수 사건에 관여하지만 않았다면 두 사람은 지금까지 좋은 관계를 지속할 수 있었을 것이다. 민주는 자신이 나온 B대학의 국문과 교수인 신명철을 상대로 미투를 했던 국악인이 무고를 한 것이라 주장했고, 당시 신 교수를 징계하라고 시위를 벌이던 총여학생회로 직접 찾아가 상황을 좀 더 지켜보자고 설득하다가 쫓겨나다시피 했다. 유경은 직접 관여하지는 않았지만 페이스북에 신명철을 해고하라고 촉구하는 글을 올렸고, 대학 때 은사라는 이유로 신 교수를 감싸고도는 '일부' 문인들이 있다며 우회적으로 민주를 비판했다. 민주는 일간지 인터뷰를 통해 신 교수가 자신이 나온 대학의 국문과 교수이긴 하지만 직접 배운 적은 한 번도 없으며 이번 일에 나서는 것은 개인적인 차원이 아니라 공적인 차원에서 억울한 이가 나오지 않게 하려는 의도라며 이를 정면으로 반박했다. 이후 두 사람은 이런저런 모임에서 부딪쳐도 서로 데면데면하게 대했는데, 오늘, 민주가 현정우 사건을 '인간관계를 잘 못한 탓에 벌어진 해프닝'이라 암시하면서 첨예한 분위기가 형성된 것이다. 현정우는 사건이 터진 초기부터 자신은 해당 마케터와 사귀는 사이였고, 헤어지는 과정에서 상대가 사적인 원망 때문에 자신을 성폭행범으로 몰아가는 것이라고 일관되게 주장했다. 그리고 민주는 현정우 사건에서 유일하게 현정우의 말을 믿어주는 문인이었다. 유경은 이에 대해 현정우와 이민주라는 실명을 거론하며 페북에 비판글을 올렸던 터라, 오늘 민주의 등장이 여간 불편한 게 아니었을 것이다.

지성은 그런 민주의 행보가 일종의 쇼맨십으로 보였다. 그가 보기에 신명철 교수는 실수를 한 게 분명했고, 현정우 사건은 성폭행임에 틀림없었다. 그런데도 민주는 대다수 사람들이 믿는 것과 다른 행보를 보이며 화제를 불러모았다. 모르긴 해도 사람들에게 관심을 받고 싶은 마음 때문이었으리라. 민주는 늘 화젯거리를 만들어내고, 자신이 뉴스거리가 되어야만 직성이 풀리는 듯한 인물이었다. 말보다 행동을 먼저 했고, 필요한 일에는 눈에 띄는 액수의 돈을 척척 내놓았다.

민주의 그런 내력 때문에, 모이기만 하면 현정우 성토 대회를 열던 문단 사람들도 민주 앞에서는 입을 다물었다. 지성은 그런 민주의 행로를 흥미롭게 지켜보았다. 민주는 엄청난 오라를 가진 인물이었다. 그리고 그 오라로, 다수와 다른 의견을 거침없이 내놓으면서도 제 명성과 사회적 지위를 지켰다.

"우리 오라버니는 왜 안 드시고 혼자 청승이신가?"

민주가 지성 앞에 놓인 술잔에 고량주병을 갖다 대며 툭툭 쳤다. 지성은 아, 네, 하고 고개를 숙이며 술잔을 들어올렸다.

"만수무강해야 된다, 지성 오빠여."

민주가 고개를 양옆으로 흔들며 드라마틱한 표정을 지어 보였다.

"네네, 그러겠습니다, 누님."

지성이 술잔을 입에 대는 시늉을 한 뒤 고개를 조아려 보였다. 만수무강이라니 갑자기 무슨 엉뚱한 소리인가. 민주가 하는 말은 늘 의미심장하고 과장되고 불길하다. 일이 있던 그날 밤 이후로 그런 느낌이 더욱 강해졌다.

"원래 김지성 평론가님이 이민주 선생님보다 손위 아니세요?"

냉소적인 얼굴로 팔짱을 끼고 앉아 있던 유경이 따지듯 말하자 민주가 검지를 유경의 눈앞에 대고 흔들었다.

"넌 그게 문제야, 임유경. 우리 진지 퀸 여사님. 도대체가 흥을 몰라요, 흥을. 우리 지성 오빠한테서 어떻게 이런 안 닮은······"

깜짝 놀란 지성이 발로 민주를 툭 쳤다. 민주가 허리를 곧추세우더니 아, 하는 탄성을 내질렀다.

"쏘리 쏘리. 내가 왜 이러시나 몰라."

민주가 고개를 흔들며 제 뺨을 치는 시늉을 하자 유경이 입술을 깨물며 고개를 돌렸다. 눈이 붉게 달아오른 것으로 보아 억지로 분을 삭이는 눈치였다.

"아우, 알았어, 알았어. 누가 뭐라고 했어? 둘이 안 친한 거 다 안다고······"

민주가 제 앞에 놓인 술잔을 들어올리더니 단숨에 입에 털어 넣었다. 지성은 입술 속살을 씹으며 민주를 주시했다. 민주는 앉은 지 30분도 안 됐는데 벌써 제 앞에 놓인 고량주병을 다 비우고, 두 번째 병을 기울였다.

"민주 씨, 괜찮겠어?"

최재학 대표가 걱정스러운 얼굴로 민주의 등을 두드렸다.

"대표님, 다시 한번 터치하시면 오늘 했던 계약 파기입니다."

민주가 최재학의 손길을 피해 옆으로 어깨를 확 젖히면서 빈 잔에 다시 술을 따랐다.

"선생님, 문학세상에서 책 내세요?"

핸드폰에 고개를 박고 있던 유경이 고개를 쑥 뺐다. 민주는 최근 몇 년 동안 일인출판사에서만 책을 냈다. 문학출판사 중 압도적으로 매출 1위를 차지하는 문학세상에서 시인 이민주가 책을 낸다는 건 큰 뉴스거리였다.

"대표님이 방금 내 등에 손을 댔으니까 안 내야지."

민주가 말한 뒤 싸늘한 시선으로 최 대표를 쳐다보았다.

"어이구, 이 작가님. 제가 잘못했습니다. 다신 안 그러겠습니다."

최 대표가 머리를 긁적이며 멋쩍은 표정을 지어 보였다. 지성은 과장된 민주의 언행이 현정우에 대한 민주의 입장과 관련되어 있을 거라 생각했다. 그러니까 민주는 자신이 여성의 신체에 함부로 손대는 행위에 민감한 사람이라는 것을 사람들 앞에서 시전하고 있는 것이다. 특히 눈앞에 앉은 새파란 후배 임유경에게.

지성은 젓가락을 내려놓고 시간을 확인했다. 저녁 8시. 이제 퇴장해도 될 타이밍이었다. 사회자로서 성실히 토론에 임했고, 코스 요리의 마지막이 나올 때까지 자리를 지켰다. 이 정도면 할 도리를 다한 셈 아닌가. 더 이상 이 질척이는 자리에 앉아 있고 싶지 않다.

"저 먼저 들어가보겠습니다."

지성이 가방을 챙겨 일어서며 사방으로 눈인사를 보냈다.

"아니, 아직 후식도 안 나왔는데?"

최재학이 아쉬운 표정을 해 보이자, 이시우와 뭐라고 이야기를 나누던 민주가 그를 향해 손을 까딱거렸다.

"형, 잠깐만."

지성은 주위를 살핀 뒤 테이블로 다가갔다. 무슨 말을 하려는 거지? 그가 상체를 숙이자 민주가 그의 얼굴을 확 잡아끌고 귓속말을 했다. 민주의 숨결이, 술 냄새 섞인 거친 숨소리가 순식간에 그의 청각을 점령했다.

"그날 밤 일 잊지 않았지?"

지성이 불에 덴 듯 민주의 어깨를 밀어버렸다. 그것은 너무나도 명확하고 불길한 말이었다. 이런 자리에서 들으리라고 상상하지 못했던, 한편으로는 혹시 듣게 될까봐 마음 졸였던 바로 그 말이었기에, 그의 마음에 폭발적인 충격과 두려움을 자아냈다. 이런 자리에서 왜, 왜 그날 밤 얘기를 꺼내는가. 그가 눈살을 찌푸리며 민주를 쳐다보는 순간 민주의 손길이 다시 날아와 그의 목에 얹혔다. 뒤에서 목이 눌리자 그의 얼굴이 앞으로 확 튀어나갔고, 이번엔 민주의 입술이 아예 그의 귀에 얹히다시피 했다.

"기억 안 난다고 말해야지!"

속삭이는 듯, 비웃는 듯, 다양한 어감이 섞인 악의 어린 말. 지성은 민주의 손길에서 벗어나기 위해 힘을 주었고, 그 움직임을 느낀 민주가 더 세게 그의 목을 내리눌렀다. 순간 그의 상체가 앞으로 쏠리면서 하마터면 상에 엎어질 뻔했다. 그가 손을 휘저으며 버둥거리다 탁자를 붙잡고 일어서는 것을 지켜본 민주가 빙그레 웃으며 그의 목을 놔주었다. 그는 쏠린 앞머리를 쓸어 넘기며 허공을 올려다보았다. 자기도 모르게 한숨이 나왔다. 얼른 이곳을 빠져나가야 한다.

"민주야. 지금 말고 따로……"

몸의 균형을 잡은 뒤 가방을 앞으로 들면서 그가 말했다.

"기억이 안 난다고?"

민주가 한 손으로 턱을 괴며 정색을 했고, 좌중이 물을 끼얹은 듯 조용해졌다. 기억이란 말엔 그런 힘이 있었다. 모든 사람이 귀 기울이게 하는 비밀스러운 힘이.

"너 취했어. 나중에 따로 이야기하자."

"하, 내가 취했다고? 이시우, 말해봐. 내가 취한 걸로 보여?"

"아닙니다, 누님! 제정신이시고 제정신이십니다! 충성!"

이시우가 한 손을 눈가에 대며 경례를 해 보였다. 지성은 이시우를 흘끔 쳐다본 뒤 최재학을 향해 허리를 숙였다.

"죄송합니다, 대표님. 먼저 실례하겠습니다."

"기억이 아니 나시는 분은 얼른 자리를 뜨셔야지, 안 그래?"

민주가 들고 있던 젓가락을 탁 소리가 나게 내려놓으며 노래하듯 말했다. 지성은 민주를 쳐다보지 않고 몸을 돌렸다. 민주를 일으켜 세워 슈퍼맨처럼 데리고 나오는 자신의 모습이 잠시 뇌리에 떠올랐다 사라졌다.

"어이구, 교수님, 오늘 수고 많으셨습니다."

최재학이 일어서서 그에게 악수를 청했다. 최재학은 늘 지성을 교수님이라 칭했다. 지성이 가진 명함 중 가장 그럴싸한 명함에 스포트라이트를 비춰주는 것이다.

"한 가지 확실한 건,"

서서 허리를 숙이는 최재학 옆에 꼿꼿하게 앉아 있던 민주가 조용히 말했다. 지성은 민주의 말을 못 들은 척, 두 손으로 최재학의 손을 맞잡았다. 건너편 끝에 앉은 임동재와 눈을 맞추고 고개를 숙여 보인 것을 마지막으로 돌아서서 나오는데, 민주의 묵직한 음성이 등 뒤에 날아와 꽂혔다.

"그 모든 일에도 불구하고 내가 형 사랑한다는 거야."

순간 좌중이 얼어붙은 듯 고요해졌다. 지성은 돌아서서 테이블에 앉은 이들을 둘러보았다. 모두들 각기 다른 곳을 쳐다보면서, 무심한 척, 방금 들은 말을 곱씹고 있었다. 지성은 한순간 주문에 걸린 듯 입을 열지 않는 사람들 사이로 조금 전 민주가 내뱉은 말이 낼름거리며 돌아다니는 걸 가만히 지켜보았다. 내가 형 사랑한다는 거야. 내가 형 사랑한다는 거야. 그렇게 한동안 서 있다가, 그는 몸을 돌려 출입문을 향했다.

"사랑한다, 김지성."

룸을 빠져나오기 직전, 다시 한번 민주의 음성이 날아왔다. 조금 전보다 더 크고 또렷한, 정확한 발음으로 발화된 메시지였다. 그러나 지성은 걸음을 멈추지 않았다. 문가에 서 있던 남자 직원 두 명이 정중히 허리를 굽혔고, 그는 그들에게 고개를 숙여 보인 뒤 식당 입구

를 향해 걸어갔다. 중식당에서 나와 건물 출입문을 열고 나가자 쏴아
하는 소리와 천둥 소리가 귓전을 때렸다. 창살 같은 비가 내려와 맹
렬한 기세로 땅에 박히는 모습이, 튕겨 오르는 창살과 하늘에서 내리
꽂히는 창살이 전투를 벌이는 광경이 웅장하게 장마철의 도래를 알
려왔다.

12/

지성은 눈을 가늘게 뜨고 전방을 주시했다. 빗줄기와 연무로 사방이
하얗게 질려 있었다. 차창에 서리는 김을 빼기 위해 창을 내렸다가
얼른 차창을 올렸다. 굉음을 동반한 빗줄기가 맹렬하게 침투해 들어
와 잠시도 창을 열 수 없었다. 자유로를 달리는 차들은 각자 비상등
을 켠 채 사투를 벌이고 있었다. 차선이 보이기는커녕 앞차와의 간격
조차 가늠되지 않았다. 희부연 공기 사이로 희미하게 번진 비상등 불
빛만이 유일하게 도로에 자신이 아닌 다른 이들이 존재한다는 사실
을 알려주었다. 그러나 넓게 번진 불빛은 이정표로 기능하기엔 너무
희미하고 멀었다.

그는 차내 오디오를 작동시켰다. 라디오 채널 몇 개를 맞춰보았
으나 지직거리는 소음만 나왔다. 오디오 전원을 꺼버리려다가, 꽂혀
있는 USB를 발견하고 재생 버튼을 눌렀다. 버튼을 누른 뒤에도 소
리가 나오지 않아 다시 메뉴 버튼을 클릭하려는 순간, 차 안을 찢어

놓을 기세로 바이올린 소리가 터져나왔다.

비오는 날엔 〈치고이너바이젠〉이지.

이 차에 탔을 때, 도입부부터 넓은 음역대의 선율로 시작하는 이 곡을 들으며 민주는 이렇게 말했다. 가랑비보다 조금 더 많은 양의 비가 내리던 날이었다. 창밖으로 군락을 이룬 분홍색 진달래가 보였으니 아마도 봄날이었을 것이다. 초봄이라 공기가 찼지만 민주는 드라이브 내내 창문을 열어놓았다. 빗소리, 진달래, 김지성이라는 세 구성요소를 찬양하며 지금 죽어도 한이 없을 것 같다고 말했다. 과장된 언사를 열심히 늘어놓다가 끝내는 내가 죽으면 이 장면으로 나를 기억해달라는 헛소리를 곁들여 그의 짜증을 돋우었다.

갠 참 쓸데없이 비장해. 지성은 볼륨을 낮추며 생각했다. 민주와 안 지 벌써 25년이 되었다. 그가 스물일곱에 김승옥 소설에 대한 평론을 써서 등단했을 때, 민주는 이미 문단의 스타였다. 스물하나에 썼던 시로 등단해 천재시인으로 불리며 화려하게 매스컴을 타고 있었다. 그러나 지성이 보기에 민주의 천재성은 부풀려진 측면이 있었다. 시어들이 선연하고 파격적이긴 했으나 깊이가 없었고, 지나치게 겉멋을 부렸다. 민주가 천재로 불린 것은 순전히 외모 때문이었다. 매끈하고 갸름한 얼굴과 부드러운 곡선의 이목구비, 호리호리하고 늘씬한 자태가 웬만한 여배우에 견주어도 빠지지 않았다. 문단의 역사에서 다시는 이런 미인이 나오지 않을 거라고, 출판계 인사들은 틈만 나면 떠들어댔다.

민주에게 재능이 없다고 한다면 그건 거짓말일 것이다. 그러나 재능은 슬픔과 고독을 먹고 자란다. 지나가던 사람이 발걸음을 멈추고 돌아볼 만큼 매혹적인 외모를 가진 민주에게는, 나이와 함께 슬픔은 어느 정도 깃들었을지 모르나, 고독이 깃들 만한 틈이 없었다. 민주는 정치인, 시인, 영화배우 등 다양한 셀럽들과 염문을 뿌렸다. 두 손으로는 다 꼽지 못할 정도로 많은 이들과 스캔들을 일으켰으면서도 누구와도 결실을 맺지 못했다. 타고난 외모가 얼마나 자신을 자신으로부터 멀어지게 하는지, 민주는 보지 못했다. 하지만 지성의 눈엔 그게 또렷이 보였다.

옆 차선으로 보이던 희미한 불빛이 깜빡거리며 지성의 차선으로 접근했다. 비상등 체제라 도로에 있는 모든 차들의 후미등이 깜빡였기 때문에 그 차가 끼어들려는 것인지 아닌지를 육감으로 판단해야 했다. 그는 조금씩 속도를 늦추며 앞차의 움직임을 주시했다. 한 치 앞도 볼 수 없는 상황에서는 속도를 늦추는 것도 사고로 이어질 수 있었다. 조금씩 이쪽 차선으로 접근하던 차체가 완곡한 사선을 만들며 차선을 넘어왔다. 보닛을 두드리는 빗소리와 희부연 안개의 한복판에서 속도를 낮추면서 그는 기도하는 마음이 되었다. 자신이 속도를 낮추었다는 걸 뒤차가 육감으로 알아차리기를 기도하는 것 외엔 달리 방법이 없었다.

앞차가 안정적으로 끼어들어 자리 잡는 동안 뒤차와의 거리에 아무 문제가 없다는 걸 확인하고 안도의 한숨을 내쉴 때쯤, 갑자기 시야가 트이면서 앞차의 형체가 드러났다. 다리 밑을 지나는 순간이었다. 그 짧은 시간 동안 그는 조금 전에 앞으로 끼어들었던 차가 진청색 SUV라는 걸, 두 차 사이의 간격이 생각보다 많이 벌어져 있다는 걸 파악할 수 있었다.

2초도 되지 않을 찰나가 지나가자 다시 차체를 두드리는 빗방울의 압력이 느껴져왔고, 그는 상체에 바짝 힘을 주었다. 잠깐이지만 세상의 형체를 또렷하게 본 것이 안도감을 주었다.

사랑한다, 김지성.

퍼붓던 비가 소강상태에 접어들고 엉금엉금 도로를 기어가던 차들이 속도를 높이기 시작했을 때, 중식당을 나설 때 들려왔던 민주의 말이 또렷하게 울려 퍼졌다. 사랑한다. 사랑한다, 김지성.

후.

그는 볼을 불룩하게 만들었다 숨을 내보내며 차창을 내렸다. 가는 빗방울과 함께 축축한 비가 일깨운 만물의 냄새가 차 안으로 침투해 들어왔다. 풀 냄새와 흙 냄새, 장마철 특유의 비릿한 내음.

고운 얼굴 때문에 민주가 어떤 기회를 잃었는지, 타고난 재능을 손가락 새로 흘려보내는 데 민주의 호리호리한 몸이 어떤 역할을 했는지를 꿰뚫어볼 수 있는 것은, 지성에게도 민주와 똑같은 결함이 있기 때문이었다. 미남자, 잘생긴 남자, 기생오라비 같은 얼굴. 살아오면서 지성이 수백 번도 더 들었던 말이다. 사람들은 등단한 지 얼마 지나지 않아 그가 공중파 방송의 책 소개 프로그램 진행자로 발탁되었던 것이, 문학평론가로서는 드물게 시사 프로그램에 패널로 초청받는 것이, 나아가 문화평론가나 시사평론가로 불리며 방송에 뻔질나게 나오는 것이 모두 그의 수려한 외모 때문이라고 생각했다. 어느 정도, 사실이었을 것이다. 지성도 그걸 완전히 부정하는 것은 아니다. 하지만 그는 실력으로 등단했고, 맡은 프로그램을 매끄럽게 진행했으며, 시사토론에서 칼 같은 논리와 적시에 치고 들어가는 유머

감각으로 좌중을 압도했다. 그가 출연하는 프로그램은 언제나 높은 시청률을 기록했고, 대중은 지적인 미남 셀럽의 출현에 환호했다. 요는 그것이었다. 외모 덕을 봤으나 모든 게 외모 덕분만은 아니라는 것. 누구에게도 부끄럽지 않을 지력과 실력으로 무장했다는 것. 그러나 지성은 대중 사이에서 민주가 차지한 위치에 도달하지 못했다. 그에게 그 사실은 늘 미스터리였다. 그는 민주처럼 아름다웠고, 민주처럼 영특했다. 그리고 민주보다 더 냉철하게, 더 많이 노력했다. 독서량과 집필량에서 그는 확실히 민주를 압도했다. 그렇다면 그것은 그가 남자로 태어났다는 사실과 관련 있는 것일지도 몰랐다. 외모가 한 사람의 운명에 힘을 실어주는 데는 타고난 성별이 중요하게 작동하는 것일지도.

빗발이 다시 거세지는 것을 느끼며 지성은 내비게이션을 확인했다. 집까지 예상 소요시간은 4분이었다. 그는 차창을 올리고 오디오 볼륨을 높였다. 〈치고이너바이젠〉의 메인 선율이 종반을 향해 치달으며 오케스트라를 총동원하고 있었다. 민주는 나를 사랑하는 게 아니다. 그는 창에 한쪽 팔을 기대고 목을 양옆으로 움직였다. 민주의 사랑. 그것을 누가 믿는단 말인가. 민주는 보이는 모든 걸 사랑하는 종족이다. 우울증과 경계선 인격장애, 공황장애. 수많은 질병을 짊어진 채 만나는 생물들에게 잡아먹을 듯 덤벼든다. 지성은 상대에게 제 인생을 확 끼얹어버리는 듯한 민주가 부담스럽고 불길했다. 사랑한다니. 그런 얼굴로, 귀족처럼 꼿꼿이 앉아 만인 앞에서 명령하듯 제 감정을 공표하다니. 대체 어쩌란 말인가. 손을 내밀면 확 끌어당겨 순간을 만끽한 뒤 곧바로 헌신짝처럼 내팽개칠 것을 아는데 어찌 그

손을 잡는단 말인가.

　누군가 상공에서 물폭탄을 던져대는 듯한 폭우가 쏟아져내리면서 세상이 다시 한번 하얗게 질릴 때쯤, 지성은 아파트 입구에 이르렀다. 지하주차장으로 내려가자 창밖이 일시에 또렷해졌고, 그는 익숙한 손놀림으로 빈자리에 차를 세웠다. 시동을 끈 뒤 운전대에 양팔을 얹고 얼굴을 묻었다. 결국 자고 말았다. 민주라는 불덩이, 금방이라도 타올라 잿더미로 변할 것 같은 여자와. 왜 그랬을까. 어쩌다 그랬을까. 기억을 더듬어보았지만, 그전에도 번번이 그랬던 것처럼, 어떤 실마리도 잡을 수 없었다. 그날 밤의 기억은 누가 일부러 의도하기라도 한 것처럼 깨끗하게 잘려나가 있었다. 그는 그 사실이 믿기지 않았다. 어떻게 그런 순간을 기억하지 못한단 말인가? 민주는 그렇게 대해서는 안 될 인물이었다. 그렇게 단순하게 대해서는 안 됐다. 민주가 빠져 있는 구덩이에 덩달아 들어가서는 안 됐다.

13/

구두를 벗고 집 안에 발을 들이며 지성은 안도했다. 이 시원함. 이 청결함. 현관 입구까지 뻗어오는 에어컨의 입김을 느끼며 그는 '자유'를 떠올렸다. 인간에게 자유란 이런 것일지도 모른다. 더위와 추위, 배고픔을 느끼는 동물로서의 자신에게서 벗어날 수 있는 것. 그렇다면 앞으로 열심히 일해야겠구나. 자유를 만끽하기 위해선 돈을 많이 벌어야 할 테니. 그는 쓴웃음을 지으며 거실로 향했다.

지성에게 자유를 선사한 거실의 늘씬한 스탠드형 에어컨 앞에는 한 여성이 앉아서 빨래를 개고 있었다.

"왔어?"

반듯하게 갠 지성의 속옷을 쌓아올린 빨래 더미에 얹으며 그 여성이 말했다. 거실을 가득 채운 서늘한 바람. 습기라고는 1그램도 찾아볼 수 없는 완벽한 건조함. 너저분했던 거실이 깔끔히 정돈돼 있다는 사실도 공기의 쾌적함을 실감하는 데 일조했다. 너무나 자연스럽게 귀가를 맞아주는 여성의 모습을 바라보며 그는 한순간 아늑한 느낌에 빠져들었다. 눈앞의 여성이 자신의 속옷을 개고 집 안을 치우며 몇십 년 동안 동고동락해온 파트너처럼 느껴졌다. 폭우와 싸우며 운전한 뒤라 그럴까. 그는 고개를 돌려 거실 창을 보았다. 두터운 겹창 바깥으로 세찬 빗줄기가 창틀을 뚫을 기세로 내려와 부딪히고 있었다. 그러나 이 집에서는 그 비의 기세를 느낄 수가 없다. 콘크리트와 유리로 둘러싸인 이 아늑한 아파트에서는, 창틀을 때리는 둔탁한 빗소리와 창문을 타고 흐르는 물줄기의 희끄무레한 형태만이 간접적으로 장마철이 가까워졌음을 알려줄 뿐이다. 에어컨이 축축함과 더위를 완전히 사멸시킨 이 집, 30평형 아파트 거실에 앉아 빨래를 개며 50대 남자의 귀환을 반기는 이 여성의 평화로움 앞에서는, 장마와는 아무 상관 없는 존재로 설 수 있는 것이다.

지성은 채리를 힐끔 본 뒤 소파에 드러누웠다. 집에 도착하면 씻고 바로 운동을 하려 했는데, 막상 집에 오니 눕고 싶다는 생각밖에 들지 않았다. 누워서 쉰다는 건 얼마나 달콤한 일인가. 운전대에 매달려 시야를 확보하려 사투를 벌이던 순간과 소파에 몸을 누이고 아무것도 하지 않아도 되는 이 순간을 대조하며 기뻐하다가, 그는 일순간 무의식의 세계로 건너갔다.

눈을 떴을 때 그는 누군가가 몸에 달라붙어 있다는 걸 인식했다. 물컹한 살덩어리가 그가 누운 소파 옆으로 비집고 들어와 있었다. 양팔로 그의 목을 두른 그 생물은 제 코를 그의 머리칼, 뺨, 코에 문지르며 으으으응, 좋아! 으으으응, 좋은 냄새! 라는 감탄사를 연발했다. 그는 팔을 내밀어 그 소리를 내는 몸을 안았다. 하이톤으로 연신 감탄사를 발산하던 주인공이 제 다리를 그의 엉덩이 위에 올려놓으며 몸을 밀착해왔다.

"으으으응, 좋은 냄새."

이제 그 생물은 그의 머리칼에 코를 파묻고 양쪽으로 얼굴을 마구 흔들었다. 좋아, 좋아, 라는 말을 연발하는 부산한 생물의 숨결이 그의 귓전에 커다랗게 울려 퍼졌다. 원래 인간의 숨소리가 이렇게 큰가? 알 수 없었다. 타인의 숨소리를 가까이서 느껴본 지가 너무 오래되어 비교하거나 분석할 수가 없었다. 아내의 가출 이전부터 일찌감치 각방을 썼고, 냉랭한 상태에 들어서면서부터는 서로 손끝도 스치지 않았다. 그러니까 그가 누군가와 이렇게 가까이 몸을 맞댄 것은, 그와 신체구조가 완전히 다른 반대 성별의 몸과 딱 붙어 숨결을 느끼는 것은, 천만 년의 세월 이후 도래한 일인 것이다.

지성에게 달라붙어 엄청난 숨소리를 내고 있는 여체는 이제 제 볼을 그의 볼에 대고 위아래로 회전하고 있었다. 처음엔 가만히 있던 그의 얼굴이 상대의 움직임에 맞추어 서서히 움직이자, 상대가 일방적으로 움직일 때보다 훨씬 더 살이 맞닿는 느낌이 났다. 참으로 부드럽구나. 참으로 탄탄하구나. 그는 채리의 볼이 제 볼에 와 닿으며 만들어내는 촉감을 저릿하게 감각했다. 이래서 사람들이 젊은 사람을 그토록 좋아하는 것일까. 그는 채리의 목에 깔린 팔을 죽 펴고 채리의 머리를 쓰다듬었다. 긴 머리에서 날아오는 샴푸향이, 포동포동한 얼굴에서 흘러나오는 과즙 냄새가 풍성하게 그를 감싸고돌았다.

"너, 딸기 냄새가 난다?"

채리의 머리 위에서 열심히 손을 놀리던 지성이 천천히 눈을 뜨며 말했다. 순간 그의 눈에 나풀거리는 노랑 머리칼이, 동그랗고 포동포동한 귓불이, 귓불을 뒤덮은 솜털이, 새까만 눈동자가 커다랗게 들어왔다. 그는 헉 소리를 내며 그 눈동자가 박힌 얼굴을 밀어냈다.

"왜에에에에에."

눈동자의 주인이 말끝을 길게 늘이며 다시 그의 품을 파고들었다. 사람의 눈동자. 그 까만 색깔. 그 무시무시한 크기. 커다란 곤충과 마주한 느낌이었다. 가까이서 보면 인간은 다 무서운 건가. 아니면 이 여자가 그렇게 느껴지는 건가.

채리는 다시 그의 얼굴을 잡고 제 코를 갖다 댔다. 얼굴 구석구석에 코를 박고 킁킁거리다가 한순간 볼에 코를 갖다 대고 모든 움직임을 멈췄다. 한동안 그의 귓가에 슉슉거리는 바람 소리가 들려오더니 볼 부근이 간질거리기 시작했다. 그는 깔깔깔 웃으며 채리를 떼어냈다.

"너 지금 뭐 한 거야?"

"왜에에에에에?"

채리가 입을 귀에 걸다시피 하며 눈을 반짝였다.

"너 어떻게 한 거야? 얼굴은 하나도 안 움직인 거 같은데, 왜 볼이 가렵지?"

그러자 채리가 그를 향해 은근한 웃음을 지어 보이더니 코를 벌름거리기 시작했다. 굳은 얼굴로 진지하게 코를 벌름거리는 30대 여자. 그는 그 광경을 보다가 파하하하, 웃음을 터뜨렸다. 배를 움켜쥐고 웃음을 토해내며 몸을 뒤집었다.

"그러니까 너 지금, 코 벌름거린 거였어?"

얼굴이 시뻘게지도록 코를 벌름거리던 채리가 웃음을 터뜨렸다.

"으흐흐흐핫핫핫핫핫! 으흐흐흐핫핫핫핫핫! 끅끅끅끅끅."

저음으로 시작해 점점 소리를 높여가며, 폐부 깊숙이에 웃음을 만들어내는 기계라도 있는 듯 엄청난 규칙성과 힘이 실린 웃음이 터져나왔다. 그는 상체를 일으켜 세운 뒤, 몸을 비틀며 자지러지는 채리를 내려다보았다. 으흐흐흐핫핫핫핫핫! 으흐흐흐핫핫핫핫핫! 채리는 주체하지 못하고 웃어대다가 소파 아래로 떨어졌고, 그 모습에 그가 다시 웃음을 터뜨렸다.

"야, 너 그 웃음소리 진짜……"

"으흐흐흐핫핫핫핫핫! 으흐흐흐핫핫핫핫핫!"

이런 웃음소리를 내는 사람을 살면서 몇 번 만났다. 큰매형이 이렇게 웃었고, 유경이 어릴 때 이렇게 웃었으며, 동창인 이원형이 중학생일 때 이렇게 웃었다. 그것은 말한 사람에게 뭔가 대단한 일을 해낸 듯한 만족감을 주는, 정말로 웃기지 않으면 절대 그렇게 웃을 수 없을 거라는 생각이 들게 하는, 참으로 기능적인 웃음이었다. 매형은 2년 전인가 이렇게 웃는 걸 본 적이 있었던 것 같은데, 유경과 이원형에게서는 최근 들어 이런 웃음을 본 적이 없다. 그들이 어딘가에서 여전히 이렇게 웃을까.

바닥을 굴러다니며 특유의 웃음을 웃던 채리가 어느 틈엔가 소파로 올라왔다. 지성은 소파에 누워 채리와 마주 보았다. 눈에 웃음을 가득 담은 채리가 손을 뻗어 그의 앞머리를 만지작거렸다. 그는 채리의 몸에 제 몸을 완전히 밀착시켰다. 그리고 자신이 잠깐 동안 아무 생각도 하지 않았다는 사실, 그저 타인과 살을 맞대고 부비고 냄새 맡는 행위에 완전히 빠져들어 있었다는 사실을 깨달았다. 그 어떤 상념도 비집고 들어오지 못했던 몰아의 시간. 동시에 조금 전의 행위들을 반추하고 있는 지금은 이미 그 몰아의 순간에서 빠져나왔다는, 이제 다시 상념에 빠져 허우적거리게 되었다는 사실이 날카롭게 인식되어왔다.

14/

지성은 잠에서 깨어났다. 거센 빗소리에 이미 의식이 반쯤 깨어났지만, 결정적으로 그를 깨운 것은 문자메시지 착신음이었다. 아침 강연이 있거나 방송 녹화가 있는데 깜빡 잊었을 경우 전화나 문자가 울릴 것이기에, 착신음은 언제나 그를 깨우는 즉효약이었다.

지성은 누운 채 침대 헤드를 더듬었다. 핸드폰과 안경을 찾으며 오늘의 일정을 떠올리는데 뇌리 한편에 다른 생각이 잡혀왔다. 맞닿았던 살결, 부드러운 출렁임, 그리고…… 쾌감. 기억이 소리를 지를 정도의 쾌감에 도달했던 순간에 이르렀을 때, 그는 벌떡 일어나 앉았다. 간밤의 일을 떠올리는 것만으로 엄청난 전율이 밀려왔다. 그는 주위를 둘러보았다. 침대 옆은 비어 있었지만, 간밤에 그 자리를 차지했던 인체가 남긴 흔적이 움푹 파인 형태로 남아 있었다. 그는 한 손에 핸드폰을 쥐고 다시 이불 속으로 들어갔다. 이불에 폭 싸인 채 열린 창으로 들려오는 빗소리를 들었다. 그러니까 그것은 진짜였다. 엄청난 의지를 갖고 타인의 살을 헤집던 순간이, 타인의 머리칼을 움켜쥐며 이대로 생을 마감해도 좋겠다고 생각하던 순간이, 정말로 존재했던 것이다. 이 침대에 실제로 있었던 것이다.

누운 채로 문자메시지를 들여다보는데 방문이 열리며 채리가 들어왔다.

"아침 먹어, 지서엉."

뒤끝을 길게 빼는 하이톤의 목소리. 그는 한쪽 눈을 가느다랗게 뜨고 소리 난 쪽을 쳐다보았다. 목소리의 주인공은 지성의 드레스셔츠 한 장을 걸친 채 포동포동한 다리살을 보란 듯 드러내고 있었다.

"야, 그 셔츠 돈 주고 다림질한 거야."

이렇게 말하다가 지성은 피식 웃었다. 그는 한 장에 990원씩 하는 프랜차이즈 세탁소의 다림질을 좋아하지 않았다. 칼라와 소매만 빳빳하게 다릴 뿐 구김이 군데군데 있는 게 거슬렸다. 그래서 한 장에 3천원을 줘야 하는 손다림질 서비스를 이용했다. 그렇긴 해도 지금 '돈 주고 다림질' 운운하는 건 우스꽝스러운 일이다. 뜨거운 정사를 맺은 상대에게 세탁비 타령을 하다니.

"다리미 어디 있는지 알려줘."

지성은 채리의 말을 흘려들으며 들어온 메시지를 확인했다. 성원대학의 조교에게서 온 것으로, 오늘로 잡힌 미팅을 취소한다는 통보였다. 그는 오늘 오전 중에 대학을 방문해 2학기 강의 일정을 잡기로 되어 있었다. 자신이 할 강의뿐만 아니라 국문학과 내 다른 강좌들의 아웃라인을 잡는 데도 도움을 줄 예정이었다. 그런데 이제 올 필요가 없단다. 메시지는 그것뿐이었다. 오늘 미팅은 취소돼도 지성에게 배당된 강의는 그대로 진행될 예정인지, 내년에 정식으로 교수 임용을 해주기로 한 대학 측의 약속은 여전히 유효한지에 대해서는 아무런 말이 없었다. 그는 핸드폰을 침대맡에 탁 소리가 나게 내려놓았다. 마음대로 하라지. 나도 아쉬운 것 없거든. 그까짓 성원대. 집에서 두 시간이나 걸리는 데다 학생들을 가르치는 것도 녹록지 않았다. 성원대 문창과는 오랜 전통과 그동안 배출해온 문인들의 아성으로 상당한 인지도를 확보하고 있었다. 그런데도 재학 중인 학생들의 수준은 그리 높지 않았다. 시를 쓰겠다는 학생들이, 소설을 쓰겠다는 학생들이, 제 전공 분야 책 외엔 눈길을 주지 않았다. 사회현상에 관심을 갖지 않으면서 글 쓰는 테크닉만 배우려는 편협함이라니! 그는 벌떡 일어서서 침대를 빠져나왔다. 강의를 계속해달라 해도 이젠 내가 싫다. 이참에 아예 2학기 강의도 맡지 않겠다고 선수 쳐야겠다고 생각하면서, 그는 안방에 딸린 욕실로 향했다.

"어제 다림질도 하려 했는데, 다리미가 안 보여서 못했어."

그새 부엌으로 돌아간 채리가 외치듯 말했다.

지성은 욕실 등을 켜면서 큰 소리로 답했다.

"우리 집에 다리미 없어."

샤워를 마치고 나왔을 때, 식탁 위에 제법 그럴싸한 상이 차려져 있었다.

모락모락 김이 피어오르는 흰 밥이 소복하게 담겨 있고 초록 나물 두 종류와 계란말이가 각각 다른 그릇에 정갈하게 담겨 있었다. 지성은 선 채로 아침상과 채리를 번갈아 쳐다보다가, 그는 수건으로 머리를 몇 번 털어낸 뒤 자리에 앉았다. 어쩌다 이 여자와 또 잤을까. 이 여자는 어쩜 이렇게 천연덕스럽게 아침상을 차렸을까.

"수건 다 쓴 거지?"

채리가 그의 어깨에 둘러진 수건에 시선을 준 뒤 다용도실을 손으로 가리켰고, 그가 고개를 끄덕이며 수건을 들고 가 다용도실 세탁기에 넣었다.

자리에 돌아온 그는 길게 기지개를 켠 뒤 숟가락과 젓가락을 제 앞으로 당겼다. 모르겠다. 일단 아침이나 먹자. 김이 피어오르는 식탁에 앉자 강렬한 식욕이 치솟아올랐다. 누군가 차려준 식탁에 앉아 아침을 먹어본 것이 얼마만이던가.

"왜 다리미가 없어?"

오븐장갑을 낀 채리가 냄비를 상으로 조심조심 옮겨오며 물었다.

"집에서 다림질 안 해."

"왜?"

채리가 그의 맞은편에 앉으며 냄비 뚜껑을 열었다. 기다렸다는 듯 하얀 김이 모락모락 허공으로 날아올랐고, 부드럽고 구수한 미역국 냄새가 식탁을 감싸고돌았다.

"요즘 누가 다림질을 집에서 하니?"

채리가 담아서 건네주는 미역국 그릇을 건네받으며 그가 퉁명스럽게 말했다. 아아, 나는 대체 왜 그랬을까. 어딘가 덜떨어져 보이는 이 낯선 여자와.

"세탁소에 보내는 거야?"

"응."

그는 채리의 시선을 피하며 국이 담긴 그릇을 제 쪽으로 당겼다.

"그럼 돈 들잖아."

"그게 얼마나 한다고."

내뱉듯 말한 뒤 국그릇에 숟가락을 찔러 넣었다. 두 손을 식탁에 걸치고 상체를 쑤욱 내민 채리가 그를 주시했다.

"어때?"

국을 두어 숟갈 먹은 뒤 지성이 천천히 고개를 끄덕였다. 시선은 식탁 위 어느 한 지점을 향했다.

"맛있네?"

그는 몇 숟갈 연속으로 국을 떠먹은 뒤 그릇째 들어 국물을 들이켰다. 이틀 전 채리가 차렸던 아침은 형편없었는데, 오늘 아침 국은 꽤 맛이 좋았다. 너무 간이 세지도 않으면서 미역과 쇠고기의 맛이 충분히 우러나와 깊은 맛을 냈다.

"저번보다 낫지?"

"어."

그는 밥을 떠서 입에 가져가며 슬쩍 건너편을 쳐다보았다. 저도 알고 있었구나. 제가 만든 음식이 형편없었다는 걸!

"재료가 없었어, 그저께는."

"그래?"

무심히 반문한 뒤 다시 물었다.

"그럼 오늘은 어떻게 구했어? 이 재료들을 다?"

오늘 아침상에 오른 것들은 모두 집에 없는 재료들로 만든 것이다. 그의 집 냉장고에는 곰팡이가 핀 밑반찬들과 음료수캔, 맥주캔 외에는 먹을 게 없다. 전자레인지로 찜을 만들어 먹으려고 가끔 계란을 사다놓는데, 그 계란도 이틀 전 채리와 계란찜을 만들어 먹을 때 다 소진해버렸다.

"넌 안 먹어? 왜 쳐다만 보고 있어?"

채리는 대답 없이 그를 빤히 보았다. 그 눈과 마주치는 순간, 그의 뇌리에 간밤에 있었던 일이 시뻘겋게 되살아났다. 그러자 전신에 저릿한 감각이 감돌며 다시금 욕망이 샘솟았다. 그는 목청을 가다듬고 허리를 곧추세웠다.

채리가 시선을 거두고 제 밥그릇에 숟가락을 찔러 넣었다.

"으음, 맛있다. 내가 했지만 인간적으로다가, 너무 맛있다. 그치? 어떻게 생각해, 지성?"

채리가 요란하게 식기 소리를 내며 탄성을 곁들인 자화자찬을 늘어놓았다.

지성은 숟가락질을 하는 틈틈이 말을 쏟아내는 채리의 머리통을 내려다보았다. 지금 이 여자의 마음엔 무엇이 오갈까. 혹시 나를 원망할까. 개새끼라 욕할까. 그는 숟가락으로 국물을 떠서 후후 불었다. 설마. 그렇지 않을 것이다. 일이 이루어지던 순간에, 이 여자도 호응했다. 죄책감을 가라앉히려고 그렇게 생각하는 게 아니다. 여자 쪽에서도 반응이 있었다. 상당한 반응이.

한참 동안 맛있단 말을 연발하며 신나게 밥을 먹던 채리가 어느 순간부터 말이 없어지고 숟가락질이 느려졌다. 지성은 연신 헛기침을 했다. 지금이라도 말할까. 간밤에는 미안했다고. 그럴 생각이 아니었는데 어쩌다보니 그렇게 됐다고.

"왜 그래? 왜 갑자기 기운이 없어졌어?"

쓴 약을 삼키듯 억지로 밥알을 씹던 지성이 침묵을 깼다. 이 여자가 사라지고 난 뒤엔 분명히 불안감에 시달릴 것이다. 정체를 알 수 없는 젊은 여자를 사흘 밤이나 집에 있게 했다. 머릿속에서 여자가 방송국으로 찾아가 전 국민 앞에서 시사평론가 김지성을 성폭력범으로 성토하는 장면이 펼쳐졌을 때, 그는 딸깍 소리가 나게 숟가락을 내려놓았다.

"말할 게 있어."

그 순간 채리가 입을 열었다. 말을 마친 뒤 숟가락을 빨며 식탁 모서리를 응시했다.

"뭔데?"

"화내지 않는다고 약속해."

지성의 눈길이 채리를 향했다. 화를 낸다고? 내가?

"일단 무슨 말인지 들어봐야 약속하지. 뭔데? 말해봐."

그는 숨을 죽였다. 설마. 아닐 것이다. 억지로 데려가지 않았다. 처음부터 침대에 함께 든 것도 아니다. 새벽에 깨보니 채리의 몸이 옆에 있었다.

"실은……"

채리가 숟가락을 식탁에 내려놓더니 차렷 자세를 했다.

"말해."

"아, 못하겠다."

순간 식탁에 올려놓았던 숟가락이 바닥에 떨어지며 쨍그랑 소리를 냈다.

"아, 진짜. 그럼 하지 마!"

그는 몸을 구부려 식탁 밑의 숟가락을 주워든 뒤 눈앞의 짜증스러운 피조물을 쏘아보았다. 설마 이 여자…… 의도적으로 접근한 건 아니겠지? 머릿속으로 그를 탐탁지 않아 했던 여러 인물들이, 애매하게 호감을 주고받다 어느 순간부터 그가 모른 척했던 여자들의 얼굴이 빠르게 지나갔다. 그는 고개를 옆으로 홱 젖혔다. 뒷목 언저리로 시큰한 통증이 번져나갔다. 그는 아악, 소리를 내며 신경질적으로 일어나서는 식탁 옆에 서서 양팔을 벌리고 고개를 젖혔다. 인식하기 시작하자 통증이 못 견딜 정도로 심하게 느껴졌다.

"목이 아파?"

채리의 겁먹은 듯한 눈이 그를 올려다보았다. 한손으로는 뒷목을 감싸 쥐었다.

"목 디스크야. 자꾸 움직여줘야 해."

지성이 인상을 쓰고 고개를 돌리며 말했다.

"책을 너무 많이 봐서 그래? 어떡해, 병원은 가봤어?"

그는 상체를 반으로 접어 두 팔을 등 뒤에서 맞잡고 주욱 뻗어 올리는 동작을 몇 번 한 뒤 자리에 앉았다. 이제 시간 끌지 말고 물어보자. 단도직입적으로.

"그래. 이 업계 종사자들은 다 그래. 그래서 자꾸 움직여줘야 하고. 큰일 아니니까 더 이상 신경 쓰지 말고, 얼른 네 얘기나 해봐. 무슨 말이 하고 싶은데? 솔직하게 말해."

그가 시선을 맞추자 채리가 다시 시선을 떨어뜨렸다.

"실은······"

그는 이런 식으로 말을 뭉개는 사람을 싫어한다. 아내도 늘 그랬다. 망설이고, 빙빙 돌리고, 도대체 뭘 원하는 건지 요지를 알 수 없는 말을 끝없이 늘어놓았다. 여자들은 대체 왜 그럴까?

"실은······"

"하지 마!"

그의 입에서 큰 소리가 나옴과 동시에 채리에게서 말이 터져나왔다.

"돈을 썼어."

"뭐?"

채리의 어깨가 움츠러들면서 한쪽 손이 턱을 감싸 쥐었다.

"어저께······ 책상에 돈이 있어서······"

허, 그는 헛웃음을 지은 뒤 채리의 수그린 어깨를 건너다보았다. 그의 두 번째 책상 서랍에는 봉투가 있고, 그 안에 현금이 담겨 있다. 지금 그 돈을 썼단 얘기를 하는 것이다.

"그 돈으로 이것들 다 산 거야?"

그가 턱으로 식탁 위에 커다란 동그라미를 그려 보였다.

"이것들을 산 게 아니고 이것들 만들 거를 산 거지."

채리가 고개를 끄덕끄덕하며 덧붙였다. 시선은 여전히 제 발밑을 향한 채였다.

지성은 젓가락을 잘근잘근 씹었다. 긴장이 풀리면서 경직되었던 몸이 스르르 풀렸다.

"책상 서랍을 뒤진 거야?"

섹스에 대한 이야기가 아니라는 안도감도 잠시, 그는 이내 불쾌한 마음에 사로잡혔다. 돈을 쓴 건 괜찮다. 다른 데 쓴 것도 아니고 밥상 차리는 데 썼다니까. 하지만 책상을 뒤졌다니. 자신이 없는 집에서 제 마음대로 집을 헤집고 다녔다니. 찝찝하다.

채리는 입에 든 걸 우물우물 씹으며 고개를 끄덕였다.

"얼마나 썼니?"

"5만 원짜리가 있어서…… 한 장."

"그럼 그제는?"

그저께 아침 밥상에 있던 오징어볶음과 된장찌개 재료들도 집에 있던 게 아니었다.

"주고 갔잖아."

채리의 시선이 식탁까지 올라왔다.

"뭐?"

"그때…… 아침에."

"아."

3만 원! 그는 고개를 끄덕이다 다시 숟가락을 들었다. 그 돈으로 장을 봤다니, 막돼먹은 애는 아닌 것 같다는 생각이 든다.

"먹어라."

채리가 젓가락을 들면서 그를 흘끔 쳐다보았다.

"괜찮은 거야?"

손톱 가장자리 살을 씹어 먹으며 올려다보는 채리.

"앞으론 그러지 마라."

그리고 한마디를 덧붙였다.

"손톱 옆에 좀 씹지 말고. 넌 맨날 손톱살을 뜯고 있더라, 보기 싫게!"

이 여자의 손톱 주변은 온통 피딱지가 앉아 있다. 보기도 안 좋고, 제 몸을 스스로 갉아먹는 어리석은 버릇이다. 이런 버릇을 왜 고치지 못할까?

"남은 돈은 다시 봉투에 넣어놨어. 영수증도."

그는 젓가락으로 계란말이를 들어올렸다. 부엌에 딸린 다용도실 홈통으로 물 내려가는 소리가 커다랗게 들려왔다.

"얼마가 남았는데?"

"7280원."

기다렸다는 듯 채리가 냉큼 대꾸했다.

"앞으론 내가 미리 돈 줄게. 책상 뒤지지 마라. 난 누가 내 물건에 손대는 거 질색이야."

계란말이 두 개를 같이 집어 입으로 가져가는데 금세 활기를 되찾은 채리의 목소리가 날아왔다.

"그래그래! 그게 좋겠다! 나도 기분 드럽거든, 남의 거 뒤지고 있으면."

가지런한 이를 드러내며 웃는 채리를 보는데 그의 마음 한구석에 도사리고 있던 의구심이 불쑥 올라왔다. 불안감과 찜찜함과 불길함을 동반한 그런 감정덩어리가. 이 아이, 언제까지 이 집에 있을 건가? 김지성, 대체 너는 언제까지 이 여자를 집에 둘 작정이냐?

15/

채리는 스케이트 타는 시늉을 하며 쫓아왔다.

"여기 진짜 크다!"

허벅지까지 내려오는 남성용 티셔츠와 종아리까지 내려오는 남성용 반바지를 입은 30대 여자. 안 그래도 눈에 띄었지만 채리는 엄청난 음량으로 감탄사를 연발했고, 펫숍과 여성의류 숍 앞에서는 족히 5분씩 시간을 소요했다. 원래 가고자 했던 스파 브랜드의 위치를 잘못 기억하는 바람에 쇼핑몰 3층을 한 바퀴 돌다시피 했는데, 그 과정에서 지성은 '여기 진짜 크다'는 감탄사를 수십 번 감내해야 했다.

그랬던 채리가 막상 스파 브랜드에 들어갔을 때는 잠잠해졌다. 눈을 크게 뜨고 걸려 있는 옷들을 살피는 폼이 꼭 사냥터에서 목표물을 찾는 포수 같았다.

"여기서 뭐 살 건데?"

넓은 매장 구석구석을 둘러본 채리가 조심스레 물었다.

"티셔츠랑 반바지. 너 집에서 입을 거."

지성이 채리의 팔목을 잡아끌고 여성의류 코너로 갔다. 이 부산한 절차를 얼른 끝내고 이곳을 빠져나가고 싶었다. 창문이 없고 가도 가도 똑같은 가게들만 나오는 커다란 몰은 그가 세상에서 가장 가고 싶어 하지 않는 종류의 장소였다. 이렇게 목소리 큰 여자와 함께라면 더더욱.

지성은 민무늬 박스 티가 죽 걸린 행거를 발견하고 그쪽으로 갔다.

"골라봐."

흰색부터 연주황색, 하늘색, 검은색까지, 색색의 티들이 걸린 행거 앞에서 채리는 멀뚱히 서 있기만 했다.

"두 장은 사야겠지? 빨기도 해야 하니까."

그렇게 말하자마자 마음 깊은 곳에서 '도대체 언제까지 이 여자애랑 있으려고? 너 미쳤어?'라는 책망이 솟구쳤지만, 지성은 원래의 기조를 밀고 나갔다. 어차피 사주기로 한 거, 위아래 입을 옷을 기본으로 두 장씩은 사주는 게 맞을 것이었다.

"난 이런 스타일 별론데."

채리가 뒷머리 한 줌을 들어올려 만지작거렸다.

"입기 편한 걸로 골라. 스타일에 맞는 건 나중에 네 집 가서 알아서 사고."

지성이 연주황색과 하늘색 티가 걸린 옷걸이를 앞뒤로 젖혀보며 말했다. 스타일 같은 소리. 얘가 지금 누구를 호구로 아나.

선 채로 가만히 있던 채리가 빨간색 티와 파랑색 티를 옷걸이에서 벗겨냈다. 지성의 눈엔 처음부터 들어오지도 않았던 강렬한 원색의 티셔츠였다.

"그렇게 진한 색을 사게?"

무난하게 파스텔톤이 낫지 않나? 생각했지만 그는 더 이상 말하지 않았다. 빨강 옷을 입든 파랑 옷을 입든 알게 뭔가. 이 여자랑 한평생 같이 살 것도 아니고. 얼굴을 본 게 언제인지 모르겠는 아내의 옷을 걸친 꼴만 안 볼 수 있으면 될 것이다.

그 뒤에도 채리가 고른 옷들은 지성의 마음에 썩 들지 않았다. 채리는 그가 사주려던 밴드형 반바지 대신 주황색 플레어스커트를, 심플해 보이는 스니커즈 대신 번쩍이는 펄이 들어간 금색 운동화를 골랐다. 눈살이 찌푸려졌지만, 역시 내가 알 바 아니다 싶었다. 운동화까지 사줄 생각은 없었는데. 그는 번쩍거리는 운동화 태그에 인쇄된 43,000이라는 숫자를 보며 남몰래 한숨을 쉬었다.

위아래로 입을 옷과 운동화를 해결한 뒤 1층으로 내려갔다.

"또 뭐 사게?"

빠르게 걷는 지성을 따라잡느라 숨이 찬 채리가 헐떡이며 물었다.

"사긴 뭘 사. 이제 집에 가야지."

지성은 한쪽 팔에 매달려오는 채리의 손길을 뿌리치며 말했다. 머릿속에는 조금 전에 사주었던 운동화가 둥둥 떠다녔다. 대체 이 여자는 왜 내게 운동화까지 사달라고 하는 걸까. 나랑 저랑 무슨 사이라고!

"지성 화났어?"

한참 뒤에 처진 채리가 큰 소리로 외치며 달려왔다.

"그놈의 지성, 지성!"

그가 돌아서며 버럭 소리를 질렀다. 지나가던 중년 여성과 아이들이 놀란 듯 둘을 쳐다보았다.

"내가 네 친구야, 자꾸 이름 부르게? 대체 몇 번을 말해!"

지성의 나이 올해 쉰셋. 채리는 서른다섯이라 했으니 지성이 채리보다 열여덟 살이나 나이가 많다. 삼촌뻘이라 해도 틀린 말이 아니리라.

채리는 입을 반쯤 벌린 채 가만히 서 있더니, 다시 종종거리며 다가왔다. 채리가 한 발짝 정도 거리로 다가왔을 때, 지성은 돌아서서 다시 걷기 시작했다. 나온 김에 한번 둘러보자 싶어 마트 쪽으로 향했다.

침구류와 이너웨어, 공산품과 의류를 파는 마트 1층은 사람들로 북적거렸다. 금요일이라 그런가. 그는 오랜만에 들른 대형마트 매장을 쓰윽 둘러본 뒤 다시 왔던 쪽으로 발길을 돌렸다. 헐떡이는 소리를 내며 열심히 따라오던 동행인의 기척이 들리지 않아 뒤돌아보니 채리는 멀리 떨어진 곳에서 뭔가를 유심히 살피고 있었다.

"뭐 해?"

왔던 길을 3미터쯤 되돌아간 지성이 채리의 시선이 향하는 곳을 쳐다보며 물었다.

"저런 카디건 하나 있으면 좋은데."

채리의 시선은 여성의류 코너 한편에 세워진 마네킹에 고정돼 있었다.

"뭐?"

목이 없이 몸만 있는 마네킹은 시원해 보이는 재질의 흰색 민소매 원피스에 진노란색 카디건을 걸치고 있었다.

"에어컨 많이 나오는 데 가면 저런 거 하나 걸쳐줘야 되거든."

채리가 손톱살을 질겅질겅 씹으며 말했다. 혼잣말인 듯 아닌 듯 중얼거리며 눈으로는 줄곧 마네킹에 걸쳐진 카디건을 훑었다. 지성은 뒤편으로 한 발짝쯤 떨어져 서서, 고개를 젖히고 후, 소리를 냈다. 이제 나한테 카디건까지 사달라고? 유치원생들 원복처럼 보이는 저런 색깔의 옷을?

"가자."

카디건을 보며 혼자서 한참 중얼거리던 채리가 마침내 돌아서며 말했다. 지성의 얼굴을 슬쩍 쳐다보고 얼른 시선을 돌리는 폼이, 제 염치없음을 스스로 의식하는 듯했다.

"너 말이야."

호주머니에 양손을 넣고 말없이 걷던 그가 멈춰 서 뒤돌아보았다.

"응."

반 발자국 정도 뒤에서 쫓아오던 채리가 쇼핑백을 앞으로 모아 쥐며 그를 응시했다.

"아니다, 얼른 가자."

네가 에어컨 많이 나오는 데 갈 데가 어디가 있느냐고, 그런 데 갈 여유가 있으면 정신 차리고 네 집으로 돌아가라고, 목구멍까지 말이 치솟는 걸 지성은 꾹 눌러 삼켰다. 한편으로는 차마 그렇게 말하지 못하는 자신이 한심하게 느껴졌다.

"그래, 빨리 가자. 가서 빨리 점심 해 먹어야지."

채리가 쇼핑백을 양손에 나누어 들며 어색하게 입꼬리를 올렸다. 억지로 웃어 보이는 그 얼굴을 보자 날 서 있던 그의 마음 한 귀퉁이가 스르르 무너져내렸다. 어떤 연유인지는 모르겠으나 이 여자, 가엾은 여자다. 살던 집에서 뛰쳐나왔겠지. 누구랑 살고 있었을까? 알 수 없지만, 묻고 싶지도 않지만, 아무튼 급박한 상황이었을 것이다. 그게 아니었다면 어떻게 서른 살이 넘은 여자가 여벌 옷도 챙기지 않고 살던 곳을 뛰쳐나왔겠는가. 한 생명체가 달랑 입고 있는 옷차림으로만 자신이 있는 곳에 기어들었다는 사실이 의미하는 바를 곱씹으며 지성은 연민의 감정에 휩싸였다.

"그래, 가자."

한숨처럼 가자는 말을 뱉어낸 뒤 몸을 돌려 걷던 지성이 몇 걸음 못 가 자리에 멈춰 서더니 아이 진짜, 하고는 혀를 찼다. 그리고 뒤돌아섰다.

"그래, 사자."

그가 걸어왔던 방향으로 거슬러 다시 걷기 시작했다.

"뭘?"

채리가 뒤쫓아오며 다급하게 외쳤다. 걷던 그가 멈추어 서더니 손가락으로 채리를 조준하며 말했다.

"너 이거는 알아야 된다. 나, 청바지도 한 벌 갖고 계속 입는 사람이라는 거."

씩씩거리며 말한 지성이 다시 몸을 돌려 걸었고, 조금 전에 들렀던 의류 코너 앞에 멈춰 서 마네킹을 쳐다보았다. 다급하게 뒤쫓아온 채리가 옆에 서서 마네킹과 그를 번갈아 쳐다보더니 한순간 우왓! 소리를 냈다. 지성은 채리가 들고 있던 쇼핑백을 끌어당기며 턱으로 카디건을 가리켰다. 채리는 쇼핑백에서 놓여나자마자 매장 한쪽 구석에서 등을 구부리고 뭔가를 꺼내고 있던 직원에게로 날아가 카디건을 입어보고 싶다고 말했다. 그로부터 3분의 시간이 경과한 뒤, 붉은색 쇼핑백을 든 채리가 환한 얼굴로 직원에게 안녕히 계시라고 인사하며 매장을 나왔고, 흰색 민소매 원피스 차림이 된 마네킹 앞을 보무당당하게 지나갔다. 춤추듯 걸어서 나아가던 채리가 뒤돌아서서 지성에게 빨리 오라고 손짓하는 것으로, 그 손짓에 지성이 고개를 끄덕이며 양손에 들었던 쇼핑백을 한 손에 합쳐 드는 것으로, 두 사람 사이에 쇼핑이 종료되었음에 대한 합의가 생겨났고, 둘은 앞서거니 뒤서거니 걸어 주차장으로 가는 상행 무빙워크로 향했다.

16/

문학세상 대표 최재학에게서 전화가 온 것은 집 근처에 이르렀을 때였다. 지금 시청 근처에 있는데 괜찮으면 점심이라도 함께 하자는 내용이었다. 지성은 전화를 끊은 뒤 곧바로 핸들을 꺾었다. 빗길에서 갑자기 차를 돌리는 바람에 차가 휘청거렸지만, 큰 무리 없이 행로를 바꿀 수 있었다.

무슨 일일까. 와이퍼를 작동시킨 뒤 지성은 생각에 잠겼다. 문학세상 대표가 따로 만나자는 요청을 해온 것은 이번이 처음이다. 지성은 문학세상보다 규모가 훨씬 작은 소규모 문학 출판사의 편집위원이다. 최재학과는 좌담회나 문인들이 모이는 행사에서 가끔 얼굴을 마주쳤을 뿐 개인적으로 친분을 쌓은 적이 없다. 그는 깜빡이를 켜고 옆 차선에 끼어들겠다는 표시를 해 보였다. 차 마시는 자리도 아니고 식사 자리다. 좋지 않은 소식이라면 이메일이나 문자를 이용했을 것이다. 차창에 부딪히는 빗소리가 예사롭지 않게 커졌고, 그는 와이퍼 작동 속도를 한 단계 높였다. 그렇다면 좋은 소식일까? 최재학이 내게 뭔가를 제안하려는 걸까? 문학세상 편집위원 자리 제안일지도 모르겠다는 생각이 들었다가, 이내 사라졌다. 그럴 리가 없다. 그 자리는 서울대 출신 석박사들이 차지하는 자리 아닌가. 최근 들어 비서울대 출신 평론가와 소설가를 몇 명 배치하긴 했지만 모두 여성이었다. 그러니 편집위원 자리 제안은 아닐 것이다. 그렇다면 뭘까. 왜. 왜 최재학이 만나자고 할까. 갑자기 민주의 얼굴이 스쳐갔다. 혹시⋯⋯ 민주 때문인가? 그는 앞차와의 간격이 너무 좁아지는 것을 깨닫고 얼른 브레이크를 밟았다. 차가 급정거하면서 몸이 운전대에 부딪힐 뻔한 것을 가까스로 피했다. 그는 브레이크를 밟은 상태로 마른세수를 했다. 최재학이 민주 얘기를 물으면 뭐라고 해야 하지? 모르겠다. 근래 너무 많은 일들이 일어났다. 한 가지만도 벅찬데 여러 일이 한꺼번에 덮쳐왔다. 어제 아침엔 3년 동안 칼럼을 기고해왔던 시민일보에서 칼럼 연재 중단을 통보해왔다. 한 통의 이메일로. 그보다 연재 간격이 긴, 한 달에 한 번 꼴로 칼럼을 기재했던 서울타임스도 며칠 내로 연재 중단을 통보해올 것이다. 참 경박하기도 하지.어찌 저렇게 마음이 희번덕거린단 말인가. 집권 세력의 부정부패에 대해 한마디 했다고 칼럼니스트를 자르다니. 그런 치들도 자기들을 진보라 부른다. 제 진영에 대한 비판을 감내하지 못하는 이들이 무슨 자격으로 상대 진영을 비판한단 말인가? 그는 옆 차선으로 끼어들려다가 얼른 핸들을 꺾었다. 차가 휘청하며 몸부림쳤다. 가까스로 충돌을 피한 옆 차선의 검은색 SUV가 지나가면서 요란하게 클랙슨을 울려댔다. 몇 초 전까지만 해도 멀리 있던 옆 차선의 뒤차가 그새 엄청난 속도로 돌진해와 그의 끼어들기 행위를 성토한 것이다.

"거지 같은 새끼!"

아찔한 순간을 넘기고 백미러로 뒤차와의 간격을 확인한 순간 그의 입에서 욕설이 흘러나왔다. 꼭 저런 인간들이 있다. 누가 뭘 하려 하면 갑자기 눈에 불을 켜고 달려와 막으려 안달하는 인간들.

지성은 와이퍼 속도를 최고 단계로 올렸다. 마트 주차장을 빠져나올 때만 해도 가늘었던 빗발이 그새 다시 장대비로 변했다. 이대로 시청까지 갈 수 있을까. 폭우에 휩싸여 오도 가도 못 하는 상황으로 몰렸던 전날의 기억을 떠올리며 그는 대중교통편을 떠올려보았다. 그러다 이내 고개를 저었다. 여기서 내려 전철역을 찾느라 시간을 허비하느니 그냥 시청까지 주욱 가는 편이 나을 것이었다.

"아저씨."

거센 빗발이 가늘어지고 날카로웠던 신경이 누그러졌을 때, 뒷좌석에서 가느다란 목소리가 들려왔다.

"어?"

지성은 백미러를 쳐다보고 놀란 얼굴을 했다. 맞다! 저 여자가 타고 있었지! 최재학에게 전화를 받은 순간부터 그는 뒷좌석에 채리가 타고 있다는 사실을 까맣게 잊어버렸다.

"웬 아저씨?"

여자의 존재를 망각했던 데 죄책감을 느낀 그가 입가에 웃음을 띠우며 말했다.

"그럼…… 뭐라고 불러요?"

지성은 다시 백미러를 보았다. 옆에 둔 쇼핑백들의 손잡이를 왼쪽 손으로 꼭 움켜쥔 채리의 끔벅이는 눈이 시야에 들어왔다.

마트 가는 길에 앞좌석에 앉았던 채리는 돌아올 때 뒷좌석에 앉겠다고 고집을 부려 그를 난감하게 했다. 앞좌석은 쇼핑백을 안고 타야 하는데 그렇게 되면 조금 전에 산 옷들이 구겨질 위험이 있다는 어처구니없는 이유에서였다. 덕분에 그는 몇 개월 동안 치우지 않아 산더미를 이룬 뒷좌석의 쓰레기와 인쇄물 더미, 책들과 플라스틱 용기들을 정리하느라 진땀을 뺐다.

"뭐라고 부르든 네 자윤데, 아저씨는 좀 아닌 것 같다."

잠시 침묵이 흐른 뒤 뒤에서 다시 목소리가 들려왔다.

"그럼 오빠라고 부를까요?"

"뭐?"

오빠라. 그는 파안대소했다. 아저씨라는 말도 그렇지만 오빠는 더더욱 아닌 것 같다. 열여덟 살이나 어린 여자에게 오빠라 불리다니, 누가 들으면 원조교제라도 하는 줄 알 것 아닌가.

"그냥 하던 대로 해라. '야'라고 하지만 말고."

그러고 보면 채리는 '지성'이라는 호칭을 영어처럼 사용한다. 그러니까 '지성아'라고 부르지는 않는 것이다. 어떻게 보면 이 희한한 관계에서 가장 무난한 호칭일지도 모른다.

"그럼 그냥 이름 불러도 돼요?"

채리가 상체를 쑥 내밀며 한 손으로 보조석 목 받침대를 붙잡았다. 그 바람에 쇼핑백 세 개가 바스락 소리를 내며 앞으로 쏠렸고, 채리는 얼른 제자리로 돌아가 제 소중한 쇼핑백들을 원래대로 모셨다.

"아빠가 담배 피우시니?"

갑자기 왜 그런 말을 했는지 모르겠다. 서울역을 지나칠 때쯤 비가 잦아들었다거나, 차량이 많아지면서 차가 가다 서다를 반복했다는 사실이, 그가 채리의 신변에 대한 질문을 던진 이유였을까. 모르겠다.

"아니요."

뒤편에서 조용한, 한숨 같은 목소리가 날아왔다.

"그럼 누가 그랬어?"

그는 차창을 내리고 한쪽 손을 창에 걸쳤다. 뒷좌석에선 아무 말도 들려오지 않았다.

지성은 도로에 파인 웅덩이로 가늘게 떨어져내리는 비를 응시했다. 결국 묻게 되는구나. 아침에 채리가 지성의 반바지와 속옷을 걸친 상태로 허리를 숙였을 때, 엉덩이 밑에 난 자국이 그의 눈에 들어왔다. 그 자국을 인지했을 때, 그는 자신이 전날 밤부터 그 자국을 눈여겨보고 있었다는 사실을 깨달았다. 구불구불한 곡선을 이루는 시커먼 자국. 신호를 기다리는 차선에 주욱 늘어선 차들의 차창이 열리며 운전자들의 팔꿈치가 하나둘 튀어나왔다. 그중 몇 명의 손엔 연기가 피어오르는 담배가 들려 있었다. 맛있겠다. 구수한 담배향, 몇 개월 동안 끊었던 담배에 대한 그리움이 불현듯 솟아올랐다. 이따 집에

갈 때 담배 한 갑 사 갈까.

바스락거리며 쇼핑백을 정리하는 소리가 들려오더니 이윽고 조용한 음성이 들려왔다.

"남편이 담배를 피워요."

지성의 한쪽 눈이 백미러 위로 불쑥 올라갔다.

"뭐?"

"그렇다고 그 사람이 나쁜 건 아니에요."

남편이 있었단 말인가! 그는 차가 막혀 꼼짝도 않는 틈을 타 사이드브레이크를 채운 뒤 뒤를 돌아보았다.

"그게 무슨 말이야. 너를 담뱃불로……!"

일그러진 지성의 얼굴에서 성난 음성이 흘러나오다 멈췄다.

됐다. 이런 말을 해서 뭐 하겠나. 그는 헛기침을 한 뒤 몸을 앞으로 돌리고 사이드브레이크를 풀었다. 한심하다. 그는 상담가였던 아내한테서 이런 종류의 이야기를 수도 없이 들었다. 맞고 살면서 온몸이 만신창이가 돼도 저와 함께 사는 남자를, 인간도 뭣도 아닌 짐승들을 감싸고도는 여자들. 그 여자들은 그 사람에겐 자신이 필요하다고 말하며 운다. 그러니 신이 와도 못 돕는 거다.

"그 사람도 불쌍한 사람이에요."

쇼핑백을 쥐고 있지 않은 쪽 손으로 머리칼 한 줌을 움켜쥐고 만지작거리던 채리가 항변하듯 말했다.

"하아."

지성은 코웃음을 치며 백미러로 채리를 보았다. 어쩌면 저렇게 전형적인 말을. 토씨 하나 틀리지 않게! 채리는 시선을 내리깐 채 손가락으로 머리카락을 돌돌 말았다.

멈춰 섰던 차량 행렬이 다시 움직이기 시작했다. 그는 백미러로 뒤편을 살피며 깜빡이를 켰다.

"내려라."

그가 옆 차선으로 진입해 들어가며 말했다.

"네?"

"지하철역 입구에 내려줄 테니까 지하철 타고 집에 가 있어. 나 시청에서 누구 좀 만나야 돼."

그는 다시 한번 옆 차선으로 진입했다. 다행히 비는 소강상태에 접어들었다. 하늘빛이 밝아진 걸 보니 적어도 몇 시간 동안은 비가 오지 않을 것 같았다.

네 개 차선을 이동해 지하철역 근처로 가는 동안 채리는 안전벨트를 풀고 무릎 위에 쇼핑백 세 개를 가지런히 올려놓았다.

"서단역에서 내리면 돼. 찾아갈 수 있지?"

서울의 서북쪽 끝단, 경기도와 도로 하나를 두고 갈리는 서단동의 북쪽 끝자락. 조금 외지긴 하지만 서단역에서 죽 직진만 하면 그가 사는 아파트 단지가 나온다. 찾아가기 어렵지 않을 것이다. 비도 그쳤고, 환한 대낮이니까. 그리고 이 아이는 서른다섯 살이나 먹은 성인이니까. 결혼해서 남편도 있는 성인.

"1번 출구로 나가서 쭉 걸어가면 10단지가 보일 거야. 그다음 단지가 우리 집, 동호수는 알지?"

뒷좌석에서 대답 대신 쇼핑백들 부딪치는 소리가 났다.

정차 후 비상용 깜빡이를 켠 지성이 지갑에서 만 원짜리를 꺼내

뒷좌석으로 건넸다.

"차비."

"2천 원만 있으면 되는데요. 지하철로 가면."

문을 열고 내리려던 채리가 고개를 돌리며 말했다. 돈을 받는 게 자존심이 상했는지 눈을 내리깔고 입가에 힘을 주고 있었다.

"혹시 모르니까 비상금으로 가져가."

"남은 돈 식탁 위에 올려놓을게요."

채리가 만 원을 받아들고 고개를 까딱해 보였다. 국어책을 읽는 듯한 말투와 어색한 경어가 마음에 걸렸지만 그는 지금 그런 것에 신경 쓸 여유가 없었다.

양손에 쇼핑백을 든 채리가 느릿느릿 지하철역 계단을 내려가는 것을 사이드미러로 지켜보다가, 지성은 다시 차를 출발시켰다. 그동안 통행량이 줄어 차량 행렬이 부드럽게 앞으로 나아가고 있었다. 얼마 지나지 않아 목적지 근처에 닿았다. 약속장소가 있는 건물의 지하 주차장 입구에 들어서기 직전, 갑자기 천둥 소리가 들리면서 장대비가 쏟아졌다. 순간 그의 머릿속에 우산 없이 집으로 가는 채리의 모습이 떠올랐다. 쇼핑백이 다 젖을 텐데. 애지중지하는 쇼핑백이. 안타까워할 채리를 생각하자 기분이 묵직해졌지만, 얼른 떨쳐내고 전방을 주시했다. 삐이이이, 요란하게 울리는 기계음이 차량 한 대가 건물 내부로 들어가고 있음을 사방에 알렸고, 능숙한 운전자의 손놀림을 탄 붉은색 SUV 차량이 달팽이 모양으로 말린 주차장 진입로를 뱅글뱅글 돌며 유연하게 미끄러져 내려갔다.

약속장소에 들어섰을 때, 창밖으로 언론사와 금융기관 본사 건물들의 옥상이 눈에 들어왔다. 시청에 있는 한식당 중 가장 뷰가 좋다는 이곳에 지성은 이전에도 몇 번 온 적이 있었다. 그런데 오늘따라 창밖 광경이 특별해 보였다. 대한민국을 작동시키는 기관들의 본체가 자리 잡은 곳. 이 땅의 거주자들이 선거로 뽑은 수장이 아닌 하늘이 내린 임금의 통치를 받던 시절부터 이 나라 권력의 근거지였던 곳. 지성의 뇌리에 이곳 고층 건물들의 꼭대기층에서 이 나라의 오피니언 리더라 불리는 이들과 식사했던 순간들이 번쩍거리며 지나갔다. 생각해보니 그는 그 순간들을 참 좋아했다. 서울 중의 서울, 진짜 서울이라 할 수 있는 지역에서 가장 높은 곳에 올라 이 나라를 움직이는 언론사와 금융기관들의 정수리를 내려다보며 산해진미를 즐기던 시간. 맞은편 '높은 자리에 앉은' 이들의 어리석음에 조소하고 상대가 움켜쥔 터무니없는 행운에 질투심을 느끼던 시간. 문득 그는 자신이 그 시간들을 과거형으로 추억하고 있다는 사실을 깨달았다. 그러니까 나는 지금 예정된 몰락을 눈앞에 두고 이런 장소에 더 이상 오지 못하게 될 미래를 예감하며 작별의 애수를 느끼는 것인가.

"어서 오십시오."

창가 좌석에 앉아 있던 60대 남성 둘 중 한 명이 지성을 발견하고 손을 들어올렸다. 문학세상 최재학 대표였다.

"제가 좀 늦었습니다."

지성이 허리를 숙이며 사과하자 최 대표가 손사래를 쳤다.

"어이구, 아닙니다. 갑자기 오시라 한 제가 실례를 했습니다."

지성은 직원이 빼주는 자리에 앉으면서 최 대표의 맞은편에 자리한 풍채 좋은 남자에게 눈길을 주었다. 이 사람, 누구지? 통화할 때 최 대표가 누구와 함께 있다는 얘기를 했던 것도 같다. 그런데 누구라고 했더라? 눈살을 찌푸리며 기억을 긁어모았지만 도통 생각나지 않았다. 어쩌면 최 대표가 처음부터 언급하지 않았던 것인지도 몰랐다.

"두 분 인사하시죠."

지성의 자리에 물잔이 놓이는 걸 확인한 최 대표가 초면인 두 사람을 손바닥으로 각각 가리켜 보였다.

"이쪽은 신화일보 천 대표님."

아. 지성의 눈이 크게 벌어졌다. 이 얼굴, 언젠가 마주쳤던 적이 있다. 사람이 많은 떠들썩한 행사 자리였다. 악수를 나누었던가, 목례를 나누었던가, 그랬던 것 같다. 신화일보 대표였구나! 이 나라 보수세력의 정신적 지주라 불리는 사람, 대한민국 실세들과 거미줄 같은 인맥을 형성하고 있다는 사람이 눈앞에 앉아 있었다.

"이쪽은 시절과문학사 편집위원이자 성원대학 교수이신 김지성 평론가님. 문학평론도 하시고 문화평론도 하시고, 아, 그리고 요즘에는 뭐야, 그…… 시사! 시사평론도 하시죠. 아이고, 한 위원님, 능력이 너무 다양하셔서 소개드리는 데 한참이 걸립니다."

최 대표가 껄껄 웃으며 덕담을 하자 신화일보 대표가 목례를 하며 눈인사를 건넸다. 짧고 강렬한 시선이 얼굴에 얹혔다 가는 것을 느끼며 지성은 긴장으로 어깨가 경직되었다.

"말씀 많이 들었습니다. 한 위원님."

천 대표의 인사에 상체를 숙여 답례하는 지성의 머리가 바쁘게 돌아가기 시작했다. 상대는 신화일보 대표라는 한마디로 이 나라에 사는 모든 이들이 바로 고개를 끄덕이게 되는 언론계의 거물이다. 그에 비해 자신은, 딱히 내세울 만한 명함이 없어서 최 대표가 이것저것 끌어다 붙여 소개해야 하는 잡종 피라미 인사다. 더구나 며칠 전 토론으로 인해 최근 몇 년간 공들여 쌓아올렸던 인지도마저 와르르 무너져내리고 있다. 그런데 왜 이 사람이 나를 만나려 했을까? 나한테 얻을 게 뭐 있다고.

"개인적으로는 처음 뵙는 것 같습니다, 천 대표님."

지성은 한때 안티신화운동에 몸담았다. 30대 초반, 진심을 담으면, 혼신의 힘을 기울이면 혼자서라도 세상을 바꿀 수 있다고 믿던 때였다. 신화일보라는 수구 부패 언론을 박살내기만 하면 나라를 나라같이 만들 수 있다고 생각했다. 눈앞에 있는 천 회장도 아마 지성이 그 운동의 대표 기수였음을 알고 있을 것이다.

청동 재질의 정교한 무궁화 부조가 달린 벽 바로 아래 테이블에 앉아, 정갈한 접시에 담겨 나오는 한식 요리들을 배부르다는 느낌이 들 정도로 만끽할 때까지, 신화일보 대표와 문학세상 대표와 다양한 능력을 갖춘 문학평론가 사이에는 본론이 오가지 않았다. 셋은 미세먼지와, 전염병의 여파와, 전염병 이전에 가능했던 것들에 대한 원론적이고 의미 없는 이야기를 나누었다.

"토론회 잘 보았습니다, 한 위원님."

천 대표가 이렇게 운을 띄운 건 식사가 끝나고 각자의 찻잔에 연

녹색 차가 담긴 직후였다.

그 말을 듣자마자 지성의 머리에 번쩍 불이 켜졌다. 이것이구나!
모든 게 하나의 줄기에 꿰어지면서 드디어 시나리오가 줄거리를 드
러냈다.

"한 위원님의 명쾌한 논리가 빛난 토론이었죠."

최 대표가 찻잔을 들어올리며 천 대표를 거들었다.

"과찬이십니다."

지성은 어색하게 웃으며 앞에 놓인 찻잔을 들어올렸다.

신화일보와 문학세상의 만남이 어떤 경로로 이루어졌는지, 그러
니까 천 대표와 최 대표가 어떻게 인연을 맺고 사이가 돈독해졌는지
는 모른다. 두 사람이 먼 친척뻘이라거나 최 대표가 천 대표의 배다
른 형제라는 등 여러 소문이 있지만 무엇이 진실인지는 알려진 바가
없다. 중요한 것은 문학세상에서 책을 내는 작가들 중 대중에게 소구
력이 있는 작가를 신화일보가 노골적으로 띄워주었다는 점이고, 그
작가들이 한국문학의 대명사로 자리 잡게 되었다는 점, 그리고 그런
작가들과의 관계 덕에 신화일보 또한 '문화의 오라'를 두르게 되었다
는 점이다. 문학세상은 출범한 지 불과 5년 만에 쟁쟁한 문학 출판사
들을 제치고 동종업계 매출액 1위를 기록하는 쾌거를 올렸고, 과거
독재정권에 빌붙었다거나 부패세력과 엮였다는 이미지가 강했던 신
화일보는 문학과 예술을 장려하는 교양과 문화의 대명사 격 언론으
로 자리매김하게 되었다. 그러니까 두 거대 공룡은 서로가 서로를 세
워주는 공생관계에 있었고, 이는 그 안에 속한 이들에게도 마찬가지
였던 것이다. 지성이 문학세상에 몸담지 않은 것은 기본적으로는 지

성이 서울대 출신 석박사가 아니라는 점 때문이었지만, 즉 문학세상 쪽에서 학벌이 처지는 지성을 초대해주지 않았다는 점 때문이었지만, 만일 문학세상 쪽에서 제의를 해온다 해도 지성은 자신이 그 제의를 덥석 받아들일 수 있을지 확신할 수 없었다. 다른 평론가들과 달리 지성은 문학 너머의 세상, 법과 제도로 대표되는 사회 구조에 대해 직접적이고 적극적으로 발언해왔고, 그로 인해 좌파진영의 대표 스피커로 자리매김했으며, 그 과정에서 대중적인 인지도를 얻었기에. 자신을 지금 위치에 올려놓은 것이 안티신화운동을 비롯한 수구세력 타도 언행이었는데 어떻게 신화일보와 공생관계인 문학세상에 발을 들여놓겠는가? 아무리 급해도 차마 그렇게까지는 할 수 없었다. 그것은 자신의 존재 근거를 부정하는 짓이요, 제 무덤을 파고 땅에 들어가는 짓이 될 것이었다.

"한 위원님의 명석함은 전부터 눈여겨보고 있었습니다."

차를 한 모금 마신 뒤 천 대표가 지성을 응시했다.

"독보적인 분이죠."

이어지는 최 대표의 지지발언.

"어이구, 과찬이십니다."

지성은 눈웃음을 지어 보인 뒤 창밖을 보았다. 굉음과 폭우를 쏟아내던 하늘이 그새 소강상태에 접어들고 가는 실비가 창에 날아와 사선으로 맺히고 있었다. 처음부터 두 사람이 너무 깍듯하다 싶었다. '한 위원님'이라니. 그는 들어올린 찻잔을 천천히 기울였다. 왜. 왜 처음부터 알아차리지 못했을까.

지성의 찻잔이 빈 것을 본 천 대표가 찻주전자를 들어 우아한 동작으로 차를 따라주었다. 찻잔에 담긴 맑은 액체의 출렁임이 가라앉기를 기다렸다가, 지성은 조심스럽게 찻잔을 내려놓았다.

18/

채리는 집 앞에 누워 있었다. 손발을 앞으로 펼쳐 모은 채 옆으로 누워 평화롭게 잠들어 있었다. 채리의 등 뒤엔 쇼핑백 세 개가 나란히 도열해 잠든 주인을 지키고 있었다. 오후 5시. 사방이 아직도 환하게 빛나는 한여름의 오후였다.

참 투실투실하구나.

바닥에 놓인 커다란 덩어리가 채리임을 알아차린 순간의 첫 느낌은 이것이었다. 작은 키에 오밀조밀하게 살이 붙은 생명체, 지성의 집 앞에 커다란 젤리처럼 누워 있는 그 생명체는 투실투실하다는 말로 단숨에 설명될 수 있는 존재였다. 그 존재를 그대로 내버려둔 채 집으로 들어가버리는 장면을 잠깐 떠올려보다가, 지성은 채리의 어깨를 흔들었다.

"야."

몸을 흔들기 위해 상체를 숙이자 젊은 여자의 몸의 들썩거림과 코로 흘러나오는 숨결이 느껴졌다. 옅게 코를 고는 소리도 들려왔다. 그러니까 이 여자, 정말 잠든 것이다.

"으으응."

채리는 볼살을 씰룩이더니 현관문 쪽으로 돌아누웠다.

"나채리!"

몸을 흔드는 손에 힘을 주며 지성이 외쳤다.

"아이, 참."

귀찮은 듯 한 손으로 눈을 비비던 채리가 일순간 번쩍 눈을 떴다.

"왜 이러고 있어?"

지성이 몸을 일으켜 세우고 현관문의 비밀번호를 눌렀다. 층계참으로, 상체를 일으킨 채리가 쇼핑백을 제 앞으로 당기느라 부스럭거리는 소리가 울려 퍼졌다. 그는 옆집 현관문을 흘끔 쳐다보았다. 옆집 사람들이 보았을까.

"하아암."

채리가 쇼핑백을 챙겨 일어서며 입이 찢어지게 하품을 했다. 하, 그의 입에서 실소가 터져나왔다.

"너는 이런 데서 잠이 오냐?"

문이 열리고 지성이 집 안으로 들어서자 채리가 재빨리 따라 들어왔다.

"비밀번호."

"뭐?"

신발을 벗던 그가 돌아섰다. 채리가 그를 앞질러 집 안에 들어가 쇼핑백들을 문간방에 들여놓고 나왔다.

"현관문 비밀번호 안 알려줬잖아."

채리가 눈을 비비며 그를 올려다본 뒤 입술을 양옆으로 길게 늘어뜨리며 힘을 주는 동작을 세 번 반복했다. 당황하거나 뭔가가 잘

안 풀릴 때 자동으로 나오는 동작, 둔함과 순진함과 철딱서니 없음을 상징적으로 보여주는 동작이었다.

지성이 멍한 표정으로 채리를 내려다보았다. 비밀번호라고?

"너…… 그럼 그동안에는?"

비밀번호를 몰랐단 말인가, 여태? 장도 봐 오고 수차례 바깥에 나 갔다 들어왔는데?

"저거."

채리가 신발장 옆을 턱짓으로 가리켰다. 채리의 턱짓을 따라간 그의 시선이 한동안 그 자리에 머물다 돌아왔다.

"그러니까, 너 지금, 그동안에 현관문에 저 신발주걱을 괴어놓고 나갔다는 거야?"

기다렸다는 듯 채리의 고개가 위아래로 오르내렸다.

"응, 맞아, 맞아!"

"와, 내가 미치겠다 진짜."

그는 입으로 바람을 일으켜 앞머리를 흐트러뜨리길 몇 번씩 하다 가, 신발을 벗고 집 안으로 들어섰다. 마트에 다녀오려면 적어도 이 삼십 분은 걸렸을 것이다. 그동안 집을 무방비 상태로 오픈해놓고 다 녔단 말인가.

"넌 도대체 생각이라는 게 있니 없니?"

그는 가방을 바닥에 부려놓은 뒤 소파에 드러누웠다. 짜증과 피 곤이 파도처럼 밀려들었다. 누가 때려죽인다 해도 지금은 자고 싶 었다.

"뭐가?"

채리는 지성의 가방을 서재로 들인 뒤 부엌으로 향했다.

"마트에 갔다 오면 아무리 빨라도 20분은 넘었을 텐데 넌 그동안 집을……"

그는 말을 중단하고 양팔을 얼굴에 얹었다.

"어휴, 그만하자. 말해서 뭐 하겠니. 넌 빨리 네 집으로 돌아가라. 지겹다, 아주."

모든 게 그의 잘못이었다. 처음부터 단호하게 집에서 내보내든가, 아니면 아예 비밀번호를 가르쳐주든가 했어야 하는데, 이도 저도 아닌 태도를 보였다. 그는 안경을 벗어 바닥에 내려놓았다. 저 퉁퉁한 아이는 왜 이 집에서 이러고 있을까? 내가 내쫓으면 정말로 갈 데가 없을까? 집에 돌아가지 못하고 밖에서 떠돌게 될까?

"내가 저녁때 전 부쳐줄까? 비 오는 날엔 전 부쳐 먹는 게 딱인데. 소주랑."

채리가 소파 아래에 앉으며 어깨를 들썩거렸다.

"우후, 부추전! 우후, 소주!"

채리는 들뜬 기색이 잔뜩 감도는 음성으로 노래도 뭣도 아닌 이상한 어구를 반복했다. 부추전! 소주! 최고의 조합을 만들어드립니다! 가물가물한 지성의 의식에 채리의 부산한 움직임과 목소리가 웅얼웅얼 들려왔다.

"지금 비 안 오거든. 그리고 난 소주 안 마신다."

앞머리를 뒤로 넘겨주는 채리의 손길을 뿌리치며 지성이 취한 듯 말했다.

"진짜? 그럼 지성은 어떤 술 마셔? 어떤 술 좋아해에에?"

채리가 그의 등에 얼굴을 기대고 팔로 그의 허리를 감았다. 투실투실한 팔의 움직임이, 부드러운 가슴의 질감이 그의 등에 생생하게 전해져왔다.

"아우, 저리 좀 가."

어깨를 돌려 밀어내는 시늉을 했지만 채리의 풍성한 몸은 꿈쩍도 하지 않았다. 이제 제법 익숙해진 그 몸집에서 장마철 의류에서 나는 쉰 냄새, 젊은 인체에서 나오는 특유의 살냄새, 달콤한 화장품 냄새가 훅 끼쳐왔다.

"뭐 마시는지 가르쳐주면 저리로 가주지!"

채리가 그의 몸에 딱 달라붙으며 코맹맹이 소리를 냈다. 그는 돌아누우며 너털웃음을 터뜨렸다. 몸에 들러붙은 인간이 내뿜는 천진함이, 제가 하는 말에 상대가 흥미를 느끼리라 확신하는 순진함이, 너무 어처구니없었다. 얘의 정신은 대체 몇 살일까. 아마도, 열 살을 넘지 않으리라.

"난 술 안 좋아해. 특히 소주는 딱 질색이다."

지성이 몸을 돌리며 팔을 벌렸다. 몸이 나른해서인지, 보들보들하고 풍성한 무언가를 안고 싶었다. 채리가 기다렸다는 듯 재빨리 그의 품으로 파고들었다.

"그래도 전은 먹는데, 한번 만들어볼래?"

몸에 안긴 채리의 머리를 쓰다듬으며 그가 말했다. 말해놓고 보니 어쩐지 왕이 특별히 인심이라도 쓰는 듯한 느낌이 들었지만, 뭐 어쩌겠는가. 먹여주고, 재워주고, 실제로 자신이 베풀고 있으니 그런 뉘앙스를 풍기지 않을 수가 없는 것이다.

"아아아앙."

체리 특유의, 긍정의 반응을 표현하는 하이톤이 튀어나왔다. '응'을 '아'에 가깝게 발음하며 엄청나게 높은 음으로 처리하는 기교. 지성은 채리의 뺨을 꼬집어 흔든 뒤 뒷주머니에서 지갑을 꺼냈다.

"카드 줄 테니까 장 봐 와라."

채리는 그가 지갑에서 카드를 꺼내는 기색을 보이자마자 벌떡 일어나서 춤을 추었다.

"우왓, 우왓!"

채가듯 카드를 가져간 뒤 현관으로 직행하는 채리. 지성은 이때다 싶어 몸을 돌려 소파를 파고들었다. 안도감이 가슴을 가득 채웠다. 이제 잘 수 있겠구나!

"얼마까지 써도 돼?"

현관문을 열고 나가던 채리가 큰 소리로 외쳤다.

"상관없어. 필요한 재료 다 사 와."

그러자 한 단계 낮아진 톤으로 다시 목소리가 날아왔다.

"저기 있잖아……"

"빨리 말해. 나 잘 거야."

지성이 잠꼬대하듯 쉰 소리를 냈다.

"지성은 안 마신다고 하긴 했는데……"

"근데 뭐? 빨리 말해."

잠이 들 듯 말 듯한 순간이라, 지성은 혼자 있을 수 있다면 전 재산이라도 내줄 것 같았다.

"소주 사도 돼?"

채리가 갑자기 커다란 소리로 말했다.

"소주?"

반쯤 잠든 그에게서 못마땅한 기색의 음성이 튀어나왔다.

"한 병만, 딱 한 병만 살게."

다시 조심스러운 목소리가 돌아왔다.

"그래. 사 와라."

내뱉듯 말한 뒤 그가 하품을 했고, 그와 동시에 현관에서 활기찬 목소리가 들려왔다.

"다녀오겠습니다!"

그는 한쪽 팔을 눈두덩에 얹으며 큰 소리로 외쳤다.

"간 김에 아예 내일 아침 먹을 거까지 장 봐 와."

그러자 현관문을 여닫을 때 나는 풍경 소리가 들려왔다. 저 풍경을 어디서 샀더라. 얼마 지나지 않아 비 오는 날 아내와 올랐던 산사가 떠올랐고, 그는 산중턱의 산사에 앉아 비 내리는 세상을 내려다보던 기억을 떠올리다가 잠에 빠져들었다.

19/

지성은 떨어져내리고 있었다. 바닥에 닿을 때의 고통을 생각하자 공포심으로 정신이 아득해졌다. 어차피 부딪힐 거라면 차라리 빨리 겪어버렸으면. 충격을 예상하며 가슴을 졸였지만 바닥은 나오지 않았다. 왜? 왜 바닥이 나오지 않지? 끝없이 떨어져내리는 상황에 의구심을 품었을 때쯤, 현관벨이 울렸다. 그는 헉 소리를 내며 몸을 일으켰다. 지금 몇 시지? 내가 어디 있는 거지?

현관벨을 울린 것이 채리이고, 하늘엔 붉은 기운이 서리기 시작했으며, 자신은 잠깐 눈을 붙인 것이었다는 사실을 깨달았을 때, 다시 현관벨이 울렸다. 그는 천천히 일어서서 현관으로 향했다.

"왔어?"

채리의 양손에 들린 비닐봉지를 향해 손을 뻗는 순간 바지 뒷주머니에 넣어두었던 핸드폰이 울렸다. 그는 목청을 가다듬은 뒤 전화를 받았다.

"여보세요?"

한 손으로 채리의 손에 들린 비닐봉지를 건네받아 부엌으로 옮기는데, 수화기에서 귀에 익은 목소리가 튀어나왔다.

"나야."

비장미 서린 저음. 나야, 라는 말을 한 뒤 상대의 반응을 기다리는 은근한 목소리. 지성은 비닐봉지들을 주방 바닥에 부려놓은 뒤 서재로 들어갔다.

"어, 민주야."

그가 서재 방문을 닫으며 나지막하게 말했다.

"아까 왜 전화 안 받았어?"

"저, 전화했었어?"

그는 머리를 긁적이며 기억을 짚어보았다. 신화일보 대표와 만나고 돌아오는 길에 전화벨이 울렸던 것 같다. 핸드폰에 손을 뻗는 순간 벨이 끊겼는데, 아직 발신인을 확인하지 않았다. 그게 민주인지 알았다면 그렇게 넘어가지 않았을 것이다.

"전화했었지. 그럼 형은 내가 전화를 안 했는데 했다고 할 것 같아?"

지성은 수화기를 입에서 떨어뜨리고 숨을 골랐다. 오늘따라 민주의 저돌적인 말투가 거슬렸다. 그럼에도 불구하고 이 전화를 부드럽게 잘 받아내야 한다는 의무감이 본능적으로 따라붙었다. 하룻밤을 함께한 상대가 아닌가. 더구나 자신은 어떤 경위로 그렇게 됐는지 기억해내지 못하고 있다. 상대는 모든 걸 알고 자신은 아무것도 모르는 것이다.

"우, 운전 중이라 못 받았어."

말을 더듬으면서, 그는 자신이 긴장하고 있음을 인식했다. 살면서 말을 더듬어본 적이 없다. 일대일 대화는 물론이고 대여섯 명이 함께하는 세미나 자리, 혹은 몇백의 청중을 상대로 하는 강연에서도 그는 물 흐르듯 매끄럽게 말한다. 그런 능력은 그에게 유명세를 가져다준 주요 요인이기도 했다.

"어디서 오는 길이었는데?"

그는 앉아서 책상에 다리를 걸쳤다. 창밖으로 아파트 지상 주차장에 괸 물이 석양빛을 받아 반짝이는 게 보였다. 그 위로 빗방울이 떨어지는가, 안 떨어지는가? 비가 소강상태인가? 그는 눈을 가늘게 뜨고 주차장 웅덩이를 주시했다.

"이야기가 복잡해. 민주야, 나 오늘 신화일보 대표 만났다."

"칼럼 청탁받았구나."

바로 날아오는 민주의 말. 그는 눈살을 찌푸리며 핸드폰을 고쳐

잡았다.

"어떻게 알았어?"

문학세상 대표와 민주 사이에 이야기가 오갔을까. 혹시…… 민주가 나를 신화일보 칼럼니스트로 넣어달라고 문학세상 대표에게 부탁했을까? 설마. 그건 아니겠지. 그는 바퀴 의자를 양옆으로 까딱거리며 발을 떨었다.

"얘기해줄 테니까 밑으로 내려와."

"뭐?"

책상 위에서 까딱거리던 지성의 발동작이 멈추고, 바퀴 의자가 책상에 부딪히며 내는 마찰음이 커다랗게 울려 퍼졌다.

"형 집 앞이야."

그는 벌떡 일어서서 거실로 갔다. 블라인드를 올리고 창을 열자 불타오르기 시작한 하늘이, 붉음과 푸름이 난잡하게 뒤섞인 낙조의 풍경이 집 안으로 불쑥 들어왔다. 그와 함께 여린 빗방울들이 튀어 들어와 팔뚝에 기별을 가했다.

"어디?"

눈을 가늘게 뜨며 그가 물었다. 바람에 몸을 뒤집으며 완곡한 곡선을 그리는 나뭇잎들 틈새로, 아파트 화단 너머 보이는 보도블록 위로, 길쭉한 사람의 형체가 보였다. 우산을 쓰고 선 여성의 가는 하반신이.

"보인다."

지성이 말한 순간 우산이 뒤로 젖혀지면서 사람의 상반신이 드러났고, 그 실루엣이 민주임을 확인한 그의 내부에 두려움이 번져나갔다.

"내려갈게."

그는 대답을 기다리지 않고 전화를 끊었다. 거실 창을 닫고 돌아서다가, 그는 등 뒤에 와 있던 채리와 부딪칠 뻔했다. 억, 소리를 내며 그가 뒤로 물러섰다.

"너 뭐 하는 거야!"

"나갈 거야?"

지성은 핸드폰을 바지 뒷주머니에 넣으며 인상을 썼다.

"말도 없이 와 있으면 어떡해. 놀랐잖아."

그는 물끄러미 자신을 올려다보는 채리의 곁을 지나 빠르게 현관으로 갔다. 신발을 신으려다, 지갑을 가지러 다시 서재로 돌아갔다.

"소파에 있어."

서재와 거실을 왔다 갔다 하며 혀를 차는 그에게 거실 창가에 서 있던 채리가 말해주었다.

"아, 맞다."

그는 소파 틈새에 처박힌 지갑을 꺼내든 뒤 서둘러 현관으로 향했다.

"밥 먹고 와?"

채리가 거실 창을 열고 방충망을 닫았다.

"창문 열 때 방충망 열지 말라고 몇 번을 말해. 모기 들어오잖아."

채리가 굳은 얼굴로 말하며 혀를 찼다.

"야, 너는 무슨……"

눈을 부릅뜨고 말을 하다가, 그는 손을 휘휘 저으며 고개를 저었다.

"아니야. 금방 올 거야. 잠깐 출판사 동료가 왔어."

엘리베이터를 타고 내려가면서 지성은 한기에 몸을 떨었다. 아파트 현관문이 열리자 커다란 원을 그리며 날아다니던 나뭇잎들과 세찬 바람이 몸을 강타했다. 그는 다시 올라가 바람막이를 걸치고 올까 생각했지만, 마주칠 얼굴을 떠올리자 그 생각이 싹 사라졌다. 밥 먹고 올 거냐니! 방충망을 열지 말라니! 도대체 걔는 저를 뭐라고 생각하는 걸까. 제가 무슨 내 마누라라도 되는 줄 아는 건가. 주제넘게. 그는 세차게 고개를 흔들었다. 내일이라도 당장 내보내야겠다. 어쩌자고 그런 여자를 지금까지 있게 했는가. 그렇게 들러붙는 여자는 질색이다!

아파트 공동현관이 동쪽으로 나 있어서, 서남향인 그의 집 거실 앞 보도블록으로 가려면 건물을 빙 둘러 가야 했다. 양팔로 몸을 감싼 채 빠르게 걸어 도착했을 때, 민주는 우산을 접어 한 손에 지팡이처럼 짚고 하늘을 올려다보고 있었다. 붉은 태양빛을 받고 선 민주의 뒷모습을 발견한 순간 지성은 못 박힌 듯 그 자리에 멈춰 섰다. 긴 머리, 가늘고 긴 실루엣, 장우산을 딛고 선 품새. 민주라는 피조물이 뿜어내는 아름다움이, 낙조의 기운과 함께 강렬하게 그의 뇌리에 아로새겨졌다. 그것은 단순히 행운의 육신을 갖고 태어난 사람에게서 나오는 미가 아니었다. 민주라는 인물에 내장된 충동성, 저돌성 같은 성정이 만들어내는 어떤 자태, 어떤 기개가 타고난 육신의 아름다움과 합쳐져서 빚어지는 일종의 극성이었다.

"민주야."

그가 부르자 민주가 머리를 쓸어 넘기며 몸을 돌렸다. 화장기 없는 창백한 얼굴이, 깊게 배인 다크서클 위로 보이는 우울한 눈동자가, 조용히 그를 응시했다. 이 인간의 정서를 이루는 주요인은 우울함이구나. 문득 그런 생각이 들어 마음이 뭉클해졌다.

"어떻게 왔어? 비도 오는데."

지성이 다가서자 민주가 팔짱을 껴왔다.

"좀 걸을까? 낙조가 시작이네."

민주의 가는 팔과 깡마른 몸피가 와 닿은 쪽 팔이 뻣뻣하게 굳어지는 것을 느끼며 지성은 천천히 걸음을 옮겼다. 지성의 집 거실 창을 마주 보고 왼쪽으로 돌아가면 물고기 모양의 조형물이 있는 단지 내 공원이 나온다. 공원이라 부르기엔 규모가 작지만, 건너편에 놀이터가 있고 한쪽으로는 상당한 너비의 화단이 펼쳐진, 단지 내에서 가장 한산하고 평화로운 곳이다.

놀이터를 지나 화단을 향해 나아가는 동안 둘은 아무 말도 하지 않았다. 민주와 팔짱을 끼고 탁 트인 하늘의 낙조를 향해 나아가는 것은 묘하고 서글픈 일이었다. 둘이 함께 하늘에 뛰어드는 듯한, 붉게 변해 타오르는 태양으로 뛰어드는 듯한 느낌을 받으며 그는 가만히 숨을 골랐다. 알 수 없는 비장감과 함께 어떤 느낌이, 이 순간을 잊지 못하리란 예감이 애잔하게 스며들어왔다.

"이별하기 좋은 풍경이다, 그치?"

색색의 장미가 심긴 화단 앞 벤치에 앉으며 민주가 말했다. 지성은 세찬 바람에 한쪽 눈을 찡그리며 양팔로 몸을 감쌌다. 렌즈를 빼지 않은 상태라 바람을 맞을 때마다 눈이 따끔거렸다. 며칠 동안 비를 맞은 풀숲에서 진한 풀 냄새와 흙 냄새가 날아왔다.

"쓸데없는 소리."

물기 어린 벤치를 손바닥으로 쓸어내며 지성은 혀를 찼다. 민주는 늘 이런 식이다. 느낀 것을 직설적으로, 의미심장하게 토해냄으로써 상대를 질리게 만든다. 말하지 않아도 되는 것을 굳이 발설하는 사람은 불행을 쓸어 모아 제 앞으로 끌어당기게 되는 법, 민주가 번번이 만남에 실패하고 상처 받아 주저앉는 것은 그런 성정에서 연유를 찾아야 할 것이다.

"신화일보 말이야. 써야 할까?"

벤치에 밴 물기가 면바지를 적시는 것을 느끼며 그가 말했다. 누구든 붙잡고 묻고 싶었다. 신화일보에 칼럼을 써도 되냐고. 신화일보에 칼럼을 쓰지 않으면 안 될 정도로 진행 중인 자신의 몰락이 심각한 것이냐고. 며칠 전엔 자신과 안티신화운동을 벌였던 그의 대학 동기이자 오랜 '동지'인 한정태가 매체를 통해 지성을 공개적으로 비판했다. 지성이 인정욕구로 몸살을 앓는 피씨주의자이며 지성의 머릿속에는 오직 어떻게 하면 자신의 위상을 높일 수 있을지에 대한 궁리밖에 없다는 요지의 글을, (지성이 얼마 전까지 칼럼을 기고했던 '진보' 신문인) 시민일보에 실명으로 올렸다. 토론회 이후 여기저기서 얻어맞았던 터라 새로울 것도 없었지만, 한정태와 쌓아왔던 관계의 역사와 깊이 때문에 지성은 적잖은 충격을 받았다. 물론 지성은 곧바로 반론을 썼고, 그 반론을 자신의 페이스북에 올렸다. 한정태의 논리를 조목조목 반박하며 한정태가 빠져 있는 진영논리의 허점을 또렷이 부각시키는 글이었다. 트집 잡힐 구석이 없도록 신경을 써서 작성했고, 올린 뒤에도 몇 번씩 다시 읽어보고 수정했다. 거의 한나절

동안 매달려 완성한 글이었다. 완성도 있는 글이라 내심 만족했지만 글을 올린 뒤에도 기분은 나아지지 않았다. 오랜 친분이 있는 사람과 진흙탕 싸움을 벌이게 된 상황이 참을 수 없이 고통스러웠다. 자신이 벼랑 끝에 몰려 있고, 어떻게든 떨어지지 않으려고 발악을 하고 있는 듯한 느낌이었다. 지성이 아무리 논리 정연한 반박글을 올려도 현 정권을 옹호하는 진영의 사람들은 지성을 '약삭빠른 배신자'로 치부할 것이다. 그건 그냥 절대의 영역이었다. 맹신. 말하자면 종교의 영역인 것이다. 이 엄혹한 상황에서, 신화일보에라도 글을 써야 할까? 혹시 신화일보가 나에게 남은 유일한 동아줄이 아닐까? 벼랑 아래로 떨어지더라도 잡고 올라갈 수 있는 마지막 동아줄?

"갈등돼?"

민주가 벤치 뒤에 피어난 커다란 주황색 장미꽃 송이를 제 쪽으로 끌어당겼다. 노란색과 주황색이 섞인 흔하지 않은 빛깔의 장미였다.

"그날 토론이 생각보다 타격이 커. 강연도 많이 끊겼고."

"그래? 형이 타격을 받았다고? 그게 가능해?"

손으로 장미 꽃잎을 만지작거리며 민주가 심드렁하게 대꾸했다.

"그동안 내가 어필한 층이 좌파진영이었잖아. 이제 그쪽 사람들한테 국민 배신자로 등극하는 것 같다."

"자기 신념 좀 밝혔다고 배신자 타령할 인간들이라면 쳐다도 보지 말아야지. 천하의 김지성 기개가 어디로 갔나."

민주가 꽃잎 한 장을 딴 뒤 꽃봉오리를 놓아주자, 가파르게 휘었던 장미 줄기가 제자리로 돌아가며 크게 휘청거렸다. 그 바람에 장미에 얹혔던 물기가 튀었고, 지성은 인상을 쓰며 얼굴과 어깨로 날아온 물기를 털어냈다.

"또 맞먹는다, 이민주."

화염병이 난무하는 시위에서 각각 다른 조직의 교육부장과 대중 담당간부로 만난 이래, 민주는 일곱 살 위인 그를 줄곧 '형'이라고 불러왔다. 가끔 야, 너, 라고 하거나 이름을 부를 때도 있었는데, 주로 농담을 하거나 타박을 하고 싶을 때였다. 지성은 딱히 존댓말에 연연하는 편이 아니라서 민주가 하는 대로 내버려두었다. 그러니까 지성이 지금 호칭에 딴지를 거는 건 진짜 기분이 상해서가 아니라, 너무 어색하기 때문이었다. 어쩌면 신화일보 얘기를 꺼낸 것도 그 때문이었을지 모른다. 그는 자신이 민주와 단둘이 되는 걸 피해왔다는 사실을, 그 밤 이후 민주와 둘이 있거나 진지한 얘기를 하는 상황에 빠지지 않도록 노력해왔다는 사실을 깨달았다. 그러나 이제 피할 수가 없게 되었다. 민주가 그가 사는 곳으로 찾아왔고, 그는 노을을 앞에 두고 이 유명 여성 시인과 진지한 대화를 나누어야 할 운명에 처해 있는 것이다.

"맞먹는 게 그리 못마땅하신가?"

민주가 지성을 흘끔 본 뒤 꽃잎을 만지작거렸다. 그 순간 민주와 지성이 의식하고 있는 것은 같았다. 어색함. 침묵. 다만 둘이 하고자 하는 이야기가 다를 뿐이었다.

"혹시 나라는 인간에 대해 심각하게 생각해본 적 있어?"

민주가 입을 열었다. 시선은 꽃잎에 둔 채, 국어책을 읽는 듯 기계적인 어조였다.

"민주야, 그날 말이야……"

"우리 그냥 다 떼고 본론으로 들어가자. 김지성, 생각해본 적 있어, 없어?"

민주가 그의 말을 단칼에 잘랐다. 순간 그날 밤에 대해 물어보려던 지성의 의기가 확 꺾였다. 그는 아랫입술을 잘근잘근 씹었다. 기억이 나지 않는 순간에 대해 물어보는 것은 참으로 어려운 일이었다. 특히나 그것이 상대와 아주 내밀하게 엮였던 순간에 대한 것이라면. 그동안 민주를 피해왔던 것도 실은 그 때문이었다. 치명적인 순간을 기억하지 못하는 데 대한 겸연쩍음. 부끄러움. 그래도 그는 다시 시도해야 했다. 이제 피해 갈 수 없게 되었으므로.

"그날 일. 얘기해줘."

지성은 반대쪽으로 고개를 돌리며 쥐어짜듯 말했다. 그로서는 상당한 용기를 필요로 하는 일이었다.

"생각 안 나?"

민주의 음성이 살짝 떨려 나왔다. 그의 대답을 기다렸다가, 그가 대답하지 않을 것임이 확실해지자 다시 입을 열었다.

"완력을 썼어."

민주가 천천히, 단호하게 말했다. 자신을 보는 시선이 느껴졌지만 지성은 쳐다보지 않았다. 완력이라는 말이 나온 순간 눈앞이 하얘지고 손발이 얼어붙었다. 자신이 완력을 썼다는 사실보다, 그 사실을 언급하고 있는 민주라는 존재가 두려웠다.

"술 먹고 필름 끊겨본 게 그날이 처음이야."

한동안 침묵을 견디던 그가 입을 열었다. 민주의 가는 손가락이 주황색 꽃잎을 반으로 접어 짓이겼다.

"정말 기억이 안 나는 것처럼 얘기하네. 왜 이러시나 김지성 평론가님. 우리의 원대한 음모는 어쩌고."

지성은 입가에 힘을 주며 건너편 동 입구의 나무를 쳐다보았다. 원대하다느니, 음모라느니, 민주의 과장된 어법이 또 시작되었다. 이런 순간에까지 그런 식으로 말해야 하는가! 오랜 민주의 버릇, 틈만 나면 극적인 말들을 끌어다 말장난을 하는 습성이 지겹다는 생각이 들면서 자리를 박차고 일어나고 싶어졌지만, 초인적인 노력으로 자신을 억눌렀다. 견뎌야 한다. 과장된 말도, 쓸데없이 비장한 언행도, 꿀꺽꿀꺽 받아 삼켜야 하리라.

"믿기지 않겠지만…… 진짜 기억이 안 난다."

그가 볼을 불룩하게 만들었다 숨을 내보냈다. 정말로 완력을 썼는지 아닌지는 모른다. 어쩌면 민주가 그를 시험해보려고 완력이란 단어를 사용했는지도 모른다. 중요한 건 이 여자가 지금 그걸 언급하고 있다는 사실이다. 의도가 무엇인가. 이제 와서 왜 이런 말을 하는가. 완력이라는 무시무시한 단어를 사용하면서.

"너도 알지? 나 술 잘 안 마시는 거. 마셔도 웬만하면 필름이 끊기지는 않는데, 그날은 이상하게 끊겼다. 나도 내가 왜 이러는지 모르겠다. 최근에도 한 번……"

그 말과 동시에 채리의 몸이 번쩍 떠올랐다. 아침에 일어나 발견했던 낯선 몸. 깨끗하게 잘려나가 있던 기억. 그렇다면 혹시 그 밤에도 완력을 사용했던 것일까. 채리를 강제로 눕히고 일을 저질렀던 것일까. 아아아, 그는 양손에 고개를 파묻고 제 안에서 나오는 소리에 진저리를 쳤다. 이게 뭔가. 왜 이러고 다니는가! 김지성, 도대체 왜 이렇게 사는가!

"아무튼 그래."

두 손으로 머리를 터뜨릴 것처럼 압박하던 그가 고개를 들고 말했다.

"괜찮아? 다음에 얘기할까?"

그가 진정되기를 기다린 민주가 그를 응시하며 말했다. 그는 민주와 눈을 맞추었다. 정말일까. 내가 이 여자에게, 이 눈동자에게, 진정 완력을 썼을까. 진짜 그런 일이 있었다면, 지금 이 눈동자가 이렇게 흔들림 없이 평온하게 나를 바라볼 수 있을까. 아닐 것이다! 그런 일은 일어나지 않았을 것이다!

"내가 뭘 했는지 모르니까, 너한테도 어떻게 해야 할지 모르겠다. 이게 내가 할 수 있는 말의 전부야."

"형."

민주의 손길이 지성의 목덜미에 와 얹혔다. 그는 움찔했다. 이것도 이상하지 않은가? 제게 완력을 쓴 사람에게 '형'이라 부르며 이렇게 스킨십을 하는 게 말이 되는가?

"응."

지성은 바닥의 돌멩이를 굴리는 제 발의 움직임을 응시했다. 네 행동이 네 말의 진위를 의심하게 한다고, 진실을 말해보라고 말하고 싶었지만, 그의 의식에 들어 있는 강력한 무언가가 그를 만류했다. 민주가 없던 일을 지어낼 인간은 아니다. 그리고 민주 같은 이라면, 완력을 휘두른 남자에게도 손을 댈 수 있을 것이다. 보통 사람과 좀 다른 상식으로 움직이는 인간이니까. 때때로 제가 평범한 사람들보다 한참 위에 있는 듯, 높은 곳에서 굽어보듯 세상을 품으려 드는 인간이니까.

"나를 봐."

고개를 들자 깊고 투명한 갈색 눈동자가 그와 마주쳤다.

"지금이 어떤지를 말하면 돼. 지금 나랑 있는 게 어때? 좋아? 싫어?"

"민주야, 너도 알잖아. 난 아직 신영이랑 정리도 안 됐고……"

지성이 팔을 무릎에 걸치며 상체를 숙였다. 벤치 뒤 화단에서 미우우 하는 길고양이 소리가 들려왔다.

"신영 언니, 그 사람이랑 잘 살고 있어. 알잖아."

그는 대답하지 않았다. 물론 아내가 다른 남자와 살고 있다는 사실은 알고 있다. 그러나 누군가와 그 얘기를 하고 싶지는 않다. 특히 민주와는.

"둘 사이에 아이도 없는데 왜 정리를 못하지? 형이야 원래 우유부단한 사람이라 그렇다 쳐. 언니는? 언니처럼 확실한 사람이 뭣 때문에 미적거리는 거야? 둘 사이에 뭐가 더 있어? 내가 모르는 뭔가가 있는 거야?"

시커먼 물체가 갑자기 벤치 앞으로 튀어나오는 바람에 놀란 그가 벤치 끝으로 확 붙어 앉았다.

"고양이네."

민주가 새까만 고양이에게 눈길을 주며 웃었다. 언제 우울한 적이 있었냐는 듯, 환하게 빛나는 얼굴로 이리와 아가야, 라는 말을 연이어 내놓았다. 고양이에게 경계심을 주지 않으려면 눈을 몇 번 깜빡여 보여야 한다는 말을 늘어놓으며 몇 번씩 눈을 깜빡이기도 했다.

"애기인가봐. 조그맣다."

커다란 여자 인간의 눈 깜빡임을 가만히 보고 있던 작은 생명체가 꼬리를 세우고 건너편 화단으로 사라지는 것을 지켜본 뒤 민주가 다시 말을 이었다.

"둘 사이에 혹시 숨겨둔 아이가 있나?"

"없어, 그런 거."

지성이 자세를 고쳐 앉으며 단호하게 말했다.

아내와의 사이에 감정이 남아 있다고는 할 수 없을 것이다. 그러나 아내와의 관계를 정리하는 건 쉬운 일이 아니다.

"언니네 아버지, 얼마 안 남으셨지?"

민주는 결국 꺼내고야 만다. 구질구질한 이야기, 항간에 지성에 대한 뜬소문들이 퍼지도록 만든 인물에 대한 이야기를.

"난 언니네 아버지 좋아했어. 장관까지 지내신 분이 단 한 번도 허세를 부리거나 사람을 차별하지 않으셨지. 정말로. 한국 남자 중에 진심 어린 존경을 바칠 수 있는, 진짜 진짜 희귀종이셨어."

"너는? 너는 문학세상 대표랑 진지하게 잘해보고 있지 않아?"

갑자기 말문을 돌리는 게 비열하다는 생각이 들었지만 그는 이렇게 내뱉었다. 민주가 장인에 대해 함부로 떠들어대는 걸 막으려면 그 수밖에 없었다. 아내와 법적 관계를 정리하지 않고 있는 것이 꼭 아내의 재산이라거나 집안, 혹은 항간에서 말하듯 장인이 돌아가실 경우 지성이 맡게 될 재단장 자리 때문은 아니다. 아내와 오래 살아왔고, 둘 사이엔 딱히 꼬집어 말하기 힘든 무언가가 있다. 습관, 혹은 서로의 인생에 대한 채무관계라 할 수도 있으리라. 아무튼 그랬다. 몇 마디 말로 딱 잘라 정리할 수 없는 복잡한 관계의 타래가 남아 있었다. 그 사정을 그런 식으로 간단하게 말하는 인간, 남의 속이야기를 함부로 입에 올리는 인간, 민주는 그런 경박한 면이 있는 인간이기도 했다.

"왜 쓸데없는 이야기를 하지? 내가 진지하게 잘해보고 싶은 건 너야, 김지성."

지성은 입술 속살을 뜯으며 방금 귓전을 파고들어온 말을 곱씹다가, 자리에서 일어섰다. 가늘고 차가운 손이 그의 손목을 붙잡았다. 그가 제 손에 얹힌 손길의 임자에게 눈길을 주자, 둘의 시선이 허공에서 만났다.

"나는 너 그런 식으로 사는 게 진짜 싫다, 이민주."

사람은 누구나 일정 지분의 특권을 갖고 태어난다. 부모의 재산이든, 운동신경이든, 정신적 탁월함이든, 일정 부분 남보다 나은 무언가를 갖고 태어난다. 민주의 경우 그것은 아름다운 겉모습이었다. 그리고 또 한 가지, 문학적 재능이었다. 남들은 한 개만 갖기도 힘든 것을 두 개나 갖고 세상에 나온 것이다. 더구나 민주가 타고난 것은 누구나 금방 알아차리고 평가하게 되는 덕목이었다. 지성은 민주를 통해 알게 되었다. 누구나 갖기를 선망하는 덕목을 타고 태어나는 것이 꼭 그 사람의 앞길에 행복을 보장하지 않는다는 사실을. 타고난 행운이 어떠한 경우의 수와 결합하면 절대로 행복에 가 닿을 수 없게 만드는 천형의 복병으로 둔갑할 수 있다는 사실을. 민주는 모든 걸 너무 쉽게 손에 넣었다. 사람을 빠져들게 하는 외모도, 은근하고 호소력 있는 눈빛도, 일필휘지로 심금을 울리는 문장을 만들어내는 재주도. 그렇기에 제 재능에 더 깊이 들어가 고치를 틀고 앉아 고민하지 못했고, 타고난 수준에서 더 나아가 자신을 깊이 있게 완성해내지 못했다.

"형이 나를 어떻게 생각하는지 알아. 그런데 그건 형의 착각이야. 난 그런 사람이 아니야."

민주가 자리에서 일어섰고, 바람을 맞은 머리칼이 사방으로 흩날렸다.

"너는 가서 공부를 해. 니체니 프루스트니 그럴싸하게 인용만 하지 말고 그런 인간들을 실제로 읽어. 원전을 읽으란 말이야. 공부를 해! 나를 사랑하네 어쩌네 여기저기 떠벌리고 다닐 시간에!"

나사가 풀린 듯 지성의 입에서 말이 줄줄줄 새어나갔다. 갑자기 흘러나오는 말의 홍수에 그는 움찔 놀라며 입을 다물었다.

"하, 그러니까 내가 원전은 하나도 안 읽으면서, 장식품으로 철학자들 이름을 달고 다닌다 이 말이야, 지금?"

그는 옆으로 돌아 민주와 마주 섰다.

"그래, 그런 말이야. 이민주. 너는 손쉽게 얻을 수 있는 것들을 버려야 해. 결국 돌아오는 건 권태뿐이잖아. 이런 말까지 안 하려고 했는데, 너,"

민주의 눈이 크게 벌어졌다. 그는 침을 꿀꺽 삼킨 뒤 말을 이었다.

"한심해. 진짜로."

민주의 눈이 양옆으로 흔들리기 시작했다. 이게 아닌데, 생각하면서도 그는 말을 멈출 수 없었다.

"너, 나 사랑한다고 하는 것도 내가 네 맘대로 안 되기 때문이잖아. 그걸 내가 모를 거라고 생각하니? 너는 네 몸뚱이에서 벗어나야돼. 네 육신 안에 갇혀서 너 자신을 잃어가는 게 난 보고 있기 진짜힘들다. 너 솔직히, 네 외모하고 과거에 몇 줄 써재껴서 얻은 명성으로 지금 연명하고 있는 거 아니야. 과거 팔아먹으면서."

"아니야, 아니야."

민주가 세차게 고개를 저으며 그의 양손을 움켜쥐었다.

"잘 봐. 한계에 갇혀 있는 건 형이야. 형이 학문에 갇혀 있는 거지. 내가 진짜로 살고 있는 거고. 형이야말로 그 함정에서 빠져나와. 말, 글, 그런 게 뭐가 중요해? 지금 숨 쉬고, 말하고, 움직이는 몸, 그게형이잖아? 그게 형이 그토록 좋아하는 실존이라고. 형한테 시뻘겋게 마음을 드러내는 이 여자!"

민주가 한 손으로 제 가슴을 탕탕 치며 소리를 높였다.

"부끄러움을 무릅쓰고 이렇게 진심을 토해내는 이 여자가 더 살아 있는 거라고! 더 건강한 거라고! 왜 그걸 못 봐? 형이야말로 제발허상에서 빠져나와. 신영 언니랑 정리 못하는 것도 솔직히 언니네 아버지 때문이잖아. '진보진영의 대부', '우리나라 정치의 큰 산' 홍진석장관님 그늘에 있고 싶은 거잖아!"

그는 주먹을 꼭 쥐었다. 한기가 돌면서 몸이 떨리기 시작했다.

"형이나 나나, 죽으면 다 썩어 없어져. 지식이고 원전이고 아무 소용 없어진다고. 지금 여기를 살아. 제발."

"하, 황당해서 진짜, 내가……"

그는 고개를 젖히며 몇 번씩 하, 소리를 내다가, 입술을 깨물며 민주를 쏘아보았다. 이 정도인지 몰랐다. 이렇게 단순하고 이렇게 유치한 사람인 줄. 사춘기 소녀도 아니고 어떻게 이런……

"말해봐. 나를 사랑하나, 조금이라도? 그 순간은 진심이었나?"

지성은 픽 웃음을 터뜨렸다.

"내가 완력 썼다며. 근데 무슨 진심? 지금 완력이 진심이었냐고 묻는 건가?"

"그냥 말해줘. 나를 대하던 그 순간에, 조금이라도 진심이 섞여 있었나?"

그는 민주의 얼굴을 들여다보았다. 왜 이러지? 왜 이렇게 집착하지? 순간 민주의 눈동자에 서린 불안이 지성에게 쑤욱 들어왔다. 엄청난 양의 불안. 엄청난 강도의 흔들림. 그때 나는 무어라 말해야 했나. 그는 한순간 미래로 날아가 이 순간을 회상했다. 그때 말했어야 하나. 진심이었다고. 너를 사랑했다고. 그러나 미래로 날아갔던 의식은 순식간에 현재로 돌아왔고, 그는 눈앞의 여자가 드러낸 유약한 단면에 침을 뱉었다.

"아니. 나는 한순간도 진심인 적 없었어. 단 한순간도. 그러니까 정신 차려."

그것은 절규였다. 비굴하게 안위를 구걸하고 싶지 않다는. 내가 너에게 '진심'을 고백해서 내 앞날을 도모해야겠는가? 정규직 교수라 불리게 될 앞날, 비서울대 출신 남성 평론가로서 잘리지 않고 유지해나갈 편집위원 자리 같은 앞날을? 다 필요 없다. 내일 죽는 한이 있더라도 나는 이 자리에서 말해야겠다. 너를 사랑하지 않았다고. 너는 내게 늘 견뎌야 할 대상이었다고.

민주는 순간 바위로 변했다. 흔들리던 눈빛이 멈추고, 어깻죽지의 떨림이 멎었다. 그에게 못 박힌 민주의 시선은 살아 있는 인간의 것으로 보기 힘들었다. 하나의 화석, 하나의 물체, 하나의 역사인 듯, 생명력이 빠져나간 시선. 그 시선의 의미를 해독해내기 위해 지성이 고개를 들이미는 순간, 민주에게 찾아왔던 멈춤의 시간이 깨졌다. 그녀는 눈을 감고 몸을 떨었다. 손으로 머리를 짚으며 한숨을 쉬더니 가느다랗게 말했다.

"이제 됐어. 갈게."

지성은 고개를 들어 하늘을 보았다. 그래서 어쩔 건데? 나한테 강제로 당했다고 계속 주장할 건가? 아니면 이대로 나를 풀어줄 건가? 체념한 듯한 눈빛 뒤에 오는 건 뭐지? 그냥 말해, 이민주! 이대로 그냥 가면 발 뻗고 잘 수가 없잖아! 그러나 그는 끓어오르는 말을 삼켰다. 여기서 그런 말을 읊는 것은 가장 구질구질한 선택지일 것이다. 그저 돌아서서 가야 한다. 지금은 그것이 최선이리라. 지성은 천천히 몸을 돌려 발걸음을 뗐다. 한 발 한 발 디딜 때마다 묵직한 충동이 따라붙으며 유혹했다. 다시 돌아서서 말해야 하지 않을까. 실은 너를 사랑했다고. 적어도 그 순간엔 진심이었다고. 그는 후, 입김을 내뿜어 앞머리를 흩날리게 한 뒤 계속 걸었다. 하늘은 그새 진갈색과 암청색이 뒤엉켜 세력다툼을 벌이고 있었고, 놀이터 뒤에 심긴 나무의 가지들은 강풍에 가파르게 꺾였다 일어서길 반복했다. 그는 그 광경을 보며 '진노의 날'을 떠올렸다. 쓰고 있는 칼럼에 '진노의 날' 이야기를 섞어 넣으면 완성도가 높아질 것 같았다. 저녁과 밤이 교차하는 시간. 하늘에 다가올 시간대가 선명하게 색깔로 새겨지는 이 시간대의 풍경을 그는 좋아했다. 어릴 때는 이 시간이 두렵고 무서웠는데, 나이 들수록 이 시간이 주는 신비한 분위기를 즐기게 되었다. 그 이야기도 집어넣을까? 아예 칼럼을 날씨 이야기로 바꿔버릴까? 집 앞으로 가기 위해 커브를 틀기 직전, 지성은 멈춰 서서 뒤돌아보았다. 저 멀리 벤치가, 벤치 옆에 선 여자의 형상이 눈에 들어왔다. 그는 잠시 그 형상을 응시하다가 집 쪽으로 몸을 틀었다. 방금 일갈했던 광경이, 보라색과 진갈색이 마구잡이로 뒤섞인 암청색 하늘을 배경으로 서 있던 여자의 검은 실루엣이 소음처럼 그를 싸고돌았다.

20/

사람들은 왜 섹스를 할까. 쾌감을 위해? 외로움을 잊기 위해? 쌓인 욕구의 배출을 위해? 그동안 지성은 섹스의 이유가 이 세 가지라 생각했다. 살아오면서 그가 겪었던 섹스가 그런 효용을 주었기에. 그런데 오늘 아침, 다른 이유가 떠오른다. 무료함의 해소라는. 그는 팔을 뻗어 채리의 어깨를 쓰다듬었다. 하얗고 보들보들한 살, 만질 때마다 처음처럼 낯설어지는 살이 손바닥에 확실한 물성을 선사했다.

여자와 몸을 섞는 일상은 꽤 오랜만에 맛보는 것이다. 최근 몇 년 동안 섹스는 물론이고 키스, 애무, 심지어 가벼운 시시덕거림조차 해본 적이 없었다. 그런데 채리가 출현한 다음부터, 하루가 멀다 하고 몸을 섞는다. 주말이 시작되었던 금요일 밤과 토요일 한낮에, 심

지어 오늘 새벽에도. 이번 주말은 이 여자의 품에서 허우적거리며
보냈다 해도 과언이 아니리라.

지성은 리모컨으로 에어컨을 작동시킨 뒤 돌아누웠다. 뒤에서 안
고 가슴을 만지자 채리가 몸을 꿈틀거리며 으음, 소리를 냈다. 좋다.
그는 생각했다. 부드럽고 풍만한 타인의 질감과 숨결이 건너오는 이
아침이 그는 참으로 좋았다.

형이 학문에 갇혀 있는 거지. 내가 진짜로 살고 있는 거고.

불쑥 민주의 말이 떠올랐다. 그와 함께 금요일 저녁의 풍경이, 적
색과 청색이 공격적으로 뒤섞였던 하늘 풍경이 뇌리를 채웠다.

지금 숨 쉬고, 말하고, 움직이는 몸, 그게 형이잖아?

다시 메아리치는 말. 그래. 그 말이 맞을지도 모르겠다. 지금 채리
옆에 누워 있는 나. 간밤에 채리 위로 격렬하게 무너져내렸던 나. 그
게 나일지도 모른다.

그는 손을 뻗어 침대 헤드를 더듬었다. 핸드폰을 켜자 문자와 카
톡 메시지가 수십 개씩 들어와 있었다. 문자 화면을 띄워 들어온 메
시지를 확인하다 말고, 그는 다시 핸드폰을 헤드에 부려놓았다.
50과 60이라는 경이로운 숫자를 기록하고 있는 메시지들은 모두 동
일인물에게 온 것이었다. 이민주. 불쑥 찾아와 약함과 어리석음과 통
제되지 않은 충동을 시전했던 여인, 그에게 말과 글로 쓸데없이 인생
을 소진하고 있다는 훈계를 끼얹었던 여인.

토요일에는 몇 번씩 답을 해주었다. 조금만 기다려달라는, 생각할
시간이 필요하다는 답. 그러나 답신을 보내기 바쁘게 날아오는 집
요하고 천편일률적인 메시지 폭탄에 질려, 어제는 온종일 핸드폰을

꺼놓았다. 종일 울려대는 진동음 때문에 신경증에 걸릴 것 같았다.

지성은 일어서서 커튼을 쳤다. 오전 7시. 비가 막 그친 듯, 창밖으로 보이는 나뭇잎들에 볼록한 물기가 얹혀 있었다. 민주 때문이었을까. 문득 그런 생각이 들었다. 핸드폰을 통해 날아오는 민주의 기운에서 도망치기 위해 채리의 품으로 자꾸 기어들어 갔을지도 모른다. 성가신 일을 망각하기 위한 섹스. 티브이 토론으로 촉발된 그 모든 변화를, 어렵게 손에 넣은 명성이 어디까지 추락할지 모르는 데서 오는 불안을, 민주라는 강렬한 영혼이 내미는 손길의 부담을 잊으려고 육신의 구덩이에 자신을 밀어 넣고 있는지도 모른다.

무료할 때도 섹스, 골치 아플 때도 섹스인가. 그는 쓴웃음을 지으며 침대로 돌아와 옆에 누운 여성의 몸을 끌어당겼다.

"머리 쓰다듬어줘."

돌아누워 지성에게 안긴 채리가 눈을 감은 채 잠꼬대처럼 말했다.

허리와 둔부를 오가던 그의 손이 위로 올라가 채리의 머리카락에 이르렀다.

"천천히."

채리의 입에서 나온 말과 함께 그의 손동작이 느려졌다. 눈을 감은 채 그의 손길을 음미하던 채리의 손이 일순간 그의 허리께를 향했고, 준비 없이 허를 찔린 그가 비명을 질렀다.

"아, 뭐 해."

"뭐 하는 건지 알잖아."

날아갈 듯 말하며 환하게 웃는 채리. 그 표정과 채리가 하고 있는 행동의 부조화가 만들어내는 아찔함에 취해 그의 의식이 혼곤해졌다. 꼭 술에 취한 것 같구나, 생각하면서 그는 채리의 머리를 거칠게 젖혔다.

"아, 진짜……"

채리의 말이 그의 입술에 막혀 중단되면서 부드러운 두 팔이 그를 당겨 안았다. 그는 여체의 중요 지점들을 몇 번 공략한 뒤 바로 내부로 진입해 들어갔다. 얼마 지나지 않아 몸서리쳐지는 쾌감이 몰려왔고, 이대로 죽어도 좋다고 생각한 순간, 그는 격렬하게 사정했다.

일이 끝나자 채리는 곧바로 일어나 샤워하고 아침을 차렸다. 그 빠른 동작과 손놀림, 맛깔난 음식들을 만들어내는 솜씨를 보면서 지성은 채리가 남편이 있는 주부라는 사실을 실감했다. 피부 나이, 표정 나이, 언어 나이 모두 20대 같은데, 부지런하고 빠른 손의 나이는 4, 50대라 해도 될 듯했다. 그는 핸드폰을 열고 날짜를 셈해보았다. 토론이 있던 날이 지난주 화요일이었다. 그날 밤에 왔으니 채리는 오늘로 이 집에서 7일째를 맞는 셈이다. 이 여자의 일거수일투족을 보고 있으면 피식피식 웃음이 나온다. 섹스란 남자도, 여자도, 모두 멋쩍어지는 일이 아닌가. 문명화된 동물 둘이 갑자기 숨을 헐떡이며 태곳적 세상으로 돌아가는 일이다. 일을 치르고 난 뒤 문명의 품으로 돌아오면 민망해지지 않을 도리가 없다. 그런데 이렇게 재빨리 태세 전환을 하고 환대의 의례를 해주면 그로서는 감읍하지 않을 도리가 없다.

"국물 시원하네."

오징어뭇국을 한 입 떠먹은 뒤 그가 이렇게 말했던 것은 이런 의식의 흐름 때문이었다.

"진짜? 입맛에 맞아?"

채리의 목소리가 하이톤으로 변하고 얼굴 가득 미소가 번졌다. 반달 모양으로 변하는 눈썹, 입가에 맺히는 보조개, 기쁨을 온 얼굴로 표현해내는 순도 높은 표정. 지성은 그 얼굴을 쳐다보며 미소 짓다가 과장되게 엄지손가락을 치켜올려주었다.

"너 음식 잘하는구나?"

채리는 어깨춤을 추었다. 칭찬을 받거나 원하는 일에 대한 동의를 받았을 때, 채리는 몸으로 먼저 반응했다. 상체를 흔들며 리듬을 타고 노래를 흥얼거렸다. 그런 일이 없을 때에도 머리는 늘 까딱거렸다. 움직임 지향적인 인간, 여차하면 몸으로 먼저 반응하는 인간이었다.

"그럼. 우리 래현이도……"

말하던 채리가 당황한 듯 눈을 깜빡이더니 입을 다물었다.

"남편 이름이 래현이니?"

이렇게 말해놓고 지성은 조금 놀랐다. 동시에 자신이 막 내뱉은 말, '남편'이라는 말이 내면에 번져나가면서 만들어내는 다른 방향의 파장도 인식하고 있었다. 어떤 불안, 어떤 죄책감의 출몰을. 심지어 그런 상황을 흥미롭게 여기고 있었다. 그는 감정들을 가라앉히기 위해 숟가락을 들었다. 고봉으로 밥을 퍼 올려 입으로 가져갔다. 어쨌든 월요일 아침이다. 중요한 일정이 있는 평일 아침인 것이다.

"래현이가 정식 이름은 아니고, 어, 뭐 그냥 우린 그렇게 불러."

말을 마친 채리가 입가에 힘을 꽉 주고 억지웃음을 짓더니, 금세 시선을 내리깔았다. 눈에 물기가 어렸던가. 모르겠다. 채리의 눈이 원체 축축해 보이는 편이라, 우는 건지 아닌지 자주 헷갈린다.

"나가라는 말 아니니까 오해하지 말고 들어. 채리 너, 왜 집에 안 돌아가고 여기 계속 있어?"

지성이 그동안 몇 번씩 해왔던 질문을 다시 내놓았고, 채리는 대답 없이 반찬을 집어들었다. 오징어채와 멸치조림을 한 개씩 입에 넣고 성실히 우물거리는 폼이 꼭 부모한테 야단맞은 아이 같았다. 그는 자신이 엄청나게 야박한 말을 한 것처럼 느껴졌고, 더 이상 추궁하지 않기로 했다. 어쨌거나 며칠 안에 내보낼 것이다. 그때까지는 그냥 잘 대해주자.

"저건 뭐니?"

말없이 숟가락질 소리만 내던 몇 분의 침묵을 깨고 지성이 입을 연 것은 거실 협탁 위에 놓인 프린트물 더미에 눈길이 가 닿았을 때였다.

"뭐?"

그의 눈길을 따라가던 채리의 시선이 협탁 위에 머물렀다.

"아, 저거."

프린트물은 일정한 묶음으로 나뉘어 겹친 십자 모양을 이루었다.

"버리면 안 된다며. 나가서 찾아왔어."

밥을 먹으며 핸드폰을 들여다보던 지성의 눈이 동그래졌다.

"찾아왔다고? 어디서?"

"재활용품 수거장에서. 다 찾지는 못했고, 한 반쯤? 밥 먹고 봐봐."

지성은 핸드폰을 내려놓고 자리에서 일어섰다. 프린트물을 찾아왔다고? 쓰레기장에서?

그는 협탁에 앉아 프린트물을 들추며 인상을 썼다. 종이들은 비를 맞아 축축했다. 젖어서 우글거리는데다가 순서도 뒤죽박죽이라 자료로서 다시 기능할 수 있을 것 같지 않았다.

"필요하다며."

채리가 지성과 프린트물을 번갈아 쳐다보며 숟가락을 빨았다.

그는 프린트물을 제자리에 둔 뒤 협탁에 엎드리듯 기댔다. 열린 거실 창으로 꾸꾸 구우우 하는 새소리가 들려왔다.

어제 아침, 채정명 작가 북토크 때 쓸 자료를 찾기 위해 서재를 뒤지다가 그는 자신이 소장했던 자료의 일부가 통째로 사라져버렸음을 알아차렸다. 그것이 채리가 한 거실 청소의 여파라는 사실도. 그가 없는 동안 채리는 책들을 표지색으로 분류해 가지런하게 쌓아놓았다. 표지 색깔에 따라 책을 분류하다니, 그로서는 절대 떠올릴 법하지 않은 발상이었지만 나쁠 것 없다 싶었다. 어차피 책 분류에 딱히 과학적인 방법을 사용했던 것은 아니었다. 그런데 책이 아닌 자료들, 그러니까 프린트물이 한 장도 남김없이 사라졌다는 사실을 발견했을 때는 화가 치밀었다. 채리의 입에서 '필요 없는 줄 알고 버렸다'는 말이 흘러나왔을 때 그는 글자 그대로 '펄쩍펄쩍 뛰었다'. 세상에, 학문하는 사람의 자료를, 그것도 이것저것 쓰여 있고 줄이 그어진, 누가 봐도 중요한 것임을 인지할 수 있는 그런 자료들을, 외관상 책처럼 보이지 않는단 이유로 버리다니! 그는 원색적인 말을 쏟아내며 추궁했고, 채리는 소파 한구석에 웅크리고 앉아 꼼짝하지 않았다. 울지도, 대답하지도, 반문하지도 않고, 정물처럼 앉아 있었다. 지성이 혼자 길길이 뛰다 지쳐 이 집에서 나가라고 말했을 때는, 조용히 일어서서 현관문을 열고 나갔다. 장마철 아침, 창살 같은 비가 세상을 무너뜨릴 기세로 강타하던 때였다. 조금 뒤 마음을 가라앉힌 지성이 현관문을 열고 나갔을 때, 집 앞 층계에 앉은 채리가 보였다. 세운 무릎에 얼굴을 묻고 있는 채리의 뒷모습을 본 순간 그는 코끝이 찡해졌고, 다시 그 맹한 피조물을 집 안에 들였다. 그런데 그 피조물이 그걸 다 찾아왔다는 것이다. 비를 맞아 글자의 형체를 알아보기 힘들게 된 무가치한 종이 쪼가리들을.

"언제?"

지성은 협탁에 두 팔을 올리고 깍지를 낀 뒤 얼굴을 얹었다. 열린 거실 창으로 비 그친 직후의 청결한 바람과 진한 수풀 내음이 실려 들어왔다.

"어젯밤에."

어젯밤이라면 엄청난 폭우가 내렸을 텐데.

"밤에 깼었어?"

"어."

채리가 허공을 보며 멍한 표정을 지었다.

"왜?"

"아, 오늘 새벽이었다."

오늘 새벽, 이라는 말을 듣는 순간 지성의 얼굴이 벌겋게 달아올랐다. 오늘 새벽, 세상이 칠흑 같은 어둠에 싸여 있던 시간, 그는 잠에서 깨어나 채리의 몸을 끌어당겼다. 자신이 무얼 하고 있는지 의식할 겨를이 없이 불쑥, 충동적으로 행한 일이었다. 그런데 이 아이. 그 일이 끝나기를 기다렸다는 것이지. 내가 욕실에 들어가 씻고 나와 잠들 길 기다렸다가 밖으로 나가 그 종이들을, 사정없이 내리꽂히는 비를 맞으면서 손으로 그러모았다는 것이지.

"채리야."

그는 천천히 식탁으로 갔다.

"응?"

30대 여자의 커다란 눈이 옆에 선 50대 남자의 얼굴에 머물렀다.

"안 그래도 됐는데."

지성은 채리의 상체를 끌어안았다. 배에 와 닿은 채리의 뺨이, 오물거리는 볼의 움직임이 느껴지자 죄책감이 증폭됐다. 성인으로서의 가책이, 동심을 파괴한 듯한 죄책감이 밀려왔고, 다짐이, 이 아이를 얼른 집에서 내보내야겠다는 습관성 다짐이 다시 한번 뇌리를 채웠다.

21/

물속 깊이 들어가 유영하는 느낌이 들 때가 있다. 지성에게는 지금과 같은 순간, 여러 사람 앞에 공적인 페르소나로 설 때가 그렇다. 집에서 누구에게도 방해받지 않고 있을 때보다 오히려 이런 때, 수많은 사람 앞에 서서 내가 세상에서 가장 올바르고 지적인 사람이라는 듯한 표정을 짓고 있어야 할 때, 문학이라면 어떤 권세와 명예도 다 뿌리칠 사람이 함 직한 말을 내뱉고 있을 때, 수면 깊은 곳에서 헤엄치는 자아를 느낀다. 외부적으로 가장 많은 방해를 받는 상황에 놓일 때 마음 가장 깊은 곳에 거주하던 무의식이 꿈틀거리며 저를 드러내는 영험한 순간이다.

그동안 이런 종류의 자리를 경험하지 않았던 것은 아니다. 공중파 문학 프로그램 진행자로 데뷔해 여기저기 얼굴을 내민 이래, 문인들과의 북토크에서 사회를 봤던 경험은 꽤 많았다. 그러나 3년 전 그가 시사토론에서 '논객' 셀럽으로 자리를 잡으면서부터, 그런 자리에 대한 섭외가 부쩍 줄어들었다. 그 시점은 그의 인지도가 급상승한 시점이기도 했다. 문학과 관련된 자리에 불려가는 횟수가 줄어드는 것과 정비례해 시사 프로그램 출연 요청이 들어왔고, 사회문제에 대한 심층기획 글을 써달라는 기고 요청이 쇄도했다. 덕분에 지성은 잘생긴 문학평론가라는 수식어를 떼어냈고, 실력이 아닌 외모로 출세했다는 편견을 상당 부분 걷어낼 수 있었다. 전공인 문학에서 멀어진다는 점이 조금 신경이 쓰이긴 했다. 아무리 통찰력 넘치는 정치평론을 한다 해도 문학평론가 출신인 자신이 철학과의, 혹은 커뮤니케이션학과의 교수로 임용되지는 않을 것이었다. 인지도 상승과 함께 그동안 냈던 단행본들의 판매부수도 부쩍 늘었지만, 그는 일정한 수입이 따르는 안정적인 자리에 대한 열망으로 가슴을 앓았다. 무슨무슨 평론가가 아닌 어느 대학의 교수, 혹은 특정 신문사의 주필로 불리고 싶었다. 언제 변할지 모르는 불특정 다수의 마음에 일희일비하느니 이름이 없더라도 마음 놓고 연구와 집필에 전념할 수 있는 교수자나 관리자로 살아가고 싶었다.

지금 진행 중인 이 자리, 채정명 작가 북토크의 사회를 맡아달라는 연락이 온 것은 지난 토요일 저녁이었다. 원래 사회를 맡을 예정이었던 평론가가 갑자기 부친상을 당하게 되었다고 했다. 문학세상 편집장의 호들갑스러운 목소리를 들은 뒤, 그는 잠깐 뜸을 들였다가, 하겠노라고 답했다. 채정명은 요즘 가장 '핫'한 작가였다. 작년 가을부터 문학세상은 이삼십 대 여성독자들의 아이콘으로 떠오른 이 여성 소설가에게 화력을 집중해왔다. 대형 인터넷 서점 중 한 곳은 아예 채정명 특별코너를 만들어 문학세상이 피워올린 불길에 기름을 퍼부었다. 그런 작가의 북토크에 사회자로 초청받는다는 것은 의미심장한 일이었다. 비록 누군가를 대체하는 자리라 해도, 문학세상에서 지성을 불렀다는 것은 상서로운 징조였다. 자신의 생물학적 성별을 생각하면 더더욱 그랬다. 원래 이 자리에서 사회를 맡기로 되어 있던 평론가는 물론이고, 요즘 진행되는 모든 종류의 출판행사와 문학상 심사 자리에 불려가는 평론가들은 십중팔구 여성이었다. 네임밸류가 월등히 높거나 성소수자라고 공공연히 알려진 경우가 아니면 남성 평론가가 행사에 진행자로 초대받거나 평론 청탁을 받는 일은 드물었다. 청탁이 들어오더라도 혹여 발생할 논쟁을 고려해 남성 평론가 쪽에서 고사하는 일이 잦았다. 문화예술이라는 분야가 가진 상징성을 생각하면 당연한 일일지도 몰랐다. 오랜 세월 동안 억압당해왔던 성별이 이제 이등시민의 자리에서 벗어나기 위해 거대한 용트림을 하고 있는 때가 아닌가. 정치계나 경제계에서는 아직도 남성들이 주요 위치를 차지하고 있지만 적어도 문화예술 분야에서는, 그중에서도 특히 문학 분야에서는, 가장 먼저 사회의 조류를 받아들이고 있음을 드러내 보일 필요가 있었다. 그러나 출판계에서 중요한 결정권을 쥐고 있는 이들은, 즉 예산에 대한 결정권이나 인사권을 쥐고 있는 이들은 아직도 고령의 남성들이었다. 그러니 지성과 같은 나이 대의 남성 문인들은 위치가 애매했다. 실질적인 권력을 가지고 있지도 않으면서 문단의 표면으로 전진 배치될 수 없다는 점에서, 일종의 샌드위치 신세가 된 셈이었다.

"제게 채정명 작가의 작품은 암호와도 같습니다. 한 번 읽어서는 도통 알 수가 없어요."

지성은 이렇게 말하면서 손에 쥔 프린트물을 들어올렸다. 생각지도 않은 말이 줄줄 흘러나왔다. 좌석을 가득 메운 청중 사이에 웃음이 흘렀고, 그는 안도했다. 이때까지 자신이 무슨 말을 해왔는지, 앞으로 무슨 말을 할지 도무지 알 수 없는데도 북토크가 이렇게 매끄럽게 진행되고 있다는 게 믿기지가 않았다.

"여기 오신 팬분들 중에는 동의하지 않는 분들도 있을 거예요. 우리 작가님이 얼마나 가독성 높은 글을 쓰시는데 그런 소리를 하느냐고."

건너편 탁자에 앉은 채정명은 긴 머리를 만지작거리며 은근한 미소를 짓고 있었다. 이런 패턴으로 진행되는 말의 끝에 무엇이 오는지를 확실히 알고 있는 이의 여유, 예감성 기대감에 들뜬 손동작이었다. 지성은 그런 채정명이 부럽다는 생각이 들었다. 피차 정해진 역할을 연기해야 한다면 칭찬을 받는 쪽이, 칭찬을 제출해야 하는 쪽보다 훨씬 마음 편하지 않겠는가.

"사실 저도 가독성과 의미를 앞에 놓고 저울질하는 순간이 많습니다. 상황을 이렇게 비틀면 독자분들이 한번에 상황을 파악하기 어렵지 않으실까, 하는 고민을 하지 않을 수가 없는 것이지요."

만지작거리던 긴 머리를 뒤로 천천히 쓸어 넘기며 채정명이 지성을 응시했다. 작가의 구불거리는 머리칼이 나풀거리며 허리께로 내려앉는 장면을 보며 그는 재빨리 다음 할 말을 생각해냈다.

"창작자로서는 그 부분을 고민하지 않을 수 없겠지요. 평론이라는 완전히 다른 세상의 리그를 즐기고 있는 저 같은 사람에게는 가독성보다 의미를 택해주신 채정명 작가님께 절이라도 하고 싶은 심정입니다."

이 발언을 들은 채정명의 눈이 기쁨으로 반짝이는 것을 본 뒤, 지성은 다시 내면의 상념으로 빨려들어갔다.

200명이 넘는 청중이 모인 북토크에서 '한국문학의 미래'라 불리는 여성 작가의 존재 의미를 밝혀주고 윤색해주는 역할을 맡은 그가 북토크 내내 생각한 것은 두 가지였다. 첫 번째는 문학세상이라는 출판사의 의도였다. 이 자리에 초대받은 것을 지난주 금요일에 있었던 신화일보 대표와의 만남과 떼놓고 생각할 수는 없으리라. 최재학 대표의 의도가 무엇일까. 혹시 대표가 그를 문학세상의 차세대 편집위원으로 편입시킬 생각인가? 아니면 신화일보에서 칼럼을 맡아 보수언론의 나팔수 노릇을 할 수 있도록 모양새를 만들어주려는 것일까? 아마도, 후자일 것이다. 최 대표의 우산 아래 있는 이들, 그러니까 문학세상에 속한 문인들은 열에 아홉, 진보적인 색채를 드러내는 이들이다. 그들 중 반수 이상은 '진보진영'의 후보로 출마해 당선된 현 대통령을 지지한다고 공개적으로 밝히기까지 했다. 나머지 반수는 상징적으로 '진보'적인 입장을 취하면서 현실에서는 신화일보에 글을 쓰거나 신화일보가 추진하는 화려한 행사에 주요 등장인물로 참석했다. 그런 면에서 보면 문학세상은 대단히 다채로운 곳, 진영에 관계없이 누구든 포용해주는 넓은 품을 가진 곳이었다. 어쨌든 그런 출판사에서 그를, 대통령의 인사방침을 정면으로 비판한 평론가 김지성을 자사의 대표얼굴인 편집위원으로 앉힐 수는 없을 것이다. 그러나 지성이 신화일보에 칼럼을 쓴다면, 그렇게 해서 진보 색깔이 빠진 중도 지식인으로 새롭게 거듭난다면, 문학세상은 그를 간간이 행사에 불러 '중도 지식인'으로서의 정체성을 완성해줄 것이다. 그렇게 해서 최재학 대표가 얻게 되는 것은 무엇일까? 좌우를 아우르는 지식인을 보유한 출판사로서의 입지일까? 정권이 바뀔 경우에도 내세울 수 있는 유명 문인의 확보일까? 모르겠다. 아무튼 한 가지, 이 모든 시나리오는 그가 신화일보의 칼럼니스트 자리를 받아들인다는 것을 전제로 하고 있을 것이다. 하지만 거절한다면? 신화일보에 칼럼 쓰는 것만은 차마 못하겠다고 한다면? 그래도 최재학 대표가 자신을 이런 행사에 불러줄까?

"사실 김지성 선배, 쉽게 작품에 호평해주시는 분 아니잖아요. 그래서 여기 나와주신 게 저는 너무 영광스럽고 감사합니다."

채정명의 입에서 자신의 이름이 나오면서 긴 머리가 다시 한번 폴짝이는 바람에 지성은 상념에서 빠져나왔다.

"작가님, 저 별로 안 그렇습니다. 좋아하는 작품 많고요. 좋은 작품 보면 아낌없이 찬사를 제출하지요."

이렇게 대꾸하는 지성의 마음 한편이, 뭔가에 쓸린 것처럼 아팠다. 그는 채정명의 작품을 좋아하지 않았다. 채정명은 이야기꾼의 재능이 있지만 그걸 잘 발휘하지 못하고 있는 경우였다. 남성중심 사회의 폐단을 드러내겠다는 목적의식에 사로잡혀, 등장인물들의 입체성이라는 중요 요소를 희생시켰다. 채정명이 그리는 여성인물들은 너무 완벽하고 현명했고, 남성인물들은 한결같이 둔감하고 이기적이었다. 지성은 그런 점이 아쉽다. 너무 한 가지 색깔로만 이미지가 굳어지는 바람에, 그 이미지로 대중의 호응을 너무 많이 받는 바람에, 작가가 가진 재능을 충분히 발휘하지 못한 채 제자리에서 맴돌고 있다는 생각을 떨칠 수가 없다. 그런 흐름의 주범이 출판사의 마케팅이라는 생각을 하지 않을 수가 없다. 그가 그동안 발표해온 평론에서 채정명의 소설을 언급하지 않은 것은 그 때문이었다. 그것은 그의 마지막 자존심 같은 것이었다. 비록 밥벌이를 위해 묵과하지 말아야 할 것을 묵과하면서 살고 있긴 하나 적어도 영혼 없는 찬사를 적극적으로 남발하고 있지는 않다는. 그런데 오늘, 그것이 무너졌다. 채정명의 소설에서 의미를 찾기 위해 두세 번은 읽어야 한다는 것은 거짓말이 아니었다. 복합성이나 이면이 없는 소설이기에 의미를 찾아내기가 매우 힘들다는 말이었으니까. 그러나 지성은 알고 있었다. 자신이 그 말을 발화하는 순간, 표정과 음성과 제스처로 '너무 수준 높고 의미 있는 작품이라 이해하기 어렵다'는 뉘앙스를 풍겼다는 사실을. 그러니까 그는 조금 전, 오랫동안 지켜온 품위 하나를 팔아넘긴 것이다. 문학세상이라는 세계에 한 발을 걸치기 위해. 신화일보라는 대륙에 발을 올려놓기 위해. 그는 담담하게 자신의 몰락을 지켜보고 있었다.

행사는 막바지에 접어들어 청중의 질문 순서에 들어서고 있었다.

"작가님, 저 이번에 내신 신작《거리두기의 정석》세 번 읽었습니다."

채정명 작가의 오랜 팬이라 밝힌 여성이 이렇게 발언하며 한 손으로 앞머리를 쓸어내렸다. 20대 중후반으로 보이는 여성은 말끝마다 쑥쓰러운 듯 앞머리를 손가락으로 빗어내리며 채정명 작가와 만난 것이 자신한테 얼마나 큰 영광인지를 공표했다. 그 동작을 바라보며 지성은 생각했다. 신화일보에 글을 쓰는 건 자살행위가 아닐까. 나를 이루는 모든 정체성을, 그나마 지키고 있던 명예를 모조리 잃게 만드는 행위가 아닐까. 그럼으로써 나는 내 낙하지점을 최종적으로 정하게 되는 것이 아닐까.

"읽을 때마다 눈물이 차올라서 세 번째 읽을 때는 아예 크리넥스 통을 앞에 놓고 읽었어요. 저희 어머니도 그 책 읽고 너무 좋으셨다고, 이제야 할머니를 이해할 수 있을 것 같다고 하시더라고요."

지성은 경외의 시선으로 청중석을 훑어보았다. 눈을 크게 뜨고 집중하는 여성들. 제게 빛을 던져준 작가에게 연모의 감정을 뿜어내는 사람들. 이들이 내뿜는 감정을 만질 듯 느끼면서, 그는 형언할 수 없는 감정에 빠져들었다. 무엇이 이들의 마음을 이토록 달구었을까. 채정명 글 속의 무엇이 이렇게 많은 동시대인의 눈에 눈물이 차오르게 했을까. 이렇게 많은 이들이 열광한다면 그것으로 의미 있는 것 아닌가? 작품에 나오는 인물이 입체적이든 아니든 그게 무슨 상관이란 말인가. 마음에 뜨거운 뭔가가 치밀게 했다면 그것으로 인물들의 개연성은, 선악이 교차하는 복합적인 층위 따위는 갈음할 수 있는 것 아닌가?

"오늘 자리는 일타이피인 것 같습니다. 제가 좋아하는 소설가와 평론가 두 분을 한꺼번에 덕질할 수 있으니까요."

다섯 번째 질문자가 이렇게 말했을 때 지성은 깨달았다. 꼿꼿하게 날 서 있던 자신의 마음이 녹아내렸던 이유를. 평가할 부분이 없다고 일찌감치 결론을 내렸던 작품에 자신이 슬며시 여지를 주게 되었던 연유를. 눈앞에 있는 200여 명의 사람들은 그를 적대시하지 않았다. 단 한 명도, 토론 내용을 이유로 그에게 변절자라고 비난하지 않았다. 그들은 그를 온전한 문학평론가로, 마땅한 권위와 실력을 갖춘 문학 감별사로 극진히 대접했다. 이것이 문학이라는 것일까. 이 유연함이. 이 포용력이. 빠른 속도로 명성을 쌓았던 지난 몇 년 동안, 지성은 문학의 이런 특성을 비겁함의 전형이라 여겼다. 물에 물 탄 듯 술에 술 탄 듯 이것저것 모두 인간에 대한 연민이라고 끌어안는 두루뭉술함. 인간성이라고 뭉치는 나태함. 그러나 지금. 새삼 문학의 그런 측면이 위대하게 느껴졌다. 문학이란 기존의 한계를 뛰어넘는 장르가 아닌가. 인간의 어리석음과 한계를 끝없이 받아 안는 넓은 바다. 넘어도 넘어도 끝없이 밀려오는 관용의 파도 같은.

지성은 쓰던 글을 저장한 뒤 기지개를 켰다. 일어서서 목을 돌리는데 오른쪽 뒷목에서 불에 덴 듯한 통증이 일었다.

"아아악."

비명을 지르며 목을 붙잡았다. 그는 양팔을 들어올린 뒤 뒤에서 앞으로 서서히 돌렸다. 목에서 시작된 통증이 허리까지 시큰하게 이어졌다. 그는 핸드폰을 집어올려 한 시간마다 한 번씩 알람이 울리도록 설정했다. 이따금씩 일어서서 집 안이라도 몇 바퀴 돌아야지, 이렇게 가다간 진짜 사달이 날 것 같았다.

몸을 구부리고 뒤에서 팔을 모아 위로 들어올리는 동작을 열다섯 번씩 두 세트 한 뒤, 부엌으로 갔다. 싱크대 앞에 서서 찻주전자에 물을 받는데, 발에 따뜻한 온기가 전해져왔다. 난방을 틀었나? 이 여름에? 생각하다 그는 빙그레 웃었다. 조금 전에 현관문을 열고 밖으로 나간 인물, 채리가, 이 자리에 서 있었다. 점심을 먹은 뒤 한동안 물소리가 났으니 아마도 이 자리에 서서 설거지를 했으리라.

지성은 물이 끓길 기다리며 부엌을 둘러보았다. 싱크대도, 식탁도, 말끔히 치워져 있었다. 밖으로 나와 있는 건 도마와 칼 세트뿐, 모든 식기와 식재료들이 보이지 않는 곳으로 들어가 부엌이 이전보다 두 배는 넓어 보이는 효과를 냈다.

컵에서 차거름망을 뺀 뒤 완성된 녹차 잔을 들고 식탁에 앉았다. 먼지 하나 없는 식탁에 앉아 에어컨 바람을 쐬고 있으니 마음이 차분히 가라앉았다. 그는 90도 각도로 맞춘 듯 제자리에 놓인 건너편 의자를 바라보았다. 채리는 깔끔한 성격이었다. 식탁에서 빵 하나를 먹어도 반드시 행주로 식탁을 닦았고, 반등분한 키친타월을 돌돌 말아 의자의 빗살무늬 틈새에 넣어 꼼꼼히 닦는 행동으로 그를 놀라게 했다. 이 집에 들어와 살았던 10년 동안, 지성은 한 번도 의자의 장식 틈새를 닦아야겠단 생각을 해본 적이 없었다. 위생관념이 그보다 더 부족하고 움직이기 싫어했던 아내는 장식 틈새는커녕 의자를 닦는다는 생각 자체를 하지 않았다.

지성은 벽에 기대앉아 옆 의자로 다리를 뻗었다. 컵을 기울여 차를 마시자 적절한 온도에서 우려진 녹차 특유의 단맛이 혀를 감싸고 돌았다.

행복하다.

갑자기 그런 생각이 들었다. 깨끗하게 정돈된 집, 장마 예보에도 불구하고 기적처럼 맑게 갠 하늘, 완성을 눈앞에 둔 칼럼, 혼자만의 시간. 그중에서 가장 마음에 드는 건 완성을 눈앞에 둔 글이었다. 오랜만에, 그는 스스로 흡족해할 만한 글을 썼다. 그 글은 내일자로 고려일보에 실릴 예정이었다. 고려일보에 처음 기고하는 칼럼이기에, 며칠 동안 심혈을 기울였다. 간명하면서도 주장하는 바가 또렷이 드러나는 글을 쓰고 싶었고, 몇 번씩 썼던 분량을 날리고 처음부터 다시 썼다.

지성은 컵 속에 얼굴을 묻고 깊이 숨을 들이켜 향내를 맡은 뒤 녹차를 한 모금 마셨다. 비릿하고 쌉쌀한 차 맛이 내부로 들어와 감미로움을 선사했다. 세상에 죽으란 법은 없구나. 그는 컵의 옥색 표면을 천천히 쓸어내렸다. 고려일보에서 칼럼을 써달란 요청이 온 것은 지난 화요일, 그가 신화일보에 칼럼을 쓰겠다는 의사를 밝히려고 막 이메일 화면을 띄웠을 때였다. 몇 년 동안 연락이 없었던 철학시대 주간이 전화를 걸어와 고려일보에 기고할 의향이 있냐고 물어왔다. 지성은 한동안 말을 하지 못했다. 3년 동안 지성의 글을 실어주었던 진보매체들이 모두 등을 돌리고 어떤 곳에도 의견 피력을 할 수 없게 된 상황에서, 좌도 우도 아닌 중도 신문 고려일보에 글을 쓰는 것은 그가 택할 수 있는 최선의 대안이었다. 자신이 그런 대안을 미처 생각해내지 못했다는 사실이 놀라울 정도였다. 지성은 수락 의사를 밝힌 뒤 전화를 끊고 띄워놓았던 이메일 화면에 빠르게 내용을 채워 넣었다. 수신인은 문학세상 대표였고, 내용은 정중한 거절이었다. 걸어온 길이 있고 지켜온 정치적 신념이 있기에 신화일보 기고는 차마 할 수 없겠다는 뼈 있는 문장도 섞어 넣었다. 사족이다 싶기도 했지만, 기왕 보내는 거절 메일이라면 그런 문장 한두 개쯤 넣어야 면이 설 것 같았다.

문간방에서 울리는 핸드폰 벨소리를 들으며 그는 차를 한 모금 더 마셨다. 모처럼 갖는 혼자만의 평화를 깨는 게 아쉬웠지만 프리랜서인 그에겐 전화를 받을지 말지에 대한 선택권이 없었다.

"택배 갔니?"

서재로 달려가 전화를 받으니 노년에 접어든 여인의 잠긴 듯한 목소리가 들려왔다.

"택배 보냈어요?"

지성은 문간방 벽에 기대서며 담담하게 말했다. 택배라는 단어는 얼마나 어머니와 어울리는가. 택배 하면 어머니가 떠오르고 어머니하면 택배가 떠오를 정도로, 어머니와의 통화에 택배라는 단어는 빈번히 등장했다. 그것은 그가 어머니와 직접 만나지 않은 지 오랜 시간이 경과했다는 뜻이기도 했다. 그가 몇 년에 걸쳐 집요하게 거절 의사를 밝힌 끝에 어머니는 마침내 김치나 밑반찬 같은 골치 아픈 종류는 보내지 않게 되었지만, 여전히 과일과 화분 같은, 음식만큼 신경 쓰이지는 않지만 여전히 귀찮고 손이 가는 종류의 택배를 보내왔다. 음식을 못 보내게 하는 데 너무 많은 공력을 쏟아부었던 터라 그는 어머니가 보내는 새로운 종류의 택배상자들을 그냥 받고 있다. 지난번에 보내준 양파즙인가 칡즙인가는 집 안 어디엔가 포장도 풀지 않은 채 처박혀 있을 것이다. 그 박스 안에 든 즙들이 그동안 상하지 않았길 바라면서, 지성은 평이한 어조로 어머니에게 답하려 애썼다.

"옥수수 좀 보냈다. 현주네 시어머니가 박스로 보내주셨는데 마침 윗집 할머니가 주신 게 아직도 남아 있어서……"

아들에게 호통을 들을까봐 어머니가 주섬주섬 변명을 늘어놓았다.

"네, 잘 먹을게요."

지성은 얼른 말을 잘랐다. 어머니는 울산에서 작은누나의 아이를 봐주면서 함께 살고 있다. 통화를 계속하면 아이를 먹이고 입히고 누나네 살림을 도맡으면서 어머니가 지나가고 있을 신산한 삶이 불쑥 건너올 것 같았다. 어머니는 왜, 왜 평생을 그렇게 남들 뒤치다꺼리만 해주고 사는가? 제대로 된 남편을 만나지 못한 작은누나도, 하는 일마다 천문학적인 금액의 손해를 보는 누나의 사업가 남편도, 모두 생각하면 한숨이 나온다. 지성이 어머니와의 통화를 기피하는 것은 작은누나를 둘러싼 존재들이 내는 특유의 초라하고 울분에 찬 분위기에 대한 반감 때문이다.

"그런데 지성아, 저기…… 그……"

어머니가 머뭇거리며 어렵게 말을 꺼냈다. 지성은 전화기를 들고 식탁으로 돌아왔다.

"말씀하세요."

녹차는 그새 식어 있었다. 연거푸 두 모금을 마셨지만 조금 전과 같은 온도와 풍미는 조금도 느낄 수 없었다.

"신영이는……"

지성은 수화기에서 입을 뗀 뒤 크게 숨을 들이마셨다 뱉었다. 그럴 줄 알았다. 아내 얘기를 하고 싶었던 것이다.

"신영이 얘기는 하지 마요. 나도 모르니까."

어머니가 마지막으로 이 집을 방문한 것은 아내가 집을 나가기 2주 전, 아버지 제사를 지내러 어머니가 올라왔을 때였다. 아내는 제사 음식 전부를 주문음식으로 때웠으면서도 어머니에게 짜증을 냈다. 지성의 집에서 아버지 제사를 지낸 첫해였고, 누나 둘이 눈을 부릅뜨고 지켜보는 상황이었다. 다음 해부턴 그가 어머니를 설득해 제사를 성당 연미사로 대체할 생각이었다. 아내에게 그런 의사를 미리 밝히고 양해를 구하기까지 했다. 그런데도 아내는 히스테리를 부렸다. 문제는 그동안 아내에게 비굴하다 싶을 정도로 비위를 맞춰주던 어머니가 그날따라 역정을 냈다는 점이었다. 어머니는 소리를 질렀고, 눈물을 흘렸고, 현관문을 열고 나가버렸다. 나중에 신영이 가출한 사실을 알게 된 어머니는 모든 걸 자기 탓으로 돌렸다.

"너희 둘만 잘 살면 된다. 나는 신경 쓰지 말고."

"진짜 모른다니까, 엄마. 신영이하고 연락 안 한 지 1년이 넘었어요."

어머니에게서 '언제든 만날 수만 있으면 사과하겠다', '앞으로 너희 집에 얼씬도 하지 않겠다'는 말이 또다시 흘러나올까봐 지성은 선수를 쳤다. 실은 신영과 두어 달에 한 번꼴로 세금이나 보험 같은 문제를 의논하기 위해 메시지를 주고받고 있었지만, 그걸 알리고 싶지는 않았다. 그 얘기를 하다보면 결국 신영이 가출한 이유를 밝혀야 할 것이다. 신영이 자신과는 원래부터 사이가 좋지 않았고, 다른 남자와 사랑에 빠졌으며, 지금은 그 남자와 살림을 차려 알콩달콩 살고 있다는 얘기를. 그보다는 차라리 어머니가 자기 자신을 책망하며, 자신 때문에 며느리가 집을 나갔다고 믿는 편이 당신의 정신건강에도 좋을 것이었다.

"알았다. 택배 가면 풀어서 쪄 먹어라. 그대로 썩히지 말고."

긴장이 풀려 침착해진 어머니의 목소리가 날아왔다.

"엄마, 아프신 덴 없죠?"

예상외로 어머니가 순순히 물러나자 갑자기 미안해진 그의 입에서 안부인사가 흘러나왔다.

"어, 내 걱정은 말고, 저기, 유경이는 어떻게 잘 지내고 있니? 걔가 요전번에 텔레비전에 나왔다고 선주가 핸드폰으로 보내줬더라."

"네. 걔가 알아서 참 잘하더라고요. 재능도 있고, 요즘 제일 잘나가는 작가 중 한 명이에요."

이번에도 재빨리 선수를 쳤다. 어머니는 지성이 무슨 대단한 문학평론가인 줄 알고, 통화할 때마다 유경이를 부탁한다고 말했다. 지성을 선생으로, 유경을 제자쯤으로 상정하고 있는 것이다. 유경이 자신보다 훨씬 잘나간다고, 자신은 문단에서 거의 아무런 권한도 없으며, 유경이 오히려 자신을 잘 봐주어야 한다고 몇 번씩 설명했지만 아무런 소용이 없었다. 지성이 텔레비전에 몇 번 나온 뒤로, 어머니의 머릿속에서 지성은 이 나라의 그 어떤 유명인사보다도 똑똑하고 큰 권력을 가진 인물이었다.

"지성아, 근데 저번에 얘기한 그거, 네 아버지……"

그때 삑삑삑삑 소리가 나면서 현관문이 열렸다.

"저 이제 끊어야 할 것 같아요."

"나 왔어!"

현관에서 채리의 날아갈 듯한 목소리가 들렸다.

지성은 핸드폰을 한 손으로 덮고 다른 쪽 손 검지를 입에 가져다 대며 쉬이! 하는 입모양을 해 보였다. 부엌으로 들어온 채리가 눈을 동그랗게 뜨더니 양손에 든 비닐봉지를 조심스레 싱크대 앞에 부려놓았다.

"그때 그, 뭐였지, 산재인가 그거 신청한 거는……"

지성은 핸드폰을 들고 서재로 들어갔다. 조용히 방문을 닫은 뒤, 핸드폰을 감쌌던 손을 뗐다.

"그건 좀 기다려봐야 할 것 같아요."

20년 전, 지성의 아버지는 건설현장에서 일하다가 사고를 당했다. 딛고 있던 엘리베이터가 추락해 하반신이 마비되고 뇌기능이 손상되었다. IMF 여파로 실직한 아버지가 모처럼 마음을 잡고 일을 시작한 지 석 달 만에 일어난 일이었다. 그 이후로 아버지는 알아들을 수 없는 의성어만 내뱉는 상태로 10년을 자리보전하다 세상을 떠났다. 최근 들어 유경이 그 일을 알게 되면서 지금이라도 산재 신청을 하자고 주장했고, 작년엔 그 사건에 대한 산재를 신청했다.

"너무 시간이 지나서요."

지성은 그런 유경의 움직임이 탐탁지 않았다. 10년도 더 지난 일이 아닌가. 지금 와 전말을 밝히기도 힘들 테고, 결국 사람들의 구설에 오르내리다 말 것이다. 시사평론가 김지성의 아버지, 하반신을 쓰지 못한 상태로 10년간 누워 있다 사망한 것으로 밝혀져. 이런 기사 제목을 상상하기만 해도 몸서리가 쳐졌다. 아버지가 한때 속옷 광고 모델로 일했다는 사실을, 영화배우가 되기 위해 젊은 날을 오롯이 탕진해버렸다는 사실을 알면 사람들이 얼마나 재미있어할 것인가. 유경이 이 사건을 접수한 것은 너무 젊기 때문이었다. 이제 막 서른이 된 유경은 자신을 불태우면 뭐든지 할 수 있다는, 세상에 안 될 일이 없다는 의기를 갖고 있었다. 제 젊은 날을 생각하면 지성도 이해가 가지 않는 건 아니지만, 자신의 사적인 역사가 낱낱이 드러나게 된다는 측면에서, 유경의 그런 의기를 마냥 반가워할 수만은 없다.

"근데 너 밥은 잘 해 먹고 사니?"

"엄마, 나 지금 나가봐야 해요. 이만 끊을게요."

지성은 서둘러 전화를 끊었다. 방문을 열고 나갔을 때 문 앞에 서서 엿듣던 채리가 악 소리를 내며 자리에 주저앉았다. 반복되는 어머니의 힘없는 목소리에 짜증이 나 있던 지성은 채리에게 울분을 쏟아냈다.

"너 지금 뭐 하는 거야!"

속에서 엄청난 크기의 덩어리가, 뜨겁고 찐득찐득한 무엇이, 불쑥 치솟아올랐다.

"너는 뇌가 있니 없니? 남의 전화를 엿들으면 안 된다는 생각이......"

그가 검지로 제 머리를 쿡쿡 찌르며 채리에게 다가섰다.

"전혀 안 들어? 그런 짓을 하면 실례라는 생각 자체가?"

채리가 뒷걸음질치며 겁에 질린 얼굴로 그를 쳐다보았다. 그는 어후, 어후, 소리를 내며 채리를 보았다가, 허공을 보았다가, 이글거리는 눈으로 다시 채리를 쏘아보며 혀를 찼다. 채리는 선 채로 눈을 깜빡이다가 미안해 지성, 미안해 지성, 이란 말을 앵무새처럼 반복했다. 그는 고개를 조아리며 같은 말을 반복하는 피에로 같은 여자를 내려다보다가, 결국 너털웃음을 터뜨렸다. 짜증과 비난을 난사해 마음을 가라앉혔기에 가능한 일이었다.

23/

...... 강제의 기억은 질기다. 온전히 살아남아 불쑥불쑥 쳐들어온다. 그렇다. 나는 그 밤의 일을 그렇게 기록해야 할 것이다. 그가 일방적으로, 완력으로 행한 일이었다고. 주어를 '그'로 설정한 것은 모든 것이 한쪽 당사자만의 의지로 일어났음을 강조하기 위해서이다 ......

지성은 화면에 뜬 글을 주욱 훑어내렸다. 세 문단에 이르는 긴 글이었다. 핸드폰을 머리맡에 놓고 다시 누웠다.

"아침 먹자."

식사준비를 마친 채리가 부엌에서 외쳤다. 지성은 이불을 뒤집어썼다.

민주는 이틀 전에도 페이스북에 이상한 글을 올렸다. 자신은 원래 오늘만 사는 인간이라 이미 일어난 일에 집착하지 않는 편인데 최근 들어 한 사건에 온통 사로잡혀 있다는 내용이었다. 이제 이 글을 보니 알겠다. 자신이 며칠 전부터 민주의 페이스북 글에 촉각을 곤두세우고 있었다는 사실을. 그리고 그는 그제야 후회했다. 민주가 수십 번 문자를 보냈을 때 제대로 반응하지 않았던 것을.

"밥 안 먹어?"

채리가 방문을 열고 들어와 이불을 확 걷었다. 지성은 인상을 쓰며 눈을 떴다가 후다닥 이불로 얼굴을 가렸다.

"에이씨, 너 옷 안 입어?"

채리는 속옷 차림이었다. 환한 여름날 아침, 위아래에 속옷 한 장씩만 걸친 여자가 허옇게 살을 드러내놓고 있었다.

"옷을 뭐 하러 입어. 더운데."

채리가 얼굴을 양옆으로 흔들며 말했다. 춤추는 듯한 몸짓, 날아갈 듯한 말투.

"그래도 입어라. 보기 민망하다."

혀를 차며 말한 뒤 지성은 돌아누웠다.

제 방(으로 사용하고 있는 건넌방)으로 가서 티셔츠를 꿰입고 돌아온 채리가 다시 지성을 깨웠다.

"9시야. 얼른 밥 먹자."

"난 아침 생각 없어. 잘래."

지성은 벽 쪽으로 몸을 붙였다. 채리가 옆에서 그의 등을 흔들더니, 조금 뒤 치, 소리를 내고 나가버렸다.

방문이 닫히는 소리로 채리가 나간 걸 확인한 지성은 똑바로 누워 이마에 팔을 얹었다. 민주가 미투를 하려는 것일까. 내가 저를 '강제로' 범했다고 폭로할 작정일까. 그는 아침햇살을 받아 반짝이는 나무 잎사귀들을 바라보다가, 눈을 질끈 감았다. 이민주. 대체 왜 그러는가. 그렇게 해서 뭘 얻겠다고! 그는 잠옷 새로 손을 넣어 어깻죽지 밑을 긁으며 지난주에 있었던 민주와의 만남을 떠올렸다. 붉게 타들어가던 하늘, 나뭇잎들이 이고 있던 물방울, 뚫어지게 쳐다보던 민주. 서먹하긴 했지만 그렇게 나쁜 분위기는 아니었다. 민주가 좀 더 얘기를 하고 싶어 했는데 내가 먼저 얘기를 중단했던가? 아닌가?

부끄러움을 무릅쓰고 이렇게 진심을 토해내는 이 여자가 더 살아 있는 거라고!

민주가 했던 말이 번쩍 떠올랐다. 그날 민주는 그에게 마음이 있는 것처럼 굴었다. 면전에서 그런 말을 들었을 때, 조금 당혹스럽긴 했지만 크게 신경 쓰지 않았다. 워낙에 연극적인 언행을 즐기는 인물이 아니었던가. 그런 인물이 하는 말 모두를 진지하게 받아들일 필요는 없으리라. 그런데 되짚어보니 그날, 민주의 표정과 말투가 자못 심

각했다. 잘못하면 사랑 고백처럼 들릴 수도 있는 말을 하면서 평소와
는 다른 표정을 지어 보였다. 아닌가? 내가 과장해서 해석하는 건가?

지성은 한 손으로 정수리를 북북 긁었다. 물론 그 말이 진심이었
을 거라 생각하지는 않는다. 중요한 건 그날 저녁, 그런 종류의 말을
할 정도로 민주의 태도가 열려 있었다는 사실이다. 민주가 말한 대로
그날 밤 있었던 일이 순전히 그의 완력에 의해 이루어진 일이라면, 어
떻게 그에게 찾아와 '형한테 시뻘겋게 마음을 드러내는 이 여자' 운운
한단 말인가? 저를 강간한 남자에게 그런 말을, 농담으로라도, 하는
게 가능한가? 지성에게는 그런 직감이 있다. 일은 절대로 민주가 말
한 방식으로 이루어지지 않았을 것이다. 분명히 그럴 것이다. 생각하
다가 지성은 이로 볼 안쪽 살을 잡아 뜯었다. 아닌가? 실은 일방적으
로 제 욕망을 채워놓고 이제 와서 스스로 합리화하고 있는 건가?

지성은 손을 목 뒤로 넣어 세차게 긁다가, 다시 허리 아래에 손을
넣고 신경질적으로 긁었다. 어깻죽지와 허리 사이 어느 지점이 가려
운데, 위에서도 아래에서도 손이 닿지 않았다. 최근 들어 몸 여기저
기가 가려운데, 가려운 곳을 정확히 알 수가 없거나 손이 닿지 않을
때가 많다. 그는 몸을 둥글게 말고 발등을 긁다가, 발등에 피가 맺힌
것을 보고 큰 소리로 외쳤다.

"에이, 씨발!"

그때 문이 열리면서 채리가 들어왔다.

"어머머머, 지금 지성 뭐라고 했어어어?"

끝을 길게 늘이며 하이톤의 음성을 난사하는 채리. 채리는 그새
윗도리를 벗고 속옷 차림으로 되돌아가 있었다.

"아, 좀 나가."

지성이 날카롭게 말한 뒤 이불을 덮어썼다.

"방금 이상한 말 한 것 같은데에에?"

채리가 말꼬리를 길게 늘이며 이불을 파고들어왔다.

"에이씨, 저리 가 있어!"

지성이 벌떡 일어나며 소리치자, 채리가 놀란 표정을 지으며 침대를 빠져나갔다. 그는 침대 헤드에 기대 눈을 감았다. 내가 왜 이러지?

"어젯밤에 잘 못 자서 그래. 나 쉴 테니까 좀 나가 있어라."

누그러진 음성으로 말한 뒤 지성은 다시 옆으로 웅크리고 누웠다.

지성은 한 손으로 양쪽 눈을 가렸다. 왜 이럴까. 내 안에 무슨 일이 일어난 걸까.

한동안 웅크리고 있다 반대편으로 돌아눕는 순간, 채리가 침대 머리맡에 앉으며 그의 머리에 손을 얹었다. 채리의 몸에서 달짝지근한 딸기향이, 앞치마에서 기름 냄새와 탄내가 건너왔다.

"뭐야, 너 아직도 있었어?"

지성이 인상을 쓰며 채리를 올려다보았다.

"아침 안 먹을 거야?"

채리가 눈을 양옆으로 굴리며 조심스럽게 물었다. 민망하거나 당황스러운 상황에 처할 때 채리의 눈은 양옆으로 빠르게 움직인다. 심할 때는 손을 비비고 경련하듯 머리를 끄덕여댄다. 오늘처럼 눈을 굴리는 건 가장 약한 단계의 몸짓이지만, 지성은 그 모습이 거슬린다. 누구한테 맞기라도 한 듯 과장된 피해자 코스프레를 하고 있지 않은가.

"안 먹을 거야. 나 좀 쉽게 내버려뒀음 좋겠다."

지성이 머리에 얹힌 채리의 손을 떼어내며 말했다. 채리는 손을 비비며 머리를 크게 주억거렸다. 그 모습을 보자 다시 욕지기가 올라올 것 같아 그는 입을 앙다물고 이불을 뒤집어썼다. 나가라. 빨리 나가라.

"뭐 필요한 거 있으면 불러."

이렇게 말한 뒤 막 방문을 나서는 채리를 지성이 불러 세웠다.

"물어볼 거 있는데."

방문 손잡이에 손을 올리던 채리가 돌아섰고, 크게 뜬 눈이 그를 향했다. 노랗게 물들인 머리색 때문에 더욱 검게 보이는 커다란 눈이.

"뭐?"

채리가 천천히 눈을 감았다 떴다. 소처럼 순한 눈. 아이처럼 무구한 눈. 그 눈을 보고 있으니 지성은 물으려는 말의 내용이 껄끄럽게 느껴졌다. 그러나 물어보지 않을 수 없었다.

"그날 말이야. 너 처음 우리 집 왔을 때……"

채리는 눈을 깜빡이며 다음 말을 기다렸다.

"그날, 나 말이야…… 취해 있었니?"

쓴 약을 삼키듯 말을 맺은 뒤 지성은 리모컨으로 에어컨을 작동시켰다. 그새 기온이 올랐는지 등에 땀이 배어 있었다. 채리가 잽싸게 뛰어가 열린 창문을 닫고 와 섰다.

"나랑 같은 택시에 탔는데, 자고 있었어."

지성은 침을 삼키며 채리를 올려다보았다.

"그날?"

그가 묻자 채리가 크게 고개를 끄덕였다.

그의 입이 서서히 벌어졌다. 택시! 택시 안에서 만났구나!

"그래서?"

"택시 아저씨가 다 왔다고 뒤돌아보고 말했어. 지성한테. 아저씨랑 나는 앞에 앉아 있었거든."

채리가 그날 밤 기억을 더듬는 듯 허공을 쳐다보고 몇 번 숨소리를 내더니 침대 머리맡으로 와 앉았다. 눈이 반짝거리고 뺨이 붉게 물든 폼이 중요한 역할을 맡게 돼서 잔뜩 흥분한 눈치였다. 채리는 스프링의 움직임을 즐기는 듯 몇 번 움직여 침대를 출렁이게 하더니 다시 말을 이었다.

"지성이 대답을 안 하니까 아저씨가 몸을 뒤로 돌려서, 이렇게 ......"

채리가 과장되게 몸을 비틀며 뒤로 죽 빼 보였다.

"지성의 몸을 손으로 흔들었어. 손님, 손님, 하면서. 그랬더니 지성이 확 쓰러지는 거야. 무슨…… 음…… 뭐지? 그래! 포대자루! 포대자루처럼. 그걸 보고 아저씨가 뭐라고 뭐라고 중얼거리더니 시동을 끄더라. 그리고 내려서 지성을 끌어내렸어. 지성은 내리자마자 바닥에 엎어졌던 것 같아. 난 차 안에 있어서 확실히 못 봤는데, 아마 그랬던 것 같아. 그런데 이 아저씨가 지성의 몸을 뒤져 지갑을 꺼내더라고. 아저씨가 하도 안 와서 창문으로 내다봤거든. 차비만 꺼내면 되는데 이 아저씨가 시간을 너무 오래 끌잖아?"

지성은 두 손을 움켜쥐고 채리의 입을 주시했다. 제 뇌에는 전혀 남아 있지 않은 기억이, 과거 행동이, 타인의 입을 통해 고구마줄기처럼 엮여 나왔다.

"그래서 내가 내려서 아저씨한테 갔지. 아저씨, 남의 지갑 막 뒤져도 돼요? 그랬더니 아저씨가……"

"아저씨가?"

지성이 뜸을 들이는 채리를 재촉했다.

"나보고 시발년, 지랄하지 말고 꺼지라는 거야."

지성이 입을 딱 벌렸다. 손은 이불자락을 꼭 움켜쥐었다.

"너한테?"

"응."

채리가 의기양양해하며 목소리를 높였다.

"그러면서 막 욕을 했어. 술집 여자라 그랬나? 어디서 굴러먹은 여자라 그랬나? 아무튼 막 그랬어. 무서워서 내가 막 우니까 아저씨가 시끄럽다고 소리 지르더니 지갑을, 아마 돈은 다 빼갔을 거야, 지성한테 던졌어. 그리고 시동 걸고 가버리더라."

택시 안에는 채리가 미처 갖고 내리지 못한 백이 있었고, 채리는 그렇게 모르는 남자와 함께 남겨졌다. 그 남자의 집 근처라 추정되는 도로에. 채리는 엎어져 있는 남자 옆에 앉아 훌쩍이다가, 조금 뒤에 나타난 어떤 여성의, 성경책을 옆구리에 끼고 지나가던 중년 여성의 도움을 받아 남자를 부축해 집으로 날랐다. 다행히 중년 여성이 남자의 이웃인 듯, 남자가 사는 집 동호수를 알고 있었고, 채리는 그렇게 집으로 들어왔다.

"어떻게 생긴 분이었어?"

지성의 눈이 휘둥그레졌다. 누굴까. 동네에 친하게 지내는 이웃은 아내가 알고 지내던 동네 여자 두어 명에 불과했다. 그들 중 한 명일까? 아니면 우리 라인에 사는 사람일까?

"모르겠는데?"

"그다음에 그 여자분, 다시 본 적 있어?"

"응. 몇 번 마트에서 마주쳤거든. 저번엔 대파도 큰 거 한 단 사서 나눠 가졌는데?"

하. 지성은 기가 막힌 듯 천장을 올려다본 뒤 고개를 돌렸다. 이 변죽 좋은 아이를 누가 말린단 말인가. 지성은 손으로 얼굴을 괴고 이불 바깥으로 나온 제 발을 쳐다보다 천천히 입을 열었다.

"앞으로 지나가다 그 사람 보면 나한테 말해. 누군지 알아야 하니까. 알았지?"

채리가 입술을 동그랗게 말면서 고개를 끄덕였다.

"그렇다고 그쪽 분한테 티는 내지 말고. 일단 다시 그 얘기로 돌아가자. 그날 밤에……"

채리가 고개를 크게 주억거리며 눈을 동그랗게 떴다. 계속 말해보라는 듯.

"그러니까 그날 밤에 말이야. 네가, 다음 날 아침에 일어나보니까 네가 내 옆에 있었잖아. 옷도 안 입고."

채리가 으흥, 하며 어깨를 들썩였다. 어깨의 움직임과 함께 엉덩이가 들썩여 침대가 다시 한번 흔들렸고, 지성은 신경질적으로 기침을 한 뒤 말을 이었다.

"그날 밤에…… 그러니까 혹시, 너랑 나랑……"

그러자 채리가 갑자기 웃음을 터뜨렸다. 으흐흐흐핫핫핫핫핫, 으
흐흐흐핫핫핫핫핫.

앞으로 고꾸라져서 거의 울 것처럼 웃음을 터뜨리던 채리가 상체
를 일으키며 배를 움켜잡았다.

"지성은 그날 뭔 일 난 줄 알았구나? 아니거든요!"

채리가 일어서더니 앞으로 갔다 뒤로 갔다 하면서 놀리듯 상체를
흔들어댔다.

"아무 일도 없었거든요오오. 난 그냥 잠만 잤거든요오오! 지성은
기절해서 그대로 잤고요오오!"

지성은 미간을 좁히고 눈을 가늘게 뜬 채 부산하게 움직이는 눈
앞의 인간을 쳐다보았다.

"그럼 너 왜 내 침대에 있었어?"

"잘 데가 없잖아. 그날 비 때문에 좀 춥기도 했고. 음, 뭐…… 지성
이 혹시 자다가 심장마비 걸리거나, 그럴까봐 걱정도 되고? 지성 그
날 진짜 시체…… 아니다, 그런 말은 좀 그런가? 그럼 좀비! 좀비라
고 하자. 아무튼 좀비 같았거든? 내가 자다가 벌떡 일어나서 지성 코
에 손가락을 대봤다니까. 죽었을까봐. 죽으면 어떡해! 큰일 나잖아!"

채리가 주먹 쥔 손을 앞으로 모으며 부들부들 떠는 시늉을 해 보
였다. 중요한 화자로 떠오르게 된 것을 무척 즐기는 눈치였다.

"옷은? 너 다음 날 아침에 옷도 하나도 안 입고……"

"나 원래 잘 때 옷 안 입고 자잖아. 아직도 그걸 몰랐어? 에에이,
바보, 바보, 바보!"

채리가 이불을 걷고 그의 드러난 허벅지살을 손바닥으로 찰싹 때

리더니 큰 소리로 말했다.

"그날 김지성 씨는 나채리가 업어다준 덕분에 무사히 집에 들어와 쿨쿨쿨 잤답니다! 끝! 됐지? 이제 나와서 밥 먹어!"

채리가 에어컨을 끈 뒤 창가로 가서 창문을 열었다. 성큼성큼 돌아와 이불을 걷어내 전광석화처럼 갠 뒤, 침대 한편에 놓고 그 위에 베개를 겹쳐 올렸다. 그는 채리가 베개를 빼낼 때 상체를 살짝 일으켰다가, 채리가 정돈을 마치고 나간 뒤 그대로 침대에 엎어졌다. 가지런히 놓였던 이불과 베개가 쓰러져내리며 반듯했던 형태가 흐트러졌고, 그의 머릿속이 전기가 들어온 것처럼 바쁘게 움직이기 시작했다.

24/

백년 묵은 체증이 빠져나간 느낌이다. 그날 아무 일도 일어나지 않았다니! 그러니까 그날 지성은 채리의 몸에 손대지 않았던 거다. 처음 보는 여자 몸에 함부로 손대고 욕정을 푸는 짓 따위는 하지 않았던 거다.

그동안에도 이상하다는 생각은 했었다. 무슨 일이 있었다면 기억이 나지 않겠는가. 진짜로 '일'이 있었다면, 전체 줄거리를 다 기억하지는 못해도 어느 한순간, 어느 한 감각만은 기억에 남았을 것이다. 그날 아침에도, 그날 이후로도, 몇 번씩 그렇게 생각했다. 하지만 다음 날 아침 그의 눈앞에 펼쳐졌던 기이한 광경, 즉 낯선 여자가 옆에 벌거벗은 채 누워 있고 침대 바닥에 여성용 속옷들이 펼쳐져 있던 광경에 압도되어 섣불리 확신하지 못했다. 엉뚱한 오브제가 주는 시각적 효과 때문에 판단 기능이 마비되었던 셈이다. 그런데 이제 명백히 밝혀졌다. 그날 아무 일이 없었다고. 와우! 와우! 지성은 일어서서 대한독립 만세를 부르고 싶었다. 이렇게 시원할 수가, 이렇게 통쾌할 수가 없었다.

지성은 엎드려 침대 베개에서 나는 섬유유연제 향을 감각하며 씩 웃었다. 그러면 그렇지. 내가 그럴 리가 없지!

이제 생각은 다음 단계에 이르러, 그다음 날 아침에 채리를 바로 내보내도 되었다는 데로 뻗어나갔다. 다음 날 저녁, 집에 돌아와 채리가 그대로 있는 걸 보고도 내보내지 못했던 것은 자신이 처음 보는 여자에게 실수했다는 생각 때문이었다. 첫날밤의 실상을 알았다면 절대로 채리를 집에 머무르게 하지 않았을 것이다.

지성은 일어서서 방에 딸린 화장실로 갔다. 샤워를 마치고 면도를 하는데, 아침에 보았던 글이 의식 속으로 쑤욱 미끄러져 들어왔다. 그는 깔끔하게 완성된 턱을 손으로 쓸어본 뒤 마른 수건을 꺼내 턱을 두드렸다. 문제는 민주다. 민주와의 밤에, 정말 내가 완력을 썼을까? 민주와의 일은 채리 건과는 다르다. 민주가 분명 제 입으로 그날 '일이 있었다'고 밝혔다. 지성이 완력을 써서 일을 진행했다고, 분명하게 말했다. 민주는 허풍을 떨고 감정을 과장하는 버릇이 있긴 하지만 없는 일을 지어서 말하는 인간은 아니다. 그러니까 분명, 민주와 일이 있었던 것이다. 그런데 완력은. 음, 이 부분을 도통 모르겠다. 정말로. 정말로 내가 완력을 사용해 여자에게 그런 짓을 했을까?

수건걸이에 수건을 걸고 화장실을 나오는데 피팅룸 화장대 거울에 비친 제 모습이 눈에 들어왔다.

봐줄 만하다.

그런 생각이 들었다. 눈가에 주름이 늘고 얼굴 윤곽이 좀 흐트러졌지만, 그는 여전히 볼만한 외모를 유지하고 있었다. 그는 이가 드러나도록 활짝 웃었다. 젊을 땐 외모 때문에 실력이 가린다 싶어 타고난 용모를 짐스럽게 여겼더랬다. 나이가 드니, 자신을 둘러싼 외피가 이런 모양인 것에 감사하게 된다. 이제는 외모로 떴다는 소리를 들어도 좋으니 부디 보기 좋은 외피를 오래도록 유지했으면 좋겠다.

방문을 열고 나오자 속옷만 입은 체리가 에어컨 앞에 팔을 벌리고 있는 모습이 보였다.

"아우, 저건 진짜……"

지성은 절레절레 고개를 저으며 거실로 나아갔다. 가까이서 보니 채리는 입을 벌리고 하늘을 올려다본 채 고개를 양옆으로 움직이고 있었다. 힘주어 좌악 벌린 손가락, 몸 양쪽으로 A자 형태로 벌려 고정시킨 팔, 그 위에서 시계추처럼 왔다 갔다 하는 머리. 그리고 에어컨 바람을 맞아 브래지어 끈 위를 바쁘게 오가는 노랑 머리칼. 그 어처구니없는 모습을 몇 초 동안 지켜보다가 그는 눈을 가늘게 뜨고 말했다.

"너 뭐 하냐?"

다가가 옆에서 어깨를 치는데, 자신이 채리의 맨살에 먼저 손댄 것이 이번이 처음이라는 사실이 또렷하게 인식되었다. 언제나 채리가 먼저 왔다. 먼저 그를 만지고, 안고, 쓰다듬었다. 그렇다! 나는 절대 이 여자의 몸에 먼저 손대지 않았다! 이제 자신이 불한당이 아니라는 걸 알게 되자, 당당하게 눈앞의 인간을 대할 수 있게 됐다. 드러난 맨 어깨를 손으로 칠 수 있게 되었다.

"지성도 해봐."

채리가 눈을 감은 채 머리를 흔들며 말했다. 동작을 지속하느라 말에 헐떡거림이 섞여, 참으로 괴기스러운 분위기를 자아냈다.

"뭐 하는 건데?"

지성이 채리의 얼굴을 살피며 말했다. 눈을 감고 입을 벌린 모습이, 종교집회의 의례를 연상케 했다. 이 여자애가…… 미친 건가? 그동안 살짝 맹한 애라는 생각은 했지만, 오늘 보니 어쩌면 정신에 이상이 있을지도 모르겠단 생각이 든다.

"등으로 머리카락을 느끼는 거야."

"뭐?"

지성의 시선이 채리의 등과 어깨를 뒤덮은 머리카락으로 향했다. 숱 많은 노랑머리가 채리의 벗은 어깨를 건드리며 나풀나풀 춤을 추고, 그 머리카락의 소유주 입에서 연신 아, 좋아, 너무 좋아, 하는 감탄사가 쏟아져나왔다.

"해봐. 기분 좋아. 완전 좋아."

채리가 옆으로 비켜서며 에어컨 앞자리를 비워주었다.

"야, 진짜."

지성이 어처구니없다는 듯 채리를 쳐다보다가, 벽시계를 흘끔 본 뒤 소파에 가 앉았다. 11시 반. 소파는 막 들어오기 시작한 해를 받아 면적의 반 이상이 삼각형 모양으로 빛을 내고 있었다. 그는 엉덩이를 움직여 해가 들어오는 부분으로 옮겨 앉았다. 에어컨 바람이 활보하는 거실에서 맞는 한여름 햇살은 찬란하고 평화로웠다.

"내가 진짜, 세상에 너처럼 이상한 애는 처음 본다. 넌 어쩌면 그렇게 그로테스크한 짓을 하냐."

지성이 소파 한편에 놓인 신문을 들어올리며 말했다. 신문에 정기적으로 칼럼을 기고하는 그는 국내에서 발행되는 일간지를 전부 구독한다. 8종의 일간지는 이삼일이면 쌓여 산만한 집 안 분위기를 만드는 데 톡톡히 일조했는데, 채리가 이 집에 등장한 뒤부터 소파에 최근 날짜의 신문 몇 개만 가지런히 놓는다. 나머지는 부엌 다용도실에 차곡차곡 쌓여 높은 탑을 이루고 있다.

"신화일보는 어떻게 하기로 했어?"

에어컨 앞에서 열심히 머리카락을 '느끼던' 채리가 정지 동작에 들어서며 입을 열었다. 지성은 신문 옆으로 고개를 빼고 채리를 쳐다보았다. 이 여자가 그걸 기억했네? 신화일보에 글 쓰는 문제를 두고 골머리를 싸매다가 채리를 말 상대 삼아 잠깐 이야기한 적이 있었는데, 그걸 기억해서 물어오는 것이다.

"안 쓰기로 했어."

그렇게 대답하는 순간 지성은 다시 한번 인식했다. 고려일보에서 칼럼 청탁을 받지 않았으면 결국 신화일보에 기고했으리라. 하루만 늦었어도, 신화일보 칼럼 제안을 수락하는 메일을 보냈을 것이고, 이미 메일을 보냈다는 사실 때문에 결국 칼럼을 썼을 것이다.

"왜?"

채리가 바닥에 벗어놓았던 빨간색 티셔츠를 들어올렸다.

"돈도 많이 준다며. 그냥 써! 왜 안 써!"

채리가 티셔츠에 머리를 꿰며 큰 소리로 외쳤다.

지성은 신문을 접어 옆에 놓으며 밝게 물들인 채리의 머리카락이 빨간색 티셔츠 속으로 사라졌다가 불쑥 나타나는 걸 지켜보았다.

"돈을 많이 주기는 하는데."

신화일보는 다른 신문의 서너 배에 달하는 고료를 지급한다. 한 달에 네 번 칼럼을 써 보내는 것만으로 기본 생활비가 보장된다는 소리다. 안티신화운동을 벌였던 지식인들이 어느 순간부터 신화일보에 글을 기고하기 시작한 데에는 이런 사정이 적잖은 영향을 끼쳤을 것이다. 지성은 그동안 신화일보에 글을 기고하는 사람들을 공개적으로 비난해왔다. 그동안 자신이 그런 사람들을 향해 내뱉었던 말들, 글들을 생각하자 얼굴이 후끈 달아올랐다. 지성은 양손으로 볼을 감싸 쥐고 고개를 숙였다. 내가 오만했구나! 자신이 글을 쓸 뻔한 상황에 처했다 빠져나오니 그제야 깨달음이 몰려왔다.

다행스러운 점은 그가 신화일보 투고를 제외한 다른 사회적 의제에 대해서는 말을 아껴왔다는 점이었다. 앞뒤 정황을 짚고 찬반 양쪽이 선 지형에 대해 객관적인 밑그림을 그려 보였을 뿐, 섣불리 어느 쪽이 옳다 그르다 말을 하지 않았다. 사안 하나하나에 대해 구체적인 찬반 의견을 밝히는 경우엔 명확하게 입장 표명을 했지만, 담론 전체 차원에서 한쪽 입장을 정한 뒤 자신과 다른 쪽 입장을 택한 사람을 일거수일투족 비난하는 언행은 절대 하지 않았다. 대표적인 것이 미투운동이었다. 최근 몇 년 동안 거세게 이는 미투운동을 지켜보면서, 지성은 최대한 말을 아꼈다. 그로서는 성폭력 가해자로 지목된 이들에게 공적, 사적인 자리에서 열렬히 비난의 화살을 쏘아대는 남성 문인들을 이해할 수 없었다. 여성이 제 몸을 제 의사대로 운용할 권리를 천명하기 시작한 것은 최근 몇 년 동안의 일이다. 그 이전까지, 지성을 비롯한 이 땅의 모든 남성들은 남성과 국가가 여성의 몸을 소유한 것처럼 행세하는 시대를 살아왔다. 여성의 외모에 대한 품평을 안 부인사처럼 내뱉고, 몸에 함부로 손대고, 심지어 권력을 이용해 강제로 성관계를 가진 뒤 그것을 여성의 '바르지 않은 행실' 탓으로 돌리는 사회에서 사회에서 수십 년을 살았다. 여성에 대한 성적 모욕을 공기처럼 흡입하며 살아왔다는 말이다. 지성은 자신이 그런 가운데에서도 비교적, 대다수의 다른 남성들과 달리, 여성을 동등한 인간으로 대해왔다는 것을 안다. 하지만 어리고 철없던 시절에는, 자신이 의식하지 못하는 새에, 몇 번씩 여성에게 모욕감을 주었을 것이다. 자잘한 실수들 중 몇 가지는 또렷하게 기억에 남아 있다. 그런데 어찌 가해자로 지목된 이들에게 돌을 던지겠는가. 생물학적인 남성으로 태어나 이 땅을 살아온 이라면 누구도 돌을 던질 수 없다는 것이 지성의 생각이었고, 그런 그의 생각은 남성을 '잠재적 가해자'라 보는 여성계 시각과 일맥상통했다. 이것이 그가 대대적으로 사회를 휩쓸고 있는 미투운동에 따로 목소리를 내지 않았던 연유다. 그는 미투운동에 원론적으로나 간접적인 방식으로 지지를 표명했으나 적극적으로 나서서, 특히 가해자를 융단폭격하는 일에는 절대 가담하지 않았다. 오늘 아침 민주의 페이스북을 봤을 때, 그는 자신이 그동안 미투운동에 적극적으로 가담하지 않았다는 사실에 안도했다. 그가 그동안 미투운동에 힘을 실어주는 '깨인 남성 지식인' 역할을 맡아왔다면 앞으로 펼쳐질 국면에서, 만에 하나 민주가 김지성이라는 실명을 밝히고 미투를 한다면, 대중의 뇌리에 김지성이라는 인간이 얼마나 희화적인 이미지로 맺히겠는가. '내로남불'을 정열적으로 증명하는 사례가 될 것이다. 지성은 어깨를 움츠리며 부르르 떨었다.

"돈을 많이 주기는 하는데?"

그가 발을 까딱거리며 생각에 잠겨 있자 채리가 채근했다.

"어? 어."

그는 소파 밑에 앉아 그의 발목에 뺨을 문지르고 있는 채리를 내려다보았다.

"왜 이래, 간지럽게."

지성이 발을 빼내며 짜증을 부렸다. 채리는 이런 짓을 잘한다. 식사 도중 식탁 밑에 들어가 그의 발을 끌어안고 볼을 부비거나, 등에 손을 넣고 손바닥을 빙빙 돌리면서 혼자 낄낄거린다. 한번은 지성이 누워 있는데 발바닥에 제 코를 갖다 대고 킁킁거리며 응, 좋은 냄새, 라는 말을 연발해 그를 기함하게 했다. 기분이 좋을 때는 귀엽게 보이지만, 그렇지 않을 때는 귀찮고 짜증이 난다. 특히 그가 어떤 생각에 골몰해 있을 때 매달려오면 제발 저리 좀 갔으면 싶어지면서 이 여자를 당장 내쫓아야겠다는 생각을 하게 된다.

"왜? 돈을 많이 주는데 왜 안 써어어어?"

붙잡고 볼을 비비던 발을 빼앗긴 채리가 에어컨 앞으로 돌아가 벗어놓았던 바지를 주워 들었다.

"나랑은 잘 안 맞아."

그냥 이렇게만 말하고 말았다. 이제 와 신화일보에 글을 쓰지 않기로 했다 해서 폼 내면서 번지르르하게 떠들고 싶지도 않거니와, 말해봤자 머리카락을 '느끼'시는 이 놀라운 여인이 그다지 이해할 것 같지도 않았다.

"왜에? 왜에?"

채리가 반바지에 한쪽 다리를 껴 넣으며 다시 물었다.

지성은 연속으로 재채기를 한 뒤 리모컨으로 에어컨 온도를 조절했다. 에어컨 앞에만 가면 재채기와 콧물에 휩싸이는 현상이 점점 심해진다.

"일단 내 지향점이랑 안 맞고. 음, 뭐랄까. 그 신문에는 채리야, 생각 있는 사람들은 글을 안 써."

지성이 빠르게 암송하듯 말했다.

"왜에에?"

채리가 길게 어미를 빼며 다시 물었고, 지성은 다시 설명을 시작했다. 신화일보에 대해 자신이 그동안 표명해왔던 말들을 생각나는 대로 갖다 붙이면서, 속으로 다른 생각을 했다. 민주와 민주의 페이스북, 자신과 자신이 그동안 미투와 관련해 해왔던 언행들에 대해. 눈을 크게 뜬 채 물었던 말을 반복해서 묻는 상대에게 했던 대답을 또 해주길 되풀이하면서, 그는 부러움을 느꼈다. 이 단순하고 소박한 여자. 어디서 뭘 하다 왔는지는 모르지만, 아무튼, 이 여자의 마음은 평온할 것이다. 오랫동안 알고 지낸 여성 지인에게 공개적으로 성폭행범이라고 비난받을 가능성 앞에 떨고 있는 자신에 비하면, 그 여성 지인이 페북에 쓴 글과 관련한 경우의 수를 따져보는 얼빠진 짓을 하며 오후 시간을 보낼 운명인 자신에 비하면, 이 여자는 얼마나 평화로운가. 얼마나 행복한가.

신화섭 교수는 연보라색 체크무늬 재킷을 입고 있었다. 안에는 오토바이 그림이 그려진 흰 티를 받쳐 입어 캐주얼하면서도 격식을 갖춘 모양새를 연출했다. 보이는 라디오에 입고 나오기에 적격인 차림이라 생각하며 지성은 틈날 때마다 신화섭의 외모를 추켜올렸다.

"건축계의 아이돌이라 불리시는 분답게 패션 감각이 뛰어나시군요."

녹음 중간 쉬는 시간엔 이렇게 직설적인 말도 던졌다. 신화섭은 멋쩍은 듯 웃으며 번데기 앞에서 주름 잡는 격이라고 응수해왔다. 지성은 이 시간이 마음에 들었다. 맑게 갠 하늘, 통창으로 들이치는 강렬한 햇빛. 최신식 빌딩의 28층 녹음실이 유난히 근사하게 느껴지는 날이었다. 게다가 초청 게스트의 해박함까지. 지성은 자신보다 대여섯 살 어린 신화섭이 편안하게 느끼도록 대화를 리드하며 그가 뿜어내는 지성을 마음껏 즐겼다.

"갑자기 수도 이전에 대한 주장을 교묘하게 바꾸신다는 생각이 듭니다만."

지성은 초반과 달리 수도 이전 이슈에 찬성하는 듯한 발언으로 선회하는 신화섭에게 놀리듯 말을 던졌다.

"원래 생각이라는 건 계속 바뀌는 거니까요. 특히 수도 이전처럼 전무후무한 일은 고정된 생각이란 걸 할 수가 없습니다."

신화섭은 눈썹 하나 까딱 않고 받아쳤다. 지성은 껄껄 웃으며 다음 화제로 넘어갔다. 탄탄한 자아와 치밀한 지성으로 무장한 사람과의 대화는 이렇게나 재미있다. 이렇게나 거리낌 없다. 지성은 방금 했던 생각을 언젠가 칼럼에 써먹어야겠다고 생각했다. 그가 라디오 일을 좋아하는 건 이런 순간 때문이었다. 라디오 프로그램을 진행하려면 게스트에 대해 미리 공부해야 한다. 게스트가 낸 책은 물론, 그가 했던 일, 그의 생애를 두루 훑어 따라잡아야 적확한 질문을 던질 수 있다. 어떤 질문을 던지느냐에 따라 게스트에게서 나오는 내용의 범위와 깊이가 확연히 달라진다는 것을 1년 넘게 라디오를 진행해오며 확실히 알게 되었다. '날카롭고 정확한 인터뷰어', '주어진 시간을 200퍼센트 활용하는 인터뷰어'라는 평을 듣는 것도 좋았지만, 무엇보다 다양한 분야의 권위자들을 만나면서 사고의 범위와 방식을 확장해나갈 수 있다는 점이 마음에 들었다. 특히 오늘처럼 어디에 내놓아도 빠질 게 없는 상대를 만나면, 탁구 치듯 팽팽하게 지력 대결을 벌일 수 있다. 때마침 크리스탈이 휴가를 가 신화섭과 단둘이 집중적으로 대화할 수 있다는 점도 마음에 들었다.

컨디션이 좋지 않은 날이었다면 눈앞의 사내가 갖고 있는 완벽한 조건들에 박탈감을 느꼈을지도 모른다. 사내는 서울대 석사 출신에 아이비리그 박사학위를 보유한 서울대 교수였다. 지성이 낸 책의 판매부수와는 비교도 할 수 없을 만큼 많이 팔려나간 초베스트셀러의 저자였고, 대한민국 최고 지식인이라 인정받는 이들을 초청해 진행하는 공중파 방송국 프로그램의 고정 게스트로 출연하고 있었다. 그중 어느 것 하나 갖고 있지 않았지만, 지성은 신화섭을 상대하는 것이 즐거웠다. 열등감이나 박탈감은커녕 라디오 일을 하는 덕분에 이런 인물과 만나 대화할 수 있어 기쁘다는 생각까지 들었다. 그것이 자신을 훌쩍 뛰어넘는, 그래서 언감생심 비교조차 할 수 없는 상대 앞에서 일찌감치 그보다 하수임을 인정해버리고 들어가는 데서 오는 안정감 때문인지, 아니면 자신이 최근에 있었던 추락에서 겨우 회복해 새로운 길에 들어서기 시작한 데서 나오는 희망적인 느낌 때문인지는 알 수 없었다.

고려일보 칼럼을 쓴 이후부터, 지성은 자신이 새롭게 자리를 잡아가고 있다는 사실을 깨달았다. 이전과는 완전히 다른 부류의 사람들이 그에게 지지를 보내오고 있었다. 진보진영 중 현 정권에 쓴소리를 할 줄 아는 깨인 일부가 그를 지지했고, 범보수진영 중 진보적인 의제에 열린 태도를 보이는 상당수가 그를 지지했다. 예전에는 같이 할 수 없을 것 같았던 많은 사람들이 그에게 손을 내밀어왔다. 그제야 지성은 자신이 너무 좁은 우물 안에서 헤엄치고 있었다는 사실을 깨달았다. 새로운 만남, 새로운 깨달음으로 점철된 날들이 이어졌고, 그동안 가혹한 잿빛으로만 여겨졌던 그날의 토론이 점점 다른 색깔이 되어 다가왔다. 그 어설프고 감정적이었던 토론이, 그렇지만 지식인으로서의 양심을 지키기 위해 안간힘을 썼던 토론이, 결국 전화위복의 기회로 작동한 것이다. 지성이 오늘 이 셀럽을 상대로 한 인터뷰를 마음 깊은 곳에서부터 반기고 즐길 수 있는 건 아마도 이런 상황, 즉 자신이 추락을 멈추고 이제 새로운 국면에 들어섰음을 자각했기 때문이리라.

"물론 저도 돈 좋아합니다. 가질 수만 있다면 많이 갖고 싶죠. 하지만 돈 말고도 다른 요인이 우리에게 행복을 줄 수 있다는 건 알고 있습니다."

생각을 거침없이 밝히며 신화섭이 손으로 머리카락을 쓸어 넘겼고, 그 순간 티셔츠에 덮여 있던 신체의 일부가 드러났다. 그리고 그 일부에, 즉 목에서 어깨로 이어지는 연결지점에, 붉은 자국이 있었다. 찰나에 드러났다 사라진 신화섭의 붉은 멍을 보는 순간 지성의 머릿속에 야릇한 상상이 펼쳐졌다. 저 자국은 어떻게 생겨났을까.

"가령 삼성동에 아이파크를 갖고 있다고 해서 그 사람이 꼭 행복한 건 아니잖습니까."

저 남자는 이성애자일까. 혹시 집에 동성 애인이 기다리고 있는 건 아닐까. 저 남자는 최근에 섹스를 한 적이 있을까. 언제일까. 그 섹스는 어땠을까.

"제 말은 꼭 부자가 아니어도, 삼성동 아이파크 소유주를 친구로 둔 서민이어도 얼마든지 행복하게 살 수 있다 그 말입니다. 그 사람에게 사과나무를 키울 수 있는 마당이 있다거나, 자기만의 추억이 있는 다락방이 있다거나 한다면 말이죠."

이제 지성의 머릿속은 새벽녘에 있었던 채리와의 일로 가득 찼다. 그렇다. 그를 이렇게 자신만만하게 만든 것은, 전 국민의 아이돌 지식인으로 떠오른 눈앞의 남자를 여유만만하게 상대할 수 있게 한 것은, 이 남자가 누구와 견주어도 깔끔하게 승리할 만한 절대 스펙의 보유자라는 사실이나 최근에 있었던 지성의 급격한 지위 하락과 또한 갑작스러운 지위 하락의 멈춤만이 아니었다. 아침에 있었던 섹스, 아니 최근 며칠 동안 거의 매일같이 일어났던 충만한 섹스가, 지성의 자신감의 근거였다. 만일 제 눈앞에 앉은 이 완벽한 남자가 오늘 아침에 섹스를 하지 않았다면, 최근 한 달 내에 한 번도 섹스를 하지 못한 종자라면, 지성은 조금도 이 남자를 부러워할 필요가 없었다. 누군가를 안을 수 없다면, 응축된 응어리를 폭발시키는 쾌감을 맛볼 수 없다면, 학벌이 다 무슨 소용이란 말인가. 스펙이 다 무슨 소용이란 말인가.

최근에 언제 성관계를 가지셨습니까.

지성은 유려하게 달변을 펼치는 게스트에게 이렇게 묻는 장면을 상상해보았다. 그렇게 말하는 것만으로 이미 자신이 승리한 것이라는 생각이, 빠르게 뇌리를 잠식하며 쾌감을 선사했다.

"그건 그 정도로 됐고 그다음, 그다음 대안이 또 있을까요?"

지성은 남은 시간이 얼마 되지 않는다는 사실을 깨닫고 얼른 신화섭의 말을 잘랐다. 신화섭은 기민하게 다음 대안을 제시하며 발화 속도를 높였다. 신화섭보다 조금이라도 자존감이 낮은 게스트였다면 절대로 시도하지 않았을, 아슬아슬한 '말 자르기'였다.

"어느 쪽으로 가십니까?"

녹음을 마친 뒤 지성이 이렇게 말했던 것은 신화섭과 조금이라도 사적인 대화를 나누어보고 싶어서였다. 지성은 이 우월한 남자와 조금 더 시간을 보내고 싶었다.

"학교로 갑니다."

신화섭이 가방을 챙겨 들며 말했다. 지성은 신화섭에게 차로 지하철역까지 데려다주겠다고 제안했고, 신화섭은 지성의 말이 끝나기 바쁘게 가까운 지하철역 명을 언급하며 감사하다고 응했다.

차의 시동을 켜는 순간 문자메시지가 들어오지 않았다면, 들어온 문자메시지를 곧바로 확인하지 않았다면, 아마도 지성은 신화섭과 인근 지하철역까지 가며 사적인 대화를 나누는 기쁨을 누렸을지도 모른다. 그러나 그 순간 지성에게 문자메시지가 들어왔고, 그는 프리랜서로서 몸에 익힌 기민한 동작으로 메시지를 확인했다.

괜찮은 거야?

내용을 확인한 순간, 안전벨트를 잡던 지성의 손동작이 멈췄다. 메시지를 보내온 것은 1년에 한두 번 볼까 말까 한 대학동기, 명준이었다.

괜찮으냐니 뭐가?

안전벨트를 맨 뒤, 답을 보내고 액셀을 밟았다. 차가 천천히 주차된 칸 밖으로 나아가며 주차장 바닥과 마찰하는 소리를 냈다. 시야의 한쪽 구석으로 옆좌석의 신화섭이 안전벨트를 매는 게 보였다.

뉴스 확인해봐

커브를 틀어 EXIT라 쓰인 통로로 향하면서 지성은 한 손으로 핸드폰 화면에 포털을 띄웠다.
검색어 1위에 민주의 이름이 떠 있었다.

이민주 미투

그리고 그 밑으로 자신의 이름이, 민주의 이름과 함께 2위에 올라
있었다.

이민주 김지성

지성은 차를 세우고 시동을 껐다.
그의 이름은 검색어 3위에도, 5위에도 들어가 있었다.

잇따른 여성 문인들의 미투
유력 평론가 김지성, 미투 가해자로 지목돼

"죄송한데, 오늘 모셔다드리지 못할 것 같습니다."
핸드폰을 든 채 숨소리만 내던 지성이 떨리는 목소리로 말했다.
신화섭의 시선이 이쪽을 향하는 게 느껴졌다. 그리고 몇 초 뒤, 조심
히 가라는 말과 함께 신화섭이 차에서 내리는 소리가 들려왔다. 지
성은 조금 전까지 옆에 앉았던 셀럽이 멀어져가는 소리를, 자신이 가
닿을 수 없는 곳으로 영원히 가버리는 소리를 들으며 손으로 얼굴을
감싸 쥐었다.

26/

라디오 작가는 전화를 받지 않았다. 그제도, 어제도, 전화를 넣었는데 묵묵부답이었다. 전화를 놓쳤으면 뒤늦게 답전화라도 주어야 하지 않나. 그를 피하는 게 분명했다.

오늘 녹음 예정대로 가나요?

결국 지성은 작가에게 문자를 보냈다. 녹화 당일까지 프로그램 진행을 한다 안 한다 말이 없다는 게 말이 되는가! 그는 이로 입술 안쪽 살을 마구 잡아 뜯었다. 미투 기사가 뜬 지 사흘째. 지성은 2년 동안 강사로 일해온 대학에서 강의 중단을 통보받았고, 대중 대상 강연들에 대한 취소 연락을 받았으며, 단 한 번 칼럼을 송고했던 고려일보에서 기고를 중단해달라는 이메일을 받았다. 2주 전 있었던 좌담에서 지성이 사회자로서 했던 발언을 모두 삭제하겠다는 문학세상의 통지도 받았다. 그에게 날아든 이 모든 중단 통보들, 취소 통보들은 기계를 통해 전달되었다. 대부분 이메일을 통해 왔고, 일부는 문자메시지로 건너왔다. 누구도 그에게 전화하지 않았다. 그는 자신을 수신인으로 한 문장들이 떠 있는 화면을 손으로 가만히 쓸어보았다. 참으로 간단하구나. 자신의 사회적 생명이 끝났음을 선언하는 메시지들이 너무나 예절 바른 언어로, 너무나 속도감 있게 쇄도하고 있었다.

침대에 누워 라디오 작가의 답신을 기다리면서 지성은 핸드폰으로 기사를 검색했다. 민주가 미투를 선언한 지 48시간이 지났지만 아직도 민주와 그의 이름은 검색어 목록에 올라 있었다. 이번 사건이 잊힐 것을 염려한 네티즌들이 일부러 검색어 유지 운동을 벌인다는 소문도 있었다. 그는 이미 확인한 문자와 카톡을 반복해 확인하다가, 통화 화면으로 들어가 최근 기록에 띄워진 민주의 번호를 눌렀다. 지난 사흘 동안, 그는 민주와 접속하는 데 모든 시간과 에너지를 바쳤다. 통화, 문자, 카톡, 페북 메시지, 지인들, 떠올릴 수 있는 모든 경로를 통해 연락을 시도했다. 다방면의 인사들이 민주와 연락을 시도했다가 실패했다는 기사가 계속해서 올라오고 있었다. 집으로 찾아가볼까. 몇 번씩 그런 생각을 했지만 집 주위에 진을 친 기자들을 떠올리고 번번이 고개를 저었다.

민주의 미투가 있던 날 오후, 지성은 SNS에 짧은 글을 남겼다. 아직 섣불리 말할 수 있는 단계는 아니지만 그날 일에 대해선 기억에 오류가 있는 상태라고. 이민주 시인과 만나서 다시 이야기해본 뒤에야 전말을 말할 수 있을 것 같다고. 지성이 쓴 두 줄짜리 글은 엄청난 속도로 퍼져나갔고, 언론사들은 일제히 그의 글을 인용해 기사를 만들어냈다. 그 속도와 기사의 분량, 왜곡된 내용, 대중의 적대적인 반응에 지성은 경악했고, 올린 지 세 시간 만에 결국 글을 내렸다. 지성이 '기억의 오류'라고 표현한 부분은 '극구 부정', '결코 성폭행을 한 적이 없다고 주장', '이민주 시인의 기억이 잘못된 것이다'는 내용으로 둔갑되었고, 대중은 이런 말들에 격렬하게 반응했다. 언론과 접촉할 수는 없다. 지성의 모습이 보이는 순간 기자들은 아우성을 치며 덤벼들 테고, 사진에 찍히는 것만으로도, 그는 누리꾼들 사이에 엄청난 울분을 불러일으킬 테니까. 상상만 해도 손발이 차가워지고 경련이 일었다.

이 상황에서 빠져나가는 방법은 두 가지였다. 죽어버리거나, 민주와 오해를 풀거나. 많은 사람들이 그에게 첫 번째 방안을 권하는 중이었다. 사람들은 댓글로, 트위터 DM으로, 페북 게시글로, 지성에게 세상을 하직할 것을 종용했다. 너라는 존재를 참아줄 수 없으니 스스로 자신을 소멸시키라고. 그러나 지성은 그렇게 할 수 없었다. 민주와 오해를 풀기 전에는, 제 목숨을 버릴 수 없었다. 그렇다면 방법은 한 가지, 민주와 연락하는 길뿐이다. 그런데 민주가 종적이 묘연했다. 대학동기인 명준을 통해 알아보았지만, 미투 이후로 민주와 통화가 되었거나 만났다는 사람이 한 명도 없다는 답이 돌아왔다.

어디 있을까.

지성은 핸드폰을 머리맡에 놓고 눈을 감았다. 미투라고 하지만 그 방식이 이상했다. 민주가 직접 방송에 나오거나 기자회견을 연 것이 아니었다. SNS로 민주의 음성파일이 먼저 돌았다. 그리고 민주의 측근이라 밝힌 여자가 신문사와 인터뷰를 했다. 신화일보 기자와 단독으로 만나 인터뷰했다는 점도 이상했다. 여자는 얼굴과 신원을 밝히지 않은 채 단 한 곳의 신문사와만 일을 진행했다. 그리고 민주는 연락이 두절됐다. 뭐든 직접 나서서 거침없이 행하는 민주의 성정을 생각하면 굉장히 이상한 일이었다.

지성은 라디오 작가에게 개인 톡을 보냈다. 라디오 작가인 황유리는 메시지를 확인하고도 답을 하지 않았다. 그는 황유리를 떠올려보았다. 평소 그의 팬임을 자처하면서 과장되게 호감을 표했던 여자였다. 성실하고, 붙임성 있고, 센스도 있었다. 토론회 사건이 있었을 때는, 음, 그때는 어땠던가? 그는 이불을 뒤집어쓴 채 생각을 더듬었다. 그래. 황유리는 그때도 그의 시선을 피했다. 아무 말도 하지 않았고, 메일에도 필요한 말만 간단하게 써서 보냈다. 갈등 상황을 회피하는 스타일인가. 아무 말도 하지 않고 도망쳐버리는? 아무리 그래도 그렇지. 취소됐으면 취소됐다고 한마디 써주기만 하면 될 일이 아닌가! 지성은 이불 밖으로 고개를 내밀고 시간을 확인했다. 9시 40분. 녹음 시작 시간까지 한 시간 20분이 남아 있었다. 옷을 챙겨 입고 가야 하는가. 궁리하다가 지성은 창밖을 보았다. 비라고 표현하기엔 너무 엄청난 양의 물줄기가 창문을 박살낼 기세로 후려치고 있었다. 돌풍을 동반한 비. 그는 거대한 물줄기가 물보라를 만들어내는 광경을 가만히 보았다. 3주째에 접어들었지만 이번 장마는 도무지 멈출 기미를 보이지 않는다. 중간에 햇빛이 들었던 적이 단 하루, 그날을 제외한 나머지는 내내 돌풍과 비에 휩싸여 잿빛 하늘을 이루었다.

라디오 녹음이 그대로 진행될 가능성은 없었다. 지성은 그걸 알고 있었다. 그럼에도 불구하고 포기가 안 됐다. 그는 작가나 피디 혹은 크리스탈에게 연락이 오지 않았다는 사실에 필사적으로 매달렸다. 아무런 통보가 없으니 그냥 녹음실로 가면 되지 않을까. 지하주차장에서 차를 가지고 가면 되니 기자들과 마주칠 염려도 없을 것이다.

침대에서 빠져나오기 전에 핸드폰을 들지 않았다면, 혹은 포털 사이트의 첫 번째 화면에 걸린 뉴스만 확인하고 넘어갔다면, 지성은 실제로 옷을 챙겨 입고 주차장으로 내려갔을지도 모른다. 그러나 그는 핸드폰을 들어 뉴스를 확인했다. 첫 번째 화면만이 아니라 두 번째, 세 번째 화면까지 넘겨가면서 샅샅이 뉴스를 확인했다. 덕분에 이런 기사 제목과 마주칠 수 있었다.

'아침과 당신의 책', 크리스탈 단독진행 체제로

기사 본문에는 '아침과 당신의 책'이 남녀 두 진행자로 진행되던 형식을 바꿔서 크리스탈 단독진행 체제로 간다고 나와 있었다. 문학평론가 김지성은 하차하게 되었다고. 그다음에는 김지성이 미투 가해자로 지목되었다는 사실이 철통처럼 따라붙었다. 미투라는 단어가 나왔을 때, 그는 핸드폰을 던져버렸다.

폐부 깊숙이에서 들끓는 소리가 치밀어올랐다. 분노와 억울함이, 모멸감과 절망감이 한꺼번에 밀려와 희번덕거렸다. 지성은 바닥을 발로 찍으며 소리 질렀다. 으어어어. 으어어어어. 눈물이 흘러 턱 끝에 맺혔고, 온몸이 불에 덴 것처럼 달아올랐다. 그러고도 살고 싶으냐는 말들, 원래 손버릇이 안 좋기로 유명했다는 말들, 선생님의 귀한 글을 더 이상 실을 수 없게 되어 유감이라는 깍듯한 말들이 형태를 이루어 방 안을 돌아다녔다. 그는 바닥을 뒹굴며 신음했다. 문자로, 메일로, 얼마든지 알려줄 수 있지 않았는가? 나오지 않아도 된다는 메시지를 전달하는 절차조차 밟지 않은 것, 그를 벌레 보듯 한 것이다. 그것은 뚜렷한 상징이었다.

바닥에 웅크려 잠들었던 지성이 깨어난 것은 택배 도착을 알리는 메시지 착신음 때문이었다. 알림음을 들은 순간 그는 곧바로 의식했다. 내가 잤구나! 짧은 순간 그는 기쁨을 느꼈다. 미투 사건이 터진 뒤 그는 잠을 자지 못했다. 집요한 의식이 붙잡고 놔주지 않아 몇 분의 단잠조차 자지 못했다. 얼마나 잤을까. 지성은 현관 밖에 놓인 작은 택배상자를 집 안으로 들인 뒤 핸드폰을 확인했다. 잠들었던 시간은 한 시간 남짓이었고, 시간은 벌써 정오에 근접해 있었다. 핸드폰을 침대 헤드에 내려놓는데, 잠들기 전 있었던 일이 떠오르며 가슴에 알싸한 통증이 일었다. 그는 창틀을 때리는 빗소리를 한동안 듣고 있다가, 몸을 일으켜 부엌으로 갔다. 천으로 된 커다란 밥상 덮개 밑으로 작은 반찬그릇들이 가지런히 놓여 있었다. 잠시 그 그릇들을 늘어놓았을 인물을 떠올리다가, 지성은 개수대로 가서 찻물을 올렸다. 이제 다 끝났다. 부글부글 찻물 끓는 소리를 들으며 그는 생각했다. 라디오 프로그램 하차로, 그와 세상이 맺고 있던 모든 연이 끊겼다. 이제 어디에도 나갈 필요가 없고 어떤 글도 쓸 필요가 없다.

잘된 일이지.

지성은 물을 부은 찻잔을 가지고 식탁으로 가 앉았다. 늘 꿈꾸지 않았던가. 이름을 걸고 글을 쓰는 삶에서 벗어나는 날을. 어딘가에서 지청구를 먹을까 두려워 진짜 하고 싶은 말 대신 '훌륭하게 들릴' 말만 골라 늘어놓던 삶을, 남들 앞에 서서 대단히 윤리적인 인간인 양 코스프레 해대던 삶을, 경멸하지 않았던가. 이제 그 모두에서 벗어날 수 있게 됐다. 좋지 않은 모양새로 퇴장하긴 했지만, 민주와 오해를 풀면 어느 정도 모양새를 다시 잡을 수 있을 것이다. 예전과 똑같이 활동하기는 힘들겠지만, 그래도 강간범이라는 혐의를 벗고 나면 뭔가를 다시 할 수 있지 않을까?

지성은 찻잔을 끌어당겨 한 모금 마신 뒤 핸드폰을 들었다. 온종일 핸드폰만 들여다보는 생활을 한 것이 사흘째, 하지만 핸드폰을 내려놓을 수가 없다. 그는 안경을 위로 올리고 마른세수를 했다. 이런 일을 겪으면 누구라도 이렇게 살게 되지 않을까. 자신에 관한 것을 뉴스로 확인할 수밖에 없는 상황이라면 누구든 핸드폰을 몸의 일부처럼 여기게 되지 않겠는가 말이다. 지성은 자리에서 일어섰다. 팔을 벌려 스트레칭을 하고 목을 두어 바퀴 돌린 뒤 다시 앉았다. 그리고 핸드폰에 뉴스 화면을 띄웠다. 식탁 의자에 길게 기대앉아 화면을 보던 그의 눈이 한순간 커다랗게 벌어졌다.

《그대의 손》 시인 이민주 별세, 향년 45세

지성은 허리를 곧추세우고 방금 제 눈을 파고들어온 기사 제목을 클릭했다. '국민 시인'으로 불리던 유명인의 죽음을 알리는 글줄들 밑으로, 미소를 짓는 여인의 얼굴이 첨부되어 있었다. 그는 고개를 죽 빼고 그 얼굴을 들여다보았다. 은근한 미소를 띤 고운 얼굴을. 다시는 그 얼굴을 마주할 수 없게 되었다는 사실이, 자신의 남은 생이 이제 그 얼굴의 주인에게 갇히게 되었다는 사실이 서늘하게 가슴을 파고들었다.

2부

1/

사람들은 큰일을 겪은 직후의 시간을 기억하지 못하는 경우가 많다. 그 기간에 무엇을 했는지, 어떤 느낌이었는지 도통 기억이 나지 않는다고 말한다. 그렇게 그 시간은 인생에서 백지로 남겨진다. 지성의 경우, 그 말은 조금도 사실이 아니었다. 오히려 그의 문제는 모든 것이 너무 선명하다는 데 있었다. 사건 이후 펼쳐진 그의 시간은 너무나 또렷하고 가시적이었다. 24시간의 매분 매초가 극명한 존재감으로 다가왔다. 눈 깜짝할 새에, 지성은 자신을 구속하고 규정하던 모든 관계망에서 완전히 풀려났다. 그는 자신에게 갑자기 생겨난 시간적·관계적 자유 앞에서 망연자실했다. 무엇을 할 것인가. 누구를 만날 것인가. 한 번도 생각지 못했던 엄청난 범위의 시공간이 생겨났지만 그는 아무것도 할 수 없었다.

가렵다.

지성은 조금 전부터 자신을 감싸고돌던 감각을 다시 한번 느꼈다. 참으로 가렵구나. 하지만 그는 움직이지 않았다. 천장을 보고 누운 자세를 그대로 유지했다. 머리를 감은 게 언제였더라. 눈을 감은 채 기억을 더듬어보았다. 민주의 장례식장에서 문전박대를 당하고 돌아와 샤워를 했던 게 그가 제 몸에 뭔가를 했던 마지막 사례였으니, 머리를 감은 지 나흘쯤 되었을 것이다. 머리가 가려운 걸 그동안 느끼지 못했다는 생각과, 이제라도 머리가 가렵다는 걸 느꼈다는 생각이 느릿느릿 우열을 다투었다. 그러나 생각의 움직임은 금세 기세를 잃었다. 그는 자신이 먹고 배설할 때 빼곤 며칠째 누워만 있는데도 감각과 사고를 멀쩡히 유지하고 있다는 사실이 놀라웠다.

반쯤 잠든 상태였던 지성은 현관문 번호키 누르는 소리에 깨어났다.

"지성, 나 퇴근했어."

방문이 열리면서 채리의 낭랑한 목소리가 들려왔다.

"지금까지 계속 누워 있었던 거야?"

채리의 손에 들린 비닐봉지들이 부딪치는 소리를 들으며 지성은 조용히 호흡했다. 채리의 날아갈 듯한 소리가 반갑다는 생각이, 누군가가 이 집에 들어와 자신에게 말을 걸어주는 게 좋다는 생각이 뱀처럼 뇌리에 스며왔다.

"자는 거야? 아니지? 내 말 듣고 있지?"

지성은 눈을 감은 채 움직이지 않았다.

"기다려봐. 내가 새우 사 왔어. 화장만 지우고 얼른 저녁 해줄게."

스삭스삭, 비닐들이 내는 소리와 채리가 쿵쿵거리며 부엌으로 가는 소리가 들려왔다. 주방 바닥에 비닐봉지들을 부려놓는 소리, 냉장고 문을 여닫는 소리, (채리가 자기 방처럼 쓰는) 건넌방에 들어갔다 나오는 소리, 욕실 문 여닫는 소리. 예민해진 청각이 다른 생명체의 일거수일투족을 귀로 따라가고 있었다. 거실 욕실에서 들려오는 물소리를 들으며 청력 확장에 대한 생각을 하다가, 지성은 일어나 앉았다. 갑자기 상체를 일으키자 머리 옆쪽에 날카로운 통증이 일었다 사라졌다.

지성은 일어서서 화장실로 향했다. 화장실 불을 켜고 들어가려다, 드레스룸 화장대 거울에 비친 남자의 모습을 보고 멈춰 섰다. 짧은 수염으로 뒤덮인 턱에 누렇게 뜬 얼굴의 남자가 자신을 응시하고 있었다.

"지성, 일어났어?"

그새 세안을 마친 채리가 안방으로 들어왔다.

지성은 거울에 비친 자신의 모습을, 뒤에서 그를 안은 채 옆구리 사이로 하얀 얼굴을 드러낸 여자를 바라보았다.

"아침 안 먹었어? 차려놓고 간 거 그대로 있더라. 좀 먹지."

채리가 옆으로 돌아가 측면에서 팔을 두르며 그의 가슴에 코를 박았다.

"아, 우리 지성 냄새. 너무 좋아."

좋은 냄새가 난다는 채리의 말이 허랑한 비웃음처럼 공기 중을 부유했다. 너는 이 냄새가 좋으냐. 씻지 않은 인간에게서 나는 퀴퀴한 냄새가. 아니면 지금 나를 놀리는 것이냐.

"일은 잘했니?"

지성이 채리에게 떨어져 서며 말했다. 오랜만에 말을 해서인지

제 목소리가 다른 사람 소리처럼 들렸다.

"나 일 너무 잘하는 것 같아. 우리 사장이 나를 너무 좋아해. 흐흐흐."

그는 무표정한 얼굴로 브이자를 그려 보이는 거울 속의 여자를 응시했다.

"그렇구나."

지성의 입에서 한숨 같은 말이 새어나왔다. 가슴속엔 눈앞의 생명체에 대한 부러움이 시큰하게 번지고 있었다.

채리는 지난주부터 '라 쁘띠뜨 헤어살롱'에서 일하기 시작했다. 서단역 앞에 새로 생긴 미용실이었다. 채리는 경력 있는 미용사였지만, 알려지지 않은 작은 미용실에서 일했다는 이유로 경력을 인정받지 못했다. 대신 1년 이상 해야 하는 스태프 생활을 3개월 한 뒤 일을 잘하면 디자이너로 승급시켜준다는 조건이었다. 스태프라는 이유로 100만 원도 안 되는 월급을 받았지만, 채리는 '나이만 많고 큰 데서 일해본 적이 없는' 자신을 뽑아준 미용실 사장의 호의에 감사하며 좋아서 어쩔 줄을 몰랐다.

그렇게 두 사람의 상황은 뒤바뀌었다. 채리는 새벽부터 일어나 아침을 차리고, 출근하고, 어둠이 내릴 때쯤 퇴근해 돌아와 저녁을 차리는 새로운 일상을 이룩했다. 지성은 온종일 시체처럼 누워 있다가 채리가 돌아와 저녁을 차려주면 그제야 몇 숟갈 뜨는 것으로 살아 움직이는 인간으로서의 소임을 다했다. 처음 하루는 '이럴 때일수록 잘 먹고 버텨야겠다'는 강박관념으로 채리가 차려놓고 간 아침을 먹었지만, 그 의기는 다음 날까지 이어지지 못했다. 그래도 채리는 끈질기게 아침을 차려놓고 나갔고, 퇴근해 돌아오면 아침을 먹지 않은 지성을 꼬박꼬박 책망했다. 왜 안 먹었어! 먹어야 기운을 차리지!

"나 저녁 할 동안 식탁에 와서 앉아 있을래? 안방에만 있으면 너무 답답하잖아."

채리가 눈을 뒤덮은 그의 앞머리를 넘겨주며 거울을 향해 말했다.

"씻을래."

지성이 머리를 긁적이며 화장실로 들어가자 채리가 반색을 했다.

"그래! 지성 좀 씻어야 돼. 예쁜 얼굴이 그게 뭐야."

화장실로 들어서던 지성이 채리를 돌아보며 피식 웃었다. 예쁜 얼굴이라. 그러고 보니 예전부터 채리는 그의 얼굴을 '예쁘다'고 표현했다. 남자 얼굴엔 보통 잘생겼다는 표현을 쓰지 않나? 생각하다가 지성은 화장실 문을 닫았다. 무슨 상관이람. 예쁜 얼굴이든 잘생긴 얼굴이든. 이제 그의 얼굴은 단 하나의 가치로 수렴되었다. 수치스럽다는. 남에게 내보이기 부끄러운 얼굴이라는.

오랜만에 샤워를 하고 나왔을 때, 채리는 막 밥상에 메인요리를 올리고 있었다.

"오늘 저녁은 짜잔, 새우칠리! 우리 김지성 박사님이 좋아하는 새, 우, 칠, 리!"

'박사'라는 말에 지성의 시선이 채리를 향했다가 제자리로 돌아왔다. 그 말이 조롱처럼 느껴졌지만, 그렇게 부르지 말라는 말조차 하고 싶지 않았다. 그런 말이 다 무슨 소용이란 말인가.

"그렇게 부르지 말까?"

채리가 색색의 꽃무늬가 프린트된 오븐장갑을 손에 끼며 조심스럽게 물었다.

"너 내가 무슨 박사인지는 아니?"

"뭐?"

가스레인지에서 김이 모락모락 피어오르는 검은색 뚝배기를 들어올리며 채리가 큰 소리로 반문했다.

"아니다. 관두자."

"무슨 박산데?"

채리가 뚝배기를 냄비받침 위에 올려놓고 자리에 앉았다. 지성은 레이스가 달린 퉁퉁한 오븐장갑을 벗어서 싱크대에 걸어놓고 오는 채리의 모습을 물끄러미 보았다. 얘는 무슨 말이든 일단 반문부터 하고 보는 못된 습관이 있다. 한심하고 짜증나고 어처구니없는 습관이다.

"문학박사."

지성이 벌레를 씹은 듯한 표정으로 말했다.

"아. 문학박사."

그는 자신이 한 말을 따라 하며 고개를 크게 끄덕이는 채리를 쳐다보며 방금 제 입에서 빠져나간 말의 잔향을 음미했다. 문학박사라. 지성은 뒤늦게 박사학위를 받았다. 시간강사로 일하는 대학에서 학위만 취득해 오면 정규직 교수로 임용해줄 수 있다는 암시를 받은 뒤 부랴부랴 과정을 밟아 작년에 박사가 되었다. 집필하는 책도 있었던 데다가, 방송 출연하랴, 라디오 진행하랴, 글자 그대로 '눈코 뜰 새 없이' 바빴지만, 최단기간에 박사학위 코스를 끝내고 논문을 써냈다. 당시엔 엄청난 짐덩어리로 여겨졌던 박사학위 논문은 완성된 뒤 좋은 평가를 받았고, 단행본 출간으로 이어져 '학술논문이 좋은 단행본으로 완성된 모범적인 케이스'로 회자되었다. 그리고 이제 다음 수순, 즉 대학의 정식교수로 임용될 절차를 남겨놓고 있었다. 논란이 된 토론 이후 몸담았던 대학 교수직은 물 건너갔지만, 다른 대학에서 입질이 들어와 진지하게 임용을 타진하던 참이었다. 그러니 그 사건만 없었다면 지성은 정식교수로 임용되었을 것이다. 어디서든 당당하게 자신을 모 대학의 교수라고 간명하게 소개할 수 있었을 것이다.

"멋져."

두 손을 맞잡고 식사기도를 올린 채리가 이렇게 말하며 숟가락을 들어올렸다.

"난 공부 많이 한 사람이 멋있더라. 뇌가 섹시하잖아."

채리는 지성이 매우 경멸하는 유행어, 뇌섹남이라는 말을 두 번 더 입에 올렸고, 그는 그때마다 눈을 꾹 감았다 뜬 뒤 묵묵히 젓가락질을 했다. 그가 젓가락질을 하는 동안 건너편에서 채리가 다시 한번 두 손을 모으는 게 보였다. 처음에 했던 기도가 성에 차지 않은 듯 이번에는 소리 내어 밥상에 대한 감사와 앞날에 대한 축복을 요청했다.

지성이 젓가락으로 밥알 몇 개를 들어올리며 말했다.

"넌 왜 갑자기 기도를 하냐?"

"취직했잖아. 돈도 벌게 됐는데 착하게 살아야지."

지성은 눈을 가늘게 뜨고 채리를 본 뒤 다시 젓가락을 들었다. 돈을 벌게 된 게 하느님의 은총이란 말인가. 어처구니가 없어서 말도 나오지 않는다.

"새우 먹어봐. 우리 박사님 매운 거 좋아하는 것 같아서 좀 맵게 했어."

"그 말 좀 그만해."

지성이 인상을 쓰며 새우를 들어올렸다. 풍성한 튀김옷 위에 잘게 썬 야채를 잔뜩 올린 큼직한 새우가 그의 입으로 들어갔다.

"뭐?"

"박사."

지성이 새우를 씹느라 뭉개진 발음으로 말했다.

"맛있어?"

채리가 젓가락을 든 손으로 턱을 괸 뒤 그의 반응을 기다렸다.

지성이 우물우물 씹으며 고개를 끄덕였다.

"나쁘지 않네."

"다행이네. 우리 박사님 입맛에 안 맞으시면 어떡하나 했는데."

지성이 눈을 크게 뜨자 상체를 흔들며 기쁨을 표하던 채리가 어깨를 움츠리고 두 손을 앞으로 모았다.

"알았어, 알았어. 안 할게. 박사님 아님! 절대 아님!"

그는 씹던 입 동작을 멈추고 잡아먹을 듯 채리를 노려보다가 다시 젓가락을 들었다.

채리는 제가 20분도 안 되는 시간에 새우칠리 요리를 해낼 수 있었던 비법을 길게 늘어놓으며 밥을 먹더니, 갑자기 숟가락을 내려놓고 성큼성큼 거실로 갔다. 채리가 멈춰 선 곳은 거실 벽면을 가득 채운 책장 앞에 놓인 검은색 물건 앞이었다. 지성은 눈을 가늘게 뜨고 그쪽을 주시했다. 못 보던 물건인데, 뭐지?

채리는 제 방으로 삼은 건넌방과 검은색 박스처럼 생긴 물건 사이를 몇 번 왔다 갔다 하더니 그 물건에 작고 긴 물체를 꽂고 여기저기에 손을 댔다.

"아, 이거다. 으으으음, 겨우 찾았네!"

감탄의 말을 하며 채리가 검은색 박스의 한 부분을 손가락으로 눌렀고, 조금 뒤에 음악이 흘러나왔다.

I can see the pain living in your eyes.

평소 채리가 허밍으로 흥얼거리던 팝송이었다. 가사가 섞인 원곡을 듣고서야 지성은 채리가 흥얼거리던 곡이 자신도 알고 있는 유명한 팝송임을 깨달았다.

그는 혀로 이 사이에 낀 새우살 조각을 밀어내며 소리를 만들어 내는 물건을 쳐다보았다. 사과 박스의 반 정도 되어 보이는 크기의 검은 물체는 미니 오디오였다.

"너 저거 어디서 났어?"

그러고 보니 며칠째 집에 음악이 울려 퍼졌던 것 같다. 저녁을 먹을 때마다 지금 나오는 곡을 포함한 팝송 몇 개가 흘러나왔다. 가사가 있는 음악을 싫어하는 지성으로서는 괴로운 일이었지만, 그게 싫다는 말조차 할 기운이 나지 않아 내버려두었다. 평소 그는 클래식을, 클래식 중에서도 악기가 두 개를 넘어가지 않는 조용한 실내악을 즐겨 듣는다. 채리는 그가 실내악을 틀 때마다 눈을 감고 음을 흥얼거렸다. 한번은 슈만의 바이올린 소나타를 들으며 허밍으로 정확히 음을 따라 해서 그를 놀라게 하기도 했다. 채리는 말할 때보다 노래를 흥얼거릴 때 음성이 훨씬 나았고, 놀라울 정도로 음정이 정확했다. 슈만 소나타의 경우, 원래 알고 있는 곡인 것처럼 한 박자 앞서 선율을 따라 흥얼거려서 그가 놀라 물어본 적도 있었다. 원래 알았던

곡이냐고. 즉각 아니라는 대답이 돌아왔고, 그에 대해 곱씹어 연구
한 결과 지성은 두 가지 결론에 도달했다. 채리가 음악적 재능을 갖
고 태어났거나, 아니면 동거인인 자신의 영향으로 클래식을 좋아하
게 된 나머지 다음 선율을 예측해 허밍으로 생산할 만한 경지에 이른
거라고. 후자 쪽에 무게를 실으며 내심 보람을 느끼기도 했다. 한 인
간에게 클래식의 깊은 세계를 알게 해주었다는 충족감을. 그런데 그
게 아니었다. 그가 식물 같은 상태에 빠져들자마자 이 인간은 기다
렸다는 듯, 가사가 많고 시끄러운 음악을 틀어댄다. 불쾌하고 괘씸한
일이 아닐 수 없다.

"샀어. 중고마켓에서."

지성의 시선이 채리를 향했다가, 거실에 드리워진 살구색 커튼으
로 향했다.

"저건?"

먼지가 시커멓게 앉은 블라인드가 있던 자리에 하늘거리는 살구
색 커튼이 달려 있었다.

"뭐? 커튼?"

새우를 들어올리던 채리가 그의 시선을 쫓아갔다.

"넌 꼭 그렇게 한 번씩 반문해야 직성이 풀리니? 그냥 한 번에 대
답하면 안 돼?"

지성이 인상을 쓰며 세차게 젓가락을 내려놓았다. 탕, 소리가 나
면서 젓가락 한 짝이 식탁 모서리로 튕겨져 나갔다.

"어…… 그게……"

채리가 놀란 눈으로 그를 쳐다보았다.

그는 자리에서 일어섰다.

"씨발, 도대체 말이 통해야 말이지."

그가 발작적으로 의자를 걷어찼고, 의자가 쾅 소리를 내며 옆으로 밀려났다. 그 바람에 옆에 있던 의자가 덩달아 쓰러지며 다시 한번 쾅 소리를 냈다. 둔탁한 굉음들에 신경이 날카로워진 그가 쓰러져 포개진 의자들을 세차게 걷어찼다. 콰쾅, 의자들이 서로를 밀어내며 조금 전보다 더 요란한 소리를 냈다.

"답답해 미쳐버리겠어 진짜! 너 때문에 내가! 어우."

소리 지르며 발을 구르는 지성의 귀에 자신이 내는 숨소리가, 숨숨거리는 짐승 같은 소리가 커다랗게 와 닿았다.

"왜 그래. 왜 그래, 지성."

채리가 일어서며 울음 섞인 목소리를 냈다.

"여기가 네 집인 줄 알아? 이게 어디서, 씨발, 좆만 한 게……"

그는 제 안에서 올라오는 낯선 말들에 놀라며 이글거리는 눈으로 채리를 내려다보았다. 크고 거친 제 음성을 감각하자 더더욱 화가 치밀었다. 화가 나서 견딜 수가 없었다.

"너 지금 내가 이러고 있으니까 만만해 보여? 내가 사람 같지 않아? 씨발, 어디서 거지 같은 게 기어들어와서. 너 내가 이 집에서 나가라고 몇 번을 말해! 그런데 왜 안 나가! 왜 이러고 있어, 이 등신 같은 기집애야!"

고래고래 소리를 지르다가 지성은 으아아 소리를 내며 바닥에 주저앉았다.

내가 가파른 추락을 거듭하는 동안 이 여자가 이 집을 장악했다.

블라인드를 커튼으로 갈아치우고, 오디오를 들이고, 내 서랍에 있던 공기계를 들고 가 제 핸드폰으로 삼았다. 지난주부터 식탁에 앉아 핸드폰에 고개를 박고 있는 걸 본 게 한두 번이 아니다. 그는 씩씩거리며 이를 갈듯 말했다.

"가라, 나채리."

이년은 도둑년이다! 미친년이다!

"왜 그래, 지성. 어떡해. 어떡해."

옆에 앉아 그의 어깨를 감싸 안으며 우는 채리에게 기대며 그가 말했다.

"나가. 당장 이 집에서 나가. 나가……"

숨을 고르는 그의 입에서 나가라는 말이 노래처럼 흘러나왔고, 그가 기댄 여자 몸뚱이에선 끊는 듯한 울음소리가 튀어나왔다. 이러지 마, 지성. 왜 이래, 지성…… 자장가처럼 들려오는 채리의 음성을 들으며 그는 눈을 감았다. 이것은 꿈인가. 나는 살아 있는가. 살아 있는 것이라면 대체 언제까지, 살아 있게 될 것인가.

2/

몰락의 풍경은 단번에 완성되지 않는다. 월요일 오후, 지성은 라디오를 틀어놓고 집 안 청소를 하고 있었다. 먼지통을 비우려고 잠깐 청소기의 작동을 멈추었을 때, 라디오에서 낯익은 음성이 흘러나왔다.

그 음성의 주인이 이시우임을 알아차렸을 때, 그는 갑자기 아득해지면서, 몰락하던 첫 순간의 느낌을 다시 맛보았다. 미투 기사와 처음 맞닥뜨렸을 때의 느낌을. 정신이 아득해지고 목이 타들어가는 것 같았던 그때의 느낌이 정확하게 되돌아와 그를 가격했다. 사건 뒤 보름 가까이 지난 시점이었다. 삶의 의욕이 되돌아오지는 않았지만, 그래도 미칠 것 같은 상태는 벗어났다고 생각했다. 아침에 눈을 뜨고 살아 있음을 인식함과 동시에 죽음을 떠올리는 의례에서는 벗어났다고. 바깥에 나가는 것까지는 못해도 집 안에서라도 가벼운 운동을 하려 노력했고, 하루에 두 끼 이상은 먹으려 했다. 너무나 힘겹게 느껴지는 일상의 일들, 이를테면 세수라든가 이 닦기 같은 일들도 꾸역꾸역 해치우고 있었다. 생의 모든 성패가 세수하기와 이 닦기에 달려 있는 것처럼 작심하고 덤벼들었다. 이번 세수만 하면, 이번 이 닦기만 마치면 한 단계 도약하는 거라고 되뇌었다. 그렇게 하루하루 쌓아 여기까지 왔다. 깎지 않은 수염과 닦지 않은 몸으로 짐승 같은 외관을 연출했던 첫 주보다 훨씬 깨끗하고 보기 좋은 인간이 되어 두 번째 주를 살았다. 단번에 좋아질 수는 없겠지만 다음 주에는 조금 더 진보해 있을 거라고, 마음도 더 나아져 있을 거라고 생각했다. 그런데 조금 전, 자신이 진행했던 프로그램을 이시우가 이어받아 진행한다는 사실을 안 순간, 그의 내부에서 뭔가가 무너지는 소리가 났다. 지성은 들고 있던 청소기를 끄고 자리에 주저앉았다. 이시우가 크리스탈과 마주 앉아, 지적인 자극을 주는 셀럽들과 웃으며 이야기를 주고받고 있단 말이지. 그는 자신이 조금 전까지 손에 쥐고 있던 자주색 청소기를 물끄러미 바라보았다. 얼마나 무거운 물건인가. 이 물건을 밀고 다니며 청소를 하는 건 얼마나 바보 같은 짓인가.

지성은 라디오 진행 일을 좋아했다. 논란이 된 토론 이후에도 그 자리를 지킬 수 있어 얼마나 안도했던가. 자신이 하는 일 중 단 하나를 골라 남길 수 있다면 그는 그 자리를 선택할 것이었다. 지성은 핸드폰으로 '아침과 당신의 책' 하차 사실을 접했던 순간을 떠올렸다. 당시 그는, 미련하게도, 하차를 알리는 문자나 메일이 오지 않는 것을 다행이라 생각했다. 어쩌면 라디오 프로그램 진행은 계속할 수 있을지도 모른다고 기대했다. 사람이 죽었기 때문에 과한 반응을 받고 있을 뿐, 이성을 가진 이들은 지성에게 일어난 일의 진위가 밝혀질 때까지 기다려주리라 생각했다. 화면으로 자신의 하차와 크리스탈의 단독진행 사실을 대면했을 때, 지성은 자신이 얼마나 나이브했는지를 깨달았다.

거실 바닥에 앉아 먹구름으로 뒤덮인 하늘을 쳐다보다가 지성은 바닥에 드러누웠다. 잠잠하던 하늘에서 쏴아 하는 빗소리가 들려오기 시작했다. 올해 장마는 참 길구나. 그는 눈을 감았다. 이시우는 민주의 장례식 때 관을 들었다. SNS로 민주를 잃은 아픔과 원통함을 매일같이 표명했고, 지성에 대한 조롱과 비난의 말을 마구잡이로 쏟아냈다. 개인 계정은 물론 공식적인 토론회, 방송, 칼럼을 통해 문단의 썩은 관행을 질타하며 김지성이라는 존재를 끊임없이 소환했다. 실명을 쓰지 않았지만 모 평론가라는 표현을 사용해 독자가 거론 대상이 누구인지 바로 알아채게 하는 수법을 사용했다.

그러나 종횡무진 활약하던 이시우의 독주시대는 며칠 지나지 않아 막을 내렸다. 이제 그것은 공동작업으로 변했다. 뒤늦게 합류한 문인 몇 명이 엄중한 문단 문화 검토대회를 열었고, 경쟁적으로 지성을 도마 위에 올렸다. 그 과정에서 지성은 수십 명의 여성들에게 성폭력을 휘두른 문단의 권력자로 둔갑했다. 문학잡지 편집위원으로서 원고 청탁권과 문학상 심사권을 가지고 여성들을 희롱한 스트롱맨으로. 놀라운 건 그 과정 중간에 등장한 여성들이었다. 과거에 지성과 책 작업을 했던 편집자 한 명이 실명으로 그에 대해 미투를 선언했고, 그와 메일로 연락을 주고받았던 작가 지망생 두 명이 익명으로 그에게 성희롱을 당했음을 공표했다.

가끔 지성은 절망감에서 빠져나와 이 시끌벅적한 사건을 즐기기도 했다. 사람이 어떤 감정의 끝까지 가버리면 어느 한순간 극적인 형태로 그 감정을 뚫고 빠져나와버린다는 걸 이 기회에 알게 되었다. 몇만 개씩 이어지는 댓글 행렬에 동참하고 싶다는 생각도 했다. 자살하고 싶지 않느냐, 내가 너라면 그냥 깨끗이 간다, 이런 쓰레기 같은 인간은 절멸시켜야 한다, 화형제도를 부활시켜서 김지성 같은 새끼들 싸그리 태워버려야 한다, 등등 극단적이고 가차 없고 창의적인 댓글의 행렬이 끝도 없이 이어지고 있었다. 한번은 지성 자신이 직접 댓글을 단 적도 있었다. 차라리 죽어라, 김지성. 이렇게 입력한 뒤 뚫어지게 화면을 들여다보았다. 그렇지만 아무리 화면을 들여다보아도, 타인을 향해 자살하라고 말하는 이의 마음에 온전히 이입할 수 없었다. 자신이 타인이 아니었기 때문에. 자살을 권장받은 당사자로서도, 아무런 감흥을 느낄 수 없었다. 이미 수십 번씩 권장받은 적이 있었기에, 이미 수백 번씩 제 목숨을 끝내는 장면을 머릿속에 펼쳐보았기에.

3/

지성은 사진 속 민주와 눈을 맞춘 뒤 뒤로 물러섰다. 두 손을 앞으로
모으고 꿇어앉았다. 엎드려 바닥에 이마를 대고 진심이 전달되기를
염원했다. 반들반들한 대리석 바닥이 이마에 와 닿으며 서늘한 기운
을 발산했다. 마음속으로 몇 번씩 죽은 이를 호명하다가, 지성은 무
겁게 몸을 일으켰다. 두 번째로 대리석 바닥에 이마를 댔을 때, 가슴
에서 뜨거운 것이 울컥 솟아올랐다.

민주야.

그의 마음이 끝없이 민주를 호명했다. 이름을 부르는 것 외에 무
슨 말을 하겠는가. 어떤 말을 할 수 있겠는가. 그는 일어서고 싶지 않
았다. 엎드려 조아린 채 민주 앞에, 민주의 유골이 한 칸을 차지하고
있는 납골당 바닥에 영원히 머물고 싶었다.

지성은 원래 절하는 것을 좋아하지 않았다. 결혼식장에서, 제사
상을 앞에 두고, 남자들이 몸을 돌돌 말고 머리를 조아려야 한다는
게 납득되지 않았다. 절이라는 동작은 너무 비굴했다. 인간이 왜 다
른 인간에게 예를 표한다는 이유로 만인에게 그렇게 볼품없는 뒤태
를 드러내야 한단 말인가. 그는 '절'이야말로 남자로 태어난 이가 세
상에서 어떤 위치를 차지하는지를 보여주는 극명한 상징이라고 생
각했다.

그런데 지금 민주의 영정 앞에 몸을 조아리고 있으려니, 절이라
는 행위가 있어서 다행이라는 생각이 든다. 그는 민주 앞에 엎드릴
수 있다는 게 좋았다. 그것이 권장된 행위이고, 한국인이라면 누구

나 해도 되는 행위라는 사실이 반가웠다. 그것은 죽은 자에게 바칠 수 있는 가장 성의 있는 몸짓이었다. 가장 겸손한 몸짓이었다.

"괜찮으십니까."

지성이 엎드린 채 일어나지 않자 옆에 서 있던 남자가 다가와 어깨를 두드렸다.

"괜찮습니다."

바닥을 짚고 일어서던 지성이 균형을 잃고 넘어질 뻔했다.

"도와드리겠습니다."

검은 양복을 입은 남자가 지성의 양어깨를 잡아주었다. 집에 틀어박힌 생활을 오래 했기 때문인지, 엎드렸다 일어나기만 했는데도 현기증이 일고 몸이 휘청거렸다.

"감사합니다."

지성이 남자에게 고개를 숙여 보였다.

"잠깐만 더 있다 가도 되겠습니까."

몸을 틀어 나가려는 남자에게 지성이 말했다.

"그럼요. 천천히 하셔도 됩니다."

집에서 함께 차를 타고 움직여 여기까지 오는 두 시간 동안, 남자와 지성이 나눈 말은 몇 마디 되지 않았다. 짧은 인사와 자기소개, 그리고 한 달 가까이 지속되는 장마에 대한 소회가 전부였다. 하지만 그 몇 마디 말 속에서도 지성은 남자의 한국말이 부자연스럽다는 사실을 알 수 있었다. 이형주, 민주의 한 살 터울 오빠라는 이 남자의 한국말은 발음과 억양이 매우 이상했는데, 그 이상함이 그리 자연스러운 이상함이 아니어서, 마치 일부러 그렇게 들리도록 노력하는 듯한 인상을 주었다.

남자는 납골당 입구에 놓인 의자로 걸어가며 핸드폰을 꺼냈다. 남자가 앉아서 핸드폰을 들여다보는 걸 확인한 뒤 지성은 민주의 유골함이 든 칸으로 다가갔다. 민주의 자리는 밑에서 여덟 번째 칸이어서, 칸막이 안에 든 사진을 보려면 고개를 바짝 쳐들어야 했다. 키가 큰 편인 그도 유골함 옆에 놓인 작은 플라스틱 부착 화병에 국화를 꽂기 위해 두 팔을 위로 바짝 올려야 했다. 지성은 유족들에게 야속함을 느꼈다. 민주는 마흔여섯의 나이로 세상을 떠났다. 죽기에 자연스러운 나이가 아니었고, 더구나 전 국민에게 알려진 유명인사였다. 따로 묘지를 마련해주기까지는 못하더라도 납골당 자리 정도는 돈을 들여야 했지 않은가? 적어도 평균 신장의 여성이 꽃 한 송이를 꽂을 만한 자리에는 안치해주었어야 하지 않았는가 말이다. 지성은 입구 벤치에 앉아 있는 이형주의 옆모습을 흘끔 보았다. 검은 양복은 한눈에 보기에도 고급스러웠고, 각 잡혀 다림질된 드레스셔츠 끝에는 값비싸 보이는 커프스단추가 달려 있었다.

지성은 고개를 돌려 사진틀 속에 든 민주와 눈을 맞추었다. 유리 너머에서 민주는 웃고 있었다. 풀밭에 앉아 한쪽 무릎을 세운 채 카메라를 향해 환한 얼굴을 하고 있었다. 누가 찍었을까. 평소 민주는 저렇게 웃지 않았다. 사진 속 민주는 20대 초반쯤으로 보였다. 그가 알기 이전의 민주가, 그가 알았던 시절의 민주와 다른 시선과 다른 표정을 하고 그에게 웃음을 보내왔다. 지성은 사진을 찍은 이가 궁금해졌다. 아울러 그 시절의 사진을 넣은 유족들의 마음도. 자신이 유족이었다면 그보다 더 성숙한 시절의 사진을 넣었을 것이다.

"민주야."

지성은 소리 내어 그 이름을 불러보았다. 민주의 오빠가 주위에 있을 때는 차마 할 수 없었던 일을, 혼자 남아 조용히 시도했다.

"민주야."

지성은 손을 뻗어 유골함 칸의 유리창에 갖다 댔다. 차가운 감촉이 손에 와 닿자 온몸에 한기가 돌면서 몸서리가 쳐졌다. 민주가 이 안에 있을까. 한때 민주를 이루었던 육신이 바스라진 형태로 저 안에 담겨 있다. 그렇다면 그것을 민주라고 할 수 있을까. 그는 다른 쪽 손을 뻗어 유리창에 댔다. 그렇게 하면 민주와 맞닿기라도 하는 것처럼. 그리고 그 상태를, 여덟 개의 유골함 칸에 몸을 기대 만세를 한 자세를 한동안 유지했다.

4/

"쉽지 않은 일이었을 텐데요. 고맙습니다."

납골당 1층 로비의 카페에 마주 앉으면서 지성은 정중하게 허리를 숙였다. 민주에게 와 고개를 조아리고 나니 몸에서 커다란 덩어리 하나가 빠져나간 것 같았다.

"못 와보셨던 건가요?"

맞은편에 앉아 흐트러진 앞머리를 정리하던 이형주가 고개를 앞으로 쑥 뺐다.

"와보고는 싶었지만……"

장례식장 입구에서 준엄한 꾸짖음을 받고 발길을 돌린 뒤, 지성은 민주와 관련된 그 무엇도 할 엄두를 내지 못했다. 집 앞에 진을 친 기자들과 카메라들, SNS를 뒤덮은 비난 여론이 철벽처럼 그를 둘러싸고 내보내주지 않았다.

"그랬군요."

이형주가 천사처럼 웃으며 지성을 본 뒤 커피잔을 들어올렸다.

"우리 민주랑 친하셨어요?"

이형주는 고운 미성으로 말했다. 민주가 중성적인 저음의 소유자였다면 오빠인 이형주는 여성적인 톤에 윤기가 감도는 고음을 냈다.

"네, 뭐, 워낙 오랫동안 알고 지낸 사이라서요."

지성은 이형주가 하는 말을 어떻게 받아들여야 할지 몰라 당황했다. 민주랑 친했느냐고?

"러버, 였던 건 아니고요?"

이형주는 '러버'라는 말을 하며 양손을 들어올리고 눈썹을 올렸다 내렸다. 지성은 입을 벌리고 건너편의 남자를 쳐다보았다. 방금 들은 생소한 외국어가, '러버'라는 말의 의미가 좀처럼 파악이 되지 않았다.

"러버라면…… 이성관계를 말씀하시는 건가요?"

지성은 의자를 당겨 앉았다. 이 남자, 이상하다. 불쑥 찾아와 대문을 두드린 것도 그렇고, 동생을 성폭행했단 혐의로 전 국민에게 짐승 취급을 받고 있는 자신을 태워 이곳으로 데리고 온 것도 그렇다. 진위 여부는 둘째치고, 어쨌든 제 동생에게 성폭행을 저질렀다고 알려진 인물이 아닌가. 어떻게 그런 사람을 아무렇지도 않게 태워 이곳에 오고, 이렇게 친절하게 대할 수 있는가?

"네, 그겁니다. 이성관계. 뭐 그런 거 아니었습니까? 괜찮습니다. 저는 암, 암, 그런 문제에 프리한 스따일이니까요."

이형주가 양손을 휘저어 원을 만들며 눈썹을 올렸다 내리길 반복했다.

지성은 앞에 놓인 커피잔을 들어올리며 티 나지 않게 상대를 훑어보았다. 이형주는 베스트까지 갖춘 근사한 양복 차림을 하고 있었다. 검은색 의상이긴 했지만 보름 전에 세상을 떠난 동생의 납골당에 입고 오기엔 지나치게 화려해 보였다. 가까이에서 보니 엷게 피부화장도 했다. 붉고 윤기가 흐르는 입술도 자연적인 것은 아니었다. 아주 공들여 꾸민, 한 송이 '꽃' 같은 모양새였다. 그는 남자에게도 '꽃'이란 은유를 쓸 수 있다는 걸 새삼 깨달으며 상대의 붉은 입술을 응시했다. 이 사람, 누구지? 민주의 오빠가 맞는가?

"민주는 어떻게 생각했나요?"

지성은 이렇게 반문한 뒤 차를 마셨다. 눈앞의 사내는 민주의 눈썹과 민주의 눈을 갖고 있지만, 민주보다 눈썹 숱이 많고 눈동자가 더 진했다. 민주의 이목구비를 더 진하게 칠하고 크기를 늘려놓은 듯한 생김새로, 어느 모로 보아도 민주와 핏줄로 얽혔다고 생각하지 않을 수 없는 미남자였다. 그러니까, 민주의 오빠가 틀림없는 것이다.

"재학 씨, 평소에 민주가 재학 씨 이야기 많이 했습니다."

지성은 입을 불룩하게 만들며 사내가 방금 내뱉은 이름을 곱씹었다. 재학이라. 최재학을 말하는 건가? 순간 눈앞의 남자가 자신에 대해 잘 모르고 있다는, 혹은 알더라도 매우 피상적인 수준에서 알고 있으리라는 직감이 들었다.

"재학 씨?"

지성이 반문하자 남자가 고개를 왼쪽으로 빼면서 눈을 크게 떴다. 그 동작을 본 순간 지성의 뇌리에 민주가 했던 비슷한 동작이 떠올랐고, 오래전에 민주가 해주었던 이야기가 번쩍 되살아났다.

"저는 지성입니다. 김지성."

눈앞에 앉은 조각 같은 이 남자는 가수였다. 젊은 시절 〈초대〉라는 노래로 대한민국을 강타했던 가수. 감미로운 음성과 분위기 있는 몸짓으로 열렬한 여성 팬들을 거느렸던 가수. 그러나 남자는 〈초대〉라는 단 한 곡의 히트곡만 남긴 채 대중의 기억에서 사라졌다. 목소리는 감미로웠지만 가창력은 변변치 않았고, 무엇보다 경솔한 언행과 잦은 거짓말로 구설수에 올랐다. 그 뒤로 몇 번 앨범을 냈던가. 자신에게 그런 오빠가 있다는 사실을, 민주는 언젠가 옛 설화를 이야기하듯 해주었다. 그 짧은 이야기는 그 오빠가 자신이 탄 문학상의 상금과 인세를 가로채갔고, 번번이 자신의 이름을 팔아 사기를 쳤으며, 종국엔 연을 끊고 가족들과 연락하지 않은 지 오래되었다는 사실을 언급하는 것으로 끝을 맺었다.

"오우, 오 마이 근니스! 쏴뤼!"

남자가 양손을 파닥거리며 호들갑스러운 영어를 내뱉더니 고개를 뒤로 꺾으며 웃음을 터뜨렸다. 그 모습을 보는 지성의 입에 옅은 미소가 어렸다. 방금 제 귀에 들어온 말들이, 저급하기 짝이 없는 발음과 영어가, 차마 믿기지 않았다.

"제가 원래 암, 이룸, 이룸들에 약해요. 잘 몬 외업니다."

남자가 그 이후에 미국으로 건너갔다고 했던가? 지성은 고개를 갸우뚱했다. 저 과장된 발음이라니. 지성은 불현듯 민주가 가엾어졌다. 민주가 가끔 드러내던 경망스러운 기질, 과장되게 자신을 드러내고 싶어 하는 버릇이 어디에서 온 것인지 알 것 같았다. 민주 네게 이런 오빠가 있었구나. 이렇게 아름답고…… 이렇게 경망스러운 핏줄이 있었구나.

"그래도 선생님이 킴지성 씨, 평뤤가이신 건, 알고 있습니다. 잠깐 헷갈린 것뿐입니다, 롸잇?"

어깨를 으쓱해 보인 뒤 환하게 웃는 이형주에게서 진한 향수 냄새가 풍겨왔다. 아까부터 남자에게서 배어나왔던, 그러나 이제야 의미를 갖고 건너오기 시작한 그런 향수 냄새가.

"롸잇."

상대의 말을 반복하며 따라 웃는 지성의 마음 한편으로 서늘한 감정이 배어들어왔다. 저 웃음, 저 아름다운 얼굴. 이형주라는 남자는 민주의 경박한 면을 과장시켜놓고, 민주의 내면의 깊이를 옅게 만들어 희화화한 듯한 피조물이었다.

"어떤 일을 하시죠?"

지성은 단도직입적으로 물었다.

"저는 노래를 합니다. 씽어쏭, 유 노우?"

이형주가 영어를 덧붙여 말하며 활짝 웃었다. 눈부시게 하얀 치아가 드러나며 이형주의 고운 얼굴을 예술로 승화시켰다.

"아, 네."

지성은 고개를 끄덕이며 찻잔 손잡이를 만지작거렸다.

"싱어송롸이러죠. 노래를 직접 쓰기도 합니다."

한국어 구사능력이 충분한데 의도적으로 영어를 섞어 쓰는 사람 특유의 허세를 뿜어내며 이형주가 말했다.

"민주랑은 친한 동기간이었나요?"

"암, 뭐, 그럭저럭, 민주가 워낙 특별한 성격이라서요, 유 노우?"

지성은 코로 숨소리를 내며 빙그레 웃었다. 이형주는 빙빙 돌려 말함으로써, 혹은 인위적으로 강조함으로써 역으로 진실을 드러내는, 아이 같은 사람이었다. 이 사람을 민주의 깊이에 비할 바는 아니겠으나, 둘 사이엔 원본의 동일함이랄까, 그런 게 있어서, 아주 흡사한 특질이 공유돼 있었다. 그것은 지성이 생전의 민주에게서 가장 싫어하는 점이었는데, 사내에게서 민주의 흔적을 발견하고 보니, 실은 그것이 그리 싫어할 필요가 없는 하나의 귀여운 특성, 살아 있는 사람이 제 삶을 끌어안기 위해 발휘하는 일종의 기예였다는 생각이 들었다. 지성은 갑자기 이 남자가 좋아졌다.

"음반도 내십니까?"

검은 양복 차림의 남녀 넷이 들어와 옆 테이블에 자리를 잡기 시작했다. 큼직한 카페 창으로 내려다보이는 산자락 풍경을 흘끔흘끔 넘겨다보던 지성의 시야가 막 등장한 사람들로 인해 방해를 받게 되었다.

"크럼요. 지금까지 음반을 한국에서 두 장, 스테이츠에서 암, 유 노우…… 쎄 쟝 냈습니다."

"많이 내셨군요."

옆자리 사람들이 두 손을 모으고 기도하는 풍경을 곁눈으로 보면서 지성은 고개를 끄덕였다. 이 남자는 왜 나를 찾아왔을까. 지성은 안경을 밀어올리고 눈에 인공눈물을 넣은 뒤 눈을 깜빡였다. 피곤함이 밀려오면서, 이 남자가 빨리 용건을 말했으면 좋겠다는 생각이 들었다.

"민주는 인생이 자기한테 다가오게 할 줄 아는 아이였죠."

이형주가 가슴까지 내려오는 구불구불한 긴 머리를 어깨 뒤로 쓸어 넘겼고, 그 바람에 물결치는 오렌지색 머리가 햇살을 받으며 강물처럼 반짝였다.

"아…… 네."

대답한 뒤 지성은 픔, 웃음을 터뜨렸다. "인생이 자기한테 다가오게 할 줄 아는"이라는 말이 주는 기괴함과 천진난만함이 이상한 위로를 주었다. 이렇게 아름다운 피조물에게서 이렇게 유치한 말이 나오다니. 그는 이야기가 클라이맥스를 향해 가고 있음을 직감했다. 원래 정신연령이 어린 사람들이 마음에 품었던 이야기를 끄집어낼 때 전주곡처럼 허튼소리를 하지 않는가. 이제 가장 중요한 순간이 도래하고 있는 것이다.

"우리 모두, 죽으면 썩어 없어지지 않습니까? 직큼 여기서, 인생이 자신을 끌어안게 해야 한다는 걸 알았던 거예요, 우리 민주는."

그놈의 '우리' 민주. 지성은 물잔을 끌어당겨 꿀꺽꿀꺽 물을 마셨다.

"이렇게 보내기가 섭섭하지 않습니까? 유 노우, 위 필 쏘리 어바

웃 잇."

"네, 물론이지요."

지성은 재빨리 대답했다.

"그래서 추모음반을 준비하려고 합니다."

"아…… 네. 추모음반요."

지성은 천천히 고개를 끄덕였다. 그리고 의자 뒤로 기대앉으며, 이형주가 다음 수순으로 건너가기를 기다렸다.

"음악에 대해 아시는지 모르겠지만, 유 노우, 음반을 낸다는 게……"

이형주가 길게 이야기를 이어갔고, 지성은 적정한 순간마다 고개를 끄덕이고 눈을 맞추며 자신이 성의 있게 귀 기울이고 있음을 드러냈다. 그것이었구나. 음반. 아마도 음반이라고 명명한 한 번의 기회, 한 번의 기부금이겠지.

"제가 도울 방법이 있을까요."

이형주가 커피를 마시기 위해 말을 끊는 순간 지성은 상체를 기울이며 단호하게 말했다. 눈앞의 남자에 대한 지성의 마음은 한결같았다. 고마움. 연민. 그리고 지성은 그 감정에 충실할 것이었다. 남자가 제시하는 방법을 따라 돈을, 자신이 감당할 수 있는 선에서는 얼마든지, 지불할 것이었다.

5/

"사는 집 먼저 빼야지."

부동산 여자는 단호했다.

"갈 집부터 알아보고 싶습니다."

아니, 고객이 들어갈 집부터 알아보고 싶다는데! 지성은 버럭 소리 지르고 싶은 마음을 가라앉히고 침착하게 제 주장을 폈다. 납골당에 다녀온 이래로 처음 시도한 외출이었다. 집에서 지척에 있는 이 부동산 사무실에 오는 길에도 숨이 차올랐다. 사무실에 앉아 있는 지금도 두려움으로 다리가 후들거린다. 어디선가 기자들이 나타나 플래시를 터뜨릴 것 같고, 생전 처음 본 사람들이 몰려와 삿대질을 할 것 같다. 지성은 눈을 감고 셋을 센 뒤 다시 눈을 떴다. 정신 차리자. 이 공간에는 저 여자와 나, 딱 두 사람만 있다.

여자는 10년 전 지성과 아내가 서단 뉴타운이라 불리는 이 동네에 들어왔을 때부터 지금까지 지성 부부의 부동산 거래를 담당했다. 처음 전세로 들어왔을 때, 살던 집의 전세를 재계약했을 때, 그다음 번에 다시 재계약했을 때, 그리고 죽 전세로 살아온 집을 매입하기로 결정했을 때, 모두 여자가 알아서 계약을 진행했다. 여자 혼자 부동산을 운영하는데 일을 참 잘해. 강단 있게 밀어붙이더라고. 아내는 이렇게 말했다.

"요즘에 집 잘 나가. 내놓으면 바로바로 나가."

이 말과 함께 여자가 핸드폰을 들어올렸다. 아까부터 사무실 전화와 핸드폰 전화가 빗발치듯 울렸다. 몇 번은 무시하고 몇 번은 받아서 이따 걸겠다고 말하고 곧바로 끊었던 여자가 이번 전화는 받아서 핸드폰을 들고 나갔다.

"응, 사모님. 오늘 저녁에 계약서 쓸 것 같아."

지성은 문밖을 바라보았다. 지성이 앉은 의자는 여자의 기다란 책상과 기역자를 이루며 놓여 있어 고개를 돌리면 열린 문밖의 풍경이 한눈에 들어왔다. 풍경이라 해봤자 건너편 아파트 단지 입구가 보일 뿐이었지만, 장마가 쉬어가는 기간에 모처럼 햇살을 받는 아파트 화단을 보니 굉장한 정경을 감상하는 기분이었다. 예보에 따르면 오늘 하루 동안 잠깐 맑았다가 내일부터 다시 장마가 시작된다고 했다.

"아이, 사모님, 그렇게 하면 계약 파투 난다니까. 내가 말했잖아."

사무실 바깥으로, 통화 상대와 실랑이를 벌이던 여자의 음성이 높아지며 얼굴이 일그러지는 게 보였다. 원래 저런 여자구나. 지성은 여자의 반말지거리와 투박한 행태가 자신에게만 향한 것이 아님을 알고 안도했다. 아내는 여자의 이런 특성을 '강단 있다'고 표현했지만, 지성이 보기에 여자는 그저 무례하고 독선적인 사람이었다.

"차 좀 마시겠습니다."

지성이 정수기 위에 놓인 차 박스에서 티백을 집어들며 바깥의 여자에게 입모양으로 말하자 여자가 손가락으로 종이컵이 있는 곳을 가리켰다. 그러곤 몸을 돌려 큰 소리로 실랑이를 이어갔다.

녹차를 타서 자리로 돌아온 지성의 눈에 길 건너편의 교회가 보였다. 집을 알아보러 이 동네에 처음 왔을 때, 아내와 지성은 그 교회 주차장에 차를 댔다. 그리고 길을 건너 이 부동산에 들어왔다. 그때도 이 여자가 이렇게 강짜를 부렸던가. 생각해보았지만 여자에 대한 기억은 전무했다. 당연한 일이었다. 이후 부동산과 관련된 건 모두 아내가 관장했으니.

어젯밤, 1년 만에 아내의 목소리를 들었다. 이혼 수속을 밟자는 아내의 이메일을 받고 며칠 시간을 끌다가 지성이 그렇게 하겠다는 답장을 보냈더니, 아내가 전화를 걸어왔다. 공동명의로 된 집, 통장 잔고, 지성의 명의로 되어 있으나 실제로 아내가 관리해왔던 주식과 채권에 대한 이야기가 오갔다. 최근 지성에게 일어난 일에 대해서는 둘 다 입도 뻥긋하지 않았다.

"애가 없으니까 일이 간단하구나."

아내가 자조하듯 말했을 때, 지성은 자신에 대한 아내의 애정이 완전히 소멸했음을 실감했다. 아내는 아이를 갖고 싶어 했다. 늘 갖고 싶어 한 건 아니었고, 가끔 일 때문에 속이 상하거나 주위 친구들이 아이를 낳았다는 소식을 들으면 간헐적으로 아이에 대한 소망을 품었다. 아이가 생기지 않는 건 지성과 아내 둘 다에게 원인이 있었지만, 아내 또한 그 사실을 알았지만, 지성은 아내가 아이를 소망할 때마다 은근히 죄책감을 품었다.

"그럼 오늘 원룸으로 몇 개 보여드려?"

통화를 마친 여자가 자리로 돌아와 앉으며 그에게 말했다.

"가능하다면요."

아내와는 집을 팔아 반씩 나누기로 했다. 결혼할 때 전세자금 마련하는 것부터 2년마다 전세금을 올려줄 때, 집을 매입할 때, 번번이 처가의 도움을 받았으니 실은 지성이 더 적은 비율로 가져가는 것이 합리적일 것이다. 그러나 지성은 양도할 테니 그냥 그 집을 통째로 가져가라고 말해주지 않는 아내가 야속했다. 아내는 유복한 집의 딸이었다. 장관을 지낸 장인의 집안은 물론, 장모 쪽 집안도 이름난 지역 유지였다. 처가 쪽 식구들 누구도, 물질적인 빈곤을 느껴본 적이 없을 것이다. 인생의 어느 시점에서도. 그것은 지성이 아내와 살면서 갈등했던 주요 요인이었다. 아내는 생활비를 아껴야겠다거나 돈을 계획적으로 써야겠다는 생각을 아예 하지 못하는 사람이었다. 늘 돈을 생각하고 들어올 수입에 맞추어 미래를 계획하며 살아온 지성에게, 그런 아내는 다른 우주에 속한 생물처럼 느껴졌다. 아내에겐 제 명의로 된 아파트 한 채가 따로 있고, 장인이 돌아가시면 물려받게 될 건물들이 있었다. 유산을 동기간들과 나누어 가진다 해도 최소 몇 십억에 달하는 자산이 아내 몫으로 할당될 것이었다. 서울의 서북쪽 끝단에 있는 30평대 아파트 한 채 정도는 자신에게 줄 수도 있지 않을까. 앞으로 어떻게 밥벌이를 해야 할지 불투명해진 중년 남자에게 그 정도 아량은 베풀어줄 수 있지 않을까. 말도 안 된다고 생각하면서도 지성은 자꾸만 그런 생각을 품었다. 그렇지만 아내는 아파트 판 돈을 반반 나누는 것조차 큰 선심을 쓰는 거라 생각하는 눈치였다. 그리고 그 선심의 밑바탕에는 아마도, 자신이 이혼 사유를 제공한 쪽이라는 데 대한 죄책감이 깔려 있으리라. 그에 더해 '성폭행범'이 된 지성과의 인연을 하루빨리 끊어버리고 싶은 열망도 있었을 것이다.

"사장님, 포레스트뷰 405호 저번에 말한 거, 그거 볼 수 있을까? 우리 쪽에 원룸 찾는 손님 있는데."

여자가 그에게 보여줄 원룸을 수소문하느라 전화를 시작한 걸 보고 지성은 핸드폰을 꺼내 들었다.

그런 데는 김지성, 현정우 이런 인간들이 가는 거지. 나는 백억을 준다 해도 안 간다.

트위터 화면을 띄우자마자 자신의 이름이 눈에 들어오는 바람에 지성은 순간 핸드폰을 떨어뜨릴 뻔했다. 부동산에 오기 전까지만 해도 없던 내용이 그새 업데이트되어 있었다.

"그거 나갔어? 그럼 1401호는? 아, 왜 그거, 원룸인데 사이즈 좀 커서 투룸으로 공사 가능하다고 한 거 말이야."

누군가의 트윗을 리트윗한 것이다. 대체 어떤 인간이 이런 소릴 지껄였을까. 상세히 훑어본 뒤, 지성은 제일 처음 글을 올린 이의 아이디를 알아냈다. epiphany95.

"에피파니 좋아하네."

그는 중얼거리며 epiphany95의 멘션을 주욱 훑었다. 날씨에 대한 감상적인 문구, 누군가의 시구, 차별금지법에 대한 지지를 호소하는 멘션들. epiphany95의 관심사는 시와 페미니즘, 성소수자 차별 철폐였다. 그런 쪽에 관심 갖는 이들의 SNS에서 흔히 볼 수 있는 인용구와 리트윗 문구들을 지루하게 따라가다가, 지성은 한순간 화면을 스크롤해 앞쪽으로 돌아갔다. 흰색 장정이 입혀진 직사각형의 시집과 그 옆에 놓인 만년필을 찍은 사진이 나왔다. 그는 화면을 확대해 시집의 저자 이름을 확인했다. 유민.

"지금 볼 수 있는 거 하나 있다는데, 어떻게 지금 가볼 수 있어?"

불쑥 부동산 여자의 말이 날아왔다.

"사장님, 저한테 왜 자꾸 반말하시죠? 저랑 친군가요?"

화면에 고개를 처박고 있던 지성이 고개를 들며 퉁명스럽게 말했다. 이 여자는 한두 번도 아니고 계속, 아까부터 지금까지 죽, 반말을 질러대고 있다.

"하, 언제, 내가 언제 사장님한테 반말했다고 그래."

여자가 외계인을 보듯 지성을 빤히 보더니 자리에서 일어났다.

"아까부터 계속, 계속 그러셨잖습니까!"

지성이 가방을 챙겨 일어서며 큰 소리로 말했다. 갑자기 일어서서 그런지 숨이 가빠지면서 눈앞이 캄캄해졌다. 유민 이 새끼, 내가 이 개새끼 죽여버린다!

"아이고, 반말 안 할게. 얼른 가봅시다."

여자가 다가와 그의 어깨를 툭 쳤다. 반사적으로 확 뒤로 물러서면서 지성은 뻔뻔하고 무식한 여자를 날카롭게 쏘아보았다. 뭐 이런 인간이 다 있어!

"지금 세입자가 막 나가려던 참이래. 우리 때문에 일부러 기다린다니까 얼른 갑시다."

여자가 손을 앞으로 휘휘 저으며 지성을 내몰았다. 사춘기 소년을 다독이는 듯 여유롭고 천연덕스러운 말투였다. 지성은 입술을 깨물며 여자를 쳐다보다가, 밀려 올라간 바짓단을 끌어내렸다.

"어떻게, 갈 거야, 안 갈 거야?"

사무실을 나서려던 여자가 돌아서며 지성의 의사를 확인했다.

"가겠습니다."

지성이 내뱉듯 말하자 여자가 요란하게 울리기 시작한 핸드폰을 백에서 꺼내 들었다.

"아유, 사장님, 그래, 내가 잘못했어. 잠깐 기다려, 응? 이 전화만 받고 주차장으로 갈 거니까. 여보세요? 아, 네, 실장님. 지금 갑니다."

지성은 눈을 감고 크게 숨을 들이마셨다. 옆에서 들려오는 여자의 말투가 천둥처럼 커다랗고, 싸움꾼처럼 천박했다.

유민은 작년 봄, 시절과문학사에서 신인상을 받으며 등단한 시인이다. 젊은이다운 참신한 시어와 톡톡 튀는 조어법 때문에 같은 시기에 등단한 시인 중 가장 많은 이목을 끌었다. 당시 신인상 심사에서 유민의 작품을 두고 호불호가 뚜렷하게 갈렸는데, 지성은 당시 심사위원으로 참가했던 이들 중 가장 열렬히 유민을 지지했다. 너무 언어의 효과에만 치중해서 위험해 보인다는 평에 대항해, 효과에 치중하는 것도 시인의 첫걸음으로 나쁠 것 없다, 효과와 본질을 구분한다는 발상 자체가 시의 정신에 위배된다는 반론을 펴며 유민의 시를 적극 옹호했다. 그 뒤 유민과 술자리 한 번 갖지 않았지만, 유민은 한 인터뷰에서 좋아하는 문인으로 지성을 꼽았다. 한국 문단에서 보기 드문 문학평론가라는, 주체적으로 사고하고 글을 쓰는 몇 안 되는 문인이라고 생각한다는 시건방진 평을 덧붙이며 지성에 대한 존경심을 표했다. 그러던 젊은이가, 지성이 한껏 밀어주었던 시인이, 이제 지성을 현정우와 묶어서 도매금으로 성범죄자 취급을 하고 있었다. 강남에 있는 한 룸살롱에서 재벌 4세가 엽기 행각을 벌였다는 기사를 언급하며 두 사람의 이름을 들먹거렸다. 강남 룸살롱 사건은 현정우나 지성과는 털끝만큼도 관련이 없는데도. 그러니까 유민이라는 햇병아리가 SNS에서 주목을 끌기 위해, 자신은 다른 남자들과 달라서 성욕 따위에 무릎 꿇지 않는다는 걸 만방에 알리기 위해, 현정우와 지

233

성의 이름을 팔아먹은 것이다.

부동산 여자를 따라 상가가 딸린 아파트 동의 지하로 들어가고, 주차장을 가로지르고, 여자의 차가 있는 곳을 찾아서 이미 지나왔던 통로를 다시 되돌아가는 행위는 글자 그대로 천형이었다. 그 더위, 그 습도, 그 먼지 냄새. 어둑한 지하주차장 여기저기 놓인 차들 사이를 힘겹게 지나가며 지성은 생각했다. 이혼하고 집에서 나와 이제 몸 누일 방 한 칸을 마련해야 하는 자신. 그리고 SNS라는 희대의 법정을 통해 꼰대 남성 문학평론가에 대한 조롱 멘션을 날리는 젊은 시인. 지성은 몸을 구부린 채 기어가다시피 가다가 한순간 무너지듯 주저앉았다.

"유민 이 새끼, 내가 이 개새끼를 그냥……"

한쪽 귀에 핸드폰을 끼운 채 또각또각 구두 소리를 내며 걸어가던 여자가 돌아보고 헉, 소리를 내며 달려왔다.

"사장님!"

구두 소리가 가까워지며 속도를 높였다.

"아니, 사장님 왜 그래! 괜찮아?"

지성이 땅에 팔을 짚은 채로 욱욱 소리를 내자 여자가 통화하던 상대에게 다급하게 말했다.

"저기, 사모님. 내가 이따 다시 전화드릴게."

전화를 끊은 여자가 다가왔을 때, 지성은 아침에 먹은 것을 바닥에 전부 게워낸 상태였다. 눈앞에 드러난 살구색 토사물을 보면서 지성은 피식 웃었다. 인간의 몸이란 얼마나 신비한가. 술 한 방울 마시지 않은 상태에서도 제 위에 담긴 음식을 이렇게 사뿐히 바깥으로 끄집어낼 수 있으니.

6/

"생각보다 잘 있네."

깨끗이 정돈된 주방을 둘러보면서 누나가 말했다. 지성은 대답하지 않았다. 얼른 갔으면 좋겠다는 것이, 누나가 집에 들어서던 순간부터 그가 했던 생각의 전부였다. 직접 온다는 것은 그를 적극적으로 괴롭히겠다는 것 아닌가. 누나의 입에서 나올 말들이, 누나에게서 나올 요구들이, 생각만 해도 짜증스러웠다. 하나의 산이 눈앞에 있는 것이다. 대적할 수 없는 산. 지성의 인생을 가로막고 시시때때로 찬물을 끼얹던 존재가 이제 그가 가장 밑바닥에 있을 때에 나타나 원 없이 괴롭히려는 것이다.

"너, 혹시 누구랑 같이 사니?"

싱크대를 살피고 거실 구석구석을 훑던 누나의 눈이 다시 지성에게 돌아왔다.

"무슨 소리야."

지성이 심드렁하게 대꾸하며 식탁에 앉았다. 오후 3시. 초인종이 울렸다. 단잠을 자고 있는데, 천금을 주고도 살 수 없는 잠이 찾아왔는데, 누나가 그것을 박살내버렸다. 이제 깨면 언제 다시 잠들게 될까. 그는 잠을 잃었다. 늘 누워 있지만 늘 깬 상태로 있다. 지성은 가까운 시일 내에 다시 잠이 찾아와주길 염원하며 억지로 자세를 고쳐 앉았다.

"어쩔 거야."

누나는 에둘러 가지 않았다. 어릴 때부터 그랬다. 지성에게 엄하고 각박하게 굴었다. 누나는 부모가 자신과 여동생보다 지성을 편애한다고 생각했다. 지성이 보기엔 오히려 그 반대였지만 누나의 그런 착각이, 지성을 대하는 태도에 각이 잡히게 만들었다. 남동생에게 모질게 대할수록 부모에게 못 받은 사랑을 돌려받기라도 할 것처럼.

"뭘?"

지성이 옆 의자에 팔을 걸치며 비스듬히 기대앉았다.

"사과를 하든가, 아니면 아니라고 펄쩍 뛰든가."

누나가 식탁 의자를 꺼내 앉으며 의자에 백을 걸었다. 지성은 누나의 등 뒤에 걸린 커다란 그림을 응시했다. 온통 푸른색으로 뒤덮인 평화로운 강변 풍경. 아내는 모네를 좋아했고, 집 안의 벽이란 벽에는 예외 없이 모네의 그림을 걸었다.

"어떻게 된 거야?"

"뭐가?"

지성은 풍경화 아래쪽 조그만 배를 응시했다. 배에 탄 한 쌍의 남녀가 흐릿하게 덩어리져 보였다. 작년만 해도 이 자리에 앉으면 두 사람의 형상이 또렷이 보였는데 이제는 눈을 가늘게 뜨지 않으면 그것이 배라는 사실조차 분간할 수 없다. 조만간 안과에 가봐야겠다고 생각하면서 지성은 손으로 안경을 치켜올렸다.

"그 여자 말이야. 아우, 내가 걔 처음부터 불길했어. 생긴 것도 어쩜 그렇게 싸구려처럼……"

"본론을 말해."

지성이 말을 자르며 누나를 쏘아보았다. 더 이상 이 세상에 있지 않은 이에 대해 이러쿵저러쿵 말하는 것은 천박한 일이다.

"걔 솔직히 이 남자 저 남자 다 만나고 다니고, 뭐야, 그, 소문엔 애도 있다던데. 너는 어쩜 그런 애하고……"

"그만하라니까!"

지성의 음성이 커지자 누나가 식탁 한쪽에 올려두었던 사골국 보따리를 끌어당기며 눈을 흘겼다.

"얼씨구, 그래, 너한테 당했다고 사방팔방 알리고 죽은 애를 그래도 감싸주고 싶니?"

지성은 분홍색 사골국 보자기 끝에 쓰인 정자체 한문에 시선을 두고 손가락 마디를 꺾었다. 빨리 본론을 말하게 하고 파하는 게 좋으리라. 괜히 화를 내서 일을 크게 만들 필요는 없다.

"차 마실래?"

지성이 커다랗게 의자 소리를 내며 일어섰다.

"커피 줘."

보자기 매듭을 풀었다 묶었다 하며 어색한 침묵을 견디던 누나가 기다렸다는 듯 답했다.

"우리 집에 커피 없는 거 알잖아. 어떻게, 녹차라도 줘?"

그렇게 말하다 그는 문득 찬장에 커피가 있다는 데 생각이 미쳤다. 채리는 아침마다 커피를 마신다. 인스턴트 블랙커피를.

"아니다, 누나. 블랙으로 있는데 그거라도 줄까?"

"그래. 웬일로 너희 집에 커피가 다 있니? 혹시 믹스는 없니?"

그에게서 투박하게 그런 건 없다는 말이 나온 뒤, 커피와 녹차가 식탁에 놓였다. 남매는 말없이 찻잔을 들었다. 찻잔을 받침에 내려놓는 소리가 몇 번 울려 퍼진 뒤, 누나 쪽이 먼저 입을 열었다.

"말해봐. 어떻게 된 건지."

"뭐를?"

지성은 찻잔에 시선을 고정시킨 채 무표정하게 말했다.

"그거 진짜야? 네가 억지로 민주한테…… 그랬어?"

누나의 말투에 어린 호기심이 고스란히 지성에게 건너왔다. 어쩌면 이렇게 예상에서 한 치도 어긋나지 않게 행동하는가. 어쩌면 이렇게 노골적인가.

"몰라."

"모른다고?"

시선을 들지 않았지만 지성은 누나가 자신을 잡아먹을 것처럼 쳐다보고 있다는 사실을 알았다. 길게 한숨을 내쉰 뒤 지성이 적선하듯 말했다.

"그날 술을 많이 마셨어."

그도 알고 싶다. 그날의 일을. 알고 싶어서 미칠 것 같다. 어떤 일이 일어났는지 알아야 사과를 하든, 아니라고 항변을 하든 할 것 아닌가. 공개된 녹음파일에서 민주는 지성이 완력을 썼다고 말했다. 자신의 동의 없이 지성이 일방적으로 밀고 나갔다고. 앞뒤 맥락이 잘린 그 두 마디가 전부였고, 그 말이 담긴 음성파일이 공개된 지 이틀 뒤 민주는 세상을 떠나버렸다. 사인은 알려지지 않았다. 우울증이 악화된 상태에서 약을 과잉복용했다는 말이 돌았다. 자살이라고 볼 수도, 아닐 수도 있는 것이다. 물론 소문일 뿐이다. 유족들은 민주의 죽음에 얽힌 전말을 대중에게 공개하지 않았다.

"기억이 안 나는 거야?"

누나가 사골국 보따리 위에 얼굴을 얹으며 고개를 흔들었다.

"응."

지성이 식탁에 한쪽 팔을 비스듬히 뻗고 그 위에 고개를 얹었다. 그렇게 하면 누나와 시선을 맞추지 않고 이야기할 수 있었다.

"말이 돼? 어떻게 그걸 몰라!"

누나가 오른쪽으로 고개를 빼고 그와 눈을 맞추려 했다.

"그러게 말이야. 나도 그게 이상하네."

지성이 안경을 벗고 팔에 얼굴을 묻었다. 누나는 상상도 하지 못하리라. 그가 얼마나 그날의 일을 떠올리려 애써왔는지. 그날의 진실을 알 수만 있다면, 그는 영혼이라도 내다 팔 것이다.

"그럼 그냥 깨끗하게 인정하고 사과해. 유경이가 그러는데 네가 지금 아무것도 안 하고 있어서 소문이 더 커지고 있대."

지성은 고개를 들고 반대쪽 팔에 얼굴을 얹었다. 앉아서 누군가를 상대한다는 게 이렇게 많은 에너지를 요하는 줄 몰랐다는 생각과 빨리 방으로 돌아가 눕고 싶다는 생각이 소용돌이쳤다.

"그렇게 미적지근한 태도를 취하는 게 제일 안 좋다고."

누나가 보따리를 풀어서 사골국이 담긴 스테인리스 통을 꺼냈다. 지성은 누나가 대형 스테인리스 통의 원형 뚜껑을 열고 그 안에 든 내용물을 그에게 기울여 보여주는 것을 물끄러미 보았다. 빨리 가, 누나. 유경의 이름이 나온 순간부터 싸늘하게 식은 그의 마음이 열렬히 절규했다. 가줘, 제발 내 눈앞에서 사라져줘.

"이거 하루 종일 곤 거야. 너 제대로 못 먹고 있을 것 같아서 내가 솜씨 좀 발휘했으니까 꼭 먹어라 너. 썩혀서 버리지 말고."

누나가 뚜껑을 닫은 뒤 걸쇠를 내려 딱 소리를 냈다. 지성은 대답 없이 누나의 손놀림을 주시하며 천천히 눈을 감았다 떴다. 네 개의 걸쇠를 채운 뒤 통을 옆으로 밀어놓은 누나가 다시 말을 시작했다.

"아니면 그냥 딱 잡아떼고 변호사 고용해. 이 말 저 말 퍼뜨리는 사람들 다 고소해버리고. 너 소문이 얼마나 무서운지 아니? 가만히 있으면 넌 살인자 되는 거야. 너만 문제야? 네 아내, 네 엄마, 네 누나, 네 조카, 다 살인자 가족으로 불린다고!"

지성은 눈을 감았다. 그럼 그렇지. 누나는 그래서 온 것이다. 그는 식탁에 두 팔을 얹고 아예 엎드려버렸다.

"이런 말 하면 좀 그렇지만, 너, 유경이도 생각해줘야지. 평소 같으면 유경이도 이런 상황에서 입 다물고 있을 애가 아닌데. 안 그래? 걔가 그, 뭐니, 페미니스트라는 애잖아. 가만히 있어야 하는 게 마음이 어떻겠니. 나서서 뭘 할 수도 없고."

엎드린 그의 머리 위로 누나의 냉정한 음성이 날아왔다. 엎드린 사람에게 일방적으로 말을 퍼부어야 하는 누나가 힘들까, 엎드린 상태로 듣고 싶지 않은 말을 들어야 하는 내가 더 힘들까. 그는 양쪽을 정교하게 저울질해보는 것으로 이 순간을 견뎌내려 했다.

"내가 죽으면 되겠네, 그치?"

불쑥, 이런 말이 나왔다. 말해놓고 보니 정말 그렇다는 생각이 들었다. 내가 죽는다면. 죽는다고 상상하자 갑자기 마음이 편안하게 가라앉았다. 내가 없어지면 모든 게 깔끔히 정리되지 않겠는가. 모두가 편해지지 않겠는가. 특히 가족들이. 지성은 상체를 들고 누나를 향해 히죽 웃었다. 죽어줘? 그걸 바래?

"뭐?"

누나의 얼굴이 파르르 떨리면서 동공이 확장되었다. 기가 막힌 듯 허공을 올려다보다 다시 지성을 노려보는 누나를 향해 지성은 실실 웃음을 내보냈다.

"그냥 해본 말이야. 누나도 이런 말이 무서워? 놀랍네."

"넌 무슨 말을 그렇게 하니? 얘가 말이라고 진짜……"

자신이 불리해지면 목소리를 높여 지성을 성토하던 어린 시절의 누나가, 일부러 큰 소리로 말해 어른들 주의를 끌던 누나의 표정이, 고스란히 되살아나 지성을 향했다. 너무나 익숙한, 그러면서도 갑자기 낯설게 느껴지는 그 표정을 보며 지성은 생각했다. 이 여자도 가엾구나. 눈앞의 여자에게 마음이 고스란히 이입되면서 연민이 밀려왔다. 얼마나 기막힐 것인가. 딸이 작가로서 탄탄대로를 달리고 있는데 갑자기 제 동생이 성폭행범으로 몰렸다. 딸과 제 동생이 혈연이라는 사실이 알려지면 딸의 앞날에 어떤 일이 생길지 모른다. 얼마나 청천벽력 같을까. 지성은 식탁 한쪽에 놓인 사골국 보자기를 끌어당겨 만지작거렸다. 가족이란 얼마나 불가항력인가. 어쨌든 가족은 그가 빠진 진창에 신체 일부를 담글 수밖에 없는 운명인 것이다.

"유경이한테 성명 내라고 해. 파렴치한 성폭행범 김지성을 용서할 수 없다고."

다시 팔에 엎드린 지성이 부엌의 가스레인지 스위치를 쳐다보며 말했다. 눈물이 뺨을 타고 흘러내려 반팔티를 입은 그의 맨살에 도달했다.

"야, 너 말조심해. 그게 그렇게 간단한 일이니? 지금 유경이가 얼

마나 괴롭겠어. 자기가 잘못한 것도 아닌데! 그리고 너, 엄마는 어쩔
거야?"

"엄마가 왜?"

팔을 건너간 눈물이 목제 식탁에 착륙하는 것을 보며 지성은 목
소리에 힘을 주었다. 울고 있다는 것을, 질질 짜고 있다는 것을, 누나
에게 알리고 싶지 않았다.

"너 몰라? 엄마 지금 병원 계시잖아. 야!"

누나가 팔을 뻗어 지성을 흔들었다.

"듣고 있어."

지성이 조용히 말했다.

"일어나, 일어나. 사람이 말하는데 너는 엎드려서…… 어머!"

억지로 그를 흔들던 누나가 식탁 위에 방울방울 맺힌 물기를 발
견했다.

"너 지금, 우는 거야?"

누나가 놀랍다는 듯 입을 벌렸다. 지성은 상체를 일으켜 의자에
길게 기대앉았다. 방향을 바꾼 눈물이 이제 목을 타고 흘러내렸다.

"지성아."

"말해. 듣고 있으니까."

말에 울음기가 섞이면서 음성이 떨려 나왔다. 그는 눈을 감고 뺨
을 간질이는 뜨끈한 액체를 감각했다.

"지성아."

울음을 삼키려 힘을 주는 바람에 누나의 얼굴이 흉하게 일그러
졌다.

"너 괜찮아? 병원 가봤어?"

뻗어오는 손길. 맨살에 와 얹히는 혈육의 손. 따뜻한 체온이 와 닿자, 또다시 눈물이 샘솟았다.

"괜찮아. 얘기해봐. 엄마가 왜 병원에 있어."

티슈를 뽑아 얼굴을 수습하며 그가 말했다.

"너 이러다 병나겠다. 내가 알아봐줄 테니까 병원 가자, 지성아."

누나가 식탁을 빙 둘러 돌아와 지성을 안았다. 그는 눈을 끔뻑이며 타인에게, 누나라 불리는 제 혈육에게 안겼다. 짠맛이 입술 새로 스며들어오는 것을 성실하게 맛보았다.

"이제 됐어. 얘기해봐."

지성이 누나를 밀어내며 손으로 얼굴을 훔쳤다.

"괜찮은 거야?"

지성이 눈물을 그쳤고 이전 상태로 되돌아가 이야기할 의사가 있다는 것을 확인한 누나가 자리로 돌아가 앉았다.

"너 이러다 큰일 나겠다. 얘, 우리 남편 친구 중에 정신과 닥터가 있는데……"

"요즘 가끔 이래. 그러다 또 말고. 심각한 거 아니니까 얼른 말해, 누나. 나 쉬고 싶다."

"너 이러니까 겁난다, 얘."

누나가 이로 입술을 꾹꾹 누르며 흘끔흘끔 지성을 훔쳐보았다. 겁먹은 티가 너무 나서, 평소 만만하게 여겼던 남동생의 눈치를 보는 게 너무 어울리지 않아서, 하마터면 그는 웃음을 터뜨릴 뻔했다.

"어떻게 그렇게 힘없이 말하니. 너처럼 말하는 거 좋아하는 애가.

너처럼 재미있게 말하는 애가.”

누나의 목소리에 남아 있는 울음기로, 눈에 담긴 두려움으로, 지성은 인식했다. 누나에게 그래도 혈육에 대한 연민이 있다는 것을. 지성은 한쪽 손으로 얼굴을 괸 채 가만히 누나를 바라보았다. 이 여자, 빨리 갔으면 좋겠다. 제 새끼의 안위에 위협을 느끼고 뛰어왔다가 갑자기 제 원가족에 대한 연민을 분출하는 이 존재가 부담스럽다. 빨리 혼자 남겨져서 침대 속으로 들어가고 싶다.

“역류성식도염이래. 먹는 족족 다 게워내신다고. 몸무게가 며칠 새 5키로가 줄었다고 현주가 걱정이 이만저만이 아니야. 너한테 전화 안 했든?”

“안 했어.”

지성이 찻잔을 들어올리며 짧게 응수했다. 어머니가 아프다. 좋지 않은 소식이다. 그는 식탁 가장자리를 응시한 채 입술을 맞대고 옆으로 비볐다. 왜 이 판국에 어머니까지 아플까. 왜 가족들은 아프고, 또 그 소식을 내게 전할까.

“다 소문이 났나봐. 현주네 동네에도.”

순간 대형 스테인리스 통의 손잡이에 고정된 채 미동도 않던 지성의 시선이 누나를 향했다.

“뭐?”

“소문 때문에 애들 학교 보내기도 좀 그렇다고…… 현주가 이사를 생각하더라고.”

지성은 허리를 세우고 앉았다. 주변 공기가 갑자기 긴밀하게 응축되면서 누나의 말이 웅웅거리기 시작했다.

"근데 그 동네도 전셋값이 많이 올라서…… 현주네가 시내 살잖아. 집주인이 세 올려달라고 전화했다더라고. 요즘 집값이 장난 아니게 뛰었대. 애들 봐줄 시터도 고용해야 하고, 엄마 병원비도 부담해야 하고, 얘, 엄마가 현주네 애들 봐주니까 현주가 병원비를 부담하는 게 맞긴 한데, 그래도 우리도 좀 성의를 보여야 하지 않겠니?"

지성은 가슴을 움켜쥐고 입으로 호흡했다. 심장이 거세게 뛰면서 숨이 잘 쉬어지지 않았다.

"누나."

어느 정도 숨이 쉬어진다 싶어졌을 때쯤 그가 입을 열었다.

"응."

"얼마래?"

상상도 하지 못했다. 그 소문이 거기까지 갈 줄은. 그 먼 곳까지 날아가 자신과 혈연으로 묶인 죄 없는 사람들을 옥죄고 있을 줄은. 예상할 수 있는 일이었는데, 예상하지 못했다.

"뭐가?"

"전셋값. 이사 간다며."

남의 일이었다면 능히 예상했으리라. 원래 소문이라는 게 그런 거라고. 하지만 그러지 못했다. 자신의 일이었기에. 자신이 빠진 불구덩이만 보였기에.

"글쎄. 5천이었나? 아니다, 7천이었나? 왜, 네가 해주려고?"

"당장은 안 되고, 나 이 집 뺄 거야. 부동산에 내놨어. 집 빠지면 그 돈으로 내가 해준다고 전해줘."

오늘 아침에 이형주에게 큰돈을 송금하는 바람에 통장에 잔고가 거의 남지 않았다. 지금으로서는 엄마에게든 누나에게든 한 푼도 보태줄 수 없다.

지성이 인상을 쓰며 다시 가슴을 움켜쥐자 누나가 의자 소리를 내며 일어섰다.

"이러다 말 거야. 이제 그만 갔으면 좋겠다, 누나. 나 이럴 땐 자줘야 돼."

그가 손으로 누나를 제지하며 이마를 찌푸렸다. 숨이 차고 심장이 팔딱거리는 일은 가끔 있었는데, 지금처럼 가슴에 통증이 이는 것은 처음이다.

"너 이런데 내가 어떻게 가니."

지성이 식탁 모서리를 잡고 힘겹게 호흡하는 동안 누나는 선 채로 그를 내려다보았고, 영겁처럼 느껴지는 시간이 지나간 뒤 마침내 그의 몸이 평온을 되찾았다.

"누나 이제 가, 빨리."

괜찮으니 이제 가보라는 말에 몇 번씩 한숨을 내쉬며 시간을 끌던 누나가 빨리 눕고 싶다는 그의 성난 음성을 들은 다음에야 백을 챙겨들었다.

"귀찮아도 챙겨 먹고. 증상 심해지면 연락해."

한쪽 손으로 식탁을 짚고 일어서며 지성이 고개를 끄덕였다.

"괜찮은 거야, 진짜?"

"괜찮다니까. 제발 가, 쫌!"

지성이 눈을 감고 고개를 휘젓자 누나가 엉거주춤 몸을 돌렸다.

"어디 안 좋으면 연락해, 진짜로. 알았지?"

지성이 세차게 고개를 끄덕였고, 누나가 드디어 현관을 향해 발을 옮겨놓았다. 현관에서 신발을 신고 나가기 직전, 누나가 돌아서며 그를 불렀다.

"지성아."

벽을 붙잡고 섰던 지성이 한쪽 눈을 찡그리며 누나를 보았다.

"왜 또."

"이 신발 누구 거야?"

현관에는 엄청난 높이의 굽이 달린 구두가 놓여 있었다. 뾰족한 앞코에 반짝이는 모조보석과 리본과 금색 장식이 얹힌 휘황찬란한 구두가.

"신영이."

멍하니 서서 구두를 보던 지성의 입에서 아내의 이름이 나왔고, 누나는 가만히 그를 바라보다가 현관문을 나섰다.

"간다."

쩔그렁거리는 풍경 소리가 난 뒤 현관문이 닫혔다. 지성은 선 채로 누나의 시선을 끌었던 구두를 쳐다보았다. 신영을 아는 사람이라면 누구도 신영의 것이라고 생각할 수 없을 구두, 조잡스러움의 극치를 달리는 값싼 신발을. 채리가 요즘 멋을 내는구나. 그런 생각이 스쳤고, 뒤이어 조금 전 누나가 뿌리고 간 말들이 뇌리를 채웠다. 소문. 이사. 병원. 그는 현관 앞에 무너지듯 주저앉아 머리를 감싸 쥐었다.

7

지성은 단지 내를 빙빙 돌다 횡단보도를 건넜다. 건너편 아파트 단지를 가로지르자 하천이 나왔다. 하천가에 놓인 가로등 불빛이 안개와 뒤섞여 뿌옇게 번지고, 장맛비에 수위가 올라간 하천에서 거센 물소리가 들려왔다. 비를 맞은 수목에서 나는 풀 냄새와 넘실거리는 하천의 비릿한 냄새가 여름밤의 고온과 섞여 거대한 온천 같은 분위기를 만들어냈다.

사건 이후 집 밖으로 한 발짝도 나가지 않던 지성이 산책을 나온 것은 밤과 비와 안개라는 천혜의 조건 때문이었다. 이런 날씨에 산책을 나오는 사람은 없을 것이다. 예상대로 밖에는 개미 새끼 한 마리 보이지 않았다. 살던 단지를 빠져나올 때쯤부터는 거세게 내리던 비도 소강상태에 접어들어 간간이 가랑비가 오다 말다 했다.

1,300세대에 달하는 커다란 단지를 둘로 나누는 하천엔 여러 개의 다리가 놓여 있었다. 지성은 천변 가장자리를 따라 걷다가 중간쯤 위치한 다리로 접어들었다. 천천히 걸으며 물소리를 듣다가, 다리 한가운데에 멈추어 섰다. 동네에 이렇게 큰 하천이 있었구나. 서단 뉴타운에 산 지 10년. 그동안 하천이 있는 이쪽 단지로 산책을 자주 왔다. 목의 디스크가 탈출한 이래로 하루에 만 보씩은 꼭 걸었는데, 하천을 끼고 있는 이 아파트 단지는 만 보 달성을 위해 단골로 지나가는 코스였다. 그런데 오늘 밤에 보는 하천은 평소와 달랐다. 징검다리가 묻힐 정도로 물이 차오른 것도, 귓전을 때릴 정도로 거센 물소리가 들려오는 것도, 모두 낯선 풍경이었다. 무엇보다 거대한 물안

개. 사방을 뒤덮은 안개가 세상을 낯설게 만들었다. 지성은 수목 냄새를 음미하며 눈앞에 펼쳐진 풍경을 응시했다. 세찬 물소리에 뒤질세라 귀뚜라미들이 엄청난 기세로 울어댔다. 그는 여름밤 생태계에서 뿜어져나오는 다채로운 소리를 음미했다. 그러자 머릿속에 귀청을 때리는 소리를 묘사하는 언어가 죽 펼쳐졌다.

여름은 소리의 계절이다. 생명이 아우성치는 계절. 지구상 모든 생명체가 살아 있음을 증명하려고 처절히 울부짖는 계절.

눈앞의 자연을 나타낼 언어들을 생각해내려 애를 쓰다가, 지성은 코웃음을 쳤다. 왜 이리 애쓰는가. 그런 걸 생각해서 뭘 하겠다고. 그는 목재 다리 이음새로 길쭉하게 삐져나온 잔디를 발로 짓이기다가 고개를 젖혔다. 진한 먹색으로 물든 하늘이 안개에 휩싸여 몽환적인 분위기를 만들어냈다. 이제 그만. 그는 다짐하듯 중얼거렸다. 접하는 모든 것을 글로 옮기려 드는 습관을 버려야 한다. 그저 있는 그대로 받아들이는 거다. 내면의 수많은 자아 중 하나가, 어떻게든 잘 살아보려 노력하는 버전의 자아가 이렇게 말하며 나머지 자아들, 그러니까 뭐든지 보기만 하면 바로 언어화시키려 드는 습관에서 벗어나지 못한 자아들을 토닥였다.

그는 마스크를 내리고 습한 공기를 들이마셨다. 나쁘지 않은 일이다. 그동안 보이고 들리는 모든 것을 언어로 옮겨야 한다는 강박관념 때문에 얼마나 초조해하며 살아왔던가. 문학평론이 아닌 에세이를 단행본으로 냈을 때부터 생겨난 습성이었다. 자신에게 다가오는 모든 것을 놓치지 않고 언어로 형상화하려 했지만, 막상 써놓으면 만족스럽지 않았다. 그러면 자신에 대한 실망감으로 며칠을 앓았다. 이제 그런 천형에서 벗어난 것이다. 얼마나 다행스러운 일인가.

커다란 아파트 단지엔 인적이 드물었다. 덕분에 일렬로 늘어선 가로등 불빛이 연무와 조화를 이루는 광경을 온전히 즐길 수 있었다. 그는 자연이 내는 소리들에 휩싸여 천변을 내려다보았다. 불안했던 마음이 가라앉고, 산재했던 문제들이 별것 아닌 것처럼 여겨졌다. 세상은 광대하고 자신은 일개 먼지에 지나지 않는다는 생각. 광활한 우주의 먼지에 지나지 않은 자신은 기껏해야 20년, 혹은 30년 더 산 뒤에 왔다 간 흔적도 없이 사라질 것이란 생각. 그런 생각들이 널뛰던 마음을 가라앉혀주었다. 그동안 이름을 알리면서 분에 넘치는 영광을 맛보았고, 원 없이 재능도 펼쳤다. 문학평론가로서는 드물게 경계를 넘어가, 소신발언을 거침없이 날렸다. 강단 있는 지식인으로, 할 말은 하는 지식인으로 인정받았다. 그 정도면 되지 않겠는가. 이제 되었다. 그만해도 된다.

"허위사실 유포죄로 가능한 한 많이 고소하십시오."

낮에 만났던 변호사의 말이 떠올랐다. 민주와 있었던 일을 기억하지 못한다는, 그래서 고소하기가 꺼려진다는 지성의 말에 대한 명쾌한 답변이었다.

"공식적으로 부인하지 않으면 그 말들이 모두 사실인 것처럼 됩니다. 허위사실 유포자를 고소하는 건 가장 명확한 부인의 방법이죠. 이런 사건은 빠른 대처가 키포인트입니다."

항간의 소문은 진화를 거듭해, 이제 지성이 아내를 상습적으로 구타하고 강간했다는 설에 이르렀다. 지성 부부와 '오랜 지인'이었다는 사람이 유튜브 채널에 등장해 비속어를 섞어가며 지성을 성토했다. 어찌나 확신을 가지고 열변을 토하는지 그 남자의 말이 진짜처럼 여겨졌다. 정말로 자신을 속속들이 아는 사람인 양, 말하는 품새가 너무나 스스럼없어서 내가 저 남자랑 밥을 먹은 적이 있지 않나? 기억을 더듬어볼 정도로. 물론 지성은 그 남자와는 일면식도 없었다. 그 유튜브 방송의 조회수가 2만을 넘었다는 사실을 인식했을 때, 지성은 변호사를 만나기로 결심했다.

"사실 타이밍을 놓쳤습니다. 놓쳐도 한참 놓쳤죠. 이제라도 서둘러 대응해야 합니다."

변호사는 판사 출신이었다. 지성이 상담을 받은 변호사 사무실 실장은 자신이 모시는 변호사가 부장판사 직급을 달고 나왔고, 같은 기수 출신의 누가 무슨무슨 법원의 법원장으로 있으며, 현재까지 맡았던 재판의 승소율이 거의 100퍼센트에 가까웠다는 말을 빠르게 늘어놓았다.

소송을 해야 할까.

변호사와 짚어본 소송 건수만 해도 벌써 열한 건이었다. 그 숫자 앞에서, 지성은 망설였다. 남은 생이 그 소송들을 진행하느라 다 흘러가버릴 것 같았다. 잠깐 상담한 대가로도 적잖은 돈을 지불했는데, 소송에는 얼마나 많은 시간과 비용이 들어가겠는가. 그 과정에서 이 남자에게 얼마나 굽실거리게 되겠는가. 50년 넘게 살아오는 동안 그는 주위 사람들을 보면서 소송에 휘말릴 경우 인간이 얼마나 피폐해지는지를 뼈저리게 체득하고 있었다. 무슨 일이 있어도 소송만큼은 하지 않겠다고 다짐했던 터였다.

뒤에서 인기척이 느껴져서 지성은 휙 뒤돌아보았다. 순간 누군가의 팔이 그의 팔에 미끄러져 들어왔다. 그가 놀라며 팔짱을 빼냈다.

"너 오늘 회식한다 하지 않았어?"

채리는 오늘 미용실 사람들과 '회식'을 하기로 되어 있었다. 미용실 사람들이라야 사장과 채리, 그리고 최근에 들어온 '신입' 미용사 한 명뿐이었지만, 채리는 이 회식을 매우 고대하고 있었다.

"사장님 딸이 갑자기 배가 아프대서, 회식은 다음에 하기로 했어."

채리가 그의 허리에 팔을 두르며 밀착해왔다. 지성은 고개를 빼고 주위를 살폈다. 이 아파트 단지에는 아내가 활동하는 시민단체 사람들 몇이 살고 있다.

"아무도 없는데에에. 괜찮을 것 같은데에에?"

채리가 능청스럽게 말하며 바짝 다가섰다. 채리의 배와 가슴이, 통통한 팔이 그의 몸에 와 닿으며 특유의 체취를 풍겼다. 딸기 냄새와 화장품 냄새, 풍성한 단내. 그는 자신이 이 정체를 알 수 없는 동거인의 등장에 기뻐하고 있다는 사실에 당황했다.

지성은 채리의 어깨에 손을 두르고 다리를 건넜다. 어깨에 손을 얹자 그의 엉덩이에 채리의 허리가, 그의 허리에 채리의 가슴이 맞닿았다. 10년쯤 젊어진 듯한 느낌을 받으며 그는 슬며시 웃었다. 걸어갈 때마다 서로의 몸이 서로를 만지게 되는 이런 방식으로 걸어본 적이 언제였던가. 신혼 때 아내와 이렇게 걸었던 것을 마지막으로, 누구와도 이렇게 몸을 맞대고 걷지 않았다.

충족감이 몸 전체를 감싸고돌았다. 걸을 때마다 건너오는 타인의 몸의 움직임을 통해 살아 있음을 실감하게 되는 느낌이 꽤 괜찮았다. 날마다 죽음을 생각하지만, 이 순간에도 그저 고통 없이, 순식간에 죽을 수 있다면 좋겠다고 생각하고 있지만, 그것과 별개로 살아 있음을 실감하는 게 좋았다. 앞으로도 이렇게 살고 싶다는 덧없는 소망을 품으며, 지성은 자신에게 내재한 모순된 감정들에 혀를 내둘렀다.

"안개 좀 봐. 찜질방 같아."

지성의 허리를 감고 있던 채리가 이렇게 말한 건, 아파트 단지 끝에 위치한 6차선 도로에 맞닥뜨렸을 때였다.

"근데 너한테선 왜 항상 이런 냄새가 나니? 딸기 냄새? 엿기름 냄새? 이게 무슨 냄새야?"

오늘따라 유독 채리에게서 과즙 향이 강하게 난다. 채리가 멈춰 서더니 주머니에서 뭔가를 꺼냈다.

"손!"

그는 엉거주춤 선 상태로 손을 내밀었다.

"먹어봐. 맛있어."

그의 손바닥에 초록색 포장지로 쌓인 동그랗고 작은 물건이 얹혔다.

"뭐야?"

"사탕."

채리가 고개를 쳐들고 입을 벌려 제 입안을 보여주었다. 어두운 가운데 채리의 혀 위에 얹힌 작고 투명한 물체가 어렴풋하게 분간되었다. 품. 지성은 고개를 돌리고 웃었다.

"먹어봐. 기분 좋아."

채리가 양쪽으로 고개를 흔들며 낭랑하게 말했다. 입에서는 딸기 사탕 냄새가 물큰물큰 풍겨나왔다.

"됐다. 너 많이 먹어라."

지성은 채리에게 사탕을 돌려주고 발걸음을 돌렸다. 여기까지 왔으면 만 보를 넘겼을 것이다. 이제 집으로 돌아가서 소장을 작성해야겠다. 소장이라기보다, 소장의 근거 자료로 쓰일 문서라 해야겠지만, 아무튼 핵심은 그가 처한 상황을 이야기 형식으로 써야 한다는 것이었다. 변호사는 명백히 무고를 밝힐 수 있는 사건 하나를 골라, 그 사건에 관한 개요를 만들어오라고 했다.

"성범죄 사건은 증거가 없어서 당사자들의 말이 중요합니다. 말이 정황증거가 되는 셈이죠. 앞뒤가 맞고 진술이 일관되어야 합니다. 지난번에 검사 앞에서 했던 말이 이번 공판에서도 같아야 하고, 다음번 공판에서도 같아야 하는 거죠. 스스로 시나리오를 써놓고 외우다시피 해야 합니다."

지성은 자신을 상대로 SNS상에서 미투를 했던 '작가지망생' 중 한 명인 강현영을 우선 고소하기로 했다. 강현영의 주장을 반박할 만한 구체적인 자료를 갖고 있기 때문이었다. 강현영과는 이메일과 카톡으로 연락을 주고받았을 뿐 실제로 만난 적이 없는데, 이에 대해 강현영이 아쉬워하며 한 번이라도 직접 만나 뵙고 싶다는 메시지를 남긴 적이 있었다. 지성의 핸드폰에는 아직도 그 카톡 메시지가 남아 있다.

"이제 집으로 가?"

채리가 다시 허리에 팔을 둘러왔다. 아까와는 반대쪽 팔이 그의 반대편 허리에서 들어와 미끄러지는 것을 느끼며 그는 움찔했다. 이제부터라도 이 여자와 선을 그어야겠다는 경계심과, 타인과 부둥켜안고 걸어가는 행위가 유발한 충족감이 동시에 충돌하며 포박해왔지만, 그는 지금 여기에서, 몸이 반응하는 대로 따라갔다. 채리의 어깨에 손을 얹고, 마치 백년해로해온 부부인 양 몸을 맞대고 걸어갔다.

"그래. 집으로 가자."

습도와 안개, 여름밤의 소리들 때문이었을 것이다. 혹은 잦은 죽음 충동 때문에 사소한 것들을 너무 소중하게 느끼게 되었기 때문이거나. 지성은 제 옆에 밀착해 있는 이 여자, 말도 잘 통하지 않는 이 여자와 계속 이렇게 살아도 괜찮겠다는 생각이 드는 것이, 현재 자기가 처한 상황 때문임을 알고 있었다. 그는 끝이 보이지 않는 낭떠러지로 한없이 떨어져내리고 있었다. 그런 자각은 미래에 대한 조망으로 이어졌다. 오늘 밤은 가엾은 자신을 위해 이 정도의 안온함을 선사하지만 조만간, 조만간 정리할 것이다. 이 여자와의 관계, 더 이상 끌지 않을 것이다.

"채리야."

지성이 침묵을 깬 것은 왔던 길을 되돌아가 다시 다리 앞에 섰을 때였다.

"지금 살고 있는 집, 내놨다."

"왜?"

지성이 팔을 내려 채리의 허리를 두르자 그의 허리를 두르고 있던 채리의 손이 그의 어깨로 올라왔다. 작은 키의 채리가 손으로 그의 어깨를 겨우 짚으며 꽉 붙잡았다. 그는 어깨에 아슬아슬하게 매달린 손길을 느끼며 싱긋 웃었다. 원숭이나 코알라 같은, 작은 동물을 어깨에 매달고 가는 기분이었다.

"혼자 살긴 너무 크잖아."

"이사하게?"

"응, 작은 집으로."

그땐 너도 나가라. 이렇게 덧붙이려 했지만 차마 입이 떨어지지 않았다. 그는 채리의 허리를 제 쪽으로 바짝 당겼다. 나중에 말하는 편이 나으리라. 굳이 지금, 이 순간에 말할 필요는 없으리라.

"앞으로 청소랑 잘해놓고 있어야겠네?"

채리는 부동산에서 올 것에 대비해 청소를 해야겠다고, 자기 혼자 있을 때 집을 보러 오면 친절하게 잘 대해주겠다고, 요즘 집값이 많이 올랐더라고, 주저리주저리 얘기를 늘어놓았다.

"알아서 잘해줄 거야. 잘 아는 부동산이거든."

집값과 부동산과 집을 보여주는 일에 대해 한참 말을 늘어놓은 뒤 지성이 이렇게 마무리했고, 채리도 최근에 오른 집값의 추이와 증폭되는 전염병 감염자 수에 대해 과장된 걱정을 늘어놓았다. 본심을 감춘 이야기가 발산하는 특유의 허망함이 안개처럼 그들을 휩싸고 돌았지만, 지성은 그 분위기가 두 사람 사이에 가장 적당한 것이라 생각했다. 계속해서 이어질 인연이 아니라면, 서로 적극적으로 개입해 상대의 인생을 책임지지 않을 거라면, 처음부터 아예 미래에 대해 언급하지 않는 것이 그가 생각하는 마땅한 도리였으므로.

8

파를 썰고 있는데 핸드폰이 울렸다.

"문 닫아."

채리가 다짜고짜 말했다.

"문?"

"비 와."

지성은 고개를 들어 거실을 보았다. 창 앞에 화분 세 개가 나란히 놓여 있었다.

"거실 창문 말하는 거야?"

"응, 창문."

지성은 걸어가 창문을 닫았다. 밖에는 장대비가 내리고 있었다. 창틀에 맺히는 빗방울. 사선을 그리는 물줄기. 아까부터 어디서 소리가 난다 싶었는데, 창틀에 비가 내리꽂히는 소리였다. 거실 창 앞은 들이친 비로 그새 널찍한 물웅덩이가 생겨나 있었다. 그가 마른 수건을 가져다 거실 바닥을 닦으며 물었다.

"얘기 좀 해도 돼?"

"아니. 이따 봐."

언제 퇴근하냐고 물으려는데 전화가 끊겼다. 채리는 키우는 화분들을 위해 늘 창을 열어놓는다. 그래서 비가 많이 들이칠 때면 그에게 전화해 창문을 닫으라고 말한다.

채리야. 저녁에 뭐 먹고 싶니?

묻지 못한 말을 혼자 중얼거리며 지성은 다시 파를 썬다.

눈물이 난다.

파를 썰면 눈물이 나는구나.

이것은 파가 유발한 눈물이다.

내 안에서 인 눈물이 아니다.

도마에 칼을 부려놓고 식탁에 앉는다. 손가락에 파 조각이 붙어 있지만 씻어내지 않고 그냥 앉아 있기로 한다.

채리야 저녁때 뭐 먹고 싶니?

문자를 쳐 넣는다.

채리는 보지 못할 것이다.

손을 시커멓게 물들이며 염색을 하고 있을 테니까.

아니면 고객님의 두피를 마사지하고 있거나.

저녁엔 고기국수를 끓여야겠다. 채리는 고기가 떠다니는 탕류를 좋아한다.

지성은 인터넷으로 고기국수 레시피를 검색해본다. 사야 할 재료를 메모지에 적은 뒤 나갈 준비를 한다. 바지를 몸에 끼우고 나가려던 찰나, 이메일이 도착했음을 알리는 소리가 난다. 소파에 앉아 이메일을 확인하던 지성의 얼굴에 부드러운 곡선이 피어난다. 완만했던 곡선은 이내 환한 웃음으로 번진다. 메일은《작은 기쁨》에서 온 것이다. 지성은 며칠 전 이 잡지에 생활 에세이를 써서 투고했다. 태어나서 처음으로 레시피를 보고 제대로 요리를 해보았다는 내용이었다. 실직을 하게 되었고, 처음에는 우울하게 누워만 있었는데, 며칠 전에 처음으로 '요리'를 해보았다, 같이 사는 친구에게 대접했더니 친구가 좋아했다, 그랬더니 우울한 기분이 좀 나아졌다는 내용이었다.

좋은 원고를 보내주셔서 감사합니다.

지성은 같은 문장을 보고 또 본다. 투고한 원고를 실어주겠단 의사를 명확하게 드러낸 멋진 문장이다. 그 뒤로 붙은 문장들. 원고가 게재될 시점과 고료를 알려주는 부분도 간결하고 깔끔하다. 그는 화면에 뜬 문장 중 감사하다는 말이 들어 있는 부분을 손으로 쓸어 본다.

그는 핸드폰을 내려놓고 두 손으로 얼굴을 덮는다. 눈물. 천천히 뺨을 타고 흘러내리는 짜디짠 액체. 이제는 당황스럽지도 않은 최소량의 습기. 눈물은 어떻게 만들어지는가. 감정은 몸속 어디에서 만들어지는가. 만들어진 감정은 어떤 과정을 거쳐 액체로 변하는가. 지성은 물질화되어 나타난 제 감정을 소중히 받아들인다. 기쁨. 기쁨이 뺨을 타고 흘러내린다.

방금 기고를 확정받은 짧은 글은 일종의 반작용에서 출발했다. 며칠 전, 노트북에서 크리스탈과 공동 작업을 하기로 했던 원고를 발견했다. 10월 중에 출간될 예정이었고, 지성이 쓴 초고는 완성돼 있었다. 왜 그 원고가 계약대로 출판까지 갈 거라고 생각했을까. 아마도, 초고가 완성되어 있다는 사실 때문이었을 것이다. 원고를 찬찬히 다시 읽어보며, 지성은 확신했다. 이 정도 원고라면 책으로 묶일 수 있을 거라고. '눈 밝은 편집자'라면 내겠다고 덤벼들 만한 원고였다. 그는 자신이 쓴 글에 대해서는 늘 박한 평가를 내리는 편이지만, 그 원고는, 그의 판단에 의하면, 25년간 이어져온 그의 글쓰기 역사가 함축된 근사한 작품이었다.

함께 단행본 작업을 세 번이나 했던 편집자 E에게 원고를 송부하면서 지성은 이메일에 긴 설명을 덧붙였다. 제가 어떤 상황에 처했는지는 알고 있습니다. 대중이 저에게 품은 감정이 무엇인지도요. 하지만 이 글은 꼭 출판되었으면 좋겠습니다. 한 번만 읽어보시면 제가 왜 이 상황에서 선생님께 원고를 송고하는지 이해하실 겁니다. 읽어본 뒤 거절해도 좋으니 꼭 한 번 읽어주십시오.

편집자는 하루 뒤에 답장을 보내왔다. 선생님이 보내주신 원고를 읽어보았으나 아쉽게도 출판해줄 수 없다. 귀한 원고이지만 우리 출판사의 성격과 맞지 않는다. 죄송하다. 달랑 세 문장이 적힌 이메일이었다. 온기나 감정은 찾아볼 수 없는 건조한 메일을 받고, 지성은 문인으로서 제 생명이 완전히 끝났다는 것을 알았다. 다시는 이름을 걸고 글을 발표할 수 없으리라는 것을. '김지성'이라는 인간이 쓰레기이기에 그가 쓰는 글도 쓰레기로 귀결되리라는 것을. 이미 알고 있다고 생각했는데, 아니었다. 그러니까 지성이 편집자 E에게 메일을 보낸 것은, 그 사실을 제 안에 확실하게 새겨 넣기 위해서 거쳐가는 통과의례였다.

문제는 그럼에도 불구하고 지성이 글쓰기를 멈추지 못한다는 점이었다. 비가 오면 비가 오는 대로, 해가 비치면 해가 비치는 대로, 그는 글을 쓰고 싶었다. 청탁받은 원고를 쓰느라 눈코 뜰 새 없이 바쁘던 시절에 불쑥 글감이 떠올라 헐레벌떡 집으로 뛰어온 적이 많았

듯, 지금도 불쑥불쑥 글이 쓰고 싶었다. 그는 자신에게 일어난 드라마틱한 추락을 언어로 형상화하고 싶었다. 사회가 얼마나 매정하게 자신을 버렸는지, 자신이 얼마나 추한 분노와 동료 문인들에 대한 질투심에 시달리는지, 정교하게 언어로 빚어내고 싶었다. 누구도 실어주지 않을 걸 아는데도, 누구도 읽어주지 않을 걸 아는데도, 쓰고 싶다는 욕망이 모락모락 피어올랐다. 글쓰기로 밥벌이를 하고 존재의 모든 측면을 정당화하며 살아온 자는, 더 이상 글쓰기를 할 수 없게 되었을 때 무엇을 해야 하는가? 무엇으로 밥을 벌고 무엇으로 허허벌판 같은 생을 채워가야 하는가? 그는 자신에게 있는 글쓰기 능력이 저주스러웠다. 문학에 대한 열망이 지긋지긋했다. 자격을 박탈당했는데 왜 재능은 사라지지 않는가. 왜 열망은 수그러들지 않는가.

편집자 E에게 무미건조한 거절 메일을 받은 날 밤, 지성은 글을 쓰기 시작했다. 그 글 속에서는 철학자도, 심리학자도, 시인도 나오지 않았다. '인류'라거나 '가치' 같은 말도 나오지 않았다. 손의 움직임과 식재료의 재질, 촉감, 요리 과정에서 일어나던 물리적인 변화에 대한 기술로 가득 찬 글이었다. 글은 요리행위와 그 영향에 대한 감상으로 끝났다. 제 손을 움직여 만들어낸 음식이 타인의 위장을 덥히는 것을 확인한 순간 느꼈던 기쁨에 대한 짤막한 감상으로 글을 완성한 뒤 지성은 환호했다. 그것은 실체가 뚜렷한 기쁨이었다. 현란한 화술과 날카로운 논리로 유명세를 얻을 때 느꼈던 것과는 다른 기쁨. 분에 넘칠 정도로 대중에게 사랑받을 때는 경험하지 못했던 뭉클함, 아련함, 그리고 슬픔이 소용돌이치며 어우러진 기쁨이었다. 그는 막 끝마친 에세이를 다시 한번 훑어본 뒤 《작은 기쁨》에 투고했다.

지성은 휘파람을 불며 냉장고를 열었다. 어제 채리가 퇴근길에 사다 둔 소고기와 대파를 꺼냈다. 채리는 오늘 퇴근 뒤에 고기국수를 만들 요량이었으리라. 그는 조금 전 채리에게 보냈던 문자를 떠올리며 혀를 찼다. 아무 힌트도 주지 않고 있다가 퇴근해 돌아오면 불쑥 국수를 내밀었어야 했다! 하지만 곰곰 생각해보면, 그가 보낸 문자는 단순히 무얼 먹고 싶냐는 질문에서 끝났다. 채리는 그가 고기국수를 시도하리라고는 생각지 못할 것이다. 지성은 고개를 빼고 벽시계를 보았다. 채리가 오기까지 약 세 시간. 그 정도면 서툰 솜씨나마 국수를 완성할 수 있을 것이다. 그는 핸드폰을 들고 고기국수를 검색한 뒤 결과가 뜨길 기다리며 휘파람을 불었다.

9/

계속되는 초인종 소리에 지성은 몸을 일으켰다. 보통 한두 번 울리다 그냥 가는데, 이번 방문자는 끈질기게 벨을 눌렀다. 세 번 연속 누르더니, 나중엔 세차게 문을 두드렸다. 뭐라고 말도 하는 것 같았는데, 안방 침대에서는 잘 들리지 않았다.

지성은 길게 기지개를 켠 뒤 침대를 빠져나왔다. 모처럼 잠이 들었는데. 사흘 동안 자지 못해 노곤했던 몸이 조금 전까지 머물렀던 안락한 세상을 그리워하며 투덜거렸다.

"김지성 씨, 문 좀 열어주세요."

거실로 나가자 바깥의 소리가 또렷이 들려왔다. 손바닥 전체로 문 두드리는 소리를 내는 상대는 여자이고, 그의 이름을 알고 있으며, 그가 안에 있다는 사실 또한 알고 있었다.

누구지?

지성은 현관 응답 시스템에 뜬 화면을 쳐다보았다. 검은색 뿔테 안경을 낀 짧은 머리의 여자가 팔을 들어올린 채 화면에 다가왔다 멀어지길 반복하고 있었다. 지성은 크게 숨을 들이마셨다. 화면으로 얼굴을 봤을 뿐인데도 숨이 가빠왔다. 낯선 사람을 만나면 바로 이상신호가 왔다. 지성은 가슴을 꾹 누르며 후, 하고 숨을 내보냈다.

"저 이민주 씨 동생입니다. 급한 일이에요."

다시 안방으로 들어가려던 지성의 발길을 여자의 목소리가 멈춰 세웠다. 분명히 귀로 들려왔다. 민주의 이름이. 그는 신들린 듯 현관으로 가서 문을 열었다.

"안녕하세요. 아우, 숨차."

여자는 문이 열리자마자 재빨리 안으로 발을 들여놓았다. 지성은 뒤로 한 발짝 물러서 호흡을 골랐다. 괜찮다. 괜찮을 것이다. 민주의 동생이라지 않은가. 여자는 화면에서 봤던 것보다 체격이 작고 인상이 부드러웠다. 한쪽 어깨에는 금방이라도 터질 것 같은 퉁퉁한 백을 메고, 다른 쪽 손엔 커다란 바구니를 들고 있었다.

"징글징글하게 덥네요, 오늘."

들어오라는 말도 안 했는데 여자가 신발을 벗고 들어서며 문간방 쪽 통로에 바구니를 내려놓았다.

"아우, 더워. 화장실이 어디죠?"

백까지 바닥에 내려놓은 여자가 머리를 쓸어 넘기며 두리번거렸다. 짧은 커트머리가 뒤로 넘어가는 순간 이마에 송글송글 맺힌 땀이 드러났고, 굵은 뿔테안경 너머로 민주의 그것과 유사한 눈동자가 번들거리며 육체적 불편함을 호소해왔다. 저 덤단 말입니다!

"저기, 저쪽입니다."

현관에 선 채 여자가 하는 모양을 멍하니 지켜보던 지성이 뒤돌아 문간방 앞 화장실을 가리켰다.

"감사합니다."

여자가 백을 바닥에 내려놓고 날 듯이 화장실로 달려갔다. 다부진 체격의 여자에게서는 화장품 냄새와 졸인 설탕 냄새 같은 게 한꺼번에 날아왔다. 어떤 냄새라고 딱 잘라 말하기 힘들지만 너무 강렬해서, 아무리 둔한 사람이라도 의식할 수밖에 없는 그런 냄새였다.

지성은 거실 에어컨을 켜놓고 안방으로 들어가 구김이 없는 바지로 갈아입고 나왔다. 그리고 화장실에서 나온 여자를 식탁으로 안내했다.

여자는 백을 의자에 부려놓고 바구니를 식탁 옆으로 옮겼다. 과일바구니인가? 지성은 손을 내밀다가 여자가 손바닥을 펼쳐 만류하는 걸 보고 머쓱한 표정을 지었다. 나한테 주는 게 아니었나? 과일바구니라고 보기엔 너무 크고 디자인이 투박하다는 사실이 그제야 인식되었다.

"이성주라고 합니다. 이민주 씨 동생이죠."

지성은 여자에게 목례를 해 보인 뒤 자리에 앉았다. 여자와 대면한 지 5분쯤 지났을까. 호흡이 정상으로 돌아오고 심장박동도 안정되었다. 그는 의자를 당겨 앉으며 여자에게 손짓으로 앉으라는 표시를 해 보였다. 여자는 민주보다 키도 체격도 약간씩 더 컸다. 민주가 '깡말랐다'는 느낌이었다면 눈앞의 여자는 보기 좋을 정도로 살이 오른 편이었다.

"제가 오늘 시간이 많지 않아요. 바로 본론으로 들어가겠습니다."

의자에 앉은 여자가 이렇게 말하는 순간 백 속에서 전화벨이 울렸다.

"잠시만요."

여자가 백을 뒤져 핸드폰을 찾아 들더니 벌떡 일어나 문간방 쪽으로 갔다. 빠른 소리로 상대를 향해 몇 마디를 하더니 딸깍, 소리를 내며 문간방 문을 닫았다. 지성은 찻주전자에 물을 올리면서 입을 벌린 여자의 백에 눈길을 주었다. 두툼한 서류 뭉치와 하늘색 파일 두 개가 꽂혀 있고, 틈새에 보온병처럼 생긴 긴 통과 얇은 천가방, 손수건 뭉치가 들어 있었다. 크기에 비해 너무 많은 물건이 쑤셔박혀 있어, 금방이라도 물건이 쏟아져나올 것 같았다.

"저는 차 같은 거 안 주셔도 됩니다. 그냥 차가운 물로 할게요."

돌아온 여자가 지성의 등 뒤에 대고 말하면서 핸드폰을 식탁 위에 탁, 소리가 나게 내려놓았다. 지성은 자신이 마실 녹차와 여자가 마실 냉수를 준비해 자리로 돌아오면서 다시 통화를 시작한 여자의 옆모습을 건너다보았다. 제멋대로구나. 눈앞의 여자는 민주보다 더 직설적이고, 더 건조했다. 민주도 상당히 제 마음대로 하는 편이었지만, 그 방식에서, 이 여자보다 더 문학적이고 운치가 있었다.

"혹시 이형주가 찾아왔었나요?"

"이형주라면……"

이렇게 말하다가 지성은 아, 하고 입을 벌렸다.

"민주 오빠라는 그분 말씀하시는 거죠?"

"만나셨어요?"

여자는 아무런 표정 변화 없이 바로 이렇게 물었다.

지성은 왼쪽 손을 말아쥐고 입에 대며 앞으로 몸을 기울였다. 민주가 여동생 얘기를 한 적이 있었던가. 했던 것 같다. 두어 번 말했었다. 동생이 자신과 아주 다르다고. 너무 달라서 어떨 땐 신선하고 어떨 땐 골치가 아프다고.

"네, 뭐, 만나긴 했습니다."

지성이 여자의 기색을 살피며 말했다.

"뭐라던가요?"

아주 자기중심적인 여자였다. 눈앞의 남자와 만난 지 5분밖에 안 됐다는 사실, 천천히 거리를 좁힐 필요가 있다는 데에는 전혀 생각이 미치지 않는 것 같았다. 시간에 쫓겨서 그런가.

지성이 대답 없이 찻잔을 만지작거리자 여자가 다시 물었다.

"그 인간이 돈을 요구하던가요?"

"돈을 요구했다기보다……"

지성은 말끝을 흐렸다. '그 인간'이란 말을 할 때, 여자의 눈에 적개심이 가득했다. 지성은 발을 바꾸어 꼬며 차를 들이켰다. 지성이 이형주에게 추모앨범 비용을 보낸 것은 유가족을 향한 마음의 표시였다. 어쨌든 자신은 민주의 오랜 친구가 아니었던가. 그런데 이 여자, 민주의 동생이면서 동시에 이형주의 동생인 이 여자가 그 사실을 모르고 있다? 지성은 눈을 찌르는 앞머리를 옆으로 넘기며 길게 한숨을 쉬었다. 그렇다면 나는 대체 왜 그 돈을 보냈단 말인가. 2천만 원이나 되는 돈을.

"추모앨범 얘기를 하던가요? 아니면 이민주 문학관 얘기?"

"저 말고 다른 사람들에게도 그런 얘기를 하고 다니나요, 오빠가?"

화려한 정장 차림에 비단결 같은 머리를 하고 있던 이형주의 모습이 떠올랐다.

"제가 들은 것만 해도……"

그때 갑자기 소리가 났다. 고양이 울음소리 같기도 하고 아픈 사람의 신음 같기도 한, 가늘고 여린 소리가. 지성의 시선이 수건으로 뒤덮인 바구니를 향했고, 그제야 자신이 무심히 보았던 바구니 한쪽 끝의 살구색 물체가 '살'이었음을, 살구나 뭐 그런 종류의 과일이 아닐까 생각했던 물체가 한 작은 인간의 발이었음을 인식했다.

"저 바구니 안에……"

손을 입에 가져다 대면서 지성이 이렇게 말한 것과 여린 소리의 음량이 커진 것, 그리고 여자가 요란하게 의자 끄는 소리를 내며 자리에서 일어선 것은 동시의 일이었다.

"흐애에, 흐애에."

여자가 벗겨낸 수건 아래로 드러난 아기의 머리에서 커다란 울음소리가 흘러나왔다.

"오오, 쭈쭈쭈쭈, 우리 아기 일어났어?"

여자가 지금까지와는 완전히 다른 목소리를 내며 아이를 번쩍 안아 올리더니 빠른 걸음으로 식탁 주위를 왔다 갔다 했다. 그리고 흘러나오는 노래. 파란 하늘, 파란 하늘 꿈이 드리운 푸른 언덕에, 아기 염소 여럿이 풀을 뜯고 놀아요…… 여자의 입에서 깨끗하고 맑은 고음이 흘러나오고, 무표정하게 굳어 있던 얼굴이 구불구불한 곡선을 만들어내며 빛을 발했다. 지성은 눈을 크게 뜬 채 목석처럼 앉아 그 광경을 바라보았다. 여자가 순식간에 천사로 돌변하고, 거짓말처럼 울음을 그친 아이가 까악 하는 웃음소리를 내는 광경을. 바구니에 든 게 아기였단 말이지. 그의 입에서 쿡 하는 웃음이 흘러나왔다. 그제야 여자가 들어선 순간부터 집 안을 점령하던 냄새의 정체를, 왠지 집 안의 밀도가 높아지는 것처럼 느껴졌던 이유를 알 수 있었다.

"제가 사무실로 들어가봐야 하는 시간이 있습니다. 그러니까 그냥 거두절미하고 말씀드릴게요."

아이를 안은 여자가 무릎을 굽혔다 폈다 하며 말했다. 맑고 고운 음성과 사무적인 음성 사이 어딘가, 중간지대의 말투로. 지성은 여자의 말이 끝나기 바쁘게 고개를 주억거렸다.

"초대 아시죠?"

"네?"

초대? 지성은 고개를 갸우뚱했다. 촛대를 말하는 건가?

"노래 말이에요. 초대라고, 예전에 유행했던 노래요. 그 노래 우리 오빠가 불렀던 거예요, 이형주가. 그 노래 작사를 언니가 했고요. 언니가 그런 말 했었죠? 그거 자기가 작사한 노래라고. 오빠랑 같이 한 게 아니라 단독으로 썼다고."

빠른 속도로 쏟아져나온 말의 의미를 파악하기 위해 지성은 인상을 썼다.

"네가 처음 내 이름을 불러주었던 그날의 햇살을 나는 지금도 잊지 못하지. 라라라 푸른 하늘과⋯⋯"

여자가 아이를 들어올렸다 내렸다 하며 빠른 템포로 노래를 불렀고, 지성의 입가에 미소가 피어났다. 그래. 이런 노래였지. 멜로디를 잠깐 들었을 뿐인데도 기억이 순식간에 과거로 날아갔다. 젊고 패기에 넘쳤던 시절. 꿈을 믿고, 정의를 믿고, 의지만 있으면 뭐든지 할 수 있을 거라 믿었던 시절로.

"잠시만요."

여자가 방긋거리는 아기를 바구니에 놓고 핸드폰을 들여다보았다. 버튼 몇 개를 누르고 화면을 유심히 쳐다보더니 다시 말을 이었다.

"생각나시죠? 그 노래. 라라라 푸른 하늘과 바람. 눈부신 햇살."

여자가 다시 한번 노래를 흥얼거린 뒤 말을 이었다. 어찌나 빠르게 노래를 부르고 바로 말하기로 옮겨가는지, 마치 빠른 재생 버튼이 눌린 기계 같았다.

"가수 이형주의 유일한 히트곡. 그 노래 우리 언니가 작사했잖아요. 이형주가 한 게 아니라. 언니가 말한 적 있죠? 자기가 그 노래 작사해줬다고. 혼자서. 그 노래는 절대 이형주랑 같이 만든 게 아니에요! 물론이죠. 모든 사람이 다 아는 일입니다."

"아, 네⋯⋯"

지성은 머리를 긁적였다. 그 노래 가사를 민주가 썼었나? 처음 듣는 얘기였지만, 어쩐지 그렇다고 해줘야 할 것 같아 열심히 고개를 끄덕였다.

"언니는 그 노래를 단숨에, 10분? 20분? 그 정도 시간에 바로 휘갈겨 썼어요. 내가 그거 쓸 때 옆에 있어서 알죠. 그것도 아시죠?"

"네?"

아이가 팔을 휘두르며 다시 울음소리를 내기 시작했다.

"언니가 혼자서 단숨에 썼다는 거요. 그거 쓸 때 내가 옆에 있었고."

여자가 아이를 안아 올리며 다급하게 말했다. 목소리엔 짜증이 잔뜩 묻어 있었다. 빨리빨리 대답하지 않고 뭐해! 급해 죽겠는데!

"아, 네. 네. 민주는 그랬을 겁니다. 뭐든 단숨에 완성형으로 써내는 스타일이었으니까요."

"오케이. 좋습니다."

여자가 아이를 한 손에 안아 들고 다른 쪽 손을 핸드폰 위에 올려놓았다. 버튼 두어 개를 누르더니 "됐어" 하고 혼잣말을 했다.

"지금 뭐 하시는 거죠?"

그제야 여자가 방금 한 행위가 음성녹음일지도 모르겠다는 데 생각이 미친 지성이 다급하게 물었다. 여자는 대답하지 않고 아이를 안아 든 상태로 한 손을 놀려 가방에서 길고 얇은 천가방을 꺼냈다. 그의 눈앞에서 한 여자가 한 손으로 천가방의 입구를 벌리고, 그 안에서 분유가 담긴 병을 꺼내고, 그 분유병을 식탁 위에 올려놓은 뒤, 다시 퉁퉁한 백에서 보온병을 꺼내는 광경이 일사불란하게 펼쳐졌다. 매끄럽게 진행되던 여자의 손놀림이 한 손으로 보온병 뚜껑을 여는 데에서 막혔고, 넋 나간 듯 앉아 그 광경을 바라보던 지성은 여자의 원망 어린 시선을 받고서야 손을 뻗어 보온병 뚜껑을 여는 걸 도와주었다. 그 뒤로는 다시 여자의 독무대였다. 여자가 나머지 과정들, 그러니까 한 손으로 보온병에 담긴 온수를 분유병에 넣고, 분유병 꼭지를 잠그고, 아기 입에 분유병을 물려 아기가 쪽쪽거리며 단숨에 분유를 마시게 하는 일련의 과정을 행하는 것을 지성은 마술쇼를 보듯 쳐다보다가, 물에 탄 분유를 다 마신 아기가 작은 입으로 꺽 소리를 낸 뒤 다시 바구니에 담긴 다음에야 현실 세계로 돌아왔다.

아이에게 분유를 먹여 다시 잠재우는 데 성공한 여자가 길게 한숨을 쉬며 자리로 돌아왔다. 지성은 여자가 의자에 기대앉으며 두 팔을 머리 뒤로 올려 스트레칭하는 것을 가만히 쳐다보았다. 목을 뒤로 주욱 늘이며 눈을 감는 모습이 마치 제 집 안방에 있는 듯했다. 이 여자, 어떤 일을 할까? 화장기가 없는 얼굴이지만 흰색 민소매 티에 회색 정장바지, 파란색 조끼를 배치한 차림새가 트렌디하다. 중성적인 느낌을 풍기는 세련된 스타일에 거침없는 말투를 구사하는 이 인물은 카피라이터? 패션지 에디터? 그런 일을 하고 있을까?

"전 서른 살이 된 뒤로 오빠를 본 적이 없습니다."

스트레칭을 마친 뒤 눈을 감고 손으로 이마를 짚고 있던 여자가 고개를 들었다. 그리고 물을 벌컥벌컥 들이켰다.

"물 한 잔 더 주실래요?"

빈 컵을 내려놓으며 여자가 말을 이었다.

"오빠는 언니하고만 연락했어요. 언니가 유명세가 있으니까 빼먹을 게 많다고 생각한 거죠. 고마워요."

여자가 지성이 가져다준 물잔을 받아들며 고개를 까딱해 보였다.

"잠깐만요."

지성이 한 손을 내밀어 여자의 말을 저지했다.

"그럼 장례식장에……"

지성의 고개가 천천히 옆으로 기울었다. 설마 그날, 그럼 장례식장에……

"오빠는 오지 않았습니다."

그는 입을 딱 벌렸다. 장례식장에 오지 않았다고? 이형주가? 친오빠가?

"모르셨군요. 어머, 그럼 혹시 돈을 보내셨나요? 설마. 아니죠?"

여자가 상체를 앞으로 숙이며 그를 뚫어지게 쳐다보았다. 그제야 지성은 민주의 장례식장 풍경을 다른 각도에서 바라볼 수 있었다. 그날, 지성을 장례식장 안쪽으로 발도 들여놓지 못하게 한 것은 유가족이 아니었다. 지성은 유가족의 얼굴도 보지 못한 채 장례식장을 나왔다.

"보냈습니다."

지성이 조용히 말한 뒤 여자를 쳐다보았다. 가슴 한가운데서 열패감이, 부끄러움이, 엄청난 속도로 번져나갔다.

"오 마이 갓!"

여자의 얼굴이 순식간에 일그러지더니, 한쪽 손으로 눈을 덮으며 식탁에 기댔다. 아우우, 어떡해. 여자는 어깨를 흔들고 발을 구르며 하, 몰라, 어떡해, 라는 탄식을 연달아 내놓았다. 지성은 여자의 몸짓을 건너다보며 장례식장에 서 있던 자신의 모습을 떠올렸다. 그날 지성을 내쫓은 것은 민주의 '동료 문인들'이었다. 그들의 엄중한 시선이, 차가운 표정이, 지성을 얼어붙게 했다. 제 발로 장례식장 문간에서 발길을 돌리게 했다. 그런 정황을 따져보면 지성이 이형주가 장례식장에 없었다는 사실을 미리 알아채지 못한 것은 당연했다.

한동안 몸짓과 말로 제 감정을 넘치게 표현하던 여자가 한순간 혀를 차며 고개를 젓더니 백에서 지갑을 꺼냈다.

"제 소개를 안 드렸군요. 저는 이런 사람입니다."

지갑에서 꺼내준 명함에 그의 귀에도 몇 번 들려온 적 있는 대형 법무법인의 이름이 찍혀 있고 그 밑으로 '변호사 이성주'라고 쓰여 있었다.

"저희 집안에선, 뭐 집안이라 해봤자 이제 언니까지 떠났으니까 저만 남았네요. 아무튼 저희 식구들은 일찌감치 오빠를 기억에서 지웠습니다. 식구로 생각하지 않은 지 오래예요."

아기가 칭얼대기 시작해 여자가 다시 몸을 일으켰다.

"요즘 이형주가 언니 관련해서 돈 욕심을 내고 있습니다. 안 될 일이지요. 살아 있을 때 언니 등골을 빼먹은 거 말고는 가족들하고 상종도 안 했는데, 우구구, 다시 깼어 우리 이쁜이? 더구나 언니 아픈 뒤로 그 병간호를 누가 다 했겠습니까. 저밖에 더 있겠어요? 지방 출장 갔다가 언니 소식 듣고 비행기 타고 올라왔다 다시 내려간 게 적게 잡아도 스무 번은 될 겁니다. 이제 와서 지저분하게 나온다고 해서 안 될 일이 되는 건 아니죠. 그렇잖습니까? 응, 그래그래, 이제 코자면 돼요. 엄마가 안아서 재워줄게요. 제가 그렇게 호락호락 당할 인물도 아니고요. 〈초대〉는 작사가가 이형주로 되어 있습니다. 그걸 언니 명의로 돌려야 하는데, 글쎄 이 사기꾼이 그걸 안 하겠답니다. 그 무식한 인간이, 평생 글 한 줄 써본 적 없는 인간이, 그걸 자기가 썼다는 거죠. 오야 오야 오야, 우리 아가 이쁘지."

여자의 입에서 말인지 랩인지 알 수 없는 엄청난 속도의 말이 쏟아져나왔고, 지성은 아기를 어르는 말과 혼합된 속사포 같은 말의 핵심을 알아듣기 위해 상체를 앞으로 바짝 기울였다. 그러니까 이 여자 말은 지금, 〈초대〉의 저작권을 민주 앞으로 돌리겠다는 건가?

"파란 하늘, 파란 하늘 꿈이 드리운 푸른 언덕에, 아기 염소 여럿이 풀을 뜯고 놀아요. 해처럼 밝은 얼굴로……"

여자는 아기를 안고 노래 부르며 거실을 향해 나아갔다. 엉덩이와 무릎으로 리듬을 만들어내며 걸어가는 것이 꼭 배 한 척이 바다 위를 둥실둥실 떠가는 듯한 모습이었다. 여자는 말할 때의 투박한 음성과는 완전히 다른 매혹적인 음성으로 노래를 불렀는데, 그 고운 음성의 수혜자인 아기는 가녀린 울음소리를 내보내며 자신이 원하는 것이 노래가 아님을 끈질기게 공표했다.

"아, 젖은 거였구나. 오구, 우리 아기 기저귀가 젖었어요! 아우, 엄마가 그걸 몰라줬어요. 미안해요, 미안해요."

여자가 노래를 멈추고 아이의 다리 사이에 손을 넣더니 다급하게 식탁으로 되돌아왔다.

"근처에 마트가 있나요?"

한 손으로 아기를 안고 나머지 손으로 다급하게 가방을 뒤지던 여자가 불쑥 물었다.

"저기 앞쪽에 조그만 동네 슈퍼가 있습니다. 필요하신 게……"

여자가 지성의 손가락이 가리킨 쪽을 향해 성큼성큼 걸어가 거실 창 앞에 섰다.

"저기 저 횡단보도를 건너가야 하나요?"

지성은 빠르게 여자 옆으로 갔다.

"네, 저 빨간 옷 입은 남자 보이시죠? 지금 막 건너간 남자, 그 남자처럼 왼쪽으로 틀어서 가시면 금방 슈퍼가 나옵니다."

여자의 품에 안긴 아기는 더 이상 울지 않았다. 눈을 감은 채 조용하게 안겨 숨소리를 냈다. 이렇게 가까이 가보니 확실히 알 수 있었다. 여자가 현관에 들어선 순간부터 나던 달짝지근한 냄새의 정체를. 그것은 아기 냄새였다. 살냄새와 분유 냄새, 로션 냄새, 입에서 나는 단내 등 그가 평소 접할 일이 없던 낯선 냄새들의 종합체였다.

잠시도 쉬지 않고 주인을 불러대는 여자의 핸드폰이 다시 세차게 울기 시작했고, 여자는 아기를 안은 채 바람처럼 식탁으로 날아가 핸드폰을 들어올리며 무릎을 굽혀 아이를 바구니에 내려놓았다.

"네, 차장님."

아기가 바구니에 담긴 뒤에도 조용하다는 걸 확인한 여자가 전화기를 들고 문간방 쪽으로 갔다.

"당연히 청구해야죠! 동행하는 데 기본이 오십입니다. 처음부터 그렇게 못을 박으셨어야죠. 그런 것까지 제가 일일이 챙겨야 합니까!"

점점 높아지고 험악해져가는 여자의 목소리가 다시 식탁 쪽으로 다가왔다. 식탁에 앉아 핸드폰을 확인하던 지성이 자리에서 엉거주춤 일어섰다.

"저, 잠깐 나갔다 올게요."

여자가 핸드폰을 한 손으로 덮으며 속삭이듯 말하고 현관을 향했다.

"저기……"

지성이 만류할 틈도 없이 여자가 현관문을 열고 나가버렸고, 쾅 소리가 나면서 풍경 소리가 요란하게 울려 퍼졌다. 그의 눈길이 자동으로 바구니를 향했다. 문소리가 날 때 아기가 놀란 듯 양손을 위로 들어올렸지만, 이내 손을 내리고 다시 잠들었다. 그는 안도의 한숨을 내쉰 뒤 찻잔을 들고 살금살금 거실로 옮겨갔다.

10/

거실 협탁에 찻잔을 내려놓던 지성은 멈칫했다. 으으으응. 아기 울음 소리가 들려왔다. 그는 식탁 아래에 놓인 바구니를 쳐다보았다. 설마. 지금 우는 건 아니겠지?

지성은 시간을 확인했다. 여자가 나간 지 10분이 지났다. 집에서 100미터 정도 가면 나오는 슈퍼에 갔으니 금방 돌아올 것이다. 아가야, 조금만 더 자렴.

찻잔을 내려놓고 소파에 앉았을 때 다시 아기 울음소리가 들려왔다. 이번엔 처음보다 훨씬 큰 소리였고, 어떻게 생각해도 잘못 들었다고 할 수 없는 확실한 음성이었다. 지성이 자리에서 일어서 아기 바구니 옆으로 갔을 때, 아기는 엄청난 기세로 울면서 팔을 휘젓고 있었다. 울음과 휴지기가 반복되는 패턴을 지나 이제는 연속으로 울음소리를 토해내는 절정기에 접어들었고, 지성은 제 몸을 뚫고 들어오는 듯한 그 소리에 완전히 점령당했다. 손을 내밀었다가 차마 아기

몸에 손대지 못하고 거두어들이면서, 그는 눈앞에 있는 조그만 생명체의 힘에 대해 생각했다. 어떻게 이렇게 커다란 소리를 내지? 소리 자체가 큰 것일까, 아니면 소리는 작은데 상대가 아기라는 인식 때문에 유난히 크게 느껴지는 것일까? 하지만 그의 의문은 '크다'라는 표현으로는 도저히 형용할 수 없는 발작적인 소리와 몸짓에 압도당해 흔적도 없이 사라져버렸다. 아기는 두 팔을 휘저으며 엄청난 소리를 냈고, 빨개진 얼굴을 찌그러뜨리며 있는 힘을 다해 발버둥쳤다. 눈에 맺힌 눈물이 옆으로 방울방울 흘러내리는 걸 보며 지성은 어, 어, 소리를 냈다. 어떡하지? 아기가 아아아아악, 소리를 내며 기절할 것처럼 자지러지는 순간, 그의 몸이 구부러지고 두 팔이 앞으로 나가 아기를 번쩍 안아 올렸다. 아기는 순간 모든 소리와 움직임을 멈추고 커다란 눈으로 그를 쳐다보았다. 아기와 눈이 마주친 그의 입에 미소가 걸린 것과, 그가 제 허벅지에 뜨끈한 액체가 감겨든다고 느낀 것은 동시에 일어난 일이었다. 면바지에 서서히 스며드는 따뜻하고 축축한 액체의 정체가 뇌리에 잡히는 순간, 아이가 얼굴을 일그러뜨리며 엄청난 굉음을 만들어내기 시작했다. 으애앵, 으애앵, 아아아아악. 으애앵, 으애앵, 아아아아악. 아이는 '아기 울음소리'라 할 수 있는 전형적인 소리를 두 번 낸 뒤 길게 끄는 발작적인 소리를(그가 듣기엔 그랬다) 덧붙이는 패턴을 반복했다. 중간중간 금방이라도 숨이 넘어갈 것처럼 칵칵거려 심장을 오그라들게 만들기도 했다. 엉거주춤 아기를 안고 선 상태로 한동안 천둥 같은 울음소리에 휩싸여 있다가, 지성은 아기를 바닥에 내려놓고 바지를 벗기기 시작했다. 무릎을 굽혀 앉을 때 젖어 있는 왼쪽 바지 부분이 철벅하게 피부에 감겨오며 불쾌감을 선사했지만 개의치 않았다. 이 소리에서 벗어날 수만 있다면, 금방이라도 기절해버릴 것 같은 이 무시무시한 존재를 진정시킬 수만 있다면, 바지쯤은 얼마든지 희생할 수 있었다.

흠뻑 젖은 아기의 바지는 잘 벗겨지지 않았다. 엄청난 짠내와 끈적끈적함을 감내하고 바지를 벗기는 데 성공한 지성은 곧바로 기저귀를 풀었다. 양과 토끼 그림이 둥실둥실 박힌 기저귀를 풀자 눈앞에 똥과 오줌이 범벅된, 초록과 노랑과 갈색의 물질이 처참한 형태로 짓눌려 섞여 있는 광경이 시야를 침투해왔고, 그가 기저귀를 벗긴 뒤 어떻게 하겠다는 계획 없이 무작정 기저귀를 벗겼다는 사실을 인식했을 때, 드러난 아기의 고추가 발딱 일어서며 그에게 맑고 힘찬 물줄기를 발사했다.

"아이, 씨, 뭐야!"

인상을 쓰며 제 얼굴을 닦아내는 지성을 본 아기의 눈이 동그래지더니 까르르 웃기 시작했다. 텔레비전 CF에서, 인터넷 영상에서 보았던, 그런 웃음, 지상의 것이라고는 믿을 수 없는 그런 환하고 절대적인 웃음이, 그를 향해 날아왔다. 무차별적으로 쏟아져내리는 웃음 세례를 받으며, 지성은 철퍼덕 바닥에 앉았다. 조금 전 자신을 휘감아 돌았던 화와 짜증, 얼굴 구석과 눈 안쪽에까지 침투해 들어온 타인의 배설물에 대한 불쾌감이, 정반대의 감정과 만나 어우러지며 이상한 조화를 이루었다. 그는 아기의 발목을 붙잡아 올렸다. 시큼한 배설물 냄새 사이로 하얗고 포동포동한 살이 탐스럽게 드러났고, 아기는 발을 버둥거리며 다시 한번 까르르 웃었다.

지성은 엉덩이 밑에 깔린 기저귀를 빼내 옆에 부려놓고 아기를 안아 화장실로 데려갔다. 떨리는 손으로 겨우 세면대 위에 세우자 아기가 양손으로 그의 어깨를 꼭 잡는 게 느껴졌다. 그는 왼손으로 아기의 허리를 붙잡고 오른손으로 물을 틀어 아기의 엉덩이를 씻어냈다. 욕조에 넣으면 좀 더 제대로 씻길 수 있을 것 같았지만 그렇게 하기엔 너무 겁이 났다. 떨어뜨리기라도 하면 어쩐단 말인가!

서툰 손길로 아기의 하체를 씻긴 뒤 지성은 샤워타월을 들고 나왔다. 커다란 타월에 눕히고 몸을 감싸기 위해 옆으로 굴리자 아기가 또다시 웃기 시작했다. 아까보다 더 커다랗게, 자지러질 것처럼, 숨넘어가는 소리를 내며 웃어댔다. 타월로 하체를 돌돌 말아 감싼 뒤 아기를 안아 올렸을 때, 아기가 양손으로 그의 목을 두르며 포옥 안겨왔다. 아기의 머리가 그의 어깨 위로 떨어지는 것을 느꼈을 때, 그의 가슴속에서 뭔가가 폭발했다. 그는 울기 시작했다. 아기를 안은 채 좌우로 몸을 흔들면서 엉엉 울었다. 알 수 없는 무엇이, 그의 인생 전체를 응축한 덩어리가 갑자기 뚫고 나오는 듯한 느낌이, 이 모든 것을 언젠가 똑같이 겪었던 듯한 기시감이, 엄청난 기세로 몰려왔고, 그 모든 감정의 분출 끝에, 안정감이 찾아왔다. 마음이 차분히 가라앉으면서 맑은 눈물이 흘러나왔다. 누구든 붙잡고 감사하고, 무엇이든 끄집어내어 용서하고 싶었다.

여자가 돌아와 벨소리를 낸 것은 샤워타월에 감긴 아기가 그의 어깨에 머리를 기댄 채 새근새근 숨소리를 내며 잠든 직후였다. 그는 문을 열어주며 쉬 하고 손을 입가에 댔다. 그의 모습을 본 여자의 눈이 동그래졌다. 그는 그런 여자를 향해 미소를 날렸다. 입에 바나나 모양의 곡선을 만들어내는 큼직한 미소를.

지성에게 아기를 건네받은 뒤 이성주는 능숙한 손놀림으로 기저귀를 채우고, 가방에서 새로운 바지를 꺼내고, 아기에게 입히고, 아기를 바구니에 넣었다.

"슈퍼가 작아서 기저귀를 안 팔더군요. 이 더위에 서단역까지 갔다 왔습니다."

이성주가 아기 손에 장난감을 쥐여주며 제가 사 온 기저귀 꾸러미를 가리켜 보였다. 서단역까지 다녀온 게 지성의 탓이기라도 한 듯한 말투였다.

"걸어서요?"

"보면 모르겠어요?"

이성주가 앞머리를 걷어올려 땀범벅이 된 이마를 보여주었다.

"말씀하시면 제가 사다드렸을 텐데……"

지성이 선 채로 손을 비비며 어깨를 움츠렸다.

"이 앞 슈퍼에서 팔 줄 알았죠. 어떤 기저귀를 사야 할지 모르실 것 같기도 하고."

이성주가 장난감 스위치를 올려 번쩍이는 불빛과 노래가 흘러나오게 한 뒤, 식탁으로 돌아가 자리 잡고 앉았다. 지성은 별 모양 장난감에서 나오는 오색 불빛을 보느라 눈을 커다랗게 뜬 아이와 이성주를 번갈아 쳐다보았다. 어쩐지 아쉽다는 생각과, 이렇게 마무리되어 다행이라는 안도감이 동시에 밀려왔다.

"이형주하고 재판을 할 겁니다."

지성이 식탁으로 돌아와 앉자 이성주가 바로 본론으로 들어갔다. 민주가 남긴 '얼마 안 되는' 재산, 즉 아파트 한 채와 단행본들에 대한 저작권, 작사했던 곡들에 대한 저작권을 오빠인 이형주와 나눠 가져 야 하는데, 그에 앞서 이형주가 작사한 것으로 되어 있는 곡들에 대 한 저작권 변경을 먼저 해야 한다는 것이었다.

"본격적인 단계로 들어가기 전에 이것들을 먼저 변경해야 합니다."

지성은 조금 전 자신의 음성을 딴 것이 그 과정에 도움이 되겠느 냐고 물었고, 이성주는 일단 가능한 건 뭐든 다 확보해놓을 거라고 답했다. 음성을 녹음하게 해주어서 고맙다거나, 지성이 진짜 그런 이 야기를 들은 적이 있는지 확인할 생각 같은 건 아예 없어 보였다. 그 는 자신의 음성이 증언으로 조금도 쓸모가 있을 것 같지 않다고 말하 려다가, 그냥 입을 다물었다. 변호사가 아닌가. 법원 사정에 대해 그 보다 백배는 잘 알 것이다.

"민주가 아파했습니까."

지성이 민주의 마지막에 대해 불쑥 물은 건 이성주의 직설적인 말하기 방식에 힘입은 것인지도 몰랐다. 자기 멋대로, 자기 필요한 것만 발화하고 관철시키는 상대의 패턴을 따라가다보니 지성도 그 동안 궁금해해왔던 것, 차마 묻지 못해 망설이던 것이 툭 튀어나왔을 지도. 그리고 이렇게 묻고 나서야, 눈앞에 있는 여자가 유족이라는 사실이 마음에 감겨왔다.

"우리 언니 죽을 때 말인가요?"

이성주가 감정이 조금도 담기지 않은 음성으로 말했다. 지성은 그런 이성주를 물끄러미 보았다. 슬픔과 분노를 무표정으로 건너가는 것인가. 이 이성적이기 그지없어 보이는 여자의 피부밑에는 어떤 감정이 흐르고 있는가. 어떤 파도가 치고 있는가. 이 여자와 민주는 어떤 자매였는가. 서로의 죽음에 슬픔을 느낄 만한 관계였는가.

지성이 천천히 고개를 끄덕였다.

"민주가 많이 아파했습니까?"

이성주가 목청을 가다듬은 뒤 다시 입을 열었다.

"언니가 병이 있었던 건 아시죠?"

"우울증 말씀하시는 건가요?"

"네. 우울증은 원래 달고 살았고, 최근에는 망상 같은 증상도 있었습니다. 간도 안 좋았고요. 약 없이는 잠을 자지 못했어요."

지성은 침을 삼킨 뒤 이성주의 시선을 맞받았다. 아기의 장난감에서 나는 소리에 묻혀 공간에 크게 들리지 않았겠지만 그의 귀엔 자신의 침 삼키는 소리가 엄청나게 크게 들렸다.

"약을 너무 많이 먹었습니다. 깨어나지 못했어요."

"아프지는 않았겠군요."

"아프지 않았습니다."

이성주가 단호하게 말하며 물잔을 끌어당겼다. 지성은 두 손으로 찻잔을 감싸 쥐었다. 차갑게 식은 찻잔이 이물감을 자아냈다. 장난감에서 나오는 곡이 끝나고 잠깐 조용해지는가 싶었는데 아기가 장난감을 세차게 흔들어 다른 곡이 나오게 했다. 베토벤 소나타 〈비창〉의 2악장을 편곡해 실로폰 느낌을 낸 기계음이었다.

"예전에도 몇 번 있었던 일입니다."

이성주가 테이블 한쪽을 응시한 채 담담하게 말했다. 바구니에서 아기가 움직이는 기척이 들려왔고, 식탁 위에 놓인 이성주의 핸드폰이 가열차게 울리기 시작했다.

"다만 이번에는 깨어나지 않았다는 차이가 있을 뿐이죠. 여보세요. 네, 원장님. 지금 들어갈 겁니다. 당연히 소장 접수했고요. 아유, 시간 충분합니다. 아시잖아요."

이성주가 자리에서 일어서며 어깨와 귀 사이에 핸드폰을 끼우고, 가방을 여미고 아기 바구니를 정돈하는 과업을 순식간에 해치웠다. 지성은 벌떡 일어서서 이성주의 가방과 아기 바구니를 들어올려 현관으로 옮겨주었다. 손가락을 빨며 허공을 쳐다보던 아기의 시선이 그를 향했다. 그가 아기를 향해 반달 모양의 눈을 해 보이자 아기가 입을 벌리며 눈을 깜빡였는데, 통화를 마친 이성주가 빠른 동작으로 바구니를 채가는 바람에 아기의 얼굴 움직임이 웃음으로 이어졌는지는 확인하지 못했다.

이성주가 눈을 내리깐 채 목례를 하고, 아기 바구니를 제 몸 뒤로 향하게 한 뒤 현관문을 열었다. 짤그랑거리는 풍경 소리와 함께 열린 문밖으로 발을 내딛던 이성주가 한순간 멈춰 서더니 고개를 돌렸다.

"김지성 씨."

"네?"

한시름 돌리려던 지성의 몸이 뻣뻣하게 얼어붙었다. 이성주의 음성에는 사람을 경직시키는 힘이 있었다. 죄가 없는데도 졸아들게 하는, 뭔가 잘못한 게 없나 자신을 돌아보게 만드는. 저 말투, 저 눈빛. 저 여자는 변호사보다는 검사를 하는 편이 나았을 것이다.

"왜 가만히 계시죠?"

지성은 목 뒤에 손을 올리고 고개를 뒤로 꺾었다 제자리로 보냈다. 오래 앉아 있었더니 목에 통증이 몰려왔다.

"무슨 말씀이신지?"

고개를 돌리던 동작을 멈추고 지성이 이성주를 응시했다.

"지금 성폭행범에 살인자로 몰리고 계시잖아요. 그것도 언니랑 약속된 건가요?"

"네?"

순간 주위 공기의 흐름이 의식되면서 세상의 모든 소리가 멀어졌다.

"제가 보낸 USB는 갖고 계시죠?"

눈앞의 여자가 하는 말에 중요한 의미가 있다는 직감이 거세게 명치를 후려치면서, 멀어졌던 소리들이 순식간에 돌아왔다. 그는 눈을 크게 뜨고 물었다.

"USB라니요?"

여자가 손으로 턱을 만지며 가만히 그를 보았다. 사람을 뚫어버릴 것 같은 눈빛. 그는 숨을 죽인 채 여자의 대답을 기다렸다. 심장이 미친 듯이 뛰기 시작했다.

"언니 보내던 날, 제가 택배로 보내드렸잖습니까. 말하고 싶지 않은 부분이시면 저는 상관없습니다."

"그게……"

지성은 말끝을 흐렸다. 이 상황에서 상대가 말하는 내용을 자신이 전혀 모르고 있다는 사실을 밝히는 게 현명한 처신인지 판단이 서지 않았다. 이성주는 그가 말을 맺기를 기다리지 않았다.

"저는 김지성 씨가 공개하지 않는 편을 택하셨다고 결론 내리고 있습니다. 고인을 생각한다면 당연히, 그편이 맞지요."

여자가 기대 있던 현관문을 몸으로 밀고 밖으로 나갔다. 지성은 눈을 깜빡이며 방금 제 귀를 통과해 들어온 말을 곱씹었다.

"성주 씨!"

지성이 다급하게 부르짖으며 쫓아 나갔지만 이성주는 돌아보지 않았다. 맨발로 현관 밖으로 나섰던 지성은 전방을 향한 채 미동도 하지 않는 이성주의 뒷모습을 몇 초간 물끄러미 바라본 뒤, 집 안으로 돌아왔다. 띵. 엘리베이터의 도착을 알리는 기계음이 울린 순간 갑자기 아기의 한쪽 손이 위로 올라간 것이, 그 손의 움직임이 자신을 향한 상서로운 기운이라고 느낀 것이, 그가 민주의 동생과 어린 조카를 쫓아 나갔다 획득한 소득의 전부였다.

12/

현관방은 택배상자와 우편물로 가득했다. 배송된 단행본과 잡지, 학술지가 포장이 뜯기지 않은 채 난잡하게 쌓여 있었다. 원고 청탁과 방송 출연, 강연 등 지성이 외부에서 하던 활동은 전부 끊겼지만 우편물은 줄기차게 날아들었다. 우편물을 보내는 쪽에서 설정한 기간이 2년 혹은 종신이었기에, 앞으로도 우편물의 행렬은 계속될 것이었다. 방송에 얼굴을 자주 내미는 시사평론가이자 문학평론가인 지성 앞으로 우편물이 배송되도록 결정했던 이들에게는 더 이상 그에게 우편물을 보내지 말라는 지시를 내릴 만한 시간적 여유나 관심이 없는 듯했다.

지성의 입장에서는 이 인쇄물들의 쇄도가 커다란 골칫거리였다. 보내지 말라고 연락을 하자니 민망했고, 이대로 계속 받자니 집이 터질 것 같았다. 그전에는 받는 족족 읽고 버리거나 주위 사람들에게 나눠주면서 쌓이지 않도록 주의를 기울였다. 그러나 이제 그것은 불가능해졌다. 읽을거리가 없으면 눈앞의 음료수 통을 쳐들어 원재료 리스트라도 읽었던 그가, 더 이상 활자를 읽지 못하게 된 것이다. 읽어도 뜻이 내면에 들어와 안착되지 않거나, 안착된다 해도 5분 이상 활자해독 작업을 지속할 수 없었다. 무엇보다 이걸 읽어서 뭘 하겠냐는 비관의 마음이, 글줄을 들여다보고 해석한 내용을 제 안에 녹여내기 위해 거쳐가야 하는 여정에 재를 뿌렸다. 독서가 쌓이면 결국 글로 표출되어 나오기 마련인데, 그에게는 글쓰기만큼 소용없는 짓이 또 없는 상황이었다. 이 세상 어떤 사람도 글을 써서 발표할 수 있지만, 김지성이라는 인물만은 글을 쓰면 안 됐다. 그렇다고 유일한 독자인 자신만을 위해 글을 쓰고 싶지는 않았다. 지성은 글쓰기가 철저히 사회적인 행위라는 것을 인식했다. 읽어주는 타인을 상정한 상호교류 활동이라는 것을. 정작 작가 소리를 들으며 글을 쓸 땐 얻지 못했던 깨달음이 더 이상 작가로 존재할 수 없게 된 후에야 명징한 의미를 지니고 물결쳐왔다.

지성은 우편물을 하나씩 점검한 뒤 구석에 쌓아올렸다. USB가 담긴 택배라면 부피가 크지 않을 것이다. 보낸 사람 명의가 출판사나 잡지사도 아닐 것이다. 보낸 사람의 이름만 확인하면 됐기에, 점검하는 과정이 어렵지는 않았다. 문제는 출판사나 잡지사의 이름을 확인할 때마다 치솟는 감정이었다. 문학잡지들은 물론이고 정치철학, 사회과학, 페미니즘, 현대철학 등 인문학 전체를 망라한 책자 수십 종이 김지성 앞으로 배송되었다. 그는 하얀 비닐에 싸인 가벼운 인쇄물의 포장을 벗겨냈다. 두 달 전에 멤버십을 인정받고 참가하게 된 현대철학연구회가 발간한 계간지였다. 석사학위 이상 전공자들로만 구성된 연구회가, 지성이 의사를 표명한 지 몇 달 만에 입회를 허가했더랬다. 문학전공자인 지성을 받아들였다는 건 그만큼 그의 학식을 높이 평가한다는 말이었다. 그는 입회 결정을 통보받던 날의 기쁨을 지금도 고스란히 떠올릴 수 있었다. 그런데 이제, 이것을 읽을 수 없게 되었다. 이해하고 소화할 수 있으나 그럴 필요가 없어져버렸기에 무용지물이 된 인쇄물 앞에서 지성은 망연자실했다. 아직도 미련이 있는가. 이까짓 글자 더미들에 아직도 매혹을 느끼는가. 진정으로 좋아한다면 혼자서도 얼마든지 읽고 쓸 수 있지 않은가. 읽어줄 누군가가 있어야만 글을 쓸 수 있다면 그거야말로 위선자가 아니겠는가.

지성은 계간지를 내려놓고 벽에 기대앉았다. 얼마 전 원고를 보냈던《작은 기쁨》을 떠올렸다. 그런 식으로 조금씩 다시 쓰기 시작하면 되지 않을까. 그러나 지성이 쓰고 싶은 건 그런 글이 아니었다. 근본적으로 그는 전문적이고 깊이 있는 글, 철학과 문학이 자연스럽게 배어들어간 독창적인 글을 쓰고 싶었다. 에세이와 학술서의 중간쯤에 위치할 그런 글. 쉽게 읽히면서도 깊이에서 학술서에 뒤지지 않는 글. 이제 막, 그런 글쓰기를 시작하려던 참이었다. 충분히 준비되어 있었고, 그동안 쌓아온 내공을 바깥으로 내보내 형상화하기만 하면 되었다. 그런데 미투 사건이, 민주의 죽음이, 그 모든 것을 가로막아 버렸다.

"지성, 뭐 해?"

채리가 문을 열고 들어왔다.

"혹시 작은 택배상자 못 봤니?"

그가 허리를 붙잡고 일어서며 물었다. 그 여자, 택배를 보내긴 했을까? 혹시 안 보내놓고 보낸 척 말만 한 건 아닐까?

"내가 받았던 택배는 다 이 방에 갖다놨는데. 지성이 그러라고 했잖아. 안 풀어봐도 된다고."

몸을 방 안으로 들여놓은 채리가 한쪽 팔로 방문을 열었다 닫았다 하며 눈을 깜빡였다. 풀을 뜯다 온 양 같은 태평한 얼굴을 보니 울컥 화가 치밀었지만, 지성은 꾹 참고 물었다.

"여기 말고 다른 데 둔 건 없어?"

USB에 어떤 내용이 들어 있을까? 혹시 이성주가 아무렇게나 지어낸 말이 아닐까? 세상엔 USB도, USB에 든 '비밀스러운 전말'도 없는 것 아닐까? 오빠에 대한 이야기만 묻고 가는 게 좀 모양새가 떨어질 것 같아서 그 여자가 아무 말이나 생각나는 대로 둘러댄 건 아닐까?

"그런 것 같은데? 근데 뭘 찾는데?"

채리가 널려 있는 우편물들을 일렬로 쌓아올리며 말했다.

"USB를 보냈대. 어떤 여자가."

그렇게 허랑한 거짓말을 할 인물로 보이지는 않았다. 분명히

USB가 있고, USB 안에 뭔가가 있을 것이다.

"저녁 먹고 내가 같이 찾아줄게. 5분 있으면 밥 다 되거든."

"밥 안 먹어. 넌 좀 나가 있어라."

지성이 내뱉듯 말한 뒤 쌓인 책들을 한쪽으로 밀어놓고 바닥에 드러누웠다. 어디 있을까. 택배로 보냈다면 분명 이 집 어딘가에 있을 것이다. 그는 안경을 바닥에 놓고 양손으로 얼굴을 비볐다. 문가에 놓인 택배를 집 안으로 들였던 수많은 순간이 있었다. 비닐로 된 얇은 택배도 있었고, 커다란 상자도 있었다. 택배를 들인 뒤엔 어떻게 했더라? 대부분 문가에 두었다. 그러면 채리가 알아서 그것들을 정리했다. 정리라 해봤자 문간방에 쌓아놓는 것이 다였지만.

"혹시 너, 내가 현관에 들여놨던 택배 중에 말이야. 이 방이 아닌 딴 데다가……"

아! 말하다 말고 지성이 손가락을 부딪쳐 딱 소리를 냈다. 쭈그리고 앉아 물티슈로 택배상자들에 쌓인 먼지를 닦던 채리가 고개를 돌렸다.

"왜? 뭐 생각난 거 있어?"

민주가 세상을 떠났단 소식을 듣던 날, 택배가 왔다. 문 앞에 작은 상자가 놓인 걸 보고 안쪽에 들여놨다. 그리고 어떻게 했더라? 지성은 한 손에 얼굴을 묻고 기억을 더듬었다. 택배를 들인 뒤 현관문을 닫고…… 어떻게 했지? 신발을 벗은 뒤 택배를 들고 걸어가는 자신의 모습이 그려졌다. 그의 눈이 번쩍 뜨였다. 그래! 그는 벌떡 일어나 앉았다. 그날, 작은 상자를 안방 화장대에 올려놓았더랬다. 택배 중 크기가 작은 것은 주로 아내의 화장대로 들고 갔는데, 무의식

중에 그 수순을 따랐던 것이다.

지성은 일어서서 안방으로 달려갔다. 아내가 쓰던 화장품과 채리
가 최근에 사들인 화장품, 빗, 드라이기, 헤어용품들이 난잡하게 쌓
인 가운데, 한쪽 구석에 박스가 놓여 있었다. 작은 황토색 박스가. 그
는 선 채로 박스를 노려보았다. 먼지를 잔뜩 인 박스의 표면에 '이성
주'라는 이름이 또렷한 정자체로 쓰여 있었다. 그는 크게 심호흡을
한 뒤 박스를 향해 손을 뻗었다.

13/

USB에는 한 개의 파일이 들어 있었다. 그의 음성, 그리고 이제는 고
인이 된 민주의 음성이 담긴 녹음파일이. 술집이나 카페로 추정되는
소란스러운 공간이었고, 두 사람의 음성은 간간이 다른 소리에 묻
혔다.

"현정우가 찌질한 건 맞아. 어떻게 그렇게 바보같이 연애를 하니?
머저리같이. 그런데 우리 이건 분명히 하자. 연애를 제대로 마무리
못하는 거랑 성폭행은 다르다는 거."

당시 현정우는 교수직에서 물러나고 모든 사회적 활동이 막혔음
에도 자신의 잘못을 인정하지 않고 있었다. 그럴수록 여론은 그 사건
에 더더욱 핏대를 세우고 달려들었다. 민주는 그 부분을 안타까워했
다. 헤어질 때 상대의 마음을 추슬러주지 못한 건 세련되지 않은 처

사이지만 그게 곧 성폭행인 건 아니라고, 성범죄자라고 지목받는 사람이 모두 실제로 성범죄자인 건 아니라고 열변을 토했다.

그에 대한 지성의 답변은 두루뭉술했다. 민주의 말에 동의하지도, 반대하지도 않으면서 계속 화제를 돌리려 했다. 혀가 꼬인 상태로 이 말 저 말 쉬지 않고 늘어놓았지만 죄다 시시한 농담 따먹기에 불과했다. 자신의 음성을 들으며 지성은 얼굴이 벌겋게 달아올랐다. 가관도 그런 가관이 없었다. 허세란 허세는 다 부렸고, 틈틈이 민주에게 시시덕거리기까지 했다. 현정우에게 쏟을 에너지가 있으면 자신에게 쏟으라, 우리 이 정도로 알고 지냈으면 이제는 연애에 돌입해도 될 타이밍이 되었다. 평소라면 절대 하지 않았을 자신의 너절한 농담을 들으며 지성은 낮은 신음을 쏟아냈다. 그는 양손을 비비며 몸을 앞뒤로 비틀었다. 당장 USB를 뽑아 창밖으로 던져버리고 싶은 마음과 싸우며 힘겹게 녹음 내용에 귀를 기울였다.

그에 비해 민주는 또렷한 발음으로 논리정연하게 주장을 펼쳤다.

"형이랑 나랑 한번 해보자."

현정우에 대한 억하심정을 쏟아놓던 어느 순간 민주가 말했다.

"우리가 경종을 울리는 거야. 미투운동이 중요하긴 하지만 그 과정에서 희생자가 나온다면 그 또한 간과해서는 안 된다고. 남자든 여자든, 인간의 얼굴을 한 생명체는 모두 온전하게 인권을 보장받아야 한다고. 세상에 죄 없이 희생되어도 되는 인간은 한 명도 없다고."

민주는 그에게 한판 연극을 벌일 것을 제안하고 있었다.

지성은 파일을 앞으로 돌려 다시 청취했다. 우리가 하룻밤 잔 것으로 하자. 그 하룻밤은 순전히 형의 완력에 의한 거야. 나는 전혀 의사가 없는데 형이 일방적으로 강요한 거지. 미투 시나리오의 핵심 부분을 다시 들으면서, 지성은 기시감을 느꼈다. 이 얘기, 어디서 들어본 적 있는데? 한참 생각하다 지성은 무릎을 쳤다. 한 해 전 신명철 교수 사건이 터졌을 때, 민주는 다른 남성 소설가에게 이런 제안을 한 적이 있었다. 그 소설가는 그 제안을 농담으로 받아넘겼는데, 몇 주 뒤 사석에서 그 얘기를 지성에게 지나가듯 전했다. 걸물이야, 이 민주. 참 겁 없는 여자야. 소설가는 이렇게 말한 뒤 다른 얘기로 넘어 갔더랬다. 지성은 민주가 벌이는 이상한 일들을 하도 많이 겪었던 터라 그리 놀랍지도 않았고, 그 자리 이후 그 얘기를 깨끗이 잊었다.

지성은 새롭게 시작되는 내용에 귀를 기울였다. 이제 민주는 구체적인 실행 계획을 늘어놓기 시작했다. 그는 계속 초점을 흐리며 빠져나가려 했고, 어느 순간 민주가 짜증을 내기 시작했다. 할 건지 말 건지 확실히 하란 말이야! 물에 술 탄 듯 술에 물 탄 듯 하던 그가 갑자기 물론 할 수 있다고, 그 정도 연기는 일도 아니라고, 큰소리를 뻥뻥 쳤다. 민주는 그 틈새를 치고 들어와 세부적인 각론에 들어갔다. 오늘 밤에 함께 자자. 그리고 내일 아침부터 나는 형한테 당한 피해자, 형은 나를 강제로 제압한 뒤에 슬금슬금 피해 다니는 가해자가 되는 거지. 연극의 완벽성을 위해 앞으론 둘만 있을 때도 '진짜처럼' 맡은 역할에 충실했으면 좋겠다는 말을 덧붙인 뒤, 민주는 같이 자다 가 혹시 맘이 동하면 의사표시를 해도 좋다는 농담을 곁들였다. 그럴 경우엔 상태 봐서 자신도 진지하게 고려해보겠다고 눙치면서. 그는 "네가 원한다면 나는 언제든 준비완료"라는 대답을 늘어놓으며 실실 웃음을 쪼갰다.

민주는 그의 능청맞은 대답이 끝나기를 기다렸다가 사후 계획을 이야기했다. 민주가 SNS를 통해 미투를 하고, 며칠 뒤에 자작극이었음을 밝힌다는 계획을. 지성은 책상에 한쪽 팔을 올리고 얼굴을 기댔다. 민주의 미투가 방송국이나 언론사 같은 매체를 통하지 않은 것은 이 때문이었다. 민주의 음성이 인터넷에 번져나간 다음 날 민주의 '지인'이라는 사람이 신문사에서 인터뷰를 했지만, 그것은 민주 본인의 것이 아니었다. 그동안 지성이 가장 미심쩍어한 게 이 부분이었다. 굉장히 이상한 경로라 생각했는데, 비로소 의문이 풀렸다. 민주의 미투가 애초에 주위 사람 일부만을 대상으로 하는 장난극이었기에, 초반에 그토록 사적인 경로로 퍼져나갔던 것이다. 그리고 녹음은 거기서 끊겼다. 총 소요시간 12분 42초.

지성은 의자를 당겨 앉은 뒤 멈춰 있는 음량 표시판을 응시했다. 그의 직감이 맞았다. 그다음 장면, 그러니까 이튿날 아침 그가 쪼개질 것 같은 머리를 붙잡고 낯선 모텔방에서 깨어나는 장면에서, 옆에 속옷만 입고 누운 민주를 발견하고 기함하는 장면에서, 그에겐 직감이 있었다. 민주와 간밤에 아무 일도 없었던 게 분명하다. 무슨 일이 있었다면 어떻게 이렇게 새까맣게 잊을 수 있겠는가! 그러나 조금 후 깨어난 민주가 간밤에 있었던 일을 말하는 순간, 그의 사고기능은 마비되었다. 충격과 공포심에 압도당해 한동안 그는 움직이지 못했다. 생각해보면 그날 아침 민주의 연기는 그리 훌륭하지 않았다. 그를 쳐다보지 않은 채 간밤에 있었던 일을 국어책 읽듯 딱딱하게 늘어놓았다. 민주는 어떠한 경우에도 품격 있고 자연스럽게 대처하는 족속이었다. 모든 장면에서 겉으로 드러나는 이미지에 미학을 부여하는 완벽주의자. 그러나 그는 평소와 다른 민주의 언행이 당황한 데서 나온 거라고 생각했다. 담대함의 대명사 같은 민주라도 과음 때문에 일어난 돌발상황 앞에서는 어쩔 줄 모르는 거라고. 그리고 부끄러움과 죄책감에 휩싸여, 그의 사고회로는 막혀버렸다.

지성은 파일을 처음부터 다시 들었다. 두 번째 들었을 때, 민주가 오래전부터 이 일을 계획해왔으리란 생각이, 어쩌면 다음 날 아침 그의 기색을 보며 그가 간밤의 일을 기억하지 못하고 있음을 눈치챘으면서도 자신이 짜놓은 각본대로 움직였을지 모르겠다는 의심이 들었다. 그러나 세 번째로 들었을 때는, 생각이 바뀌었다. 공원에서 함께 낙조를 맞았던 그날의 어느 순간, 민주는 그가 진짜로 기억하지 못할 수 있다는 가설을 잠깐 세웠다. 하지만 이내 그 가설을 지웠다. 그리고 기습적으로 제 마음을 노출해왔다. 그에게 시뻘겋게 마음을 드러내는 자신이야말로 진짜로 살아 있는 거라고.

지성은 에어컨을 끈 뒤 창을 열었다. 아파트 화단에 심긴 나무의 커다란 가지가 바람에 가파르게 휘며 방 안에 너울거리는 그림자를 만들어냈다. 민주가 세상에 없다는 사실이, 이 장난 같은 현실을 화두로 삼아 긴 이야기를 나눌 상대가 없다는 사실이, 칼날처럼 가슴을 스쳐갔다. 민주는 자신이 세웠던 계획을 고스란히 실행에 옮겼다. 살아 있는 동안 내내 그랬던 것처럼, 옳다고 생각하는 바를 곧바로 행동으로 옮겼다. 며칠 전엔 민주가 제 일처럼 열과 성을 쏟아부었던 '신명철 교수'에 대한 새로운 사실이 언론에 대서특필됐다. 상대 여성의 핸드폰을 디지털 포렌식한 결과 여성이 당시 녹음파일 중 일부를 지우고 편집했다는 사실이 밝혀졌고, '정액 샘플'이라 제출했던 것도 위조였음이 밝혀졌다. 현정우를 성폭행범이라 폭로했던 마케터는 현정우가 두 사람 사이에 주고받았던 메일과 카톡 메시지를 공개한 뒤 제 주장을 철회하고 SNS에 공식 사과문을 올렸다. 결국 지성이 틀리고, 민주가 맞았던 것이다. 그렇게 민주는 자신의 신념을 지켰다. 대를 위해 소를 희생해도 된다고 생각하는 군중심리에 제 인생을 던져 맞섰다. 그리고 지성을 '국민 성폭행범'으로 만든 이번 사건은 민주가 시도한 마지막 작품이었다. 그것이 옳았든 그렇지 않았든, 민주 자신이 생각할 때 옳은 일을 한 것이다. 다만 민주는 마지막 단계, 그러니까 그 모든 것이 자작극이었음을 밝히는 단계를 밟지 못하고 갔다. 우울증과 공황장애, 그로 인해 복용하던 약물이 어느 순간 자신을 데려가버리리란 것을 알지 못한 채 성실히 제 길을 걷다 다른 세상으로 건너가버렸다.

그렇다면 나는.

나는 무엇이란 말인가.

지성은 녹음파일을 통해 드러난 자신의 모습에 절망감을 느꼈다. 이 파일을 공개하면 미투 가해자라는 혐의는 벗을 수 있을 것이다. 그러나 그것은 표면적인 것일 뿐, 현정우처럼, 혹은 현정우보다 더한 굴욕을 당하며 평생을 살게 될 것이다.

재수가 없었다.

지성은 현재 자신이 처한 상황을 설명하기에 이보다 더 적당한 말을 찾을 수 없었다. 민주야 제 의지로 제 뜻을 펼쳤다 하겠지만 나는 뭐란 말인가. 그는 그저 술에 취해 흐느적거리다 얼떨결에 민주의 의도에 휘말려들어 하루아침에 나락으로 떨어졌다. 그리고 이제, 그에게 완전한 몰락을 가져다준 사건의 한가운데에, 그는 혼자 서 있었다. 그 촌극을 기획하고, 각본을 쓰고, 실행에 옮긴 절대자는 흙으로 돌아가고, 그만이 남아, 그 절대자와 나눴던 대화를 곱씹으며, 내면에서 끓어오르는 수많은 감정과 맞서고 있었다. 어찌할 바를 모르며 버둥대고 있었다.

지성은 USB에 있는 파일을 하드디스크에 복사한 뒤 컴퓨터를 껐다. 문간방 불을 끄고 안방으로 건너가다가, 다시 돌아와 컴퓨터를 켰다. 이메일 계정을 띄우고 '내게 쓰기' 기능을 클릭해 조금 전에 하드디스크에 저장한 파일을 첨부했다. 보내기 버튼을 누른 뒤 내게 쓴 메일함을 클릭해 무사히 파일을 메일로 받았음을 확인하는데, 민주의 말이 떠올랐다.

형한테 시뻘겋게 마음을 드러내는 이 여자! 부끄러움을 무릅쓰고 진심을 토해내는 이 여자가 더 살아 있는 거라고!

순간 가슴속에서 뜨거운 덩어리가 훅 치고 올라왔고, 지성은 불에 덴 사람처럼 안절부절못했다. 그는 방 안을 잰걸음으로 돌아다니며 가슴을 치다가, 양팔로 제 몸을 끌어안으며 주저앉았다. 민주의 진심이 무엇이었는지 이제는 알지 못하리라. 영원히. 그리고 그는 알 수 없는 그 마음에 들어가보려 애쓰며 남은 생의 지옥을 건너가게 될 것이었다.

14

딸그락거리는 소리에 잠에서 깼다. 소리는 부엌에서 나고 있었다. 오전 6시. 채리가 오늘 일찍 깼구나. 생각하며 기지개를 켜다가 지성은 자신이 밤새도록 잤다는 사실을 인식했다. 마지막으로 녹음 내용을 한 번 더 들은 뒤 잠을 청한 것이 새벽 1시쯤이었을까. 자리에 눕자마자 의식을 잃어 지금까지 죽, 여섯 시간을 잤다.

지성은 눈을 감고 제 몸을 감각했다. 몸이라는 물질은 정신과 얼마나 긴밀하게 연결되어 있는가. 민주의 미투 이래, 그는 세 시간 이상 잠들어본 적이 없었다. 파고드는 의문과 자신에 대한 모멸감이 의식을 집요하게 붙들고 놓아주지 않았다. 지성은 손과 발을 죽 뻗어 기지개를 켜며 몸이 구석구석 재충전되어 편안히 이완된 것을 만끽했다.

나는 강간범이 아니다.

잠기운이 채 가시지 않은 뇌리에 벌써 이 생각이 찾아와 있었다. 지성은 양팔을 눈에 얹고 그 생각을 곱씹었다. 나는 성폭행하지 않았다. 순간의 쾌감을 위해 폭력을 휘두르는 파렴치한 짓을 하지 않았다. 나는 짐승이 아니다. 비슷한 생각들이 폭포수처럼 명멸했고, 그는 그 개념들을 정겹게 맞았다. 이 얼마나 상쾌한 아침인가. 이 얼마나 축복받은 하루인가. 당장 집 밖으로 뛰어나가 외치고 싶었다. 나는 강간범이 아니다! 살인자가 아니다!

지성은 머리맡에 두었던 물병을 찾아 목을 축인 뒤 조심조심 방문을 열었다. 채리를 놀래주려고 발소리를 죽이고 부엌으로 들어갔다. 새벽시간, 환히 불을 밝힌 주방의 가스레인지 앞에 채리가 서 있었다. 까치발을 하고 서서 가스레인지 위에 설치된 원통 후드를 향해 목을 길게 늘인 채 고개와 어깨를 일정한 각도로 맞추며 휘청이고 있었다. 후드 안에 뭐가 있나? 지성은 고개를 죽 내밀었다. 눈앞에 펼쳐진 건 굉장히 이상한 광경이었다. 한쪽 손을 입가에 댄 채 목을 후드 안에 들이밀고 연신 움직여대는 모습이, 꼭 후드 안에 있는 누군가와 키스를 나누는 듯, 혹은 그 안으로 얼굴을 들이밀려는 듯, 어떻게 보아도 괴기스럽단 말 외에는 떠올릴 수 없었다.

"뭐 하니?"

지성이 어깨에 손을 올리자 채리가 으아아악! 소리를 내며 바닥에 나동그라졌다. 넘어지면서 가스레인지를 치는 바람에 냄비 뚜껑이 바닥에 떨어지며 요란한 소리를 냈고, 채리의 손에 들려 있던 짧은 막대가 바닥에 떨어지는 소리와 채리의 몸이 바닥에 부딪히는 소리가 어우러져 부산한 조합을 만들어냈다. 넘어진 채 겁에 질린 얼굴로 그를 올려다보는 채리의 얼굴을 통해, 바닥에 있는 막대를 더듬어 찾는 어설픈 동작을 통해, 그리고 막대 끝으로 보이는 붉은색 빛의 잔향을 통해, 지성은 자신이 방금 목격한 장면이 흡연 장면이라는 것을, 그러니까 채리의 손에 들린 것이 전자담배이고, 채리가 담배 냄새가 나지 않게 하려고 후드에 얼굴을 들이밀고 담배를 피웠다는 사실을 알아챘다.

그 순간 그는 그 이후 수십 번씩 곱씹으며 돌아보게 될, 도대체 왜 그렇게 말했는지 궁금해하며 끝없이 분석을 반복하게 될 행위를 했다. 바닥에 앉아 저승사자를 보듯 올려다보는 채리와 눈을 맞춘 뒤 손가락으로 현관문을 가리켰던 것이다.

"나가!"

말하는 순간 방금 내뱉은 말이 머릿속에서 계속 퍼지는 느낌이 들었다. 조용하고 단호한 말투. 서늘한 느낌을 주는 제 말을 음미하며 지성은 같은 어조로 다시 한번 말했다.

"나가!"

"저기, 지, 지성, 있잖아, 내가, 그게, 그…… 맨날 그랬던 건 아니고……"

채리가 일부러 그러는 것처럼 말을 더듬었고, 지성은 눈을 감으며 입술을 깨물었다. 그리고 조금 뒤, 더 커진 음성으로 말했다.

"나가!"

제 집에서 담배를 피웠다는 것이, 아마도 틈날 때마다 몰래 피워왔으리라는 것이, 그렇게 화가 날 만한 일이었을까. 시간이 흐른 뒤 그는 그날 자신이 했던 말과 동작을 곰곰이 돌이켜보았다. 하지만 알수 없었다. 왜 그랬는지. 확실한 건 당시의 그가 자신이 하는 행위에 굉장한 확신을 갖고 있었다는 점이었다. 그는 지금이야말로 채리를 내보낼 때라고 확신했다. 지금 흔들림 없는 눈빛으로 쳐다보고 손가락으로 현관문을 가리키면 모든 일이 명쾌하게 일단락될 것이라고 직감했다. 그리고 그는 본능과 직감이 속삭이는 대로 했다. 조금의 흔들림도 없이, 전 존재를 다해, 저와 한 달 넘게 삶을 영위했던 생명체에게 명령했다. 이제 그만 이 집에서 사라지라고.

채리와 눈이 마주쳤던 시간은 그리 길지 않았다. 그 순간 채리의 눈에서 무엇이 보였던가. 놀람? 그래. 그 눈엔 놀람이 들어 있었다.

그리고 또 무엇이 있었던가. 슬픔? 깨달음? 물음? 연민? 모르겠다. 어쩌면 '경탄'이라고 표현해야 할 그런 메시지가, 묘하고 깊은 울림이 담긴 메시지가, 그 눈에 들어 있었다. 아닌가. 그것은 오히려 그의 마음이었을까. 단지 홍채에 지나지 않은 동물의 감각기관에 그가 멋대로 제 감정을 투사해 읽어낸 것일까.

몇 초에 불과할 찰나가 지나간 뒤 채리는 바람처럼 움직였다. 가스레인지의 밸브를 돌려 가스를 차단하고, 바닥에 떨어져 있던 냄비 뚜껑을 들어올려 냄비 위에 얹고, 방치되어 있던 전자담배를 챙긴 뒤, 부엌을 빠져나갔다. 제 방(처럼 사용하는 건넌방)에 들어가 툭탁거리는 소리를 내더니 커다란 숄더백에 짐을 챙겨 나왔다.

그리고 채리는 나갔다. 그의 집에서. 현관문을 열고 나가기 직전, 채리는 딱 한 번 멈춰 섰다. 그때 채리가 뒤돌아보았을까. 그건 알 수 없다. 어색하게 조우할 것을 염려한 그가 안방으로 들어가버린 뒤였기에. 그는 곧이어 들려온 현관문 여는 소리와 풍경 소리를 들었을 뿐이었다. 닫히는 소리가 유난히 크게 들린다는 생각을 하며 그는 한동안 안방 문 뒤에 서 있었다.

나가볼까.

지성은 안방 문고리를 만지작거리며 생각했다.

채리는 돌아올 것이다. 그러니 굳이 나가서 붙잡을 필요가 없다.

풍경 소리가 완전히 그친 뒤 그는 방문을 열고 주방으로 갔다.

채리는 돌아오지 않을 것이다.

평소와 달리 커다란 숄더백을 메고 갔다는 사실이 부각되어오면서 그에게 이렇게 속삭였다. 그 여자는 오지 않는다. 돌아오지 않을 것이다.

지성은 가스레인지에 불을 올려 국을 데웠다. 끓인 지 얼마 되지 않은 국은 이내 보글거리며 구수한 냄새를 피워냈다. 가스레인지 불을 끈 뒤 식탁으로 가다 말고, 몸을 돌려 다시 가스레인지 앞에 섰다. 상체를 숙이고 고개를 후드 쪽으로 갖다 댔다. 허리를 숙이고 고개를 들이밀어보았지만 그의 체구로는 조금 전 채리가 했던 것과 같은 자세를 만들어낼 수 없었다. 고개가 후드와 같은 높이에 위치하고 있어서, 그는 까치발을 하거나 채리처럼 목을 쭉 빼 기묘하게 휘어진 등허리 라인을 만들어낼 수 없었다. 전자담배도 냄새가 나나? 지성은 흠흠 소리를 내며 냄새를 맡아보았다. 냄새가 나는 것도 같고, 나지 않는 것도 같았다. 한동안 그 자리에 서서 냄새를 식별해내려 애쓰다가, 그는 행주로 냄비를 감싸 쥔 뒤 식탁으로 옮겼다. 냄비받침을 깔아야 할 것 같았지만 어디 있는지 알 수 없어 그냥 원목 식탁 위에 뜨거운 냄비를 그대로 얹었다. 그리고 뚜껑을 연 뒤 식탁에 앉았다. 냄비 안에 든 액체와 고체가 피워내는 냄새와 연기를 감상하는데, 조금 전 맞닥뜨렸던 여성의 뒷모습이 떠올랐다. 까치발을 들고 후드 속에 있는 누군가와 사랑을 나누듯 고개를 이리저리 비틀던 여성의 뒷모습이.

채리는 네크라인이 깊이 팬 셔츠에 몸에 꼭 붙는 반바지를 입고 있었다. 까치발을 한 채리의 활처럼 휜 상체 밑으로 통통한 하체가 두드러지게 드러났는데, 그 모습엔 뭐랄까, 어설프다거나 귀엽다는 말로는 충분히 설명할 수 없는 기묘한 오라가 있었다. 피식 웃으며 그 애쓰는 몸을 연민하게 만드는 뒤태, 괴기스러우면서 한편으로는 처연한 기분이 들게 하는 그런 뒤태였다.

지성은 자신이 그 모습에 대해 조금 전까지와 완전히 다른 평가를 내리고 있음을 깨달았다. 마주쳤을 당시엔 짜증스럽다고 여겼는데, 막상 그 인물이 집에서 사라지자 자신이 그 모습에 매력을 느꼈다고 회상하고 있었다. 독특한 매력이 있는 뒷모습이었다며 과장된 미학을 부여하고 있었다.

된장찌개 안에서 부단히 솟아오르며 구불거리는 곡선을 만들어내는 김을 쫓아 눈을 움직이다가, 지성은 입을 쩍 벌리고 하품을 했다. 설마. 그 아이가 안 돌아오겠는가. 여러 번 쫓아냈지만 번번이 돌아왔던 애다. 마땅히 갈 데가 없으니 돌아왔었을 것이다. 이번에도 그렇겠지. 해치웠다고 김칫국부터 마실 필요는 없다.

지성은 수저를 챙기고 밥을 펐다. 혹시 녹음파일을 들은 것과 채리를 내보낸 것 사이에 어떤 연관이 있을까? 내가 강간범이 아니란 걸 알게 되어서 그 아이를 내보낸 것일까? 밥을 퍼 담으며 그는 생각했다. 하지만 아무리 생각해도 그 두 사건 사이에 딱히 연관이 있을 것 같진 않았다. 그는 퍼 온 밥을 식탁에 놓고 의자에 걸터앉았다. 무슨 상관이란 말인가. 원래부터 이 집에 있을 이유가 없는 애였다. 진즉에 나갔어야 했다. 이제 쓸데없는 생각은 하지 말자.

그는 전쟁이라도 치르듯 순식간에 밥을 먹어치웠다. 마지막으로 밥그릇에 담겨 있던 밥알들을 싹싹 긁어 입에 넣었을 때, 자신이 국에는 손도 대지 않았다는 사실을 깨달았다. 지금이라도 국그릇을 가져다가 국을 퍼서 먹을까. 된장국에 함유된 영양가를 생각하며 한동안 망설이다가, 그대로 식사를 마치기로 했다. 백번 생각해도 채리를 내보낸 것은 잘한 일이다. 담배 피우는 걸 목격했으니 수월하게 내보냈지, 안 그랬으면 그 구렁이 같은 여자를 어떻게 내보냈겠는가. 나가라고 백번 천번 말해도 들은 척도 않고 들러붙어 있던 능글능글한 여자를. 지성은 빈 밥그릇과 수저를 싱크대에 갖다 넣었다. 오늘부터 나는 전사가 될 것이다. 페이스북, 트위터, 인스타그램에 사실을 있는 그대로 공표할 것이다. 민주 건은 물론이고 나와 얼굴 한 번 본 적 없는 작가지망생들, 알고 지내긴 했으나 절대로 '성추행'한 적은 없는 여성 편집자 등, 내게 허위로 미투를 제기한 여성들에게 할 수 있는 모든 것을 할 것이다. 그리고 소송에 돌입할 것이다. 그런데 지금 나채리 같은 능구렁이를 생각할 여유가 있겠는가! 무너진 삶을 복구하기 위해 전쟁에 돌입해야 할 시기, 정체도 알 수 없는 여자를 내보낸 건 백번 생각해도 잘한 일이다. 나채리처럼 젊은 여자와 같이 살고 있다는 사실은 향후 치르려는 전쟁에 엄청난 암초가 되리라!

지성은 식탁에 가지런히 배열된 찬기들을 보며 인상을 썼다. 자리를 차지하고 있는 온갖 종류의 반찬들. 저것들을 어떻게 한다? 그는 한숨을 쉰 뒤 작은 찬기에 담긴 반찬들에 하나하나 랩을 씌웠다. 마음 한구석에서 채리가 돌아올지도 모른다는 생각이, 돌아와서 이 반찬들과 국이 담긴 냄비를 처리해줄지도 모르겠다는 생각이 꿈틀 꿈틀 솟아올랐다.

15

유족소송

검색어를 입력하고 엔터키를 누르자 누군가가 유족에게 소송을 거는, 혹은 유족이 누군가에게 소송을 거는 사례에 대한 예시가 주르 륵 떴다. 지성은 사례를 하나하나 클릭해 읽었다.

오늘 오전, 변호사에게 찾아가 녹음파일을 들려주었다. 지성에게 엄청난 충격을 안겨주었던 파일 내용을 변호사는 아무런 표정 변화 없이 한달음에 들었고, 녹취 내용이 끝난 뒤 이렇게 말했다.

"유족을 상대로 소송을 거십시오."

"유족을…… 상대로요?"

지성이 반문하자 변호사가 단호하게 고개를 끄덕였다.

"이기려고 하는 소송이 아닙니다. 김지성 씨가 성폭행범이 아니 란 걸 알리는 소송이죠. 그저 술을 많이 마셨고, 그 바람에 상대가 꾸 며낸 이야기에 말려들게 됐다는 사실을 가장 공적인 방식으로 알리 는 겁니다. 그 소송을 통해 지성 씨는 가해자가 아닌 피해자로 자리 잡게 될 겁니다. 소송 내용이 세상에 충분히 알려지면 그때 유족과 합의하시면 됩니다. 그러면 나머지 건들은 그냥 갑니다. 우리가 이기 려고 하는 진짜 소송들에서 승기를 잡는 거죠. 애초에 범죄행위 자 체가 성립되지 않았던 건들이니까요."

인터넷상으로 봤을 땐 유족에게 소를 제기한 사례가 그리 많지 않았다. 지성은 지루하게 이어지는 법률용어들을 이해하기 위해 용을 쓰며 화면을 들여다보다가, 바깥으로 어둠이 내리기 시작한 것을 보고 거실로 나갔다.

"채리야, 밥 먹자!"

시계를 보니 어느새 7시에 가까워져 있었다. 내가 핸드폰을 세 시간이나 들여다보고 있었나? 지성은 시간이 어처구니없이 흘러가버렸다고 생각하며 부엌으로 갔다.

물을 따라 벌컥벌컥 마신 뒤 컵을 개수대에 놓다가, 문득 저녁시간인데 부엌이 조용하다는 데 생각이 미쳤다.

얘가 어디 갔지? 마트 갔나?

채리는 지성이 먼저 나와서 저녁 먹자고 할 때까지 저녁 준비를 해놓지 않은 적이 한 번도 없었다. 몇 번인가, 8시를 넘긴 적도 있었지만 그건 모두 채리의 퇴근이 늦어졌기 때문이었다.

"나채리!"

채리가 제 방으로 쓰는 건넌방 문을 열다가, 지성은 그 자리에 멈춰 섰다. 오늘 아침 일이 불쑥 떠올랐다.

지성은 현관문을 열고 밖으로 나갔다. 계단을 위아래로 두 층씩 오르내려보았다. 그냥 들어오기가 뭐해서 세 층씩 오르내려도 보았다. 채리는 보이지 않았다. 그는 집으로 돌아와 신발을 바꿔 신은 뒤 선글라스를 꼈다. 모자와 마스크를 쓴 뒤 밖으로 나갔다. 어둠이 내리기 시작했으니 혹여 아는 사람을 만나도 그냥 지나칠 수 있으리라. 아파트 현관을 빠져나가 빠른 걸음으로 집 주변을 돌았다. 집 근처 마트와 베이커리, 세탁소와 과일가게 순례를 마친 뒤 단지 한가운데에 있는 놀이터로 갔다. 그네 타는 걸 좋아하는 인간이니 놀이터에 있을 수도 있었다. 단지 중앙의 놀이터엔 쥐새끼 한 마리 없었다. 눈으로 구석구석을 훑은 뒤 지성은 단지 구석에 있는 작은 놀이터에 갔다. 그곳에도 인적은 없었다. 그는 어둠이 내려 선명한 테두리를 입기 시작한 그네와 미끄럼틀, 그 너머로 보이는 북한산을 천천히 둘러보았다. 붉은 기운이 군데군데 서린 널찍한 하늘 풍경이 펼쳐졌고, 그 아래편에는 조경수들과 아파트 건물들이 쓸쓸하게 늘어서 있었다. 저녁과 밤이 교차하는 광경을 보는 그의 눈앞에 앞치마를 맨 채 흥얼거리며 냉장고 문을 여닫는 채리의 모습이 커다랗게 떠올랐다. 상체를 흔들며 춤추듯 도마질하던 모습도. 좀 지나면 오겠지. 그는 고개를 움직여 다시 한번 놀이터를 둘러보았다. 갑자기 고통스러울 정도의 허기가 올라오면서, 채리가 얼른 돌아와서 저녁을 차려주었으면 좋겠다는 생각이 들었다. 그는 암청색으로 변한 하늘을 멍청히 올려다보다가, 천천히 몸을 돌려 집으로 돌아왔다.

16/

지성은 어두컴컴한 집 안에 갇혀 있다. 핸드폰과 현관벨이 쉴 새 없이 울린다. 기자들, 기자들, 기자들. 온 세상이 기자들이다. 조금 전에 아파트 맞은편 동 옥상에서 망원경을 설치하고 이 집을 들여다보는 인간을 보고 온 집 안의 커튼과 블라인드를 내렸다.

완벽한 아수라장. 지옥이 따로 없다. 지성은 소파에 앉아 핸드폰

화면에 뜬 제 이름과 얼굴을 들여다본다. 뜬눈으로 밤을 지새운 지성은 새벽에 노트북을 켜고 글을 올렸다. 이용 중인 모든 SNS에 자신과 민주 사이에 있었던 일의 전말을 써 넣고, 민주와 자신의 대화가 담긴 녹음파일을 첨부했다. 페이스북과 트위터와 인스타그램과 블로그에 올린 글 모두를 꼼꼼히 점검하고 수정한 뒤, 탈진한 상태로 쓰러져 잠들었다. 서너 시간 잤을까. 세차게 현관문을 두드리는 소리를 듣고 일어났다. 아침 10시. 문을 두드린 건 기자였다. 엄청난 기세로 그의 이름을 불러대는 굵은 남자 목소리를 들으며 지성은 그제야 자신이 몇 시간 전에 했던 일이 불러온 파장을 인식했다.

오후 시간이 지나고 커튼 틈으로 불그스름한 빛이 들어올 때까지, 아파트를 둘러싼 기자 군단은 돌아갈 기미를 보이지 않았다. 지성은 안방 침대에 누운 채 핸드폰을 껐다 켜길 반복하며 자신의 이름이 세간에 오르내리는 풍경을 관전했다.

지성이 새벽에 올린 글들은 세상 구석구석으로 퍼져나가 있었다. 글의 일부를 캡처하거나 글 전체를 요약해 퍼 나르며 지성의 무고함을 알린 이들은 남초 커뮤니티 회원들과 보수언론 중 일부였다. 이른바 진보언론이라 불리는 언론들, 지성이 여러 해 동안 성실하게 글을 기고하며 소속 기자들과 친분을 쌓아온 언론들은 지성이 올린 '미투 반론글'에 대해 아무런 반응을 보이지 않았다. 그런 상황을 보는 지성의 마음은 복잡했다. 미투 사건이 일어나기 전까지 자신과 척을 졌던 이들, 이른바 '안티페미니즘 진영'으로 분류될 수 있는 이들에게 엄호받는 현실이라니! 불쾌했다. 꺼림칙하고 어이가 없었다. 하지만 다음 순간, 그는 자신이 그런 진영논리에 눈 돌릴 만큼 여유 있는 입장이 아님을 깨달았다. 중요한 건 개인의 명예를 회복하는 일이었다. 김지성이라는 인간을 짐승의 자리에서 사람의 자리로 올려놓는 것이었다. 그 과정에서 힘을 보태는 이들이 '안티페미니즘 진영'이냐 아니냐를 따지고 있기에 그는 너무 다급했다. 더 내려갈 수 없는 밑바닥에 처박혀, 그보다 더 비천할 수 없는 존재가 되어 있었다.

지성은 집 안을 뒤지고 다녔다. 담배를 끊었다가 몇 개월 전부터 몇 개비씩 피우기 시작했는데, 채리와 생활하면서부터 다시 금연에 들어갔다. 찾아보면 몇 개월 전에 사다놓았던 담뱃갑들이 있을 것이었다. 장식장 서랍, 책상 서랍, 책장 구석구석을 뒤졌지만 담배는 좀처럼 나타나지 않았다. 개봉한 뒤 한두 개 피우고 내버려둔 담배가 기억하는 것만 해도 세 갑이었다. 대체 그게 어디로 갔단 말인가.

혹시나 하는 마음에 지성은 주방으로 갔다. 커튼이 쳐져 어둑한 주방의 형광등을 켜자 등이 깜빡깜빡하며 꼴사납게 파닥거리더니 한순간 파팟, 소리를 내며 꺼져버렸다. 지성은 성마른 손놀림으로 주방등 버튼을 껐다 켜길 반복했다. 이미 나가버린 등은 들어오지 않았고, 식탁과 싱크대와 냉장고는 어둑한 가운데 정물처럼 우두커니 자리를 지켰다. 이따 채리 퇴근하면 주방 등부터 갈라고 해야겠다. 생각하다 말고 지성은 혀를 찼다. 그 여자 집 나갔지! 왜 하필 채리는 이런 때 집을 나갔는가. 그는 에잇, 소리를 내며 발로 식탁을 걷어찼다. 끼익, 식탁이 옆으로 옮겨갔다. 채리는 전기나 배선 일에 능숙했다. 화장실 등과 거실 등이 나갔을 때 능숙한 솜씨로 전구를 갈아 끼웠고, 변기 물이 내려가지 않았을 때는 직접 철물점에 가서 부속품을 사다 갈아 끼웠다. 사람을 부르는 것보다 3만 원이나 절약할 수 있다고 몇 시간 동안 떠들어대는 걸 감내해야 했지만, 어쨌든 그에게는 편리함을 안겨주었더랬다. 그러니 이놈의 주방 등이 나갈 거면 채리가 있을 때 나갔어야 했다! 지성은 주방 등 스위치를 끈 뒤 싱크대로 갔다.

복용하던 마약을 뺏긴 중독자처럼 성급하게 싱크대를 뒤졌다. 싱크대 서랍에도, 찬장에도, 담배는 없었다. 신경질적으로 이미 거쳐 간 서랍을 다시 열어보며 씩씩거리다가, 성큼성큼 걸어 가스레인지 후드 앞으로 갔다. 채리가 서서 기괴한 몸동작을 해 보였던 곳으로. 허리를 굽히고 후드 안을 들여다보았을 때, 예쁘게 생긴 얇고 긴 담뱃갑을 발견했을 때, 지성은 자신이 남겨놓은 담배가 왜 흔적도 없이 사라졌는지에 대한 답을 발견할 수 있었다. 얄팍하고 맛도 좋지 않은 담배에 불을 붙였을 때는 그 담배를 사다 후드 안쪽에 가져다놓은 인물에 대해 또 한 번 생각하지 않을 도리가 없었다. 이 인간은 들어올 생각이 있는 건가 없는 건가. 나간 지 하루밖에 되지 않았는데, 꼭 몇 달이 지난 느낌이다. 식탁에 앉아 접시 하나를 재떨이 삼아 담배를 피우면서 지성은 핸드폰을 들었다. 전화번호부 화면을 띄우고 나채리, 라고 쳐 넣었다. 검색 결과가 없다는 메시지가 떴다.

"에이, 씨발 뭐야!"

지성은 낮게 부르짖으며 핸드폰을 눈앞에 갖다 댔다. 얘를 뭐라고 저장해놨더라? 머리를 싸매고 궁리했지만 좀처럼 떠오르지 않았다. 평소에 통화는 주로 채리가 그에게 걸 때 이루어졌고, 그가 채리에게 전화할 때는 그저 통화버튼을 누르기만 하면 최근 통화자였던 채리에게 연결되었다. 지성은 핸드폰의 최근기록란으로 들어가 화면을 죽죽 올렸다. 오늘 하루 들어온 전화만 해도 수십 통이라 채리와의 통화기록을 찾기까지 손을 대여섯 번 놀려야 했다.

동창들, 기자들, 그리고 신원을 알 수 없는 번호들을 주욱 지나가자 어느 순간 한 명의 이름이 떴고, 그 아래 화면은 전부 그 이름으로 도배되어 있었다. 그가 집에 유폐되어 있던 시간 동안 유일하게 연락을 주고받았던 발신인이자 수신인의 이름으로.

귀염둥이

"으하하하하."

지성은 고개를 뒤로 젖히며 웃음을 토해냈다. 순간 자신의 웃음소리 너머에서 으흐흐흐핫핫핫핫핫, 으흐흐흐핫핫핫핫핫, 하는 웃음소리가 들려오는 것 같았다. 웃음을 멈춘 지성의 입가에 미소가 걸리고, 눈 주위로 완만한 곡선이 생겨났다.

세 번 연속으로 걸었지만 채리는 전화를 받지 않았다. 어제 온종일 그랬던 것처럼, 오늘도 채리는 그의 부름에 응하지 않았다. 그는 전화기에 뜬 '귀염둥이'라는 말을 뚫어지게 쳐다보다가 핸드폰을 식탁에 내팽개쳤다. 빌어먹을. 개똥도 약에 쓰려면 없다더니.

문득 SNS에 글을 올리던 새벽의 자신이 너무 무모했다는 생각이 들었다. 세부적인 전략을 짠 뒤에 글을 올렸어야 했다. 녹음파일을 듣고 하루 동안 시간을 두었던 건 생각할 시간을 가지기 위해서였다. 온종일 생각해보았지만 답은 나오지 않았고, 파일을 올려도 누명을 벗을 수 없을 거란 두려움만 커져갔다. 지성은 일단 행동하기로 했다. 우선 저지르고, 그다음에 대처하는 거다. 시간을 끌수록 더욱 파일을 올리기 힘들어질 것이다. 다만 한 가지가 내내 마음에 걸렸다. 술 취해 허세를 떨어대는 모습이 만천하에 공개될 것이 아닌가. 그러나 그게 싫다고 성폭행범이란 누명을 계속 이고 갈 수는 없었다.

지성에게는 세 가지 방안이 있었다. 1) SNS를 통해 유폐되어 아무것도 할 수 없는 상황을 알리고 기자들에게 더 이상 자신을 괴롭히면 경찰을 부르겠다고 포고하거나, 2) 인터뷰를 따려는 기자들과 만나 적극적으로 자신을 피력하거나, 3) 몰래 집을 빠져나가 다른 곳으로 피신하거나. 그러나 어느 한 방안으로 마음이 쏠리지 않았다. 1) 어차피 소송전을 벌일 텐데 지금부터 공권력에 호소하는 것은 그리 현명한 것 같지 않았고, 2) 기자들이 인터뷰를 제 입맛대로 왜곡해 올릴 것을 생각하니 벌써 속이 울렁거렸으며, 3) 다른 곳으로 피신하는 것은 금전적인 측면에서 가능하지가 않았다. 무엇보다, 그를 도와줄 사람이 없었다.

지성은 현관문에 귀를 대고 문밖의 동정을 살폈다. 밖에 누가 있지 않다면 살짝 내려가서 공동현관 바깥을 보고 오고 싶었다. 바깥엔 어느 정도 어스름이 내린 것 같았다. 기자들도 이즈음이면 퇴근해 집에 돌아가지 않았을까? 귀를 현관문에 바짝 대고 손잡이에 손을 얹었을 때, 아파트 복도에서 남자 둘이 말하는 소리가 들려왔다. 아닌가? 남자 목소리랑 여자 목소리가 섞인 건가? 지성은 거실로 돌아가 현관 응답 시스템을 켜보았다. 화면엔 개미 새끼 한 마리 보이지 않았다. 다시 현관으로 가보았다. 그대로 문을 열고 나가려다가, 현관문에 살며시 귀를 갖다 댔다. 커다란 숨소리가, 웅얼거리는 남자 목소리가 들려왔다. 지성은 화들짝 놀라며 뒤로 물러섰다. 시스템 화면으로 볼 때는 보이지 않던 사람들이, 현관문을 열고 나가려 하면 갑자기 말소리를 내기 시작했다. 환청인가? 아니면 바깥에 실제로 기자들이 있고, 그 기자들이 시스템 화면에 보이지 않도록 숨어 있는 것인가. 지성은 맨발로 신발장 앞에 선 채 생각에 잠겼다. 이럴 때 누군가 있으면 얼마나 좋았을까. 채리 같은 애라도 있었다면, 대신 나가봐달라고 부탁했을 것이다. 꼭 그런 일이 아니더라도, 채리가 있었다면 상자에 갇힌 쥐새끼 신세가 된 그에게 무슨 말이라도 해주었을 것이다. 괜찮다는 말, 혹은 경찰에 연락하라고 부추기는 말을. 지성은 현관에 쭈그리고 앉아 신발장에 붙은 전신거울을 들여다보았다. 손자국 하나, 먼지 하나 없는 말끔한 거울을. 도대체 이 여자는 어디 가서 무얼 하는 걸까. 이번엔 진짜 안 돌아올 작정일까. 지성은 바닥에 앉아 거울에 등을 기댔다. 지금이라도 돌아오면 다 용서해주고 받아줄 것이다. 그러니 돌아올 거면 빨리 돌아와라, 나채리. 돌아와라. 정작 네가 필요한 건 지금이란 말이다.

17/

어색하게 인사를 나누면서 지성은 이성주의 주변을 살폈다. 혹시 아이를 데리고 오지 않았을까. 커다란 가방과 봉투를 들고 오긴 했지만 아기가 담겼을 것으로 보이는 물건은 없음을 알고 실망하는 자신을 보며 지성은 가만히 미소 지었다. 아이의 체액이 바지를 뜨끈하게 적셔오던 느낌, 아이의 맨살과 닿던 손의 느낌이 고스란히 되살아나면서 자신이 이성주와 매우 가까운 사이인 것처럼 느껴졌다.

이성주가 식탁에 자리를 잡고 가방과 봉투를 옆 의자에 내려놓는 것을 확인한 뒤 지성은 곧바로 물었다. 민주의 목소리가 담긴 녹음파일을 SNS에 올리고 언론사와 인터뷰한 '측근'이 누구냐고. 그때 이성주의 얼굴에 그 표정이 떠올랐다. 웃는 것도 아니고 우는 것도 아닌 표정. 눈이 부신데 그걸 애써 수습하려는 듯한 표정. 민주가 생전에 가끔 지었던 표정이었다. 놀란 듯 혹은 멋쩍은 듯한, 적응이 잘되지 않아 당황한 듯한 표정. 자신감 있고 당당해 보이는 민주에게 가끔 어리던 그 표정은 상대에게 민주가 약점을 지닌 인간이라는 사실을 일깨워 가까이 다가가게 만드는 하나의 통로로 기능했다. 지성은 그 사실을 이성주의 얼굴에 떠오른 흡사한 표정을 본 다음에야 깨달았다.

"저였습니다. 제가 언니 음성을 올리고 신화일보 기자를 만났어요."

이성주가 금방 침착한 표정으로 돌아오며 말했다.

"언니가 그 일을 굉장히 기대하고 있었거든요. 그 사건은 언니에게 '인생 프로젝트'였습니다."

지성은 들고 있던 찻잔을 내려놓고 성주를 쳐다보았다. 인생 프로젝트라. 너희 자매에게는 그것이 그런 의미였느냐. 한 남자를 성범죄자로 만들고 그 남자와 그 가족의 일상을 산산조각 내버린 폭력이 너희 둘에게는 '인생 프로젝트'였더냐. 손이 떨리고 숨이 가빠지기 시작했다.

"물론 김지성 씨에게는 치명적인 일이었겠지만요."

이렇게 덧붙이며 이성주가 커피잔을 들어올렸다. 커피를 마시기 위해 고개를 숙이면서 눈을 치켜뜨고 올려다보다가 지성과 눈이 부딪치자 재빨리 시선을 내리깔았다. 지성은 눈을 감고 천천히 숨을 들이마셨다. 양손을 맞잡아 떨림을 진정시켰다. 감정에 휘둘리지 말자. 이 여자를 집으로 오라 한 건 정보를 얻기 위해서다. 싸우기 위해서가 아니다.

"다 얘기해주셨으면 좋겠습니다."

그때 식탁에 부려져 있던 핸드폰이 귀청을 찢을 듯 요란하게 울렸고, 이성주는 손을 내밀어 양해를 구한 뒤 전화를 받았다. 전화를 받자마자 다짜고짜 빨리 말씀하시라고 상대를 몰아붙이더니, 엄청난 속도로 법정 용어를 쏟아낸 뒤 씩씩거리며 핸드폰을 내려놓았다. 지성에게 보이기 위해 다소 과장하는 듯한, 거칠고 극적인 액션이었다. 이런 언행 또한 민주를 떠올리게 해 지성은 쓴웃음을 지었다. 죽음이 민주에 대한 분노를 누그러뜨렸는지, 아니면 역으로 격화시켰는지 알 수가 없다. 하루에도 열두 번씩, 지성은 무책임하게 죽어버린 민주에 대한 분노로 속을 끓이다가 한순간 그립게 민주를 떠올린다. 마치 민주에게 연애 감정을 품기라도 했던 것처럼. 그리고 그런 자신을 통해 그는 살아 있음을 느낀다. 죽은 민주는 결코 그에게 그런 마음을 품지 못하리라. 오직 그만이, 그 혼자만이 살아남아 일방적으로 민주를 떠올리고, 분노하다 그리워하길 반복할 것이다.

"얘기라 해봤자 별것 없습니다. 제가 대신 기자를 만난 건 언니가 혼수상태에 빠졌기 때문이에요."

민주는 '자작 미투'를 앞두고 설레했다. 자작 미투를 통해 일부 극단주의자들의 움직임에 제동을 걸 것이라 했다. 피해자의 입장에 귀를 기울이는 것은 좋다, 하지만 지금처럼 앞뒤 따져보지 않고 피해자의 주장을 절대화하면 결국 미투운동에도 악영향을 끼칠 것이다. 지성은 입을 꾹 다물고 이성주의 입에서 민주가 예전부터 지껄여왔던 말들이 다시 튀어나오는 순간들을 감내했다. 섣부른 단정, 과도한 자기확신, 무지한 이들에게 가르침을 주겠다는 선각자 의식. 생전의 민주가 가졌던 위선적이고 거만한 단면들이 동생을 통해 고스란히 다시 흘러나왔다. 타인의 음성을 통해 다시 듣는 민주의 논리는 본인에게 들었던 때보다 더 오만하고, 더 단선적이고, 더 유아적으로 느껴졌다. 그러나 지성은 입을 꾹 다물고 세상을 떠난 혈육의 일거수일투족을 미화하는 유족의 절절하고 심각한 추모 코스프레를 감내했다.

"혼수상태에 빠졌던 초기에 언니는 간헐적으로 의식을 찾았어요. 마지막으로 의식이 돌아왔던 때에, 물론 그게 마지막일 줄 그때는 몰랐지만 어쨌든, 제게 부탁했습니다. 대신 기자를 만나달라고. 원래는 음성녹음을 올린 뒤 언니가 직접 기자를 만날 생각이었는데, 계획이 틀어졌으니까요. 제가 일단 회복된 다음에 만나자고 했더니 일어나려고 기를 썼습니다. 자기가 직접 가겠다고. 하지만 언니는 일어나 앉지 못했고, 누운 채로 계속 방송국에 가겠다고 고집을 부렸습니다."

결국 이성주는 언니를 진정시킨 뒤 신화일보 기자를 만났다. 기자와 인터뷰를 마치고 집으로 돌아왔을 때, 언니는 깊은 잠에 빠져 있었다. 다시는 깨어나지 못할 기나긴 잠에. 민주가 기획한 자작 미투극은 그걸로 끝났다. 감독이자 주연배우였던 민주는 신화일보에 기사가 난 것도, 그 기사로 지성의 삶이 단숨에 결딴나는 것도 보지 못했다. 죽었으니까. 완전히 다른 세상, 지금 숨 쉬며 움직이는 지구상의 누구도 알 수 없는 머나먼 세상으로 날아가버렸으니까.

"단도직입적으로 말씀드리겠습니다."

그가 성주를 똑바로 보며 말했다. 목소리가 떨려 나오는 게 인식되었지만 계획했던 말을 꿋꿋이 해냈다.

"성주 씨가 직접 밝혀주세요. 진짜 벌어졌던 일이 아니라 처음부터 끝까지 언니가 만들어낸 자작극이었다고."

이 여자도 알고 있을 것이다. 민주와의 대화가 담긴 녹음파일을 올린 지 30시간 정도가 지난 지금, 세상은 반으로 나뉘어 부글부글 끓어오르고 있다. 한쪽은 지성의 주장을 받아들여 지성을 희생자로 정의했고, 반대쪽은 지성의 주장이 사실이 아니며 지성의 주장을 믿는 건 고인이 된 피해자를 두 번 죽이는 것이라고 주장했다. 지성이 충격을 받았던 것은 후자에 속하는 이들의 행태였다. 그들은 지성이 공개한 파일 속 목소리가 민주의 것이라 인정하면서도 지성이 무고의 희생자임을 인정하지 않았다. 그들은 설령 민주와 지성이 '자작 미투극'에 대한 대화를 주고받은 적이 있다 할지라도 민주가 제기한 미투는 진짜일 것이라 주장했다. 그러니까 민주와 지성이 가짜 미투를 기획한 다음 같은 숙소에서 하룻밤을 함께 했을 때 지성이 민주를 진짜로 성폭행했으리라는 것이었다. 지성은 그 창의력과 확신과 악의에 압도당했다. 그것은 신앙에 가까운 의지였다. 이것은 미투다! 어떤 일이 있어도 이것은 미투이며 김지성은 성폭행범이다! 그들은 설령 민주가 되살아나 제 입으로 이것은 미투가 아니며 모든 것은 자신이 만들어낸 자작극이라고 말해도 믿지 않을 것이었다. 민주 본인을 정신이상자로 몰아붙이거나, 스톡홀름 증후군이라 몰아붙이며 민주를 피해자의 위치에 그대로 앉혀두려 할 것이었다. 그리고 현재 스코어, 후자의 사람들이 훨씬 더 우위를 점하고 있었다. 언론들은 웅크린 채 눈치를 보았고, 남초 커뮤니티들과 여초 커뮤니티들은 엄청난 분량의 패러디물과 혐오의 말들을 쏟아냈다. 보수언론 중 일부가 지성의 의견을 앞쪽 지면에 비중 있게 실었고, 진보언론 중 한 곳이 사회면의 하단 한구석에 지성의 SNS에 실린 글 일부를 몇 줄 실어 '보도했다'는 티를 내었다. 나머지 언론들은 관망하며 이 기싸움의 승자가 어느 쪽이 될지를 지켜보았다. 현재로는 '어쨌든 김지성은 성폭행범' 진영 쪽이 세가 컸지만 반대쪽 의견도 세가 만만치 않았다. 지성으로서는 어처구니없다는 말로는 가당치도 않은, 말도 안 되는 상황의 연속이었다. 당사자들의 음성이 나왔는데! 민주가 제 입으로 미투가 연극임을 밝히고 있는데! 그런데도 믿지 못한다면 대체 무엇을 믿을 것인가. 쉽지 않은 싸움이 될 거라 생각했지만, 적어도 진실은 밝혀질 거라 생각했다. 상식선에서 일의 전말이 밝혀질 거라고. 지성에 대한 거짓 루머와 악감정이 뜨뜻미지근하게 이어지긴 하겠지만 근본적으로 누명은 벗을 수 있을 거라고 생각했다. 그러나 일은 완전히 다른 양상으로 흘러갔다. 지성은 녹취록을 올리기 전보다 더한 절망감에 빠졌다. 이제 남은 생 내내 성폭행범으로 살아야 한단 말인가! 무엇을 해도, 어떤 증거를 들이대도, 강간범이란 낙인을 지울 수 없단 말인가!

"인터넷에 떠도는 루머 못 보셨어요? 언니는 지금 정신병자에 창녀로 몰리고 있습니다. 여기서 왜 제가 나서서 고인이 된 언니에게 또다시 못을 박아야 하죠? 저는 못합니다."

성주가 빠르게 말하며 지성을 쏘아보았다. 분노를 머금은 눈빛, 떨리는 입가의 근육. 지성은 허, 하고 웃음을 터뜨렸다. 지금 누가 누구에게 화를 내는가. 언니의 명예? 루머? 눈동자 네 개가 부딪치며 이글이글 타올랐고, 벽시계의 초침 소리가 커다랗게 눈동자 주인들의 귓전을 파고들었다.

한동안 그 상태로 있다가, 지성은 고개를 돌렸다.

"그럼 저는 유족을 고소할 수밖에 없습니다."

결국 지성은 이렇게 말했다. 말해놓고 나니 절로 한숨이 나왔다. 이 말을 하지 않으려 했는데, 결국 내뱉고 말았다. 처음부터 이렇게 되도록 예정되어 있었던 것일까.

'고소'라는 말을 들은 이성주가 눈을 크게 뜨더니 핸드폰을 거칠게 내려놓았다.

"안 돼요! 그건 안 됩니다!"

이성주가 식탁을 요란하게 내리치자 움찔 놀란 지성의 상체가 뒤로 젖혀졌다. 지성은 한쪽 팔을 옆 의자 등받이에 걸치며 이성주의 얼굴을 들여다보았다. 눈에는 두려움이, 부채질하는 손동작엔 당혹스러움이 고스란히 서려 있었다. 그는 고개를 옆으로 기울였다. 이 여자는 변호사가 아닌가. 유족을 고소하는 게 상징에 지나지 않는다는 걸 누구보다 잘 알 것이다. 왜 이렇게 과민반응을 하는가?

그때 안방에 둔 핸드폰이 울렸고, 지성은 고개를 까딱해 보인 뒤 안방으로 갔다. 발신자는 인터넷 신문의 기자였다. 지성은 나지막하게 욕설을 내뱉은 뒤 바로 수신거부 처리를 했다. 핸드폰을 무음으로 바꿔놓고 식탁으로 돌아왔을 때, 기립한 이성주가 차렷 자세로 기다리고 있었다.

"평론가님 입장에서는 인생이 걸린 문제일 텐데 제가 너무 언니 생각만 했습니다. 사과드립니다."

지성은 엉거주춤 선 채 뻣뻣하게 고자세를 유지하던 이성주가 허리를 90도로 꺾는 것을 쳐다보았다. 그 정연함, 그 결기. 가만히 앉아서 받고 있기엔 과할 정도로 예의 바른, 다분히 연극적인 동작을 지켜보던 지성의 허리가 급히 구부러졌다.

"이렇게까지 하지 않으셔도 됩니다. 얼른 앉으십시오."

지성이 민망해하며 두 손으로 이성주에게 식탁을 가리켜 보였지만 허리를 편 이성주는 다시 한번 깊게 상체를 굽혔다.

"부탁드립니다. 유족 소송은 하지 말아주세요. 간곡하게 부탁드립니다."

지성은 이성주의 뒤로 가서 양어깨를 붙잡았다. 몸에 손대고 싶지 않았지만 그렇게 하지 않으면 이성주가 금방이라도 무릎을 꿇을 것 같았다.

"일단 앉으시죠. 앉아야 이야기를 할 거 아닙니까."

지성이 두 손으로 의자를 가리키자 이성주가 허리를 붙잡으며 천천히 자리로 돌아갔다. 손으로 눈가를 몇 번 찍어낸 뒤, 이야기를 시작했다. 민주의 어린 시절부터 시작하는 이야기, 민주와 몇 년 전 세상을 떠난 민주의 부모, 부모의 부모가 등장하는 이야기를. 민주가 태어났던 산부인과의 지역적 특성이며 탄생의 순간에 동석했던 의사가 실은 산부인과 전문의가 아니었다는 이야기, 영세한 병원이라 복잡한 상황을 파악할 능력이 되지 않았다는 이야기를 들으며 지성은 어안이 벙벙해졌다. 도대체 이 여자가 왜 나를 붙잡고 이런 탄생 설화를 늘어놓는가. 내가 왜 민주가 태어났던 산부인과의 규모와 그 산부인과에 있던 의사의 자격 상황과 민주 부모의 과학적 무지의 정도를 알아야 한단 말인가.

"그러니까 언니는, 간성이었습니다."

이 한마디가 나왔을 때에야, 지성은 지금까지 자신의 귀로 흘러 들어오던 설화 같은 이야기가 의미하는 바를 알아들었다.

"흔히 인터섹스라고 하죠."

비스듬히 기대앉았던 지성의 허리가 꼿꼿이 펴지고 반쯤 감겼던 눈이 똑바로 뜨였다. 피부가 귀가 된 듯, 온몸이 귀가 된 듯 꼿꼿하게 일어서 건너편에서 흘러나오는 음성 앞에 예를 표했다.

18/

주말 아침인데도 납골당은 한산했다. 널찍하고 환한 공간에 들어서면서 지성은 이형주를 떠올렸다. 최초에 그를 이 장소에 데리고 와주었던 위인. 그때만 해도 그 꽃 같은 남자가 그렇게 고마울 수 없었다. 조금 우스꽝스러운 구석이 있긴 하지만 나름 미학이 있는 '예술인'이라 생각했다. 그러나 그동안 지성의 머릿속에서 이형주의 이미지는 뒤집혔다. 사기꾼. 평생 여동생을 등쳐먹은 비루한 인간. 그리고 그런 이미지는 잊을 만하면 되살아나 울분을 일으켰다. 당연한 일이었다. 수십 번 전화를 걸었지만 받지 않는 남자에게, 자신에게 거액의 돈을 뜯어간 뒤 연락 두절이 된 남자에게 그런 감정을 갖지 않는다면 그게 더 이상한 일이 아닐까.

널찍한 납골당엔 지성과 통로 쪽 끝에 선 중년 부부밖에 없었다. 두 손을 모으고 절을 올린 뒤, 지성은 일어서서 민주와 시선을 맞추었다. 유리문 너머에서 웃고 있는 20대 여성과. 진한 눈썹, 작고 가는 코, 얇은 입술. 사진 속 민주는 여전히 여리고 고왔다. 그런데 지성의 눈엔 민주의 얼굴이 어쩐지 중성적으로 보였다. 유난히 숱이 많은 눈썹, 혹은 살짝 각져 보이는 턱선이. 그는 유리창에 얼굴을 대고 눈을 가늘게 떴다. 혹시 목젖이 발달했는가? 그렇게 생각하고 보니 사진 속 민주의 목 중간 부분이 살짝 튀어나온 것처럼 보였다. 고개를 움직여가며 한동안 사진을 들여다보다가, 그는 코웃음을 쳤다. 김지성, 너도 별수 없는 편견덩어리구나. 이성주에게 들었던 민주의 출생의 비밀이 머릿속을 맴돌면서 그에게 민주의 특이한 점을 찾아보라고, 분명히 '진짜 여자'에게 없는 특이점이 보일 거라고 충동질해댔다. 그리고 그는 그 충동을 성실하게 따랐다.

지성은 민주의 유골함이 든 칸이 속한 라인에 비스듬히 기대섰다. 넓게 펼쳐진 창으로 들어오는 햇살이 머리끝부터 발끝까지 비추며 온기를 선사했다. 그는 눈을 감고 생각했다. 민주와 함께 볕을 쬐고 있는 것이다. 민주가 옆에 있는 것이다.

녹취록을 들은 이후, 지성의 마음은 민주에 대한 원망으로 들끓었다. 결국 제가 잘났다는 걸 세상에 보여주기 위해 자신의 오랜 지인을, 그 지인을 비롯한 세상 사람들 모두를 기만한 것이 아닌가. 제게 무조건적인 사랑을 보내준 대중을 멋대로 요리한 것 아닌가. 제 인기와 영향력을 이용해 세 살짜리 어린애만 못한 장난을 친 것이다. 그 과정에서 한 남자의 삶이 처참하게 무너져내렸다. 사람들은 민주를, 세상을 떠난 지금도, 믿어주고 아꼈다. 민주는 생전에 갖고 있던 오라에 이제는 '고인'이라는 갑옷까지 덧입은 상태로 지성에게 철통같은 권위를 행사했다. 그 권위 앞에서 지성은 아무것도 할 수 없었다. 그런데 이곳에 오니 원망의 마음이 사라진다. 한때 민주였을 뼈들이 담긴 함 앞에 서서 햇빛을 받고 있으니, 오직 연민만이 살아남아 넘실거린다.

지성은 기댔던 상체를 떼어내 정자세로 섰다. 유리창 너머의 민주와 다시 눈을 맞추었다. 이번에 민주는 '천생 여자'로 보였다. 진한 눈썹도, 각진 턱선도, 목젖도, 모두 '보통' 여자의 그것으로 보였다. 그래, 이민주. 너는 여자다. 아름다운 여자. 민주가 왜 자신의 특별한 생물학적 특성을 공개하지 않았는지는 모른다. 민주의 성정이라면 당당히 공개하고 세상이 양성만으로 이루어져 있지 않음을 천명하는 게 맞다. 간성으로 태어난 이들을 위해 열정적인 사회운동을 벌였어야 맞다. 하지만 민주는 그러지 않았다. 가족 외에는 누구에게도 그 사실을 공개하지 않았다. 만약 민주가 그런 특성을 공개하는 쪽을 택했다면 어땠을까. 그랬다면 결국 잃게 되었을까. 평생 자신을 지켜주었던 대중의 사랑을. 대중은 민주가 '진짜 여자'가 아니라는 걸 아는 순간 민주에 대한 사랑을 곧바로 거두어들였을까. 아니면 민주의 생물학적 특성이 어떠했건 상관없이 굳건히 민주를 사랑했을까. 이제는 알 수 없게 되었다. 그 의문은 영원히, 영원히 풀리지 않을 것이다. 중요한 건 생전의 민주가 자신의 생물학적 특성을 밝히지 않는 쪽을 택했다는 점이다. 민주의 의사가 그러했다면, 남은 사람들도 그 의사를 존중해야 할 것이다. 민주가 살아 숨 쉬지 않게 된 지금도, 그리고 앞으로도, 민주가 아름다운 여성으로 대중에게 추억되도록 지켜주어야 할 것이다.

이성주의 입에서 '간성'이라는 말이 나왔을 때, 지성은 오랫동안 비어 있던 퍼즐의 조각을 찾아 맞춘 느낌이었다. 민주에게 느껴왔던 이질감, 혹은 어딘가 과장되게 느껴졌던 몸짓들, 기이하게 느껴졌던 언행들이 모두 궤를 이루며 하나의 형상을 만들어냈다.

"언니는 정상적인 관계를 맺을 수 없는 사람이었습니다."

이성주가 했던 이 한마디가 아프게 그의 가슴을 찌르고 들어왔다. 지성은 상상할 수 없었다. 세상에서 분류한 두 가지 커다란 범주 중 어느 곳에도 온전히 속하지 못한다는 사실을 감당하고 살아야 하는 이의 마음을. 국민 시인이라 불리며 넘치는 사랑을 받았지만, 민주는 제 근본적인 정체성을 터놓고 나눌 친구 한 명 만들지 못했다. 겉으로 드러나는 화려한 생활과 제 핵심 정체성 사이의 간극을 지성은 상상할 수 없었다. 제 핵심을 보여주었다면, 약한 고리를 보여주었다면, 지성은 민주를 그렇게 야박하게 평가하지 않았으리라. 인간대 인간으로서, 깊은 시선을 갖고 다가갔으리라. 그러나 민주는 처음부터 그 가능성을 봉쇄해버렸다. 단 한 번도 기회를 주지 않았다.

내가 좀 더 사려 깊게 대했다면.

그랬다면 제 고통을 내게 열어 보여주었을까.

지성은 민주와 함께했던 순간들을 하나하나 짚어보았다. 민주가 내비쳤던 마음들, 암시들, 호감을 내포하고 있음이 분명했던 눈빛과 몸짓들. 그는 고개를 젖히고 크게 숨을 쉬었다. 그런 순간에 어떻게 대처해야 했단 말인가. 내가 어찌 알 수 있었단 말인가. 설령 알았다 한들, 과연 내가 민주에게 힘이 되어줄 수 있었을까? 세상이 정해놓은 두 범주를 뛰어넘어 진정으로 민주에게 공감해줄 수 있었을까?

지성은 핸드폰을 꺼내 유리창 너머의 이미지를 카메라에 담았다. 빛 반사 때문에 민주의 얼굴 일부분이 하얗게 지워졌지만, 눈이 만들어내는 곡선과 환한 표정은 그대로 담겼다.

아니, 제대로 공감해주지 못했을 것이다. 어쩌면 무지와 편견으로 민주를 더 고통스럽게 했을지도 모른다. 지성은 핸드폰을 주머니에 넣고 안경 안으로 손을 넣어 마른세수를 했다. 그동안 그는 소수자를 위하는 말과 글을 수없이 생산해내며 살아왔다. LGBT운동 단체에 몸담고 이런저런 행사에 참가했다. 하지만 실제 삶에서, 지성은 남, 녀 어느 쪽에도 속하지 않는 부류의 사람들이 있다는 사실을 체감하지 못했다. 지성의 사고는 철저히 이분법적인 세상의 테두리 내에 머물러 있었다. 그리고 이제, 자신과 친했던 지인, 세상을 떠나기 직전 자신에게 잊을 수 없는 한 방을 먹이고 간 지인이 '순수 여성'이 아니었음을 알고서야 비로소, 제 본모습과 마주하게 되었다.

그러나 그런 자각과는 별도로, 지성은 여전히 양성으로 나뉜 세상의 경계 안에서 자신의 안위에 골몰하고 있었다. 민주의 생물학적 특성을 알게 된 뒤부터 그의 내부에서 들끓던 분노가 거짓말처럼 가라앉았다는 사실이 그 대표적인 예였다. 그의 내면 깊숙이 자리한 자아는 민주가 '정상적인' 성관계를 맺을 수 없는 사람이었다는 사실이 자신이 무고의 희생자라는 결정적인 증거로 작용하리라는 생각을 하며 환호하고 있었다. 그 자아는 이성주의 입에서 '간성'이라는 말이 튀어나온 순간부터 존재하기 시작했다. 그것은 이성주가 걱정하는 바와 직접적으로 맞닿아 있는 지점이었다. 평생을 지켜왔던 언니의 비밀이, 언니가 죽는 순간까지 지키고 싶어 했던 비밀이, 지성이 누명을 벗으려 노력하는 과정에서, 이를테면 소송을 걸고 재판을 진행하는 과정에서, 세상에 알려질 수 있다는 것. 그런 염려가 언니의 명예를 지켜주고 싶은 동생의 애정 어린 마음에서 나왔는지, 혹은 '미모의 천재 시인'이 남긴 시집들의 판매율이 떨어지는 데서 올 경제적 불이익에 대한 관심에서 나왔는지는 알 수 없었다. 중요한 건 이성주가 그 부분에 대해 과하다 싶을 정도로 신경 쓰고 있다는 점이었다.

지성은 손을 들어 민주의 유골함이 든 칸의 투명창에 손바닥을 갖다 댔다. 차가운 유리에 다섯 손가락이 하얀 자국을 만들어냈다.

그렇다면 이성주는 가장 하지 말아야 할 짓을 한 것이 아닌가? 지성은 이성적이고 냉철해 보이는 이성주가 자신에게 민주의 비밀을 밝혔다는 것이 이상했다. 마음먹기에 따라 지성이 얼마든지 민주의 생물학적 특성을 공개할 수도 있을 텐데, 그걸 생각하지 못했을까?

지성은 두 손을 모아 커다란 반원을 그리며 절을 했다.

"또 올게, 민주야."

엎드린 채 소리 내어 민주라고 말하자 울컥, 감정덩어리가 치솟아올랐다.

민주야. 지성은 엎드린 채 중얼거렸다. 네가 감추고 싶어 했던 일이 사람들의 값싼 호기심의 불쏘시개로 쓰이지 않게 할게. 적어도 내입에서는. 그런 말이 나가지 않도록 할게. 잠깐이나마 머릿속을 맴돈 사악한 생각들을 지우기 위해 그는 다짐하듯 말했다. 나쁜 생각은 할 수 있다. 누구든. 다만 그것을 행동으로 옮기느냐 아니냐에 따라 악인과 위인이 나뉘는 것이다.

이성주는 언론과 인터뷰를 하겠다고 했다. 모든 것이 민주의 자작극이었음을 밝히겠다고. 지성이 민주를 성폭행한 적이 없다는 사실을 확실하게 천명해주겠다고 했다. 세간의 인식이 바뀌지 않으면 열 번이고 스무 번이고 해주겠다는 말도 덧붙였다. 지성은 몸을 반쯤 일으켰다가 다시 한번 절을 했다. 그러니 안심해도 될 것이다. 그가 민주의 생물학적 특성 공개 유무를 두고 망설일 상황은 도래하지 않을 것이다. 그는 성폭력범이 아니고, 진실은 결국 통하게 마련 아닌가. 그러니 쓸데없는 생각은 하지 말자. 쓸데없는 죄책감은 갖지 말자. 차가운 콘크리트 바닥에 이마를 댄 50대 남자의 길쭉한 몸 내부에선 상반되는 생각들이 부단히 오가며 충돌했고, 창문을 통해 들어오는 햇살이 그 남자의 엎드린 뒷모습에 빛과 온기를 얹어주었다.

19/

논이 나온 것은 핸들을 잡은 지 10분쯤 흘렀을 때였다. 공사판의 철 골 구조물과 빽빽한 신축 아파트 건물들을 지나가자 갑자기 시야가 트이면서 연초록 들판이 펼쳐졌다. 지성은 차창을 내리고 주행속도 를 낮췄다. 깊은 하늘, 투명한 햇살, 건조하고 서늘한 공기. 모든 자연 물이 쾌적함을 내뿜고 있었다. 가을이구나. 푸르게 뻗어 흔들리는 논 의 벼를 보며 그는 생각했다. 가을은 왜 이렇게 다른 느낌을 줄까. 기 온이 조금 내려가고 대기에서 축축함이 사라진 것뿐인데, 며칠 전과 는 완전히 다른 세상에 들어선 느낌이다.

지성은 파주의 도로를 달리고 있다. 전소현을 만나러 가는 길이 다. 지성과는 20년 전, 첫 단행본을 펴내면서 인연을 맺은, 그보다 다 섯 살 어린 편집자였다. 상상과문학사에서 일하던 전소현은 지성이 쓰는 글 특유의 위트와 풍자를 알아보고 단행본 기획안을 보내왔다. 문학평론가로 이름을 얻었으나 아직 제 이름으로 낸 책을 갖고 있지 못했던 지성은 기획안을 보고 단번에 수락 의사를 내비쳤다. 전소현 이 보내온 기획안은 참신하고 설득력 있었다. 한국인들에게 거의 우 상이 되다시피 한 정치인의 실상을 우화 형식으로 드러내자는 안이 었는데, 지성의 글의 특성을 제대로 파악한 사람만이 써낼 수 있는 기획안이었다.

인적이 드문 시골길에 접어들었을 때, 지성은 차창을 끝까지 내 렸다. 전소현과 의기투합해 책을 내던 시절, 그는 서른셋이었다. 젊 었고, 비혼이었고, 평론가로 이름을 날리고 있었다. 대중적으로 이름이 알려지진 않았지만 문학하는 사람들 사이에선 제법 인지도가 있었다. 지성은 입을 벌리고 흐읍 소리를 내며 바깥 공기를 빨아들였다. 폐부 깊숙이 바삭바삭한 가을 공기가 들어와 청량감을 선사했다. 그 시절, 30대였던 그때에는 이런 공기가 세상을 뒤덮기 시작하면 바로 여행을 떠났다. 친한 시인들과 어울려 불쑥 떠나거나, 대학 친구들과 전국을 돌았다. 언제든 마음만 먹으면 떠날 수 있었던 몸과 마음이 있었던 때, 함께 여행할 이들이 넘치도록 많았던 때를 떠올리며, 그는 희미하게 미소 지었다.

지성은 창가에 팔을 걸치고 틈날 때마다 창밖을 보았다. 계절은 매번 변함없는 모습으로 돌아오는데, 그는 몰라보게 변했다. 쉰을 넘긴 제 나이와 몸상태를 생각하자 청결한 바람이 더 소스라치게 파고들어오는 것 같다. 그는 젊었던 시절을 그리워하고 있다. 물론 젊었던 그 시절에도, 그리움은 있었다. 그러나 그 시절의 그리움에는 지금과 같은 쓰라림이 섞여 있지 않았다. 그저 막연히 무언가가 그리웠고, 그리워하는 마음에는 일종의 달콤함 같은 게 들어 있었다. 실상을 모르고 그리워하는 사람의 마음에는 달콤한 정서가 스미는 법이니까. 그러니까 그때는 몰랐던 것이다. 지금 제가 지나가고 있는 환상적인 산천과 아름다운 제 육신과 뭣도 모르는 안이한 사고 패턴이 20년 후 완전히 다른 형태로 변모해 자신을 공격해오리라는 것을.

그것은 지성에게도, 전소현에게도, 첫 책이었다. 전소현은 쟁쟁한 경력을 가진 편집자였지만 제 손으로 직접 책을 기획한 것은 그때가 처음이었다. 기획편집을 처음 시도하는 편집자와 신인작가의 만남. 둘은 머리를 맞댔고, 열정적으로 일했고, 좋은 결과물을 만들었다. 몇십만 부짜리 베스트셀러가 되지는 못했지만 책은 문단에서 상당한 주의를 끌면서 1쇄를 소화했다. 몇 년에 걸쳐 꾸준히 팔리면서 지성에게 작가로서의 입지를 마련해주었다. 10년 뒤 지성이 시사평론가로서 이름을 날리게 되었을 때는 '역주행'하여 잠깐 베스트셀러 순위권에 들기도 했다. 그런 책을 만들어냈던 두 인물이 오늘 만난다. 성추행의 '가해자'와 '피해자' 신분으로. 혹은 무고죄로 상대를 고소하려는 예비 고소인과 예비 피고소인으로.

이제 가해자와 피해자라는 삭막한 용어를 끼고 만나게 되었지만, 젊은 날의 기억은 고스란히 되살아나 지성에게 그리움을 불어넣었다. 때가 되면 어김없이 돌아오는 계절처럼, 과거의 추억은 그 추억을 만드는 데 동참했던 상대를 만나러 가는 길에 어김없이 돌아와 그리움을 소환했다. 전소현을 실제로 만나면 어떨까. 이런 그리움이 단박에 깨져나갈까. 자신을 성추행 가해자로 지목해 트위터에서 조리돌림당하게 만든 무고범죄자 전소현을 만나면 과거의 오라가 일거에 날아가고 그 자리에 증오심이 들어찰까. 불쑥, 그대로 핸들을 틀어 집에 가고 싶다는 충동이 일었다. 만난 지 10년이 넘은 사람을, 이런 일이 아니었다면 남은 생 동안 그런 사람이 있었는지조차 기억하지 못했을 사람을 만나러 간다는 게 너무 어처구니없게 느껴졌다. 얼마나 많은 것이 깨질까. 얼마나 상처 받게 될까. 그도, 전소현도, 남은 생 내내 잊지 못할 타격을 받게 되리라. 그리고 결과는, 안 만나느니만 못한 그런 형태를 띠게 될 것이다. 그렇다면 차라리 만나지 않는 게 낫지 않을까. 얼굴을 맞대는 부담스러운 절차 없이 곧바로 소송으로 들어가는 게 낫지 않을까.

멀리 아파트 건물들이 보이면서 푸르게 펼쳐지던 들판 대신 3, 4층짜리 상가건물과 빌라들이 지나쳐갔다. 지성은 핸드폰에 뜬 주행정보를 확인했다. 목적지까지 13분. 약속시간보다 10분쯤 빨리 도착할 것 같았다.

일찍 도착하면 전화를 걸어야 할까. 지성은 차창에 기댄 손으로 턱을 쓰다듬었다. 전소현이 연락을 해온 것은 어제 오후, 지성이 페이스북에 글을 올린 지 한 시간이 채 지나지 않았을 때였다. 지성이 올린 게시글은 길지 않았다. 전소현과 자신이 일 관계로 알게 되었고, 잠깐 동안 호감을 품은 상태로 만났지만, 별일 없이 끝났다는 것, 몇 번 되지 않은 둘 사이의 만남이 상호 호감에 의한 것임을 건조하게 기술한 글이었다. 스무 문장을 넘기지 않는 글을 마친 뒤에는 당시 전소현이 썼던 편지를 소장하고 있다는 말도 덧붙였다. 다행히 지성에겐 전소현이 손으로 써주었던 애정이 가득 담긴 편지가 있었고, 그는 조만간 편지를 공개할 생각이었다. 페이스북에 접속하는 모든 이들이 볼 수 있도록. 전소현이 그에게 날린 공격의 화살을 지켜본 모든 이들에게 가 닿을 수 있도록.

자신의 마지막 적군으로 설정한 대상에 대한 글을 올리면서, 지성은 한 치의 망설임도 느끼지 않았다. 하늘을 우러러 한 점 부끄럼 없다는 말의 의미를 알 것 같았다. 다른 무고 범죄자들 두 명에게는 이미 마땅하고 옳은 조치를 취했다. SNS에 그들과 알게 된 경로를 올리고, 주고받은 카톡과 이메일을 공개했다. 서로 만난 적이 한 번도 없음을 공표한 뒤 이에 대해 공개적으로 사과글을 올릴 것을 촉구했다. 사흘 내에 글을 올리지 않으면 바로 무고죄로 고소할 것이라는 말로 끝을 맺었다. 두 여성은 번개처럼 반응했다. 지성이 글을 올린 지 세 시간도 지나지 않아 자신들이 올렸던 SNS 글을 모두 내렸고, 깍듯한 사과의 글을 올렸다. 어느 정도 저항을 예상했던 지성에겐 거의 실망스럽기까지 한 일이었다. 각각 10대와 20대였던 이 두 여성은 공개적으로 올린 사과글 외에도 그에게 사적으로 변명으로 가득 찬 사과 메일을 보내왔다. 전소현을 따로 떼어 조치한 것은 다른 이들과 달리 전소현이 그와 실제로 만난 적이 있고 친분이 있었다는 점 때문이었다. 전소현과 그가 한때 팀을 이루어 일했다는 사실을 아는 사람이 많기에, 신중하게 접근해 결판낼 필요가 있었다.

지성은 이 모든 것이 녹음파일의 효과임을 알고 있었다. 지성이 사건 초반에 서투른 변명글을 올린 것 외에 어떤 행동도 취하지 않고 여론의 포화를 맞기만 한 것은 민주와의 밤에 대한 기억상실 때문이었다. 민주가 아닌 다른 여성들에 대해서라면 그는 100퍼센트 무죄를 확신했지만, 모든 사건의 발단이 된 인물과의 하룻밤에 대한 기억이 없었기 때문에, 아무것도 할 수 없었다. 녹취록을 듣고 그 부분이 소명되었을 때 비로소, 지성은 행동에 나설 수 있었다. 자신이 성폭행범이 아니라는 확신을 갖는 것은 그토록 중요했다.

글을 올린 지 채 한 시간도 지나지 않아 전소현에게 전화가 걸려왔을 때, 지성은 그 상황이 비현실적으로 느껴졌다. 개인 SNS에 올린 글을 그렇게 빨리 읽고, 그의 연락처를 그렇게 빨리 알아내어 전화를 걸어오다니! 게다가 이메일도 아니고 문자도 아니고 페이스북 글도 아니고 무려 직접 전화를! 수화기 너머의 목소리가 전소현임을 알았을 때, 최근에 트위터를 통해 그에게 도끼질을 해댄 적이 있긴 하지만 어쨌든 모두 화면 속의 활자를 통한 것이었으므로 여전히 감각으로는 그에게 머나먼 과거의 인물임에 틀림없는 사람임을 알았을 때, 그는 자신에게 길이 트였음을 실감했다. 누구도 전화하지 않았던, 누구도 엮이고 싶어 하지 않았던, 그래서 결코 직접 연락하는 법이 없었던(물론 기자라는 특이종 인류는 제외해야겠지만) 그에게 누군가가 전화를 걸어온 것이다! 그는 자신에게 들려오는 낯선 음성이 하늘에서 내려오는 계시처럼 여겨졌다. 이제 네 앞에 세상이 열리리라! 이 통화를 시작으로 너는 무너진 세계를 차근차근 복구하게 되리라!

통화할 당시 전소현의 너무 맥없는 목소리에, 지성은 혹시 이 여자가 어디가 아픈 게 아닌가 하는 걱정이 들었다. 아프면 안 된다. 나와 재판을 하고 확실한 결과를 세상에 내밀 때까지 전소현, 너는 아프면 안 된다. 지성은 기도하는 마음으로 통화를 이어갔다. 전소현은 그에게 자신이 사는 파주로 와달라고 부탁했다. 지성은 자신의 정신 상태를 이유로 들며 전소현에게 그가 있는 곳으로 와달라고 했지만, 전소현이 내민 카드에 못내 굴복하고 말았다.

"딸이 아파서 저 지금 회사도 못 가고 있어요."

그가 파주로 와주면 이웃에게 잠깐 딸을 부탁하고 나왔다 들어가겠다는 것이었다. 결혼해 아이를 낳았구나. 전소현의 나이를 생각하면 당연한 일이었지만 지성은 그 사실이 낯설었다. 지성이 트위터의 짧은 글들을 통해 전소현에게 받은 인상은 결혼이나 출산을 거치지 않은 비혼 여성의 이미지였다. 아무러면 어떤가. 지성은 아픈 딸을 두고 멀리 나갈 수 없다는 '예비 무고범죄자'의 말에 백기를 들어 운전을 하고 있다. 전소현의 집이라는 목적지를 향해.

"그렇다고 온라인 매출이 입이 딱 벌어지게 늘어난 것도 아니고요."

만난 지 10분이 넘어가도록 전소현은 업계 사정에 대한 이야기를 늘어놓았다. 지성은 전소현과 사람 하나 들어갈 정도의 간격을 둔 보폭을 유지하느라 신경을 곤두세웠다. 그나마 전소현이 사는 아파트 단지 내의 산책로가 넓은 편이라 두 사람이 나란히 걸어도 몸이 닿을 염려는 없었다.

"소현 씨가 원래 감이 좋았죠."

지성은 너무 과하지도, 너무 박하지도 않은 추임새를 넣으며 상대의 이야기에 귀를 기울였다.

"여기 잠깐 앉을까요."

정병들처럼 산책로를 둘러싼 나무의 행렬이 끊기고 벤치가 놓인 공터가 나왔을 때, 지성이 조심스럽게 말했다. 한참 출판계의 트렌드에 대해 말하던 전소현이 한쪽 눈을 찡그리더니 손으로 벤치를 가리켰다.

"앉으세요."

벤치는 운동기구들이 일렬로 늘어선 잔디의 끝에 있었다. 긴 벤치의 절반은 해를 그대로 받아 가장자리 쪽 팔걸이가 환히 빛났고, 나머지 절반은 그늘 속에 잠겨 있었다. 잠깐 동안 궁리하다 지성은 햇빛이 드는 쪽에 자리 잡고 손으로 해가리개를 했다.

전소현은 앉지 않았다. 그늘 쪽 벤치 끝에 서서 좌우로 왔다 갔다 제자리걸음을 했다. 지성은 눈을 가늘게 뜨고 빈 운동기구들이 햇볕을 받아 반짝이는 것을 지켜보다가, 전소현 쪽을 곁눈질했다. 핸드폰을 들여다보며 옆으로 제자리걸음을 하는 전소현은 코코아색 티셔츠에 품이 큰 남색 스커트를 입고 있었다. 20대일 때보다 살이 조금 찌고 혈색이 어두워졌다. 20대일 때도 얼굴빛이 그리 밝은 편은 아니었는데 지금은 더 누렇고 검게 변해 있었다.

"안…… 앉으십니까?"

지성이 말하며 벤치 끝으로 바짝 물러앉았다. 둘 사이의 공기가 더 버석거리는 느낌이었다.

"디스크 때문에 못 앉아요."

전소현이 허리에 손을 얹으며 어색한 웃음을 지어 보였다.

"아…… 네."

도착을 알리는 전화를 걸었을 때, 전소현은 자신이 허리디스크 때문에 앉을 수 없으니 아파트 산책로를 걷는 게 어떻겠냐고 제안해 왔다. 그랬는데 지성은 만나자마자 카페에 가자는 말을 했고, 한 번 더 디스크라는 말을 들었다. 그런데 이번에 또다시 같은 실수를 반복한 것이다. 채리와 살 때만 해도 이 정도는 아니었는데, 이제는 너무 심해졌다.

"아이가 몇 살인가요?"

"열여섯이에요."

전소현이 긴 머리를 뒤로 쓸어 넘기며 말했다. 어깨를 뒤덮은 길고 숱 많은 머리칼에 드문드문 섞여 있는 흰머리가 보였다. 흰머리, 화장기 없는 어두운 낯빛, 펑퍼짐한 차림새. 그런 요소들이 어우러져 만들어내는 힘없는 아낙 이미지 때문에 지성이 섣불리 말을 꺼내기 힘든 건지도 몰랐다. 이 여자가 원래 이런 이미지였나? 떠올려보던 지성의 입가에 희미하게 웃음이 걸렸다. 젊은 시절, 전소현은 굉장한 멋쟁이였다. 전형적인 미인상이 아니었는데도 전소현을 떠올리면 연예인 누군가의 이미지가 떠올랐다. 미니멀하고 시크한 차림새와 편집자로서의 날카로운 감식안이 맞물려 세련되고 차가운 이미지를 만들어냈고, 지성은 그런 이미지에 일정 기간 매료됐더랬다.

"그럼…… 중학생? 고등학생?"

지성과 연락하지 않게 된 뒤에 베스트셀러 편집자로 자리매김했고, 현재 상상과문학사의 차기 대표로 거론될 정도라고 들었다. 그런데 이런 차림으로, 아픈 아이를 둔 디스크 걸린 엄마가 되어 나타날 줄은 몰랐다.

"중학생이에요."

"아, 네. 중학생이군요."

이 말을 끝으로 둘은 입을 다물었다. 지성은 등으로 따가운 초가을 햇살을 받으며 발밑의 잔디를 짓이겼고, 전소현은 핸드폰을 들여다보며 서너 발자국 옮겼다 다시 돌아오면서 슬그머니 그의 동향을 살폈다. 못 견디게 어색한 시간, 이라고 할 만한 시간이 길게 흐르고 있었다.

지성은 목청을 가다듬은 뒤 전소현을 보았다. 이제 말해야 한다. 전소현도 아픈 아이를 두고 나왔다 하지 않았는가. 피차 빨리 말하고 헤어지는 편이 좋을 것이다.

"저기……"

"그날 왜 안 나오셨어요?"

지성이 입을 여는 순간 전소현이 불쑥 말했다. 망설임 끝에 꺼낸 말인 듯, 눈이 마주치자 재빨리 시선을 피했다.

"네?"

지성은 가만히 전소현을 바라보았다. 그동안 햇살의 각도가 바뀌어 지성이 앉은 곳에 그늘이 지고 전소현의 이마에 햇살이 내리꽂혔다. 전소현은 손으로 차양을 만들며 그가 있는 쪽으로 옮겨왔다. 그 과정에 슬쩍 이쪽을 쳐다보는 것을 그는 곁눈으로 확인할 수 있었다.

"그날 말이에요. 에버랜드."

그 순간 지성의 뇌리에 한 뭉텅이의 기억이 번쩍이며 되살아났다. 한 장면 혹은 여러 장면이 드문드문 조각난 형태가 아니라 앞뒤 맥락이 제대로 박힌 완전한 형태의 기억이.

"그날……"

"마음이 바뀌었으면 말을 해야죠. 적어도 만나기로 한 장소에 나오지 않겠다고는 말해줬어야 하지 않나요?"

"죄송합니다."

고개 숙인 지성의 입에서 기어들어가는 목소리가 흘러나왔다.

20년 전. 최초의 단행본을 낸 뒤, 지성은 전소현과 따로 만남을 가졌다. 대여섯 번 만났을까, 책 작업을 하면서 감정이 생성돼 있던 터라 진전이 빨랐다. 그런데 어느 순간, 마음이 바뀌었다. 원인이 무엇이었는지는 기억나지 않는다. 어느 날 갑자기 지성의 마음에서 전소현이 다른 사람이 되었다. 이전처럼 매력적이지도, 생각만으로 숨이 가빠오지도 않았다. 당혹스러운 일이었다. 어떻게 누군가가 갑자기 이렇게 싫어진단 말인가. 당시 지성이 택했던 방법은 외면이었다. 네가 싫어졌다는 말을 차마 할 수 없어서, 연락을 두절하는 방법을 택했다. 그래서 그날, 함께 가기로 했던 놀이공원에 나가지 않았다.

"왜 그랬죠?"

전소현이 핸드폰을 치마 주머니에 넣고 지성의 앞으로 왔다. 전소현이 신은 단화가, 단화 위로 드러난 발등과 하얗게 각질이 인 발목이 선명하게 눈에 들어왔다.

"너무 어려서…… 생각이 짧았습니다. 그건 제가 잘못했습니다, 소현 씨."

당시엔 서로 이런 경어를 쓰지 않았다. 서로 '씨'를 붙여 부르긴 했지만 반말을 하면서 친근하게 대화를 나누었다. 가끔 미래에 대한 은근한 약속의 말도 나누었다. 세월의 더께를 입었지만 아직 같은 눈빛과 같은 음성을 한 당사자를 보니 당시 두 사람이 나누었던 눈빛, 말투, 함께 누볐던 거리, 계절이 고스란히 떠오른다. 그때도 이런 가을이었다. 여름이 끝나가던 때, 함께 놀이공원을 가기로 약속하며 얼마나 설렜던가. 좋아하지도 않고 그 후로도 절대로 가지 않았던 놀이공원을 왜 그때 가기로 했는지는 모르겠다.

"왜 그랬죠?"

전소현이 선 자리에서 옆으로 서성이며 다시 물었다. 이쪽을 보는 것 같았지만 지성은 시선을 다른 데 둔 채 미동도 하지 않았다.

"핸드폰도 꺼져 있고, 사람은 나오지 않고. 지성 씨가 저였다면 그 상황에서 무슨 생각을 했을 것 같아요?"

전소현이 조용히 물었다. 그때처럼. 당시에도 전소현은 이렇게 말했다. 침착하고 담담한 말투로. 사람을 부끄럽게 만드는 말투로.

지성은 답하지 못한 채 애꿎은 손만 비볐다. 그 모습을 가만히 보고 있던 전소현이 벤치 반대쪽 끝에 앉아 치마를 여몄다. 지성은 정면에 보이는 나무 그림자를 응시한 채 전소현에게서 흘러나오는 말에 귀를 기울였다.

그날, 전소현은 집 앞 약속장소에서 한 시간 동안 기다린 뒤 지성을 찾으러 다녔다. 지성의 집을 찾아갔다가, 집 근처 병원의 응급실을 뒤지고 다녔다. 그러나 어느 곳에서도 그를 발견하지 못했고, 저녁 어스름이 내릴 무렵 다시 집으로 돌아갔다. 그리고 다음 날, 지성이 다른 출판사에서 열린 좌담회에 멀쩡한 모습으로 참석했다는 걸 알았다.

"지음사에 다니던 친구가 통화하다가 말해줬어요. 오늘 김지성 평론가도 왔다고."

긴 이야기 끝에 전소현이 담담하게 말했다.

"그때 알았죠. 작가님이 나를 잘라냈다는 걸. 가장 무례한 방법으로, 가장 성의 없게."

이렇게 말한 뒤 이쪽을 보는 시선이 느껴졌지만 지성은 옆을 돌아보지 않았다.

"작가님은 아픈 게 아니었어요. 아파서 죽었을까봐 가슴을 졸였는데, 다쳐서 어디서 피를 흘리고 있을까봐 발을 동동 굴렀는데, 멀쩡히 살아서 다른 출판사 좌담회에 참석했더라고요."

전소현이 말을 마친 뒤 풋, 하고 웃었다.

"그 일은 제가 백번 잘못했습니다. 사과드립니다."

시선을 맞추지 않은 채 지성이 고개를 숙였다.

"하지만 제가 소현 씨께 실례를 한 것과 제가 성추행을 한 건 엄연히 다른 이야기죠. 그때 우리……"

타이밍이 좋지 않다고 생각했지만 지성은 꾸역꾸역 얘기를 꺼냈다. 타이밍은 언제든 좋지 않을 것이고, 얘기는 어떻게든 꺼내야 할 테니까. 가기로 했던 놀이공원에 가지 않았다고 해서 자신이 곧 성추행범이 되는 건 아닐 테니까.

"지금 우리가 사귀었던 사이라고 이야기하고 싶으신 건가요?"

전소현의 음성이 높아졌고, 지성의 고개가 옆으로 돌아갔다. 둘의 시선이 허공에서 만나 팽팽하게 맞섰다.

"아닙니까? 제가 일방적으로 소현 씨를 추행했나요?"

"제가 지금 그걸 말해야 하나요? 진심이세요?"

전소현이 자리에서 벌떡 일어섰다. 지성의 정수리로 따가운 시선이 쏟아져내렸다.

"제가 소현 씨께 실례를 한 건 맞습니다. 하지만 그전에 있었던 만남은……"

지성도 자리에서 일어섰다.

"설마 기억이 안 난다고 말하는 건 아니시죠? 그 전날, 추행이 아니라면 그 전날의 행동을 어떻게 설명할 수 있겠어요?"

"하, 진짜……"

지성의 고개가 옆으로 돌아갔다가 제자리로 돌아왔다. 전소현의 음성이, 울분에 찬 40대 여성의 목소리가 천둥처럼 쏟아져내렸다.

"그날 이후 저는 끊임없이 되뇌었습니다. 어쩔 수 없는 일이었다, 감수해야 하는 일이다. 하지만 끝끝내 설득이 되지 않았습니다."

지성의 눈이 커다랗게 벌어졌다. 지금 이 여자가 무슨 말을 하는 거지? 어떤 기시감이, 어떤 불길함이 날아와 거세게 뒤통수를 쳤다.

"제가 김지성 작가님께…… 네. 인정합니다. 좋은 마음으로 대하지 않았던 건 아닙니다."

전소현의 꼭 쥔 손이 입가로 올라오고 얼굴이 붉게 물들었다. 크게 뜬 눈에 물기가 어리고, 목소리가 불규칙한 높낮이로 흘러나왔다.

"하지만 그게, 좋은 감정을 품었다는 게 어떻게…… 네, 당시에 의사표현을 했다면 좋았을 겁니다. 바로 말하는 게 저에게도, 또 작가님께도 명쾌한 일이었겠죠. 하지만 저는 그랬습니다. 네. 더 좋은 관계로 발전하려면 응당,"

전소현이 입술을 깨물었다가 다시 말을 이었다.

"응당 그래야 하는 일이라고, 참아야 하는 일이라고……"

전소현은 말을 맺지 못하고 손에 얼굴을 묻으며 상체를 구부렸다. 그 모습에서 오는 어떤 절실함이 지성의 가슴을 건드렸고, 순간 그의 숨이 멈추었다. 평탄했던 마음에 파동이, 투명한 유리잔에 균열이 생긴 듯, 가파르게 번져갔다.

그 이후 둘이 주고받은 대화는 지성이 이날의 만남을 떠올리며 예상했던 버전들 중 가장 전형성을 띤 형태를 따라갔다. 지성은 둘의 만남이 '상호 동의'에 의한 것임을 강조했고, 전소현은 그중 특정한 형태의 만남은 결코 '상호 동의'에 의한 것이 아님을 강조했다. 전소현은 또한 둘의 만남이 종결된 방식이 전적으로 지성의 의지에 따른 것이었으며, 그로 인해 자신이 얼마나 당황하고 상처 받았는지를 강조하며 목소리를 높였다.

헤어지기 직전 둘은 드디어 '본론'에 들어가 각자의 요구사항을 표명했다. 두 사람 다 하룻밤 내내 골머리를 썩이며 도출해냈을 구체적이고 절실한 주장들을.

"페이스북에 올린 글 당장 지워주세요."

벤치에 앉아 한쪽 손으로 얼굴을 괴고 있던 지성의 귀에 이미 대여섯 번 당도했던 말이 다시 한번 낭랑하게 울려 퍼졌다. 그는 고개를 들어 전소현을 올려다보았다. 역광을 받은 전소현의 얼굴이 저승사자처럼 시커멓게 보이고 그 뒤로 구름 한 점 없는 가을 하늘 풍경이 그보다 더한 해상도를 상상할 수 없을 정도로 선명하게 펼쳐졌다.

"트위터에 해명글 올려주시는 게 먼저죠. 본인이 20년 전에 썼던 연애편지가 공개되어 창피한 것과, 여자를 성추행한 성범죄자로 몰려 사회적 죽음을 맞는 것이, 비교가 되는 일입니까."

지성의 음성이 갈라지고, 말의 속도가 빨라졌다. 같은 얘기를 몇 번씩 반복하면서 감정이 고조되었다. 지성이 누군가에게 미투에 관한 소회를 말하는 것은, 억울함을 토로하는 것은 이번이 처음이었다. 그동안 누구에게도 하지 못했던 속엣말이었기에 몇 번씩 말해도 속이 후련해지지 않았다. 지성은 흥분해서 했던 말을 계속 되풀이하며 제 울분에 빠져들었다.

"작가님이 성범죄자로 몰린 건 제 탓이 아닐 텐데요. 그리고 페북에 올린 글은 저한테 치명적입니다. 저한텐 중3짜리 딸이 있다고요! 게다가 저는 한 출판사의 편집장입니다. 제가 책임져야 하는 직원들이 스무 명이 넘어요."

전소현이 손바닥으로 가슴을 탕탕 치며 큰 소리로 말했다. 지성은 주위를 둘러보았다. 다행히 근처엔 아무도 없었지만, 멀리서 노부부로 보이는 남녀 한 쌍이 이쪽으로 걸어오고 있었다.

"딸이 있다고요? 아래 직원이 스무 명이라고요?"

지성이 허, 웃음을 터뜨린 뒤 자리에서 일어섰다.

"이것 보세요, 편집장님."

지성이 제 가슴을 탕탕 두드리며 눈을 부릅떴다.

"저는 사회에서 매장당했습니다. 아내와는 이혼하기로 했고, 강의, 방송출연, 기고, 다 끊겼다고요. 누구도 제 글을 실어주지 않고, 누구도 저를 불러주지 않습니다. 제가 얼마나 버러지처럼 살고 있는지 아십니까?"

벌겋게 불타오르는 지성의 시야에 눈을 가늘게 뜨고 실소를 터뜨리는 전소현의 얼굴이 들어왔다.

"딸애가 열여섯입니다. 당장이라도 인터넷에 접속해서 엄마와 관련된 글을 볼 수 있는 나이죠. 어쩌면 이미 봤을지도 모릅니다. 그리고 그쪽은, 이미 다른 사건으로 결딴이 난 상태인데, 제가 트위터에 정정글을 올리고 안 올리는 게 무슨 상관이 있죠? 아무 의미 없지 않나요?"

지성은 손으로 전소현을 후려쳐 땅에 쓰러뜨리는 상상과 사투를 벌이며 주먹을 움켜쥐었다. 딸? 책임져야 하는 직원? 나는 목숨이 왔다 갔다 하는데 뭐? 출판사의 편집장?

"비교가 되는 얘깁니까, 지금? 저는 숨만 쉬고 있지, 사실상 죽은 목숨이란 말입니다."

한쪽 팔을 허공으로 뻗어올리며 소리치듯 말하던 지성이 가까이

다가온 노부부를 보고 등을 틀렸다. 가슴이 가파르게 오르내리고, 손발이 차갑게 얼어붙었다. 전소현은 한쪽 허리에 손을 얹은 채 허공을 올려다보았다. 노부부가 두 사람 바로 앞에 있는 운동기구 쪽에 서는 걸 보고 전소현이 반대쪽으로 걷기 시작했다. 지성도 거리를 두고 전소현을 뒤쫓아갔다.

"그냥 가세요. 만나서 이야기하는 게 아무 의미가 없네요."

전소현이 빠르게 걸으며 말했다.

"트위터에 정정글을 올리세요. 저한테 사과하는 말까지 쓰지 않아도 됩니다. 다만 성추행이 아니었다, 제가 필자로서 권력을 이용해 소현 씨를 성추행한 건 아니었다고 밝혀주십시오. 그걸로 충분합니다."

"못한다면요?"

빠르게 걷던 전소현이 돌아서며 표독스럽게 쳐다보았다.

"고소하실 건가요?"

"딸아이가 걱정되신다면서요."

지성이 숨을 고르며 말했다. 조금 빠르게 걸었을 뿐인데도 금방 숨이 가빠졌다.

"제가 싱글맘인 건 아시죠?"

물론 안다. 얼굴을 본 순간부터 지금까지 백번 정도 들었다.

"저는 아픈 딸아이를 혼자 키워내야 합니다. 돈도 벌어오고, 돌봐주기도 해야 하죠. 고소하시려면 하세요. 그러면 제가 딸아이를 키울 돈도 못 벌고, 애는, 뭐 어떻게 되겠죠. 아이 마음에 엄마가 젊을 때 했던 유치한 짓이 만천하에 알려지는 장면도 박히겠죠. 그런 거

보면 우리 작가님, 참 행복하실 거예요. 그쵸? 굉장히, 아주 많이 속이 편하실 거예요."

이렇게 말한 뒤 전소현이 빠르게 걷기 시작했다. 지성은 더 이상 쫓아가지 않고 뒤에서 그 모습을 지켜보았다. 그래, 이런 여자였지. 전소현 특유의 비아냥거림이, 속사포처럼 말하며 날카롭게 상대를 몰아세우는 공격성이 과거의 기억을 빠른 속도로 불러일으켰다. 거침없는 논리와 기세, 마음을 먹으면 어떻게든 해내고야 마는 근성은 전소현의 매력이자 상대를 질리게 만드는 요인이었다. 그는 전소현의 그런 점에 끌리면서도 항상 그 점 때문에 뒷걸음질쳤다. 그리고 이제는, 전소현의 그런 특성과 정면승부를 해야 했다.

"재판에서 봅시다."

지성이 뒤에서 외치자 전소현이 그 자리에 멈춰 섰다. 상체를 돌리더니 빙긋 웃으며 말했다.

"기다리겠습니다, 작가님."

하, 지성은 너털웃음을 터뜨리며 전소현의 긴 머리카락이 흔들리며 멀어져가는 것을 보았다. 어떻게 사람이 저렇게 사고할 수 있지? 웃음이 나왔고, 지성은 계속해서 하, 소리를 내며 고개를 흔들었다. 지성은 눈을 감았다 뜬 뒤 하늘을 올려다보았다. 파란 하늘빛을 배경으로 미풍에 몸을 뒤집는 나뭇잎들이 햇빛을 받아 찬란하게 반짝였다. 내 너를 심판하리라. 지성은 다짐했다. 너를 재판정에 세우고, 네가 한 짓을 피눈물을 흘리며 뉘우치게 만들어주리라. 나는 절대 선처해주지 않을 것이다. 절대로. 몇 번씩 다짐한 뒤 지성은 발걸음을 옮겼다. 한참 동안 걸어간 뒤에야 그는 차를 주차해놓은 아파트 동의 반대 방향으로 걸어가고 있다는 걸 알아차렸고, 빠른 걸음으로 전소현의 아파트 동을 향해 가면서 눈살을 찌푸렸다. 지하주차장으로 가려면 전소현에게 인터폰을 해야 하는데, 그 여자와 다시 접선을 해야 한다니, 생각만 해도 몸이 경련이 인 듯 부들거렸다.

21/

햇살 좋은 가을날, 지성은 하늘의 푸른빛에 힘입어 외출을 시도했다. 현관문을 열고 나가는 일은 어렵지 않았다. 문제는 아파트 동 출입구를 나설 때였다. 자동문이 열리는 순간 선명한 바깥 풍경과 서서 이야기를 나누는 중년 여성 둘의 모습이 눈에 들어왔고, 동시에 심장이 미친 듯이 파닥거렸다. 거칠게 숨을 몰아쉬면서 지성은 중얼거렸다. 괜찮다. 괜찮다. 저 사람들은 내 얘기를 하는 게 아니다.

용감하게 출입구를 나서 걸음을 옮겼다. 한 걸음 한 걸음 디딜 때마다 중년 여성 둘이 자신에게 돌진해오는 장면이 눈앞에 펼쳐졌다. 강간범이라며? 낯짝도 좋아. 어쩜 저렇게 태연히 돌아다닌대!

동네 사람들은 지성에 대해 모두 알고 있을 것이었다. 그의 귀에까지 소문이 도달하지 않았을 뿐, 모두 그에 대해 수군거리고 있을 것이었다. 아내가 집을 나간 뒤부터 이웃과 마주쳐도 인사하지 않았기 때문에 이웃들과의 교유가 완전히 끊겨 있었다. 미투 사건 이후로는 차로 나가는 경우 아니면 집 밖으로 나가지 않았고, 부득이하게 나갈 일이 생기면 완전히 깜깜해진 다음에 나갔다. 이웃과 마주칠 기회를 원천봉쇄한 셈이다. 이런 대낮에 혼자서 나가는 것은 처음 시도해보는 일이었는데, 지성은 이 외출을 반드시 완수하겠다고 다짐한 터였다. 며칠 전 파주에 무사히 다녀왔다는 사실이 큰 동력이었다. 그런데 막상 발을 떼고 보니, 차로 낯선 동네에 가는 것과 도보로 살고 있는 동네를 걸어 다니는 것은 완전히 다른 일이었다.

콩닥거리는 가슴을 누르며 중년 여성 둘을 지나쳐간 뒤엔 거의 인적이 없는 길을 걸었다. 건너편 아파트 단지를 관통하다가 초등학생으로 보이는 남자아이들 세 명이 노는 모습을 봤는데, 그때는 인기척이 있다는 데 살짝 놀랐을 뿐 큰 이상은 없었다. 숨이 막히고 가슴이 두근거리는 증상은 서단역이 가까워지면서 길거리에 다니는 사람들이 많아졌을 때 다시 시작됐다. 지성은 걷는 속도를 늦추고 숨을 골랐다. 자세히 보면 사람들이 그를 쳐다보지 않는다는 걸 알 수 있었다. 모두 마스크를 쓴 채 각자 갈 길을 가고 있을 뿐이었다. 그런데 지성은 자꾸 사람들이 자신을 쳐다보는 상상을 하고 있었다. 가슴이 답답하고 눈물이 날 것 같았다. 몸이 떨리고 요의가 느껴졌다. 그래도 지성은 전진했다. 선글라스와 마스크가 얼굴을 가려주었고, 후드 티에 달린 모자에 챙이 넓은 모자까지 이중으로 덮어쓴 상태였다. 누구도 그가 떨고 있다고, 사람들을 마주치는 게 두려워 요의를 느끼고 있다고 생각하지 않을 것이었다. 지성은 입을 앙다물며 결의를 다졌다. 버티는 거다. 진짜로 바지에 실수할 때까지. 그는 자신이 할 때까지 해보았다는 면죄부를 얻고 싶었다. 최선을 다했다는. 최선을 다했으나 만일 오줌을 지린다면? 그때는 집으로 돌아가면 된다. 돌아가서 심리상담이나 정신과 프로그램을 알아보면 된다. 바지에 오줌을 지릴 정도라면 그때는 의술의 도움을 받는 게 마땅하리라!

다행히 지성은 체액으로 바지를 적시는 일 없이 서단역까지 갔다. 멀리 서단역 출구를 알리는 검은 기둥이 보였을 때, 기쁜 나머지 콧등이 시큰해졌다. 해냈다! 그는 해낸 것이다. 밝은 대낮에 혼자 나와 동네 사람들 사이를 걸어가는 일을! 지성은 서단역 1번 출구와 3번 출구를 지나 횡단보도를 건넜다. 역방향으로 걸어 4번 출구와 2번 출구를 지났다. 전염병이 한창이라 모두가 마스크를 쓰고 있었고, 누구도 마스크와 선글라스로 무장한 지성을 이상하게 생각하지 않았다.

지성은 2번 출구 앞에 있는 버스정류장 벤치로 갔다. 등에 땀이 축축이 배어 있었다. 그가 앉기 위해 다가가자 벤치 중간에 앉아 있던 젊은 여성이 벌떡 일어서서 벤치 끝으로 옮겨갔다. 순간 마음이 요동치면서 다시 심장박동이 빨라졌다. 그는 눈을 꾹 감고 자리에 앉았다. 심호흡을 세 번 한 뒤 눈을 떴다. 선글라스 너머로 도로 건너편 나무들이, 나무들을 받들고 선 산이, 구름 한 점 없는 하늘이 보였다. 때마침 선선한 바람이 목 뒤를 간질였고, 그는 계절을 소스라치게 감각했다.

벤치 끝으로 옮겨간 여성은 핸드폰에 고개를 박은 채 움직이지 않았다. 무엇을 보는 걸까. 여성이 보는 화면 속에 자신의 이름이 떠 있을 거라는 생각이 어김없이 올라오면서, 집 밖을 나선 뒤 사람과 마주칠 때마다 자동으로 생성되던 장면들이 재빨리 재생되었다. 상대가 그를 알아보고, 핸드폰으로 그의 이름을 검색하고, 강간범인지

아닌지 갑론을박 대상이 되고 있는 인물을 실제로 마주쳤다는 후일
담을 주변 사람들에게 부지런히 알리는 장면이.

　물론 지성은 알고 있었다. 이제 그렇게까지 생각할 필요가 없다
는 것을. 민주의 음성이 담긴 녹음파일을 공개한 지 일주일. 지성에
대한 여론은 이제 완전히 양분된 상태였다. 초반엔 지성의 억울함을
믿어주지 않는 쪽의 목소리가 압도적이었지만, 시간이 흐르면서 점
차 지성의 입장을 살피고 동조해주는 이들이 나타났다. 지성 사건에
사람들은 보수와 진보를 초월한 입장을 보였다. 양쪽 진영 모두 지성
의 결백 유무를 놓고 반으로 쪼개졌다. 특히 진보진영이 치열한 격론
을 벌였다. 이번 논쟁은 전 교육부장관을 둘러싸고 벌어졌던 것보다
더 치열하고 원색적이었다. 지성은 자신과 친분이 있었던, 혹은 건너
건너 알고 지냈던 '지식인'과 '사회운동가'들이, 자신에 대한 지지 혹
은 반대의사를 보이며 격렬하게 설전을 벌이는 것을 숨죽이며 지켜
보았다. 그것은 매우 흥미로운 경험이었다. 미투 사건 이전까지, 지
성은 주로 의견을 생산하는 사람이었다. 어떤 사안에 대해 의견을 표
명하고, 자신과 반대되는 의견을 표명하는 사람들을 논리적으로 반
박했다. 그런데 이제는 의견을 투척하는 대상, 품평의 대상이 되었
다. 도마 위에 오른 생선의 기분이 이럴까. 사람들은 모두 다양한 칼
을 들고 다양한 방식으로 지성을 난도질했다. 그리고 그 행위를 통해
자신을 증명하려 했다. 의견 표명을 할 수 없는 '대상'의 입장이 되어
그들의 언행을 지켜보는 것은 씁쓸하면서도 미칠 듯한 쾌감을 안겨
주었다. 이 관전을 통해 지성은 일종의 해탈상태에 들어섰는데, 마치
신이 되어 인간세상을 내려다보는 듯한 느낌이었다.

그리고 지성은 알게 되었다. 이 사건에 대해 논리적으로, 혹은 감정적으로 제 의견을 표하는 사람들을 추동하는 힘을. 그들은 김지성의 결백을 놓고 서로 의견 차이 때문에 '폐절'을 선언했고, 서로 비난을 퍼부어댔다. 현실 속 제 삶과는 거의 아무런 관련이 없는 한 남자의 성추문에 자신의 전부를 걸고 비장하게 발언하게 만드는 힘. 그것은 인정욕구였다. 자신이 올바르고 올바르며 세상에서 제일 올바르다고 외치고 싶은 욕구. 김지성이라는 인물에 대한 합리적이고 논리적이며 마땅하고 옳은 말들을 토해냄으로써 자신을 증명하고 싶은 욕구. 자신을 둘러싸고 만들어지는 수많은 말과 글, 퍼포먼스를 보면서 지성은 측은지심에 도달했다. 무엇이 이 사람들을 이렇게 빈곤하게 만들었는가. 왜 누군가에 대한 비난과 평가를 통해서만 자신을 증명하도록 만들었는가.

핸드폰을 들여다보던 여성이 벌떡 일어서서 버스에 탑승하는 걸 보았을 때, 지성은 자신이 이 여성과 한 벤치에 끝까지 앉아 있었고, 어느 시점부터는 여성이 존재한다는 사실 자체를 망각했음을 깨달았다. 미션을 완수한 것이다. 지성은 미소를 지으며 선글라스를 벗어 가방 안에 집어넣었다. 이제부터 다음 미션으로 들어가는 거다.

지성은 적군과 싸우러 가는 병사라도 된 양 주먹을 꼭 쥐고 일어서서 걸음을 옮겼다. 횡단보도를 건너 서단역 1번 출구에 이르렀을 때, 예기치 않게 전철역 계단을 올라온 사람들과 마주쳤다. 족히 스무 명은 되어 보였고, 순간 움찔하며 물러섰지만, 그는 이번에도 물러서지 않았다. 천천히 걸어 사람들 곁을 지나갔다. 선글라스를 끼지 않고 끝까지 버텼다.

그다음부터는 게임의 난이도가 확 낮아진 느낌이었다. 세계맥주 할인점과 롯데리아를 지날 때는 통유리창에 비친 자신의 실루엣을 확인하는 여유까지 부렸다. 이 상태라면 맨눈으로 집까지 충분히 가겠다 싶어졌을 때, 눈앞에 라 쁘띠뜨 헤어살롱이라는 간판이 보였다. 그는 그 앞에 멈춰 섰다. 왜 이 이름이 낯설지 않지?

"안녕하세요."

중년 남자의 머리를 커트하고 있던 짧은 머리 여자가 고개를 돌리며 인사를 건넸을 때에야 지성은 자신이 그 미용실 문을 열고 들어갔다는 사실을 인식했다. 중년으로 보이는 깡마른 여자는 지성이 선 쪽으로 몸을 돌리며 물었다.

"머리하실 건가요? 좀 기다리셔야 하는데."

여자가 뒤쪽 긴 의자에 앉은 두 명의 중년 여성과 고등학생으로 보이는 남성을 턱으로 가리키며 말했다.

"아, 전 머리가 아니고……"

지성이 말했지만 여자는 마스크 속에서 우물거리는 그의 말을 알아듣지 못했다.

"30분? 아니다, 한 시간은 기다리셔야 할 것 같은데요."

여자가 빠르게 말한 뒤 중년 남자의 머리를 한 움큼 움켜잡고 가위질을 했다. 좁고 긴 공간, 검은색 타일 벽에 보라색 의자가 놓인 어두운 미용실이었다. 고딕풍 디자인의 가구들과 거울이 놓인 특이한 분위기의 공간에서, 검은색 옷에 보라색 스카프를 두른 미용사가 분주히 손을 놀리며 그의 대답을 기다리고 있었다.

"여기 혹시 나채리라고…… 일하는 분 계시지 않습니까?"

머뭇거리던 지성이 천천히 말했다. 목소리가 떨려 나왔던가. 모르겠다. 살짝 쉬어 나왔던 것 같긴 하다.

"네?"

미용사가 옆에 놓인 이동식 서랍장을 옆으로 밀며 지성을 향해 고개를 젖혀 보였다. 서랍장에서 나는 바퀴 소리가 요란하게 실내공간을 갈랐다. 지성은 마스크를 벗은 뒤 큰 소리로 말했다.

"여기서 일하시는 분, 나채리 씨를 찾아왔는데요."

의도했던 것보다 너무 큰 소리가 튀어나와 앉아 있던 손님들의 시선이 일제히 지성에게 쏠렸다. 그는 얼굴이 붉어지는 것을 느끼며 마스크로 얼굴을 가렸다.

"누구요?"

"나채리, 나. 채. 리. 씨요."

지성이 미용사 쪽으로 다가가며 마스크 안에서 크게 외쳤다.

"그런 사람 없는데요."

미용사가 미간을 좁히며 말한 뒤 밀어놓았던 서랍장을 제 쪽으로 끌어당겼다. 다시 돌돌돌돌 소리가 났고, 지성은 바퀴 굴러가는 소리가 그렇게 크다는 사실에 새삼 놀랐다. 그는 선 채 눈을 깜빡이다가 다시 입을 열었다.

"나채리 씨라고, 여기서 일한다고 들었는데요."

분명 이곳이었다. 채리가 '라 쁘띠뜨 헤어살롱'이라고 말하며 있었던 일들을 요란하게 떠들어댔던 날들이 선명하게 기억난다.

"여기는 저 혼자 일합니다. 같이 일하는 디자이너가 없어요."

미용사가 앞을 향한 채 중년 남자의 머리를 빗질하며 거울로 지성과 시선을 맞추었다. 얼굴엔 귀찮아하는 기색이 역력했다.

"아, 그럼 혹시…… 예전에 쓰던 사람이라도……"

"전 사람 쓴 적 없다니까요. 저. 혼. 자. 일해요."

미용사의 음성은 서릿발 같았다. 지성은 떨떠름한 얼굴로 고개를 끄덕이다가 돌아서서 미용실 문을 열고 나왔다.

집으로 돌아오는 길, 지성의 머릿속은 바쁘게 움직였다. 채리는 라 쁘띠뜨 헤어살롱에 다니지 않았다. 하지만 매일 출근한다고 나갔고, 일정한 시간에 퇴근해 돌아왔다. 그렇다면 채리는 어딜 갔던 것일까? 월급을 받았다며 꽤 큰 액수의 돈을 쓴 적도 있었는데 그 돈은 어디서 났을까? 아니, 애초에, 채리가 미용사였던 적이 있기는 할까?

지성은 걷는 속도를 늦추며 기억을 더듬었다. 그 결과, 자신이 한 번도 채리가 미용실에 있는 모습을 본 적이 없다는 깨달음에 이르렀다. 밖에 나간 일이 없으니 미용실에 가본 적이 있을 리 없었고, 딱히 가보고 싶다는 생각을 해본 적도 없었다. 그저 채리가 하는 말을 그대로 믿었다. 그리고 지금까지 그에 대해 한 치의 의심도 품은 적이 없다. 그는 핸드폰으로 채리에게 전화를 걸었다. '귀염둥이'라 본인이 명명해놓은 전화번호로.

지금 거신 번호는 고객의 요청으로 사용이 중단되었습니다.

득달같이 기계음이 날아왔다. 지성은 멈춰 선 채 핸드폰을 노려보았다. 불안, 분노, 짜증이 뒤엉켜 솟아올랐고, 감정들은 결국 한 가지 의문으로 귀착되었다. 나채리, 넌 누구냐? 생각해보면 그는 채리에 대해 아는 게 아무것도 없었다. 오직 얼굴과 이름, 몸을 알 뿐. 원래 사는 곳도, 정확한 직업도, 도대체 왜 그에게 기생해 살았는지도, 전혀 아는 바가 없었다. 나이와 이름은 진짜였을까? 그 여자는 서른다섯 살이 맞았을까? 생각해보니 그보다 더 나이가 들어 보였던 것 같기도 하고, 또 어떻게 생각하면 그보다 더 어려 보였던 것 같다.

"에이, 씨."

지성은 앞에 놓인 돌을 걷어찬 뒤 다시 걸음을 옮겼다.

걷다보니 어느새 살고 있는 아파트 동 출입구 앞에 다다라 있었다. 그는 자신이 오늘의 미션을 완벽하게 수행해냈다는 사실을 깨달았다. 그러나 그 사실은 그다지 큰 만족감을 주지 않았다. 채리가 미용실에 다닌 적이 없었다. 그동안 나를 속였다. 감쪽같이. 이 생각이 온통 뇌리를 휘감아 돌아, 자신이 어떤 목적을 갖고 집을 나섰는지를 곱씹으며 목적 달성 후의 보람과 충족감을 만끽할 만한 여유가 생겨나지 않았다.

22/

제 사회적 위치가 변했다는 사실을 인식하는 순간은 언제나 관계에서 온다. 걸려오는 전화, 메시지, 메일, 그리고 가장 중요하게는 만남으로부터. 오늘. 햇살이 좋은 한낮. 지성이 단행하고 있는 만남은 그

중 가장 극명한 형태로 그의 사회적 위치가 바뀌었음을 알려주는 것이었다. 지성은 눈을 크게 뜨고 제 만남의 상대에게서 느리고 조용한 음성이 나오는 것을, 상대의 어깨너머 수풀이 초가을 햇살을 받아 반짝이는 것을 지켜보았다. 이 순간을 기억에 남기겠다는 각오로 시야에 들어오는 풍경, 들려오는 원로 편집자의 음성, 빽빽한 나무들 새로 들어오는 햇살, 초록의 신록에서 흘러나오는 내음을 감각하려 애썼다. 나는 이 감각들을 상서로운 징조로 새겨 넣을 것이다. 가장 이르게 당도한 구원의 신호로.

"결국 선생님께 남은 길은 한 가지밖에 없습니다."

지성은 서울의 남단에 위치한 신도시의 널찍한 공원으로 날아와 한결출판 정 대표와 만나고 있다. 영세한 1인출판사를 8년째 운영해온 정 대표는 지성과 5년 전 함께 단행본을 출간한 이래 간간이 안부를 주고받으며 인연을 이어오고 있다. 정 대표는 지성이 미투의 풍파를 맞고 두문불출하던 때, 지성이 보냈던 수십 통의 이메일에 내용이 있는 답장을 해준 유일한 인물이었다. 정 대표는 조금 전 지성이 던졌던 질문, "제가 앞으로 다시 작가로 활동할 수 있을까요?"라는 질문에 막 대답을 내놓은 참이었다. 지성은 대답을 마친 뒤 다시 몸을 돌려 걷는 정 대표에게 바짝 따라붙었다. 둘은 공원의 뒷산으로 이어지는 가파른 오르막길을 오르고 있었다.

"그게 뭐죠?"

지성이 숨을 헐떡이며 다음 말을 채근하자 정 대표가 뒤돌아섰다. 정 대표의 등 뒤에서 뜨거운 정오의 햇살이 가차 없이 쏟아져내려왔다. 눈이 멀어버릴 것 같은 태양빛. 지성은 눈을 감으며 감은 눈

속에서 불타오르는 태양을, 갑자기 올라간 낮 기온을 온몸으로 느꼈다. 물러서는 계절의 동력이 생생히 서려 있는 이 계절, 낮이면 어김없이 여름 기운이 몰려와 존재감을 드러내는 이 계절은 지성이 1년 중 가장 좋아하는 때였다.

"괜찮으십니까? 힘들면 그만 내려가시죠."

정 대표가 숨을 고르는 지성을 걱정스러운 눈빛으로 보며 손차양을 만들었다.

"집에만 있으니 체력이 달리네요."

지성은 부끄러움을 느꼈다. 정 대표는 매일 헬스를 하며 한 달에 한 권씩 책을 만들어내는 60대 남성이다. 자신보다 더 노쇠한 뼈와 내장기관과 전두엽을 가진 사람이 자신보다 훨씬 왕성한 생산력으로, 한국사회 지성의 보고라 할 수 있는 저서들을 악착같이 만들어 세상에 내보내고 있는 것이다. 지성도 한때는 정 대표 못지않게 몸을 돌보았다. 하루에 만 보씩 걸었고, 일주일에 서너 번은 피트니스 센터에 가서 근력운동을 했다. 그런데 이제 아무것도 하지 않고 집에 틀어박혀 누워만 있다. 허구한 날 핸드폰을 들여다보며 자신을 화두로 한 사소하고 어처구니없는 글들이 생산되는 걸 초 단위로 들여다보고 있다. 오늘의 만남은 그런 일상을 깨보기 위한 시도였다.

"내려가시죠."

정 대표가 손바닥으로 내리막길을 가리켜 보인 뒤 앞장서 내려갔다. 지성은 백팩에서 물을 꺼내 마시며 정 대표의 뒤를 따랐다.

두 사람은 호수를 가로지르는 다리를 건넜다. 호수 건너편에 놓인 정자에 자리 잡은 뒤 그가 다시 입을 열었다.

"이제 말씀해주시죠, 대표님. 제 앞에 남은 한 가지 길이 뭡니까?"

정 대표와 냈던 책은 지성이 냈던 일곱 권의 단행본 중 대중적으로 가장 인지도를 얻지 못한 작품이었다. 시사평론가로 이름을 얻은 뒤 냈던 문학평론집으로, 정 대표와 지성은 문학과 시사를 아우르는 융합적인 작품이 되리라 예상했지만, 대중에게 그 책은 이도 저도 아닌 범주의 책으로 인식되었다. 결국 그 책은 지성이 낸 책 중 유일하게 1쇄를 다 팔지 못한 책으로 남았다. 지성은 인연을 맺었던 출판 관계자들 중 정 대표를 가장 신뢰하고 좋아했는데, 정작 제 책으로 정 대표에게 금전적 이득은 안겨주지 못한 셈이라 늘 마음이 쓰였다. 그런데 미투의 여파에서 헤어나와 가까스로 명예를 회복하려는 마당에 정 대표가 지성의 손을 잡아주었다. 이틀 전에 책을 내고 싶다는 제안 메일을 출판사 스무 군데에 돌렸을 때, 정 대표만 유일하게 긍정적인 회신을 해왔다. 정 대표와 지성은 이제 막 함께 책을 내자는 데 구두로 합의를 마친 상태였다. 지성은 자신이 겪은 기획 미투 사건을 회고담으로 쓸 작정이었고, 책은 자전적인 다큐멘터리 형식을 띤, 미투와 사회지형, 정치상황을 복합적으로 엮은 사회학서로 완성될 예정이었다. 정 대표에게 말하진 않았지만 벌써 분량의 반을 써놓았다. 오늘 이야기가 잘되면 써놓은 분량을 정 대표에게 보여줄 생각이다. 자신이 작가로 다시 설 수 있겠냐는 물음은 기실 지금 쓰고 있는 원고가 책으로 묶여 나왔을 때 인지도를 얻을 수 있을지, 일정 분량의 판매가 가능할지를 묻는 것이다.

"선생님은 이미 이름이 있으신 분이잖아요. 그런 상태에서 갑자기 어떤 사건에, 그러니까 화제가 된……"

정자 난간에 팔을 걸치고 있던 정 대표가 허공에 손짓을 해가며 말을 골랐다.

"미투에 휘말려 몰락했죠."

정 대표가 곤란해하는 것 같아 지성이 얼른 꼬집어 말해주었다. 작달막한 키에 두툼한 뿔테안경을 낀 정 대표는 고지식하고 말이 어눌했다. 지성에게 있었던 미투 사건을 에둘러 언급할 기술이나 대놓고 말할 배짱이 갖추어져 있지 않았다.

"네, 뭐, 몰락까지는…… 아무튼 선생님이 지금 안 좋은 상황에 처하셨잖아요."

지성은 상체를 앞으로 기울이고 무릎에 두 팔을 걸쳤다. 눈앞의 사내에게서 나올 말이 너무 궁금했다. 상대가 시키는 대로 하면 반드시 성공할 것처럼, 이번 단행본이 성공리에 판매되고 작가적 입지를 온전히 되찾게 될 것처럼 느껴졌다.

"그래도 어느 정도 명예회복을 하셨고, 그러니까 선생님은 그…… 전혀 거리낌이 없으신 거잖아요."

정 대표가 애매하게 말끝을 흐리며 지성을 쳐다보았다. 지성은 크게 고개를 주억거리며 확답을 주었다.

"물론입니다. 사람들에게 이전과 똑같은 이미지를 줄 수 없다는 건 저도 압니다. 그래도 저는 확신이 있습니다. 진심으로 말씀드리는데, 저는 하늘을 우러러 한 점 부끄럼이 없습니다."

쓸데없이 비장해지는 것 같아 잠깐 멈추었다가, 지성이 다시 말했다.

"그러니까 이런 책도 쓸 수 있는 거고요."

말을 마치자 정 대표가 양손을 비비며 지성을 건너다보았다. 정자를 둘러싼 소나무 중 하나가 갑자기 불어온 바람에 휘청하며 커다란 가지를 정자 안으로 들이밀었다 사라졌다.

"남은 건 운에 맡기고, 선생님은……"

지성은 침을 꿀꺽 삼키고 정 대표의 말을 기다렸다.

"선생님은 진심을 다해 쓰시는 겁니다."

지성은 숨을 멈추고 정 대표의 눈을 들여다보았다. 평범하다 못해 상투적으로 들리는 말이, 지나가는 누구라도 해줄 수 있는 흔한 말이, 커다란 힘으로 지성의 명치를 가격했다.

"진심을 다해."

지성이 정 대표의 말을 따라 하며 뒤로 기대앉았다. 진심이란 말이 물화되어 그의 몸 안으로 침투해 들어오는 듯했다.

"네. 그 수밖에 없습니다. 선생님은 작가시잖아요. 글을 통해 진심을 보여주는 것밖에 없습니다. 결국 진심이 들어간 글은 세상이 알아보기 마련이니까요."

정 대표가 담배를 피워 문 뒤 한마디를 덧붙였다.

"기본이 가장 힘이 세죠. 편법보다 훨씬 셉니다."

정 대표가 지성에게 담뱃갑을 내밀었다.

"피우시겠습니까?"

피어오르는 담배 연기 사이로 정 대표가 내민 담뱃갑이 보였고, 지성은 손을 내밀어 한 개비를 뽑았다.

"참 대표님다운 말씀이군요."

정 대표가 내민 라이터에 담뱃불을 붙이며 지성이 말하자 정 대표가 크홋, 하고 웃음을 터뜨렸다.

"제가 원래 좀 고지식하잖아요."

"그게 대표님이 가진 힘이죠."

이렇게 말한 뒤 하얀 연기 새로 보이는 60대의 출판인을 응시했다. 팔리지 않는 인문사회과학서를 내는 오랜 관록의 출판편집자를. 마케팅 능력이 부족해 빚더미에 앉게 된 뒤에도 여전히 팔리지 않는 책들을 펴내는 외길 장인을.

"힘은요. 그냥 재미없는 사람일 뿐이죠. 시대에도 뒤처졌고."

"이번에 아주 핫한 책을 내시게 될 겁니다. 제목은 '그들은 나를 가해자라 불렀다' 정도? 그렇게 업투데이트 하시는 겁니다. 시대에 맞는 화두로요."

지성이 받아치자 정 대표가 고개를 젖히며 웃음을 터뜨렸다. 지성도 입을 크게 벌리고 웃었다. 두 사내가 만들어내는 연기 사이로 커다란 웃음소리가 울려 퍼졌고, 지성은 그 소리를 들으며 자신의 마음에 번져가는 자상을 인식했다. '진심'이라는 말이 귓가에 날아들었을 때부터 시작된 베임을. 전소현을 만나고 온 날부터 시작되었던, 하지만 애써 외면해왔던 하나의 흐름을. 그러니까 조금 전 정 대표가 던졌던 말은 임계치에 다다른 그의 자상을 더 이상 외면하지 않고 직시하게 하는 효과를 냈기에 그토록 가슴에 사무쳤던 것이다. 지성은 미소 띤 얼굴을 유지하면서, 제 의식 위로 떠오르는 생각들을 억누르려 애썼다.

23/

집으로 돌아온 지성은 안방으로 직행했다. 가방을 바닥에 던져놓고 침대에 드러누웠다. 운전 뒤에 밀려오는 졸음이 전신을 휩싸고 돌았다. 금방이라도 잠들 것 같은 상태가 된 데 안도하며 그는 이불을 뒤집어썼다. 잠만큼 좋은 도피처는 없었다.

그러나 지성은 잠들지 못했다. 강렬한 잠기운에 휩싸였지만, 잠들기를 소망하며 두 눈을 꼭 감고 있었지만, 끝내 무의식의 세계로 건너가지 못했다. 대신 한층 더 선명해진 생각이 명징하게 존재를 드러냈다.

지성은 눈을 떴다. 의식을 점령하고 있는 생각을 정면으로 응시했다. 더 이상 없는 것으로 치부할 수 없는 하나의 생각, 하나의 의식을. 그 생각은 기억으로부터 왔다. 며칠 전 전소현을 만나러 갈 때까지만 해도, 전소현과 만나 그간의 근황을 들을 때만 해도, 그 기억은 없었다. 그것은 그때까지 그가 떳떳했다는 소리였다. 기억이 불쑥 찾아온 것은 전소현이 20년 전 만나기로 했던 약속장소를 언급했을 때였다.

물론 지성은 그것을 겉으로 표현하지 않았다. 갑자기 침투해온 기억을 내부에서 재빨리 처리해버렸다. 전소현의 앞에서는 물론이고, 돌아오는 길, 그리고 돌아온 후 지금까지, 철저히 모른 척했다. 그러나 그건 그저 '척'이었을 뿐, 내내 지성은 그 기억에 천착해왔다. 매일, 매시간, 매초, 그 기억에 붙들려 있었다. 그 사실을 오늘에야 알았다. 정 대표의 입에서 '진심'이라는 말이 흘러나오던 순간에.

전소현과 대면하기 전까지, 지성은 전체 스토리에서 그 부분을 쏙 뺀 채 기억했다. 만일 그날의 일을 기억했다면, SNS에 전소현에 대해 그런 식의 글을 올리지 못했을 것이다. 그는 자신과 전소현 사이에 아무 일이 없었다고 굳게 믿었고, 때문에 전소현과 그가 상호 호감을 가졌던 적이 있으나 성적인 접촉은 없었다는 취지의 글을 올릴 수 있었다.

지성은 옆으로 돌아누우며 끙 소리를 냈다. 놀이공원에 가기 하루 전, 전소현과 지성은 서로의 마음을 확인했다. 각자의 마음이 일방적인 것이 아니었음을 확인하고 축배를 들었다. 도심 호텔 지하의 어둑한 바에서, 이제 막 탄생한 연인은 보유한 젊음과 삶의 기쁨을, 자신들에게 있는 특별한 감각과 지성과 세련미를 흠뻑 만끽했다. 바깥으로 촘촘한 서울 시내 야경이 펼쳐지던 밤, 그의 인생 여정 중 최고라 꼽아도 손색이 없을 그런 젊음의 밤이었다. 그다음 장면을 떠올리면서, 지성은 가슴에 통증을 느꼈다. 호텔이나, 하다못해 모텔 정도만 되었더라도, 20여 년이 흐른 지금 이렇게까지 모멸감을 느끼지 않았을 것이다. 그 일은 둘이 축배를 든 다음 방문했던 좁고 시끄러운 장소, 노래방에서 일어났다. 취한 상태의 지성이 충동적으로 전소현을 소파에 쓰러뜨리는 것으로 시작된 일은 전소현의 격렬한 저항을 극복하고 그가 제 욕정을 전광석화처럼 채우는 것으로 마무리되었다. 긴박한 순간에 지성은 청년의 완력을 유감없이 사용했고, 전소현은 어느 순간에 모든 움직임을 멈추었다. 제어할 수 없는 기쁨과 자신감, 오랫동안 채우지 못했던 욕망이 합세해서 만들어낸 일이었다.

넋 나간 표정의 전소현을 수습해 데리고 나오면서, 지성은 전소현의 귓가에 과장된 사랑의 언어를 불어넣었다. 마음을 확인한 연인

사이가 아니던가. 조금 성급했던 감이 있긴 하지만, 어쨌든 일어날 일이 조금 더 빨리 일어난 것뿐 아닌가. 그러나 그는 다음 날부터 연락을 끊어버렸다. 그동안 그 시기에 전소현이 갑자기 싫어졌다고 회상했던 것은 완전한 오류였다. 지성은 그런 일을 저지른 것이 창피했고, 그래서 그 대상을 피해버렸다. 둘의 관계를 깬 것은 전적으로 그의 책임이었다. 마음이 이유 없이 변해버린 게 아니라, 충동적으로 저지른 행동에 자신이 지레 질겁을 하고 물러섰던 것이다.

전소현을 만났던 날은 물론이고, 만나고 돌아오는 길, 그리고 나흘이 흐른 지금까지, 지성은 그날의 일을 성폭행이라고 인정하지 않았다. 늦은 밤까지 함께 있다가 연인 사이에 있을 수 있는 일을 맞았던 것뿐이다! 여자 쪽 의사가 비교적 약했던 것은 사실이나, 그 일을 강간이라고 하는 건 말도 안 됐다. 어쨌든 둘은 사귀고 있지 않았는가! 게다가 관계는 엄밀히 말해 한쪽으로 기우는 패턴을 취하고 있었다. 전소현을 향한 그의 마음보다 그를 향한 전소현의 마음이 더 컸다는 말이다.

애애애앵.

모기 소리를 듣고 그는 이불을 뒤집어썼다. 한여름에도 나타나지 않았던 모기가 며칠 전부터 기승을 부린다. 잠들 만하면 소리를 내 잠기운이 달아나게 만든다. 한동안 이불을 뒤집어쓰고 있다가, 그는 에잇, 소리를 내며 이불을 차냈다.

그날 일이 선명하게 의식 위로 떠오를 때, 잊고 있던 또 다른 기억이 함께 되살아났다. 이제는 얼굴도 기억나지 않는 한 여성에 대한 기억이.

전소현과 연락을 끊은 지 얼마 되지 않아 만났던 여성 중 한 명에게, 지성은 비슷한 일을 저질렀다. 우연히 합석한 자리에서 만난 여자였다. 여자 쪽에서 먼저 마음을 내보이며 다가왔고, 지성은 만난 첫날에(그리고 마지막이 되어버린 날에) 전소현에게 했던 것과 똑같은 패턴으로 관계를 종료해버렸다.

이 모든 마음의 흐름과 변화가, 실은 알고 있으면서 모른 척해왔던 그간의 경향성이, 정 대표의 입에서 나온 한 마디로 완전히 형태를 갖추어 수면 위로 떠올랐다. 그리고 지성은 더 이상 외면할 수 없었다. 시뻘겋게 모습을 드러낸 제 과오를.

침대에서 뒤척이던 지성은 몸을 일으켜 주방으로 갔다. 냉장고 문을 열고 남은 와인이 있는지 확인했다. 냉장고 오른쪽 문 하단에, 몇 주 전 마시고 남겨둔 와인이 있었다. 지성은 반쯤 남은 와인의 병마개를 열고 냄새를 맡아보았다. 아직 먹을 만할 것 같았다. 머그컵을 꺼내 남은 와인을 따르자 진한 보라색 액체가 쿨럭쿨럭 소리를 내며 하얀 컵을 물들였다. 그는 머그컵에 얼굴을 처박고 붉은 알코올음료의 향을 음미했다. 몇 달이 지났는데도 레드와인에서 나오는 특유의 향이, 풍요로운 내음이 부드럽게 스며왔다. 채리가 집을 나간 뒤로는 술을 마시지 않았다. 술을 마시면 말도 안 되는 일을 저지를 것 같았다. 그렇다면 이제 최악의 사태에서 벗어난 것일까. 술 생각이 난다는 것은 고통의 최고점을 지나 영혼이 안정되기 시작했다는 소리일까.

싱크대에 양손을 넓게 벌려 짚은 상태로 머그잔에 담긴 보라색 액체를 내려다보다가, 지성은 잔을 들어 꿀꺽꿀꺽 액체를 들이켰다.

알코올이 성대를 타고 내려가면서 타는 듯한 쾌감을 선사했다. 그는 탁 소리가 나게 머그잔을 내려놓고 식탁으로 가 앉았다. 고통의 정점을 지나갔다고? 흥, 그는 큰 소리로 비웃었다. 이제야말로 진정한 고통이 시작되었다는 것을, 그는 극명하게 인식하고 있었다. 전소현의 입에서 놀이공원의 이름이 나오는 순간부터 그는 알았다. 이 거대한 드라마의 진짜 주인공이 등장했음을.

지성을 주연으로 한 잔인하고 극적인 드라마를 기획하고 써내려 간 존재, 아마도 '신'이라 불릴 것임에 틀림없는 그 존재가 민주와 민주의 동생과 녹음파일과 다른 가짜 미투 여성들을 마련했던 것은 이 순간을 위해서였을 것이다. 지성이 어느 날 갑자기 오랜 여성 지인에게서 미투를 당하고, 국민 성폭행범으로 몰리고, 미투를 제기한 그 지인의 죽음을 맞고, 그 지인의 동생에게 녹음파일을 제공받고, 가까스로 명예를 회복한 것은 모두 진정한 클라이맥스를 위한 맥거핀이었다. 이 순간을 위해 신이 마련해놓은 장치들에 지나지 않았다. 지금까지 출현했던 모두가 조연이었던 것, 그러니까 문제는 이민주가 아니라 전소현이었던 것이다.

지성은 자신이 딛고 선 지반이 통째로 흔들리고 있음을 알았다. 한 달 반에 가까운 기간 동안, 미투와 이후 과정들을 겪으며 몰락했고 다시 일어섰다고 생각했다. 땅속 깊숙이 처박혔던 자아를 끌어올리고 어느 정도 사회적 위치도 되찾았다고 생각했다. 최소한의 명예를 회복했으니 이제 남은 건 작가로서 새롭게 입지를 다져가는 일이라고. 그런데 그 모든 것을 무로 만들어버릴 한 방이 날아왔다. 자신이 과거에 한 여성을 성폭행했다는 진실, 세상 누구도 모르지만 자신과 상대는 알고 있는 확고한 진실이.

지성은 식탁 밑으로 기어들어가 몸을 웅크렸다. 몸에서 끓어오르는 듯한 소리가 새어나왔다. 절망 가운데서도 지금껏 버텨온 건 자신이 성폭행범이 아니라는 확신 때문이었다. 그 확신 하나로 이날까지 왔다. 죽지 않고. 그런데 이제 그 믿음이 깨졌다. 그가 민주와의 밤을 되짚어보며 상상했던 몸의 부딪침과 행위들은 과거 어느 시점에 실제로 존재했다. 상대가 민주가 아닌 전소현이었을 뿐, 그는 강간범이었던 것이다. 폭로 당시 전소현이 SNS에서 사용했던 단어가 '성추행'이었던 것도 그가 제 범죄행위를 무의식의 영역이 묻어두는 데 일조했다. 전소현이 처음부터 '성폭행'이라는 단어를 사용했다면 지성은 제 추악한 과거를 단숨에 떠올렸을지도 모른다.

무릎에 얼굴을 파묻자 입에서 나오는 알코올 향이 거칠게 후각을 파고들어왔다. 지성은 두 손으로 머리를 감싸 쥐었다. 그는 자신의 사람됨을 알고 있었다. 인식하지 않았다면 모를까, 자신은 또렷이 인식한 일을 모르는 척하고 그대로 밀고 나갈 수 있는 인물이 아니었다. 자신을 속이면서 끝까지 그 길로 내달을 수 있는 대범함이 그에게는 없었다. 그것은 그의 내부에 설정된 마지노선이었다. 넘어가면 양심에 과부하가 걸려 역효과가 일어나게 만드는 한계선. 만일 지금껏 해왔던 대로 전소현과의 일을 잡아뗀다면, 그는 더 이상 글을 써낼 수 없을 것이었다. 스스로 가치 있다고 평가할 '진짜' 글을 한 줄도 써낼 수 없을 것이었다. 자신이 그런 인물이라는 자각은 그가 지금껏 내면의 수많은 위선적인 자아들과 부딪치면서도 자신을 '지성인'이라 자부하며 살아오게 만든 원동력이었다.

그렇다면 이제 어떻게 한단 말인가. 전소현과의 일을 솔직하게 공개하고 자신이 미투 가해자임을 드러내야 하는가? 지성은 어깨를 움츠리고 신음을 냈다. 생각만 해도 눈앞이 캄캄해지고 오금이 저렸다. 그런 멍청한 짓을 하면 겨우 끌어올려놓은 김지성의 사회적 입지는 단박에 무너져내릴 것이다. 그리고 다시는 복구할 수 없게 될 것이다. 이름을 내걸고 글을 쓸 수 있는 가능성도 영원히, 완전하게 봉쇄될 것이다. 안 된다! 그렇게는 할 수 없다! 지성은 공처럼 말린 제 몸을 부둥켜안고 식탁 밑을 뒹굴었다. 엉치뼈와 등뼈가 차가운 바닥에 닿으면서 날카로운 통증을 만들어냈고, 조금 전부터 시작해 간헐적으로 이어지는 짐승 같은 신음이 소란하게 귓전을 자극했다.

24/

바람이 분다. 논이 출렁인다. 눈을 가늘게 뜨면 벼 위로 쏟아지는 빗발이 보인다. 가운데 통로를 사이에 두고 논이 양쪽으로 널찍하게 펼쳐져 노랗고 푸른 들판 풍경을 완성하고 있다. 거실 창은 투명하고 먼지 한 점 없다. 비 내리는 논 풍경이 선명히 보이는 것은 이 창의 완벽한 위생상태 때문이리라. 지성은 문득 궁금해진다. 여자와 중학생 한 명이 사는 집이다. 어떻게 이런 청결도를 유지하는 걸까. 창을 이렇게 닦으려면 바깥에서 조력하는 손길이 있어야 할 텐데. 지성은 고개를 돌려 아파트 내부를 둘러본다. 정돈된 식탁, 그릇 하나 놓이지 않은 싱크대, 각을 맞춘 듯 가지런히 놓인 식탁 의자들. 이 집의 주인은 평소에도 깔끔함을 유지하는 인물이다. 지성은 새삼 그 사실을 깨닫는다.

지성이 서 있는 곳은 전소현의 집 거실이다. 그는 등 뒤 소파에 앉아 허공을 보고 있는 전소현에게 막 사과의 말을 마친 참이다. 전소현은 반응을 보이지 않았다. 3인용 소파 끝에 앉은 전소현에게 반대편 끝에 앉아 주섬주섬 말을 주워 올리던 지성은, 바위로 변한 듯한 전소현의 옆얼굴을 흘끔거리다 일어서서 거실 창 앞으로 왔다.

"집에서 논이 보이는군요. 이런 풍경은 북단 신도시에서만 가능할 겁니다."

원래 하려던 말은 '저를 집에 들이다니 조금 놀랐습니다'였다. 하지만 입을 열었을 때, 자신을 '강간'한 남자를 집 안에 들여놓을 수밖에 없었던 상대의 사정을 생각하자 제가 하려는 말이 폭력적으로 느껴졌다.

"분당이나 판교에서는 보기 힘든 광경이지요. 아파트에서 비 내리는 논을 내려다보다니. 이런 걸 도시와 시골의 융합이라 해야 할까요."

지성은 자신이 이런 순간에도 눈앞에 펼쳐지는 풍경을 소재로 쓸 글을 생각하고 있다는 사실이 놀라웠다. 눈으로 감각한 사실을 언어로 바꿔내고 싶다는 욕망. 인생의 어느 순간에도 완전히 억눌리지 않고 살아나 생동하는 징글징글한 욕망. 그의 인생에서 이렇게 오랫동안, 한결같이 유지되어온 욕망은 오로지 이것, 글쓰기밖에 없었다.

지성은 몸을 돌려 전소현의 앞으로 갔다. 허공을 보는 전소현의 눈빛이 흔들리고, 굳게 맞댄 입술 가장자리가 떨렸다.

"아이는 어디 있나요?"

"자고 있습니다. 작게 말씀해주세요."

여전히 같은 곳을 응시한 채 전소현이 속삭이듯 말했다. 아, 그랬지! 지성은 손으로 이마를 쳤다. 방문하기 전에 나누었던 통화에서 전소현이 이미 말해주었더랬다. 딸이 아파서 자고 있다고. 나갈 수 없으니 집으로 와주었으면 좋겠다고. 지성은 고개를 돌려 현관 옆에 있는 방을 보았다. 이 작은 집의 유일한 방의 문이 굳게 닫혀 있었다. 문득 전소현의 남편이 어떤 사람이었는지, 왜 헤어졌는지, 딸의 어디가 아픈 것인지 궁금해졌다. 물론 묻지 않을 것이었지만.

지성은 손을 맞잡은 뒤 크게 숨을 들이마셨다. 소파 뒤편에 걸린 시곗바늘이 10시를 가리키는 것을 확인한 뒤, 무릎을 꿇었다. 무릎이 딱딱한 거실 바닥에 닿는 순간, 현실감각이 사라지고 윙윙거리는 냉장고 소리가 커다랗게 들려왔다.

"소현 씨, 제가 잘못했습니다. 용서해주십시오."

지성이 잠긴 목소리로, 짜내듯 말했다. 몸으로 마음을 표현하는 것은 예상했던 것보다 어려웠다. 퍼포먼스의 대상이 무표정한 얼굴로 앉아 있기에 더더욱 그렇게 느껴지는 것인지도 몰랐다. 그래도 해야 했다. 지성은 바닥에 닿은 정강이에 건너오는 차가운 기운을 느끼며 두 손을 무릎 위로 올렸다. 고개를 숙이고 제 안에 고인 말들이 흘러나오도록 했다.

"어떻게 들릴지 모르겠지만…… 저…… 그 일을 잊고 있었습니다. 일부러 기억하지 않으려 했던 것인지도 모르겠습니다."

지성은 더듬더듬, 앞뒤가 맞지 않는 말들을 독백처럼 늘어놓았다. 어느 순간, 자신이 했던 말을 로봇처럼 반복하고 있고 자신의 말이 무의미한 소음에 지나지 않는다는 걸 깨달은 그는 죄송하다는 말을 덧붙인 뒤 입을 다물었다. 소파에서는 아무런 말소리도 들려오지 않았다. 영원처럼 느껴지는 시간이 지나가고, 폐부를 뚫고 들어오는 듯한 초침 소리가 수십 번 울려 퍼진 뒤, 눈앞에 놓인 전소현의 두 팔이 움직이는 게 보였다. 가슴 앞에서 맞닿아 꼬여 있던 양팔이 풀리면서 위쪽으로 올라갔고, 조금 뒤 그 팔의 임자에게서 한숨 소리가 흘러나왔다.

"왜 나오지 않았죠?"

지성은 고개를 들었다. 전소현은 그를 응시하고 있었다.

"제가 잘못했습니다."

지성은 두 팔로 땅을 짚고 팔 사이로 얼굴을 숙였다. 전소현이 일어서서 내려다보는 것이 느껴졌다.

"그날 왜 나오지 않았죠?"

조금 전보다 더 높은 곳에서, 울음 섞인 목소리가 들려왔다. 지성은 고개를 들어 전소현을 올려다보았다. 가을 아침 햇살을 받는 여자의 얼굴에서 눈물이 흘러내리고 있었다. 볼을 타고 흘러내린 눈물이 둥글게 파인 셔츠 위로 떨어지는 것을 지켜보다가, 지성은 다시 고개를 숙였다.

"세상에서 제일 잔인한 게 뭔지 아세요?"

전소현이 소파 끝으로 가 앉으며 말했다. 지성은 가만히 숨소리만 냈다.

"버림받았는데, 왜 버림받았는지 모르는 겁니다."

지성의 고개가 깊이 꺾였다.

"그날 이후로 매일 생각했죠. 내가 뭘 잘못했을까. 내 어떤 점이 싫었을까. 나는 원하지 않은 일도 겪었는데, 그것도 감수해야 한다고 생각했는데."

"죄송합니다."

지성이 쉰 목소리로 말했다.

"일어나세요. 일어나서 여기,"

전소현이 한 손으로 소파를 탁 쳤다.

"앉아서 말씀하세요."

지성이 일어나 소파의 다른 편 끝에 앉자 전소현이 말을 이었다.

"저는 폭행을 당한 다음 날 일방적으로 버림을 받았어요. 전날 일을 항의하고, 더 이상 만나고 싶지 않다고 말할 기회조차 없었죠."

지성은 고개를 떨군 채 말이 이어지기를 기다렸다. 전소현은 일어서서 거실을 왔다 갔다 하더니 다시 소파로 돌아왔다.

"당황스럽네요."

전소현의 눈과 지성의 눈이 마주쳤다. 전소현의 눈에 담긴 분노가, 원망이, 슬픔이 고스란히 그에게 건너왔다.

"지성 씨가 이렇게 나올 줄 몰랐습니다. 무릎을 꿇을 줄 몰랐어요. 갑자기 왜 이러시는 거죠? 이것도 바보 같은 말이겠지만 솔직히, 안됐다는 생각이 들기도 합니다."

"소현 씨."

"하지만 용서할 수 없습니다."

단호한 음성과 눈빛이 정수리에 날아와 꽂혔고, 지성은 움찔하며 어깨를 움츠렸다.

"그날 나가지 않았던 것은……"

전소현이 바닥에 쭈그리고 앉아 지성을 올려다보았다.

"말씀하세요."

"저 자신이 부끄러워서였습니다."

핫, 전소현이 어이없다는 듯 조소를 내뱉더니 다시 일어섰다.

"말 같은 소리를 하시죠. 부끄러운 사람이 그런 짓을 하나요?"

"제 존재 실력이…… 그것밖에 안 됐던 겁니다."

지성이 일어서서 전소현의 앞에 섰다.

"그런 일을 저지르지 않았다면 소현 씨와 계속 만났을 겁니다. 그걸 저도 며칠 전에야 깨달았습니다."

전소현이 두 손으로 얼굴을 가렸고, 어깨를 들썩이기 시작했다.

"언제나, 언제나 생각했습니다. 내 어디가 싫었을까. 내 무엇이 상대를 질리게 했을까. 20년이 지나서야, 이민주 시인이 미투를 했을 때에야 깨달았어요. 제 잘못이 아니었다는 것을. 문제는 내가 아니라 지성 씨에게 있었다는 것을요."

전소현은 감정이 북받친 듯 한 손에 얼굴을 묻고 소파에 앉았다. 초침 소리, 울음을 참으며 내는 여자의 숨소리, 그리고 갑자기 들려오는 아이의 목소리.

"엄마! 엄마!"

방 안에서 가늘고 신경질적인 목소리가 날아왔고, 전소현은 손을 내리더니 빛의 속도로 현관방으로 뛰어들어갔다.

쾅 소리를 내며 닫히는 방문을 보며 지성은 선 채로 엉덩이에 두 손을 문질렀다. 손에 땀이 흥건히 배어 있었다.

얼마나 지났을까. 2분? 3분? 초조하게 보낸 긴 시간이 지난 뒤 딸 깍 소리와 함께 방문이 열렸다. 전소현이 까치발을 하고 방에서 나오 더니 조심스럽게 방문을 닫았다.

"가주셔야겠어요."

바짝 다가온 전소현이 속삭이듯 말했다.

"소현 씨."

지성이 두 손을 앞으로 모았다. 전소현이 손으로 얼굴을 훔친 뒤 손바닥을 뺨에 갖다 댔다. 방 안에서 조금 더 울었던 듯, 눈과 코가 벌 게져 있었다.

"와주셔서 감사합니다, 작가님."

전소현이 손등을 코에 가져다 대며 고개를 숙여 보였다. 지성은 멍 하니 서서 앞에 선 여인의 정수리를 내려다보았다. 이렇게 가야 하는 가? 아직 결론도 내지 못했는데? 당신은 나를…… 용서하는 것인가?

"안녕히 가세요."

전소현이 몸을 돌려 현관방 문손잡이에 손을 올려놓았다.

"소현 씨!"

지성이 다급하게 불렀다.

"쉿!"

전소현이 돌아보며 검지를 입 위에 얹었다.

한동안 전소현과 마주 보다가, 지성은 양손을 허리에 붙이고 몸 을 곧추세웠다. 잘못했습니다, 용서하십시오, 진심으로 사죄드립니다. 여러 말이 머릿속을 오갔지만 어떤 말도 입 밖으로 나오지 않았다. 지성은 깊숙이 허리를 숙여 작별을 고했다. 굽혔던 허리를 폈을 때, 딸깍, 아이 방 문이 닫히는 소리가 났다. 그는 조용히 걸어 현관으로 향했다. 저를 용서하시는 겁니까? 아니면 절대로 용서하지 않을 건가요? 대체 앞으로 어떻게 하실 겁니까? SNS에 전말을 올리실 겁니까? 못다 한 말들을 눌러 삼키며 그는 휘청거리는 몸에 힘을 주었다. 그런 다음 운동화를 꺾어 신고 전소현의 집을 빠져나갔다.

25/

'김지성'을 키워드로 트위터를 검색하고, 인스타그램을 훑고, 네이버와 다음과 구글을 샅샅이 뒤진 뒤, 지성은 페이스북에 들어갔다. 페이스북에는 '친구'들의 글이 소복이 쌓여 있었다. 제 이름을 넣고 검색 작업을 하려다가, 화면에 뜬 유경의 이름을 발견했다. 간밤에 유경이 새로운 글을 올렸고, 그 글에 200개가 넘는 댓글이 달렸다. 지성은 곧바로 글을 클릭해 전문을 띄웠다.

유경의 글은 어제 자로 신화일보에 실린 이성주의 인터뷰 기사에 대한 소회로 시작했다. 지성은 인터뷰 기사가 실릴 줄 알고 있었다. 기사가 실리기 전날 이성주가 전화로 귀띔해주었기 때문이다. 이성주의 짧은 보고를 들은 뒤 지성은 감사를 표하고, 유족 소송을 걸지 않을 것임을 알려주었다. 이성주의 인터뷰는 임팩트가 컸다. 민주의 친동생이 얼굴을 드러내며 언니의 미투가 처음부터 끝까지 기획된 것이라고 말하자 사람들의 마음이 움직이기 시작했다. 지성에게 비난을 퍼붓던 이들이 침묵에 들어갔고, 일부는 민주의 경솔한 처신을 비난했다. '진보' 인사 중 몇은 공식 지면에서 그 사건을 다시 생각해야 한다는 입장을 표명했는데, 그중에는 지성이 평소 높이 평가하며 지표로 삼았던 이들도 섞여 있었다. 지성은 기사와 소셜네트워크를 통해 사람들의 마음이 움직이는 걸 지켜보며 가슴을 쓸어내렸다. 이제 민주 사건은 일단락되었다. 고인이 된 지인의 생물학적 특성을 공개해 전 국민의 입에 안줏거리로 오르내리게 만드는 일이 일어날 가능성도 그만큼 줄어들었다. 그리고 이제, 임유경이 입장을 표명했다. 젊은 페미니스트의 대명사 격이었던 유경이, 미투운동의 선봉장과도 같았던 유경이, 제 페이스북에 장문의 글을 올렸다.

유경은 지성의 결백을 믿는다고 썼다. 김지성 평론가는 가해자가 아닌 피해자라고. 민주의 기획 미투로 인해 자신도 많은 걸 깨닫게 되었으며, 이제 미투운동이 당사자 여성에게 무조건적인 신뢰를 주고 그 여성의 말을 절대화할 것이 아니라 여성의 말과 주변 맥락을 복합적으로 살펴야 하는 단계에 접어들었다고 주장했다. 여성을 피해자의 위치에 놓고 박제화하는 것은 여성이라는 주체를 또 한 번 대상화하는 것이며, 피해자임을 주장하는 여성을 무턱대고 믿어주는 것은 여성운동이 동시대를 사는 다양한 이들과 소통하며 시대 흐름을 만들어가는 데 걸림돌이 될 거라고 절절하게 호소했다. 피해를 호소하는 여성에게 따져보지도 않고 절대적인 지위를 부여하는 작금의 움직임, 경직되고 교조주의적인 움직임은 결국 페미니즘 자체에도 치명적인 덫이 되리라는 확언도 덧붙였다. 그리고 그 글 밑에는 철가루처럼 많은 댓글이 붙어 있었다. 유경의 변심과 오만을 질타하는 댓글이 태반이었고, 오늘부로 임유경과 폐절하겠다는 선언이 몇 개의 댓글마다 한 번씩 후렴구처럼 등장했다. 그 선언에는 그 선언을 비난하며 선언한 이를 폐절하겠다는 다른 이용자의 댓글이 달렸고, 그 밑에는 다시 그 댓글을 비난하는 댓글이 달렸다. 댓글 중간에는 근육질의 남자 둘이 대결을 벌이는 희화화된 그림을 첨부한 "세계관 최강자들의 싸움!"이라는 조롱 멘션이 달리기도 했다.

유경은 댓글들에 일일이 답글을 달았다. 댓글을 단 상대의 교조주의와 진영논리를 비난하고, 그런 수준 낮은 사고를 가진 사람과는 제 쪽에서 먼저 폐절하겠다고 못 박았다. 유경의 답글 밑에는 그런 유경을 비난하는 또 다른 답글들이 줄줄이 달렸는데, 반대되는 입장을 표명한 양쪽 진영의 답글들에는 온갖 현란하고 확신에 찬 말들이 난무해 대체 누가 무슨 말을 하고 있는지 알 수 없을 지경이었다. 증오의 말들, 제압하려는 말들, 자기증명의 결기로 가득 찬 말들. 누가 유경의 의견을 반대하고, 누가 찬성하는지, 유경이 주장하려는 바가 무엇이고, 그에 대해 반박하는 이들이 주장하려는 바가 무엇인지, 도무지 구별이 가지 않는 난장이었다. 혹 이것은 이들이 벌이는 축제일까. SNS라는 최신 소통기구를 이용한 저들만의 여가문화일까. 저들은 환호하며 저들만의 놀이문화를 만들어나가고 있는데 나만 그 코드를 못 알아보고 가관이라 코웃음 치는 걸까. 사회학자, 문화평론가, 심리학자, 소설가, 시인, 출판사 대표, 화가, 시민운동가, 건축가, 교수, 판사, 변호사, 의사, 전직 국회의원…… 그들이 벌이는 키보드

배틀의 판은 어린아이들의 놀이판과 다름없었다. 아이들은 적어도 제가 원하는 게 무엇인지를 알고 노골적으로 욕망을 드러내지 않는가. SNS라는 놀이터에서 노는 인간들은 그조차 하지 못했다. 자신이 무슨 말을 하고 있는지, 왜 그런 말을 내뱉고 있는지, 조금도 알지 못했다.

얼핏 보면 유경은 깨달음에 이른 것처럼 보였다. 유경은 '삼촌'이라는 존재를 통해 그동안 자신이 걸어왔던 길을 돌아보고 문제를 발견하는 데 성공했다. 하지만 거기까지였다. 새롭게 발견한 길, 그러니까 미투의 가해자라 믿었던 인물이 가해자가 아님을 알아보고, 새롭게 '피해자'의 위치에 올라선 인물을 옹호하는 것이 지상의 유일하고 올바른 길이라 믿으며, 그때까지 제가 걸어왔던 길에 깃들었던 일말의 올바름과 정당함을 깡그리 부정했다. 그리고 너무나 쉽게, 제가 이제껏 맺어왔던 크고 작은 인간관계들을 잘라냈다. 김지성이 성폭행 가해자이냐 아니냐라는, 당사자가 아닌 누구도 진실을 알 수 없는 복잡한 사건에 대한 섣부른 평가 때문에. 지성은 유경에게 당장 전화를 걸고 싶었다. 제발 가만히 있으라고 말해주고 싶었다.

지성은 유경의 게시글에 적폐 운운하는 댓글을 단 이의 이름을 가만히 쳐다보았다. 윤지경. 평소 유경의 페북에서 자주 보았던 이름이었다. 유경에게 팬심을 표했던 독자였던가, 아니면 후배작가였던가. 그 인물은 매우 확고하게 임유경에게 선고했다. 이제 너는 아웃이다! 너와 폐절하고, 네가 쓴 책을 모두 버릴 것이며, 앞으로 네가 쓴 글은 한 글자도 읽지 않겠다! 비장미가 흐르는 문장들을 보며 지성은 씁쓸히 웃었다. 윤지경아. 너는 좋겠구나. 세상이 그처럼 간단해서. 세상만사에 그처럼 확실하게 가치판단을 내릴 수 있어서. 그는 윤지경에게 찾아가 묻고 싶었다. 네가 나라면 어떻게 하겠느냐? 어떻게 살아가겠느냐? 그것은 민주에게 미투를 당한 이후 지성이 계속해서 품어왔던 의문이었다. 그와 같은 상황에 있는 남성들은 이제 어떻게 살아야 하는가?

여성의 육체에 멋대로 손대고 제 것처럼 구는 것은 분명 범죄고 폭력이다. 폭력으로 분류돼 처벌받아야 한다. 지성은 그에 대해 전적으로 동의한다. 그러나 과거의 행위에 대해서는, 그렇게 간단하게 말할 수가 없다. 남성들은 그 악습을 수십 년 동안 아무렇지 않게 여기고 살아왔다. 사회의 상식이 급변했다면 그 변화 속도를 따라갈 기회를 조금이라도 마련해주어야 하지 않은가? 범죄가 아니라 여겨졌던 것을 범죄로 인식하고 갱생할 기간을 주어야 하지 않은가? 예전에는 터프함 또는 과격함으로 축소되고 용납되었던 크고 작은 범죄행위들을 속죄할 방법이 죽음 또는 사회적 매장밖에 없다면, 사회적 지위를 모두 잃고 낙인찍혀 남은 평생을 쓰레기로 살아가는 수밖에 없다면, 어느 누가 성범죄자임을 인정하고 속죄하려 들겠는가. 그러나 유경의 사유는 그런 데까지 나아가지 않았다. 오직 지성이 민주 사건의 가해자인가 아닌가에만 집착하고 있었다. 그리고 민주 사건의 가해자가 아니라고 밝혀진 지성을 억울하기 짝이 없는 순결한 피해자의 지위에 올려놓았다. 향후 지성이 전소현에게 저지른 일이 밝혀진다면 유경은 어떤 입장을 취하고, 유경을 비난했던 이들은 어떤 방식으로 유경을 물어뜯을까. 생각만 해도 그는 눈앞이 아찔했다.

지성은 이메일 화면을 띄워 유경에게 편지를 쓰기 시작했다. 복잡한 양상으로 펼쳐지는 일이니 관여하지 않았으면 좋겠다는 요지의 글을 써나가다가, 멈추고 화면을 들여다보았다. 페이스북 글을 지우라는 권유의 말이나, 이 사건은 네가 생각하는 것처럼 단순한 일이 아니라는 말들이, 상투적이고 의미 없게 느껴졌다. 형편없는 글을 써 내려가고 있다는 마음을 꾹꾹 누르며 메일을 완성했다가, 결국 지성은 화면을 접어버렸다.

젊고 패기 넘치는 작가인 유경은 또렷하고 확실해 보이는 길을 택했고, 이제 그 길로 나아갈 것이다. 그로 인해 유경은 많은 독자와 동료들을 잃게 될 것이다. 지성은 유경에게 모든 것을 털어놓을 의향이 있었다. 그렇게 해서 유경이 인간이라는 복잡하고 불확실한 존재의 심연을 들여다볼 수 있게 된다는 보장이 있다면. 그렇기만 하다면 기꺼이 모든 일을 털어놓을 것이었다. 그러나 지성은 일이 그렇게 흘러가지 않을 것임을 알고 있었다. 유경은 펄쩍 뛰며 지성을 비난할 것이다. 개전의 정을 보여주려 했던 자신을 탓하며 가열차게 지성을 깎아내릴 것이다. 쓰레기가 아닌 줄 알았는데 알고 보니 진짜 개쓰레기였다고 생각하며 그를 다시 쓰레기로 박제하는 데 열과 성을 다할 것이다.

지성이 하필 유경의 삼촌이고, 유경이 삼촌에 대한 측은지심으로 촉발된 일말의 깨달음을 얻어 극단적으로 방향을 틀었지만, 그 사실에 대해 그 자신, 적잖은 죄책감을 느끼고 있었지만, 이 상황에서 그가 해줄 수 있는 건 없었다. 유경의 의지와 유경의 선택으로 일어난 일, 결국 유경 스스로 나아가 어딘가에 이르러야 할 것이었다.

지성은 핸드폰을 침대 헤드에 내려놓고 눈을 감았다.

할 수 있는 것을 생각하자.

지금 여기에서 할 수 있는 것, 더 나은 것을 생각하자.

잠기운이 몰려오면서 몸이 나른함에 휩싸였다. 오후엔 변호사를 만나야 한다. 변호사에게 뭐라 해야 할까. 원래는 언론사 열한 군데에 대한 소송과 전소현에 대한 소송, 민주의 유가족을 대상으로 한 소송을 계획하고 있었다. 그중 두 가지, 전소현과 민주의 유가족에 대한 소송은 하지 않아도 될 것 같다. 전소현의 태도는 아직 확실치 않았지만, 지성은 전소현에게 소송을 걸지 않기로 했다. 사실 전소현이 어떤 반응을 보이든 지성으로서는 선택의 여지가 없었다. 사죄하고 또 사죄하는 것. 전소현이 용서하지 않고 만천하에 그 일을 공개한다면 지성은 그 일을 당해야 할 것이다. 지금 할 수 있는 건 전소현이 그렇게 하지 않기를 염원하는 것뿐. 그러니 화력을 오직 언론사에 집중해야 할 것이었다. 그리고 또 뭐가 있더라. 오후 일정을 더듬으며 이 생각 저 생각을 하다가, 그는 급격히 잠의 세계에 빨려들어갔다.

26/

약속시간에서 두 시간이 넘어가도록 전소현은 나타나지 않았다. 핸드폰으로 오후 1시가 되었음을 확인한 지성은 자리에서 일어섰다.

"가시게요?"

책장 윗단의 책을 정리하던 카페 사장이 사다리 위에서 지성을 내려다보았다. 마스크 너머로 주름 잡힌 눈가에 곡선이 생겨나는 걸 보고 지성도 마스크 너머로 눈인사를 건넸다. 제 집 근처 북카페로 약속을 잡은 것은 전소현이었다. 전소현은 아마도 이 북카페 주인과 친분이 있을 것이다. 자신이 편집장으로 있는 출판사의 책을 홍보하는 행사도 몇 번 열지 않았을까. 그런 곳으로 약속장소를 잡았다는 것은 어쩌면, 처음부터 나올 생각이 없었다는 뜻인지도 모른다. 지성은 전날 들었던 전소현의 음성을 떠올렸다. 저녁 어스름이 내리던 시간, 전화를 걸어 찾아가겠다는 의사를 밝혔을 때 들려왔던 음성을. 전소현은 몇 초 정도 뜸을 들이더니 차분히 장소와 시간을 말했다. 가까운 지하철역의 이름과 찾아오는 방법까지 덧붙였다. 떨리는 목소리였던가. 당황하는 기색이었던가. 들을 때는 평온한 음성이라 생각했는데, 상대가 약속장소에 나오지도 않고 전화를 받지도 않는 상황에 처하자 기억이 달라진다.

카페 문을 나서려다 지성은 몸을 돌렸다. 40대 후반 혹은 50대 초반으로 보이는 남자 사장은 그새 사다리에서 내려와 지성이 앉았던 자리에 소독제를 뿌리고 있었다. 지성은 그쪽으로 성큼성큼 걸어가는 장면을 상상했다. 전소현을 아느냐고, 나를 아느냐고, 최근에 내가 성폭행범으로 거론되었던 인물임을 아느냐고 물어보는 장면을. 그러나 지성은 그렇게 하지 않았다. 그저 사장이 재차 건넨 목례에 가볍게 고개를 숙여 보이고, 밖으로 나왔다.

카페 앞에는 1차선 도로가 있고, 도로 건너편에는 철골 구조물과 건축 자재들이 드문드문 놓인 공터가 있었다. 지성의 눈에 들어온 건 공터 주변으로 피어난 코스모스였다. 깊은 가을 하늘 아래 햇살을 받으며 일제히 피어 있는 코스모스. 지성은 손차양을 만든 뒤 건너편 풍경을 바라보았다. 신도시의 한적한 공터. 아파트와, 건축 중인 건물의 골조와, 좁은 시골길과, 한 블록 너머로 보이는 논밭, 아무도 신경 쓰거나 물을 주지 않았을 곳에 자생적으로 피어 생애 최고의 자태를 뽐내는 꽃들. 한순간 그는 자신이 몸 밖으로 빠져나와 이 장면 전체를 관조하고 있는 느낌에 빠져들었다. 눈앞의 공터와 코스모스, 도로 건너편에서 코스모스를 바라보는 자신의 모습을 멀리서 지켜보는 듯. 햇살을 받는 자신의 모습을 감상하는 듯.

"만나기로 한 분 기다리시는 거면 안에서 더 계셔도 됩니다."

카페 주인이 문을 열고 나와 친절하게 말해주었을 때에야 지성은 스스로 풍경의 한 부분을 이루던 상태에서 빠져나왔다.

"아, 아닙니다. 햇살이 좋아서요."

지성이 멋쩍게 웃자 카페 주인이 마스크를 내리며 미소로 화답했다.

"너무 좋은 날씨죠."

"네."

아름다운 사람이다. 지성은 햇살을 받으며 웃는 카페 주인을 눈부신 듯 쳐다보았다. 반백의 머리가, 앞치마 밑으로 보이는 무채색의 옷들이, 웃는 모습이, 참으로 아름답지 않은가. 어쩌면 이런 계절 아래서 웃는 이들은 누구나 아름다울지 모른다. 엄혹한 계절을 앞두고 모든 것이 바짝 말라가는 이 계절의 햇살 아래서 미소 짓는 이들은 아름답지 않을 수가 없는 것일지도 모른다. 그렇다면 나도. 나도 지금 이 사람처럼 아름답게 빛나고 있을까.

"차 안 가지고 오셨나요?"

"네. 수리를 맡겨서…… 이쪽으로 죽 가면 지하철역이죠?"

"네, 조금 먼데, 버스를 알려드릴까요?"

"아닙니다. 이런 날엔 걸어야죠."

카페 주인과 다시 한번 목례를 나눈 뒤 지성은 걷기 시작했다. 들판을 지나고 5층짜리 상가 건물의 행렬을 지나 멀리 지하철역 건물이 눈에 들어오기 시작했을 때쯤, 핸드폰에서 이메일 수신을 알리는 소리가 울렸다.

지성은 베이지색 컨테이너 건물 앞 공터에 쭈그리고 앉아 이메일을 확인했다. 햇살에 인상을 쓰며 메일함을 들여다보다가, 컨테이너 앞 그늘진 공간으로 옮겨갔다.

신발까지 신고 나섰는데 발걸음이 떼어지지 않네요.

발신자는 전소현이었다. 지성은 눈을 가늘게 뜨고 다섯 줄도 되지 않은 짧은 메일을 읽어내려갔다. 내용은 간명했다. 오늘 나가지 못해 미안하다, 당분간 연락을 하지 말아주었으면 좋겠다, 조금 더 시간을 두고 생각하고 싶다, 어쨌든 SNS에 사적으로 글을 올리지는 않을 것이다, 라는 내용이었다. 지성의 시선이 마지막에서 두 번째 문장에 머물렀다. 사적으로 글을 올리지 않을 것입니다. 그는 눈을 감고 방금 목격한 문장을 음미했다. 머릿속에서 작고 강렬한 불꽃이 펑펑 터지며 분출했다.

메일의 마지막은 이렇게 마무리되었다.

그럼 건필하십시오, 작가님.

지성은 화면을 확대해 마지막 문장을 정중앙에 위치시켰다. 한참 동안 들여다보다 입으로 되뇌어보았다. 건필하십시오. 그 말에 전소현이 많은 뜻을 담아 건네기라도 한 듯, 하염없이 문장을 들여다보며 되뇌었다. 핸드폰을 뒷주머니에 꽂고 일어섰을 때, 버스가 쉭쉭 소리를 내며 옆을 지나쳐갔다. 커다란 차체가 지나간 자리에 먼지가 일었다 내려앉는 모습을 보며 그는 천천히 걸음을 옮겼다.

어쩌면 전소현은 별 뜻 없이 그 말을 붙였을지도 모른다. 건필하라는 말은, 수십 년 동안 편집자로 살아온 전소현이 이메일을 끝맺을 때 기계적으로 쓰는 수사일지도 모른다. 그래도 지성은 그 말이 마음에 들었다. 계속 좋은 글을 쓰라는 말이 아닌가. 의례적 수사든 아니든, 무의식중에 나온 말이든 아니든 상관없었다. 전소현이 앞에 붙인 건조하기 짝이 없는 문장들보다 훨씬 더, 그 말은 용서의 기운을 내뿜고 있었다. 적어도 그에게는 그렇게 느껴졌다.

이 여자와 나는 그 사건을 넘어서기 시작했다.

지성은 양팔을 앞뒤로 움직여 걸으며 생각했다. 앞으로 많은 단계를 거치겠지만, 적어도 전소현과 자신이 극도의 적대감을 갖고 치킨게임을 벌이는 방향으로 가지는 않을 것 같았다. 지성은 날듯이 걸어 지하철역으로 갔다. 지하철 창밖으로 보이던 논과 밭, 신록이 점차 고층건물들로 뒤덮이기 시작했을 때, 그의 머릿속에는 전소현과, 또 다른 인물 하나가 들어차 있었다. 전소현의 옆쪽으로 선명하게 모습을 드러낸 여성은 젊은 날 그가 만났던 이름 모를 여성이었다. 그가 우격다짐으로 몸을 밀어붙이다 막판에 놓아주었던 여성.

그러나 전소현과 달리, 지성은 그 여성에 대해 아무것도 할 수 없었다. 술자리에서 우연히 합석해서 만났고, 술기운에 힘입어 하룻밤 어떻게 해보려다 실패했다. 그것이 그들이 맺었던 인연의 전부였다. 이름도, 나이도, 사는 곳도 몰랐다. 그러니 지금도 알 길이 없다. 지성은 그 여성이 자신을 상대로 미투를 걸어올 가능성이 제로에 가깝다는 걸 알고 있었다. 그런데도 그 여성이 자신을 상대로 미투를 제기하는 장면이 자꾸만 떠올랐다. 마음속에 문득문득 드리워지는 예감을, 불청객처럼 나타나는 공포심을 떨칠 수가 없었다.

지성은 알고 있었다. 그 여성의 존재, 그리고 그 여성이 나타나 자신을 흔들어놓으리란 상상을 하는 지금 이 상황이, 그 자체로 형벌이라는 사실을. 지성은 남은 생 내내 불안에 시달리며, 겨우 되찾은 제 사회적 위치가 다시 무너질 것을 두려워하며, 시도 때도 없이 그 여성의 실루엣을 보게 될 운명에 처한 것이었다.

그러나 그런 생각을 하는 지금도 자신이 조금 전 마주쳤던 코스모스를 떠올리고, 코스모스를 비추던 햇살을 떠올리며 웃음을 머금고 있는 걸 보면, 어쩐지 그 운명 또한 떠안고 살아갈 수 있을 것 같았다. 괴로워하되 그 때문에 죽어버리지는 않을 것 같다 해야 할까. 실제로 그런 상황이 펼쳐진다면 사죄하면 되지 않겠는가. 지성이 가장 두려워하는 시나리오대로 된다면, 그러니까 그 여성이 갑자기 나타나 미투를 하고, 그가 진심으로 사죄하고, 개인적으로 여성에게 용서를 받고도, 그가 다시 한번 인간쓰레기가 되어 매장당하는 운명에 처해진다면, 그러면 까짓거 받아들이면 되는 것이다. 사회적 매장을 감내하고 살든가, 그게 힘들면 그때 가서 다 내려놓으면 되지 않겠는가? 그런 일이 언제 벌어질지는 모른다. 언제가 됐든, 그 시점에 그는 이 정도면 살 만큼 살았다고 생각하고 있을 것이다. 이미 그렇게 생각하고 있는데, 미래의 어느 시점인들 그렇게 생각하지 않겠는가. 그는 창밖으로 서단뉴타운 아파트 건물들이 가까워오는 것을 물끄러미 보았다. 그러니 남은 생은 이제 잉여다. 언제든 끝날 수 있는 삶을, 언제든 추락할 수 있는 사회적 지위를 덤으로 누리고 있는 것이다. 그렇게 생각하기로 하자. 그렇게 지금을 살기로 하자.

27/

청년네트워크 대표 이창래를 만났다. 이창래의 요청으로 지성이 이창래가 운영하는 단체의 사무실로 찾아갔다. 이창래는 서른다섯의 패기 넘치는 사회운동가였다. 미투 이후 지성은 정치색과 가치관이 뚜렷한, 이른바 '오피니언 리더'들을 만나지 않겠다 결심했지만, 이창래의 끈질긴 요청에 결국 백기를 들었다.

이창래는 넓은 어깨에 옷 너머로도 근육의 존재를 단번에 느끼게 하는 건장한 청년이었다. 본인 말로는 원래 깡마른 편이었는데, '어려운 일'을 겪으면서 강해질 필요를 느끼고 헬스로 몸을 단련했다. 3년 전, 이창래는 사귀다 헤어진 여자친구에게 성폭력범으로 몰렸다. 이창래의 '전 여자친구'는 이창래가 사귀던 당시 상습적으로 폭력을 행사했다고 주위 사람들에게 말하고 다녔고, 그 소문은 순식간에 이창래가 활동하던 단체와 사회적 기업들에 퍼져나갔다. 그전까지 이창래는 제 목소리를 내는 몇 안 되는 '청년 진보지식인'으로 불리며 인지도를 쌓아왔다. 사회학 전공으로 이론과 실천 양쪽 영역 모두에서 맹렬하게 활동하는 떠오르는 인물이었다. 그런데 하루아침에 '법적으로는 죄가 없을지 몰라도 도의적으로 처벌받아 마땅한 범죄자'가 되었다. 칼럼 기고와 단체의 대표 역할, 정책토론회의 패널로 초대받는 기회들이 모두 사라져버렸다. 말하자면 이창래는 지성이 당한 일을 3년 전에 미리 겪은 '선배'라 할 수 있었다.

그런 일을 당한 이들이 대부분 사회적 명성을 잃고 재기하지 못한 데 반해, 이창래는 살아남았다. 미투 이전에 손에 쥐고 있던 것들을 하나하나 되찾았다. 지금은 청년네트워크라는 단체를 꾸려 '파시즘이 되어가는 페미니즘'의 병폐 아래서 이중 차별에 신음하는 젊은 남성들을 대변하는 일을 하고 있다.

사무실에 앉아 이야기를 나눈 지 5분도 지나지 않아, 지성은 눈앞의 청년이 다시 예전의 기세를 회복한 이유를 알 수 있었다. 서른다섯의 이창래는 명석하고 성실했으며, 모든 일에 정공법으로 대응했다. 데이트폭력에 대한 소문이 파다하게 퍼지던 당시에도 이창래는 정면으로 대응했다. 소문만 내고 고소하지 않은 전 여자친구를 제 편에서 무고죄로 고소했고, 갖고 있는 증거물을 모두 공개했다. 지성이 전소현과의 일에서 예전에 받았던 편지를 공개하겠다는 마음을 먹었던 것도 이창래의 전례에서 아이디어를 얻은 것이었다. 지성은 이창래가 데이트폭력을 저지르지 않았다고 확신했다. 이런 인물은 마음에 걸리는 게 있으면 절대로 이렇게 행동하지 못한다. 생각과 말, 말과 행동 사이에 오차가 거의 없는 인물이다. 데이트폭력범이라는 지저분한 루머를 헤치고 나와 주위 사람들의 신망을 다시 얻게 된 것도 이러한 인격의 일관성, 즉 말과 행동의 일치에서 나오는 오라 때문이었으리라.

"연령은 문제가 아닙니다. 작가님이 이 과정을 거친 뒤 얻게 된 알맹이를 보여주시면 그게 바로 '젊음' 아니겠습니까. 부탁드립니다. 저희에게 글을 주십시오."

이창래가 메일로, 문자로, 줄기차게 부탁해온 것은 이것 한 가지였다. 지성이 겪은 일은 이창래가 겪은 것과는 비교할 수 없이 큰일이었다. 지성이라는 인물 자체가 공중파에 자주 나오는 셀럽이었고, 거기에 상대가 이민주라는 거물급 시인이었다. 더구나 '죽음'이라는 드라마틱한 사건까지 뒤따랐다. 그런 지성이 청년네트워크에 필자로 합류한다면 청년네트워크의 인지도는 순식간에 엄청난 도약을 할 것이다.

"메일로도 말씀드렸듯이, 저는 적임자가 아닐 것 같습니다."

하지만 지성은 책과 서류가 아슬아슬하게 쌓인 책상에 앉아 몸을 돌린 채 보조의자에 앉은 자신을 불타는 눈으로 쳐다보고 있는 이 청년과 한 그룹으로 묶이고 싶지 않았다. 이 총명한 청년은 청천벽력 같은 일을 겪고도 살아남았지만, 나름 의미 있는 단체를 꾸려 왕성하게 활동하고 있지만, 균형감각을 잃은 상태였다. 스스로는 절제되고 필요한 만큼만 하고 있다 생각하는 듯했지만 제3자가 보았을 때, 이창래에게 호감을 가졌고 지금도 가지고 있는 타인의 시선으로 보았을 때, 더구나 이제는 비슷한 종류의 낙인까지 갖고 동일한 입장에 처한 사람으로서 관전했을 때, 너무 치우쳐 있었다. 젠더 문제를 거시적인 안목으로 바라보지 못하고, 적대감에 잠겨 작은 문제에 일희일비하고 있었다. 개인사에 발목이 잡혀버린 것이다.

지성은 그렇게 하고 싶지 않았다. 그렇게 할 수도 없었다. 이창래처럼 신념이 또렷하지 않았고, 무엇보다, 이창래만큼 결백하지 않았기에. 하늘을 우러러 커다란 부끄러움이 있기에. 민주 건과 달리, 그가 진짜 죄를 지은 사건에 대해선 누구도 알지 못하고 책망하지도 않았지만 단 한 사람, 그 자신이 선명히 알고 있었다. 시시각각 책망하고 있었다.

"아닙니다. 선생님만 한 적임자가 또 있겠습니까."

이창래는 열정적으로 설득의 언어를 쏟아냈다. 이미 이메일로, 문자로, 페이스북 메신저로 몇 번씩 반복한 이야기를 다시 한번 토하듯이 쏟아냈다.

"잠깐 이쪽으로 와 앉으시지요."

지성이 말없이 제 말을 듣기만 하는 걸 눈치챈 이창래가 그를 사무실 가운데에 놓인 작은 협탁으로 데려가려 했다. 그제야 손님을 편안한 의자에 앉히지도, 차를 대접하지도 않았다는 생각이 든 모양이었다.

"아닙니다. 저는 이만 가보겠습니다."

쌓인 일에 파묻혀 있다 잠깐 짬을 낸 이창래의 행태가 지성은 싫지 않았다. 손님을 모셔놓고 차 한잔 대접하지 못할 만큼 하고 있는 일이 많다는 방증 아니겠는가. 택해서 걷고 있는 길이 조금 극단적이

긴 하지만, 이창래가 하는 일은 분명 억울한 일을 당하는 이들에게 필요한 일이었다. 정도를 조금 누그러뜨리고 페미니즘 진영과 좀 더 포용적으로 손잡고 가면 좋겠지만, 그건 이상적인 차원의 생각일 뿐일 터, 누군가는 현실에서 '성폭력범'이라는 낙인을 평생 지고 가야 하는 일부 무고한 희생자들을 지원해주고 이후의 삶을 인간답게 유지할 수 있도록 가이드를 주어야 할 것이다. 그리고 이 명민한 젊은이는 그쪽 방면으로 자신의 재능과 열정을 발휘하도록 되어 있었던 것이리라. 지성은 입가에 미소를 띠며 자리에서 일어섰다.

"뵙게 되어 반가웠습니다."

이창래가 당황한 낯빛으로 자리에서 일어섰다.

"안 됩니다. 이렇게 가실 수는 없죠."

지성이 협탁을 지나고 문 쪽으로 놓인 두 개의 책상을 지나 문을 열고 나가는 동안 이창래가 등 뒤에 바짝 붙어 따라왔다.

"이번 사건에서 선생님이 제게 많은 힘이 되어주셨습니다. 아마 다른 무고한 남성들에게도 그랬을 겁니다. 도움을 드리지 못해 죄송합니다."

지성은 목례를 한 뒤 옥색 페인트칠이 벗겨져 진회색 바탕이 드러난 철문을 열었다. 이창래는 더 이상 만류하지 않고 뒤에 선 채 지성이 하는 양을 가만히 보았다. 밀리는 듯하다가 다시 되돌아와 닫힌 무거운 문을 지성이 몸을 부딪혀 세차게 밀었고, 한순간 몸이 앞으로 확 밀리면서 차가운 복도의 공기가 와 닿았다. 종로의 낡은 건물 4층에서 일어난 일, 지성이 겁내지 않고 서울의 정중앙까지 진출하고 왔다고 두고두고 자부하게 되는 에피소드의 클로징 장면이었다.

침대에 누워 창밖을 본다. 침대가 창의 반대편 벽에 붙어 있어서 창밖의 나무와 거리를 두고 풍경을 관조할 수 있다. 열린 창으로 불어 들어오는 바람을 느끼며 드러난 하늘과 나무 잎사귀를 가만히 보다가, 머리를 반대 방향으로 바꿔 눕는다. 조금 전까지 한쪽 면만 보이던 플라타너스의 형태가 이제 온전히 눈에 들어온다. 이 집에 처음 들어왔을 때 창문 아래로 시선을 주어야만 보였던 나무가 이제는 창을 가로질러 올라가 위층까지 다다라 있다. 그러나 윗부분은 아직 잎이 무성하지 않아 가지 양옆으로 하늘의 푸른색이 널찍하게 드러난다.

"언제 안아줄 거야?"

"지금 안고 있잖아."

"아니, 팔만 걸치는 거 말고, 몸 돌려서 양팔로 안아주는 거."

"좀만 있다가."

"몇 초 있다가? 30초? 40초?"

지난여름, 아마도 두어 달 전쯤, 이렇게 누워 나무를 보고 있으면 어느새 깨어난 채리가 머리 방향을 바꾸어 누우며 이렇게 물었다. 채리가 이 집에 온 지 며칠 되지 않았을 때이니 아마 7월이었을 것이다. 바람 한 점 없는 날, 둘이 누운 방에는 에어컨 바람이 깨끗하고 시원한 여름날 실내 풍경을 완성해내고 있었다.

그땐 몰랐는데, 누군가에게 몇 초 뒤에 안아줄 거냐고 채근당하는 것은 불안을 가라앉히는 데 꽤 효과적이었다. 채근을 받고 채리의 허리에 양팔을 두를 때면 마음이 편안히 가라앉았다. 당시를 떠올리며 지성은 눈을 감았다. 심장박동이 느껴지고, 다시 마음이 초조해졌다.

9월의 일요일. 서늘한 바람이 부는 아침이다. 긴 장마에 뒤덮였던 여름, 전염병으로 온 나라가 갇혀 있다시피 했던 여름이었다. 김지성이라는 개인에게도 잔인했던 계절이었다. 그 참혹했던 계절이, 인생이 멎어버리는 듯했던 시절이, 이제 가고 있다. 그 뒤를 이어 새로운 계절이 오고 있다. 아침저녁에 부는 찬바람으로 제 존재를 알려오는 청결한 계절이. 그런데 왜 이렇게 불안한가. 왜 이렇게 무력감을 느끼는가. 왜 그냥 이대로 세상이 멈추었으면 좋겠다고 생각하는가.

이틀 전, 아내와 법원에 다녀왔다. 10년을 산 집도 팔렸고, 이사 들어갈 원룸도 구했다. 정 대표의 출판사와는 계약을 취소했고, 철학사와 문학사를 콜라보해서 정리해주는 유튜브 방송을 시작했다. 그리고 허위 기사를 내보낸 언론사 열한 곳에 고소장을 보냈다.

그리 어려운 일은 아니었다. 예전 같았으면 망설이고 시간을 끌었을 일들을 지성은 아무런 중력을 느끼지 않고 가뿐히 처리했다. 모든 일의 경중이 명쾌하게 드러났고, 그는 그저 눈에 보이는 대로 행동하기만 하면 되었다. 물론 사람을 만나기 전, 특히 대면 상황을 목전에 두었을 때 가슴이 쿵쾅거리는 현상은 지금도 사라지지 않았다. 누군가 자신을 손가락질하며 성폭행범이라 외치고, 기자들이 몰려와 플래시를 터뜨리는 장면이 시도 때도 없이 떠오른다. 앞으로도 그런 증상은 지속되리라. 그럼에도 불구하고 그는 앞으로 나아가고 있다. 두려움에 질리면서도, 물러서지 않고 해야 할 일을 해나가고 있다. 그런데 왜 이렇게 숨이 가쁜가. 왜 이렇게 미칠 것처럼 불안한가.

지성은 얼굴을 팔로 덮고 호흡을 고른다. 괜찮다. 괜찮다. 나지막이 되뇐 뒤 팔을 내리고 창밖을 본다. 여러 번 이 포즈를 취한 끝에 알아낸 것은 이렇게 누우면 플라타너스의 꼭대기가 보인다는 사실이다. 서 있거나 앉아 있을 때는 보이지 않는 나무의 정수리가 누우면 온전히 시야에 들어온다. 시야의 많은 부분이 하늘로 뒤덮이는 것도 누운 자세에서만 가능한 일이다. 지성은 위층에 사는 사람들을 생각해본다. 한 번도 본 적이 없는 사람들. 혹은 지나가다 마주쳤지만 위층에 살고 있음을 인식하지 못하고 지나갔을 사람들. 발소리와 욕실에서 들려오는 음성으로만 존재하는 사람들. 그 사람들에게 이 나무는 어떻게 보일까. 그저 발치에서 산들거리는 풀잎 정도로 보일까. 아니면 열을 지어 선, 발치 아래의 수많은 나무 중 하나일까.

지성이 위층에 사는 누군가를 생각하는 순간, 바로 윗방에 누워 있을 미지의 사내를 생각하는 순간, 자신이 올여름에 겪었던 일이 무엇인지에 대한 자각이 밀려온다. 그것이 윗집에 사는 사내와 무슨 상관이 있을지는 설명할 수 없지만, 윗집에 생각이 미치자 제 가까운 과거가 또렷하게 형체를 드러내는 그런 일이 일어난다. 지성은 맥락 없이 찾아온 그 생각을 천천히 받아 안는다. 그렇구나. 이번 여름에 겪은 일. 그것은 임사체험이었다. 그는 죽음에 발을 담갔다 온 것이다. 그리고 아직도 그를 이루는 것들 중 일부가 그곳에서, 심연에서 빠져나오지 못하고 있다. 앞으로도 죽 그런 상태로 살아가리라. 전 존재가 말끔히 그 심연에 담기는 순간까지.

죽음은 모든 것을 선명하게 만든다. 무수한 고차방정식의 연속으로 보이던 인생이 이 심연에 발을 담그는 순간 단순한 수식, 누구나 풀 수 있는 간단한 셈으로 바뀐다. 모든 것이 무게를 덜고 깃털처럼 가벼워진다. 단순한 욕망만이 살아남아 무겁게 처진 육신을 제 쪽으로 잡아끈다.

채리가 있으면 좋겠다.

며칠째 그 생각을 하고 있다.

채리와는 이렇게 정리하는 것이 맞다. 채리와 같이 살았다는 것이 공개되었다면 어떻게 되었을까. 생각만 해도 손발이 싸늘해진다. 그러니 이렇게라도 관계가 정리된 것에 안도해야 하지 않을까. 물론 조금 더 형식을 갖추어서 보냈으면 좋았겠지만, 어쨌든 이렇게 정리된 것을 다행으로 여겨야 하지 않을까. 그런데 마음이 그렇게 되지 않는다. 며칠만이라도 함께 살면서 멀쩡한 모습을 보여주고 싶다는 생각이 든다. 채리에게 아침을 차려주고, 몸을 씻겨주고, 상처 받아 올 때 같이 울어주고 싶다는 생각이 든다. 채리가 머물렀던 기간은 그의 인생에서 가장 힘든 시기였다. 가장 못난 모습으로 허우적거린 때였다. 제 고통에 빠져 버둥거리느라 제가 누군가와 함께 살고 있다는 사실조차 인식하지 못했다. 세상이 온통 그 자신의 고통으로 점철돼 있었으므로.

플라타너스 정수리에 매달린 잎들이 바람에 몸을 뒤집는다. 몸을 뒤집을 때마다 빛을 받으며 반짝이는 피조물들을 보고 있으니 마음에 파동이 인다. 아름다움이 가진 운동성. 나무란 얼마나 놀라운 생명체인가. 볼 때마다 다른 형태로, 다른 움직임으로 다가와 마음을 흔들어놓는다. 때로는 기쁨의 파도로, 때로는 슬픔의 파도로. 그런 생각을 하는데, 어디선가 음악 소리가 들려온다. 윗집 혹은 아랫집, 혹은 옆집에서 들려오는 노래다.

우리 모두 이상해 조금씩은 yeah
사람을 가장한 낯선 존재들처럼 oh baby

젊은 여성의 음성. 고통 같은 건 절대 맛보지 않았을 것 같은 영혼의 목소리, 천상에서 들려오는 듯한 목소리다. 멜로디를 따라 흥얼거려본다. 노래의 클라이맥스를 따라 부르며 상체를 들썩이는데, 문득 제 몸이 이 노래를 알고 있다는 데 생각이 미친다. 그리고 그 인식은 그 노래를 몸에 각인해준 이에 대한 상념으로 이어진다.

아.

이 노래의 멜로디를 각인시킨 인물은 채리다. 집을 나가기 며칠 전부터 이 노래를 불렀다. 밤낮없이 틀어놓고, 밤낮없이 따라불렀다. 노래가 들릴 때마다 그는 귀를 틀어막았다. 시끄러워서 미쳐버리겠다! 생각하며 치미는 화를 삼켰다. 지성은 흥얼거림을 멈추고 벽 쪽으로 돌아눕는다. 기억이 밀려오고 감정이 가슴을 들쑤신다.

얼마나 지났을까. 잠시 눈을 붙였던 지성이 깨어나 머리맡에 두었던 핸드폰을 집어든다. 내일은 이사로 바쁠 테니 오늘은 푹 쉬는 거다. 누워서 플라타너스 이파리를 쳐다보는 거다. 조금 더 누워 있다 먹을 걸 사러 나갈까. 오늘은 뭘 먹을까. 오랜만에 국밥이나 한 그릇 사다 먹을까. 그는 국밥과 설렁탕과 육개장 사이에서 무게를 저울질하며 포털사이트 뉴스 화면으로 들어간다. 사다 먹을 음식을 검색

하러 들어갔지만 늘 그렇듯 포털사이트 화면에 나열된 뉴스들에 시선을 뺏긴다. 전염병 확진자 증가 사태와 부동산 가격 상승과 태풍 가능성을 점치는 기사 밑으로 문화면 기사가 붙어 있다.

마침내 모습 드러낸 카야. 40대 여성으로 밝혀져

잠깐 동안 기사의 제목을 곱씹어보다가 지성은 기사를 클릭한다. 카야는 얼굴을 드러내지 않은 채 영화평론을 해온 인물이다. 영화뿐만 아니라 소설, 시, 드라마, 연극, 뮤지컬, 심지어 게임까지, 인간이 만든 모든 종류의 문화적 산물을 평해왔다. 최근 몇 년 동안은 문학평론이나 미술평론 등 '평론' 자체까지 평론의 대상으로 삼으며 화제의 중심에 떠올랐다. 그런 카야가 지성의 관심권에 들어온 것은 그 인물이 몇 년 전 지성이 쓴 문학평론에 대해서 신랄한 비평을 발표한 때부터였다. 카야가 평해준다는 것 자체가 사람들 사이에서는 어느 정도 '급'이 된다는 증거로 여겨졌기에, 그 인물의 비평 대상이 됐다는 게 싫지만은 않았다. 카야의 글은 상당한 '고퀄'이었다. 지성의 평론이 어느 지형에 서 있는지를 정확히 스케치해 보여주었고, 무엇보다, 지성의 성향과 문장의 특성을 예리하게 꿰뚫었다. 어떤 부분에서는 이 인간이 혹시 사적으로 나를 캐보았나 하는 의심이 들 정도였다. 평소 자신이 쓰는 글들을 관심 있게 지켜봐왔기에 가능했을 글이었다. 오랜 시간 동안 사람들은 카야의 정체를 궁금해했다. 카야가 한 명이 아니라 여러 명이 모여 만든 집단이라는 설이 있었고, 남자인지 여자인지를 두고 학계와 문학계, 영화계 사람들이 다양한 예측을 내놓았다. 남자일 것이다, 여자일 것이다, 트랜스 여성일 것이다, 트랜스 남성일 것이다…… 많은 이들이 카야를 남자일 거라 생각했지만, 지성이 보기에 카야는 여자였다. 섬세하면서도 날카롭게 창작품의 이면을 훑는 힘 있는 글쓰기 스타일에서 지성은 카리스마 넘치는 여성을 상상했다.

40대 여성으로 밝혀진 카야가 기사에 나온 건 카야가 소설가로 데뷔했기 때문이었다. 카야는 '모든 문화산물 평론가'에서 소설가로 변신을 꾀하면서 제 얼굴을 드러냈다. 카야가 쓴 소설은 《지성인 K씨의 특별한 나날》이라는 장편소설이었다. 한 남성 지식인의 위선을 다룬 소설이라는 기사 내용을 주욱 읽어내려가다가 지성은 가장 궁금했던 부분, 즉 카야의 사진에 이르렀다. 이를 드러내며 활짝 웃고 있는 평론가 겸 소설가의 성별은 지성의 예상대로 여성이었다. 너무 쉽게 얼굴을 드러냈다고 생각하며 그는 입맛을 다셨다. 어쩌면 카야는 얼굴을 공개하지 않았기 때문에 그토록 많은 이들의 관심을 받았을지도 모를 일이었다.

지성은 카야의 사진을 화면 중간에 위치시키고 팔을 치켜들어 먼 거리에서 감상했다. 다소 살집이 있는 편이라 할 수 있는 작은 키의 여성이 빌딩 숲 한가운데 서서 포즈를 취하고 있었다. 눈을 가늘게 뜨고 정체를 드러낸 괴짜 작가의 얼굴을 감상하던 그의 얼굴이 조금씩 일그러지더니, 핸드폰을 얼굴에 바짝 갖다 댔다. 이 얼굴, 어디서 봤는데? 누운 채 뚫어질 듯 핸드폰을 들여다보던 그가 갑자기 벌떡 일어나 앉았다.

떨리는 그의 손이 사진을 확대하자 눈에 익은 콧날이, 붓으로 그려놓은 듯한 입술선과 그 아래에 박힌 점이 커다랗게 시야에 잡혀왔다.

"말도 안 돼."

지성이 손으로 입을 틀어막았다. 조금 뒤 그의 손이 화면 속 사진을 다시 원 상태로 축소시켰고, 작아진 사진 속의 여성이 그를 향해 환하게 웃었다. 그는 머리를 좌우로 흔들며 다시 사진을 확대시켰다. 노란색 단발머리, 하얗고 동그란 얼굴, 입술 밑으로 또렷이 찍힌 점이 천천히 시야를 파고들어왔다.

그 남자의 집으로 들어갔다

1판 1쇄 발행	2021년 10월 29일
지은이	정아은
펴낸곳	(주)문예출판사
펴낸이	전준배
출판등록	2004.02.12. 제 2013-000360호 (1966.12.2. 제 1-134호)
주소	03992 서울시 마포구 월드컵북로 6길 30
전화	02) 393-5681
팩스	02) 393-5685
홈페이지	www.moonye.com
블로그	blog.naver.com/imoonye
페이스북	www.facebook.com/moonyepublishing
이메일	info@moonye.com
ISBN	978-89-310-2237-7 03810

잘못 만든 책은 구입하신 서점에서 바꿔드립니다.

🌣문예출판사®   상표등록 제 40-0833187호, 제 41-0200044호